权威全译典藏版

绿山墙的安妮

Anne of Green Gables

［加］露西·莫德·蒙哥马利（Lucy Maud Montgomery）◎著

方隼◎译

湖南文艺出版社
HUNAN LITERATURE AND ART PUBLISHING HOUSE

博集天卷
CS-BOOKY

绿山墙的安妮
Anne of Green Gables

本书主要人物

/ 安妮·雪莉 /

一个红头发的女孩，还长着一脸雀斑。年幼丧母，不久，父亲也离开了人世。几经波折，她阴差阳错地被爱德华王子岛上的一对老兄妹收养，从此开始了她的新生活。喜欢幻想，并且想象力非常丰富，热爱大自然，想说什么就说什么，嘴也经常管不住，也常因此而做错事。爱美的天性也让她经常闹出笑话。为人直率，善良，勤劳，很珍惜友谊。

/ 戴安娜·巴里 /

安妮最好的朋友，有一头漂亮的黑发和蓝眼睛，善良，开朗，漂亮。充满热情，是安妮的知心朋友，曾和安妮一起办过故事社。她和安妮一样，十分珍惜她们的友谊，与安妮几乎形影不离。

/ 马修·卡斯伯特 /

绿山墙农舍的主人，性格内向，不敢与玛丽拉和蕾切尔太太以外的女人说话。但却是一个很善良的人。他是第一个发现"女孩调包事件"的人，也是在他的坚持下，才最终把安妮留在了绿山墙农舍。很宠爱安妮，是安妮在这世上最亲的人。在本书最后，因为存有一生积蓄的银行倒闭，死于心脏病发。

/ 玛丽拉·卡斯伯特 /

马修·卡斯伯特的妹妹，绿山墙农舍的女主人。脾气与马修截然不同，是个相当古板严肃的人。对安妮的教育十分严格，有时候甚至有点过分了。因为爱她，所以害怕自己会过于放纵她，就不自觉地变得十分严厉，是那种严格要求儿女的家长的典范。

/ 吉尔伯特·布莱斯 /

在安妮童年的时候，因为吉尔伯特开了个玩笑，管安妮叫"红毛"，俩人发生争执。安妮发誓要一辈子讨厌他，而吉尔伯特却喜欢上了这个特别的红头发姑娘。后来，由于他把执教的机会让给了安妮，两人关系和解。

/ 蕾切尔太太 /

卡斯伯特兄妹的老邻居、好朋友。是一个很传统的英国式妇女（那时候的加拿大完全沿袭英国的风俗习惯），很喜欢留意别人的事情。因此，刚开始与安妮相处时，两个人闹了不少的矛盾，但最后都冰释前嫌了。

/ 阿伦太太 /

牧师太太，是安妮非常喜欢的人，她很和善又很漂亮，经常教导安妮，是安妮的另一位知心朋友，也是安妮的良师益友。

/ 斯蒂希小姐 /

安妮的老师，对她很好，教给她很多东西，也是推荐安妮去读大学的启蒙老师。安妮也很喜欢她。

/ 菲利普斯老师 /

最初是安妮最讨厌的老师。但经过一些事情后，安妮和他的关系变得和睦。后来，菲利普斯老师离开了学校。

目录

绿山墙的安妮
Anne of Green Gables

第一章　蕾切尔夫人吃了一惊·1

第二章　马修·卡斯伯特吃了一惊·10

第三章　玛丽拉·卡斯伯特大吃一惊·25

第四章　绿山墙农舍的早晨·33

第五章　安妮的身世·41

第六章　玛丽拉做出了决定·48

第七章　安妮的祷告·54

第八章　安妮开始新的生活·59

第九章　蕾切尔夫人大吃一惊·69

第十章　安妮的道歉·77

第十一章　　主日学校·85

第十二章　　誓言与承诺·92

第十三章　　期待的欢喜·100

第十四章　　安妮的认错·106

第十五章　　小学校中的大风波·114

第十六章　　茶会的灾难·131

第十七章　　生活中的新乐趣·144

第十八章　　大显身手·152

第十九章　　音乐会的灾难·163

第二十章　　走火入魔的想象力·177

第二十一章　　调味品惹出来的祸事·185

第二十二章　　安妮被邀请去喝茶·197

第二十三章　　危险的赌局·202

第二十四章　　一场独特的音乐会·210

第二十五章　　马修的圣诞礼物·215

第二十六章　　成立故事社·227

第二十七章　　虚荣心的报应·236

第二十八章　　不幸的百合少女·245

第二十九章　　安妮生活中难忘的一件事·254

目录
绿山墙的安妮
Anne of Green Gables

第三十章　　　奎恩班的成立·264

第三十一章　　海纳百川·277

第三十二章　　发榜之日·285

第三十三章　　饭店音乐会·294

第三十四章　　奎恩学院的普通女生·306

第三十五章　　奎恩学院的冬天·314

第三十六章　　光荣与梦想·319

第三十七章　　死神的到来·326

第三十八章　　峰回路转·334

第一章
蕾切尔夫人吃了一惊

　　蕾切尔·林德一家就住在埃文利大街往下斜伸进小山谷的地方，四周长满了赤杨和鲜红的倒挂金钟，一条小溪横穿过山谷，它的源头在老卡斯伯特家农场的树林里。这条小溪在流经树林的最初阶段水势湍急，分出众多支流，一路上留下许多隐秘的池塘和小瀑布。但当它流经林德家门前的山谷时，已经变成一条安静又循规蹈矩的小溪。也许是它知道，如果要从蕾切尔·林德家门前经过，就必须要端庄有礼，否则就无法逃脱蕾切尔夫人那敏锐的目光。说不定此刻蕾切尔夫人正端坐在窗前，用犀利的目光注视着周围的一切，包括小溪和顽童。如果她注意到有什么不同寻常的事情发生，不查出个究竟她是不会安心的。

很多住在埃文利及其附近的人都对邻居的事怀有极大的兴趣，但是却忘了自家的事，不过蕾切尔·林德可不一样，她在打听邻居的事情时，还能把自家的事情料理得妥妥帖帖的。她可是个有名的家庭主妇，做起家务得心应手，干净利落。她还管理着一个裁缝小组，协助主日学校的工作。此外，她还是教会妇女团休和对外传教互助会最坚定的支持者之一。尤其值得一提的是，虽然生活异常忙碌，蕾切尔夫人依然能够抽出时间，几个小时一动不动地坐在厨房的窗前，一边牢牢注视着那条穿过山谷又在陡峭的红色山冈上蜿蜒而过的街道，一边手不停歇地缝着棉被——她已经缝了十六床棉被了——埃文利村的主妇们经常无比敬畏地谈到这一点。埃文利村位于一个伸入圣劳伦斯湾的三角形的小半岛上，两边都是水，任何人想要进出都得走山冈上的那条街道，也就是说，不论是谁，都无法逃脱蕾切尔夫人那双敏锐的眼睛。

六月初的一个下午，蕾切尔夫人跟往常一样坐在窗前。明亮和煦的阳光从窗外洒进来，房子下方斜坡处的果园里，浅粉色的花朵争相绽放，就像新娘脸颊上泛起的红晕，引来成群结队的蜜蜂嗡嗡飞舞着。托马斯·林德，一个温和、瘦小的男人——埃文利的人们都把他称为"蕾切尔·林德的丈夫"——正在谷仓后面的山丘上播撒晚萝卜籽儿。蕾切尔夫人心想，这时候，马修·卡斯伯特也一定在绿山墙农舍旁靠河沿的宽阔红土地上忙着同样的农活儿吧。因为前一天傍晚，在威廉·J.布莱尔的店里，蕾切尔夫人听见马修回答皮特·莫里森的问话时曾经提到，他打算第二天下午种晚萝卜。这事儿当然是皮特主动问的，因为马修·卡斯伯特这辈子从来没主动跟别人说过任何事。

然而今天却发生了一件奇怪的事——在这个繁忙的午后三点半的时刻，马修·卡斯伯特却驾着马车不疾不徐地穿过山谷。更难得的是，他还穿着自己最好的一套衣服，戴上了白领结。这可是他离开埃文利村去办事的明证。而且他还驾着那辆栗色母马拉的轻便马车，这说明他要出远门。可是马修·卡斯伯特要去哪里？去做些什么呢？

如果做这种事的是村子里的其他人，蕾切尔夫人只需要综合各种因素加以分析，便能将真相猜个七七八八。但是马修不一样，他平日里难得出一趟门，所以肯定是有什么紧要的事情急需解决；而且马修这个人非常害羞，不喜欢同陌生人打交道，甚至都不愿意去任何一个需要与人交谈的场合。可现在他却戴着白领结、穿着礼服驾着马车出远门，实在是件稀罕的事儿。蕾切尔夫人绞尽脑汁想了很久也想不出什么，一下午的好兴致就这样全没了。

"喝完下午茶我就到绿山墙农舍转一转，这件事得打听个明白，我要问问玛丽拉他到底去哪里了，为什么去。"这个了不起的主妇得出一个结论，"现在这个时节，马修轻易不会进城，而且他又不探亲访友。要是没了萝卜籽儿、得去城里买的话，不至于打扮得那么隆重，还驾着轻便马车去。要是去请大夫，他的马车跑得又不够快。但是昨晚一定是出了什么事，所以他今天才会出门。我实在是不明白。如果不弄清楚马修·卡斯伯特今天驾车离开埃文利的原因，我是一分钟都不能安宁了。"

于是，蕾切尔夫人喝完茶便出发了。从这里到卡斯伯特兄妹所住的绿山墙农舍路程并不远，他们那幢结构很乱的大房子掩映在果树园中，从蕾切尔家的谷地顺大路过去不到四分之一英里，但因为山路狭长，走起来就显得很远了。马修·卡斯伯特和他的父亲一样都很害羞又沉默寡言。当年他父亲创建家园的时候，就选择离同胞尽可能远一点儿，但是又没有完全躲到树林里去。所以绿山墙农舍刚好就建在清理出来的那块空地的最边缘处，直到现在也是这样。埃文利的其他居民都沿着街道挤挤挨挨地住在一

起，从那里几乎看不见绿山墙。蕾切尔·林德夫人一直觉得这种地方根本就不能住人。

"这种地方只能勉强住一住，不可能有什么好生活，就是这样。"她一边顺着小路走下去，一边嘟囔道。这条路上还留着马车经过后深深的车辙印，草木茂盛，路两旁有很多野蔷薇。"也难怪马修和玛丽拉的性格有些古怪了，就两个人，还生活得这样闭塞。周围再多树也没用，人又不能跟树做伴。不过如果能做伴的话，这些树还真不少。我倒愿意天天对着人。当然啦，他俩看上去好像还挺满意的，不过我觉得他们是已经习惯这样的生活吧。人总是什么都能适应，包括上绞刑架，就像那个爱尔兰人说的那样。"

这样说着，蕾切尔夫人已经走出了小道，跨进了绿山墙农舍的后院。院子里干净整洁，一派葱茏的绿意，一边栽着高大的柳树，枝繁叶茂像族长一样；另一边是笔直的白杨。院子里一切都井然有序，没有一根木棍或一块石头放错了位置，因为如果有的话一定逃不过蕾切尔夫人那双敏锐的眼睛。她在心底里暗自同意：玛丽拉·卡斯伯特收拾院子肯定跟自己打扫房间一样频繁。人们甚至可以直接在地上吃饭，连一点儿土都沾不到。

蕾切尔·林德用力敲一敲门，听到准许后便迈步走了进去。绿山墙农舍收拾得整整齐齐、干干净净，看上去就像是许久未被使用过。屋子的东、西两面都有窗户。透过西面的窗户正好看清后院的景致，一束六月的光线温暖地射进屋子。东面的窗户在环绕四周的葡萄藤映衬下变成了绿色，窗外果园里的樱桃树举着一树白花，小溪边生长的白桦树正随着清风微微摇摆。玛丽拉一向喜欢坐在东面的窗前以避开光线的直射，她认为，世界是严肃认真的，阳光的直射看起来似乎有些轻率和不负责任。今天，她依然坐在东面窗前，手里织着什么东西，身后的桌子上晚餐的餐具摆得整整齐齐的。

蕾切尔夫人一踏进屋子，身后的房门还没关好，便立刻将桌子上的每一样东西都在脑子里过了一遍。桌上摆着三个盘子，所以玛丽拉一定在等着马修和什么人回来一起喝茶。但是盘子里盛的都是些日常食物，只有海棠酱和一种蛋糕，所以她所等待的客人应该不是什么大人物。可是马修为什么戴着白领结，穿着礼服，还赶着栗色母马拉着的轻型马车呢？这个一向安静、没什么神秘的绿山墙里发生的这件怪事儿，可真把蕾切尔夫人给弄得头昏脑涨。

"晚上好，蕾切尔，"玛丽拉神采奕奕地打着招呼，"今天晚上天气真好啊。请坐吧。家里人都好吗？"玛丽拉和蕾切尔夫人之间始终有一种友谊维系着，这种感觉没法儿用别的词来形容。虽然她俩完全是两种不同类型的人，不过也许正是这样，她们才能相处更融洽。

玛丽拉是一个高高瘦瘦的女人，棱角分明，缺乏女性的柔美曲线。她的黑发中已经出现了几缕银丝，头发总是绾成一个结实的发髻盘在脑后，用两只发卡紧紧地别起来。她看起来像是那种阅历有限、刻板而又僵硬的女人，实际上正是如此。不过她嘴边流露出的几分略带幽默的神情，给这个印象做了些许补救。

"我们都很好。"蕾切尔夫人说道，"不过，我还是有些担心你的身体，今天看到马修出远门，我还以为他是去请医生了。"

玛丽拉会意地抽动一下嘴角，她早就猜到蕾切尔夫人肯定会来，这位好奇心炽烈的邻居看到马修破例出门，肯定会来弄清楚缘由。

"啊，不，我身体很好，不过昨天头痛得有些厉害罢了。"玛丽拉说道，"马修是去布莱特河了。我们打算从新斯科舍的孤儿院里收养一个男

孩子，他乘坐今晚的火车到达。"

哪怕玛丽拉说马修是去接一只来自澳大利亚的袋鼠，蕾切尔夫人也不会觉得更加吃惊了。她一下子蒙了，怔在那里五秒钟没有回应。玛丽拉这样子不像是在和她开玩笑，虽然蕾切尔夫人想不出其他的理由。

"这事有这么紧急吗，玛丽拉？"好不容易蕾切尔夫人回过神来，于是问道。

"当然很急了！"玛丽拉回答。听她这样的语气，好像从新斯科舍的孤儿院收养个男孩是一件再正常不过的事情，就像任何一个管理有序的埃文利农场每年都会进行的春季日常工作一样，绝对不是什么异想天开的举动。

蕾切尔夫人觉得眼前的一切都开始旋转，脑子里涌现出一堆带惊叹号的词句。一个男孩！村里那么多人，居然是玛丽拉和马修·卡斯伯特最先打算收养一个男孩！还是从一个孤儿院里！嘿，这世界可真是完全颠倒了！今后她再听见任何事情都不会觉得吃惊啦！再也不会啦！

"你们怎么会想起这事的？"蕾切尔夫人用不赞同的语气盘问着。做出这样的事情来居然还没征询她的意见，她当然不会同意啦。

"哦，我们其实已经考虑很长时间了，实际上已经想了整整一冬了。"玛丽拉回答说，"圣诞节前几天，亚历山大·斯潘塞夫人到我们家做客，她说春天想去霍普敦的孤儿院去收养一个女孩。斯潘塞夫人的一个表妹就住在那边，她经常去看望，所以把那儿的情况都打听得一清二楚了。从那之后，我和马修就开始商量这件事，我们也决定收养一个男孩子。马修上岁数了，你知道的，他都六十了，腿脚不像以前那么灵便，心脏也不太好。而且现在要找个雇工有多么不容易，这你也知道的。合适的永远找不到，只有些笨手笨脚的法国半大小子。而那些雇来的半大小子，一旦学到点儿本事，就心痒痒了，想去龙虾罐头厂或者干脆到美国找工作。起初马修想找个布兰多的男孩来，被我直截了当地否决了。他们也许是些好孩子，我没说过他们不好，但是我不想要伦敦街头的阿拉伯小混混。我说，起码给我找个加拿大人吧。反正找谁都有风险的，但是找本国人我心里踏实一些，晚上也能睡得安稳点儿。所以我们打算让斯潘塞夫人去收养女孩的时候也帮我们看看。她在卡莫迪的亲戚能帮我们挑一个十岁左右、聪明可靠的男孩。我们觉得这个年龄比较合适，能马上帮着干些活儿，还能慢慢调教。我们打算好好培养他，让他去学校受教育。今天早上邮差给我们送来了亚历山大·斯潘塞夫人的电报，电报上说他们坐今晚五点半的火车抵达。所以马修驾车到布莱特河接他去了。斯潘塞夫人会把他留在火车站，然后自己继续坐火车到白沙镇。"

蕾切尔·林德一向对任何事都有自己的见解。现在好不容易搞清楚整件事的来龙去脉，她于是开始了自己的谆谆告诫："玛丽拉，说老实话，我觉得这件事实在太冒险了，你们这是在做傻事。这个孩子来历不明，谁知道他性格怎么样，父母都是什么人，他将来会变成什么样的人，这些你们完全都不清楚，居然就这样贸然把他领回家！上星期报纸上还登了一条消息，说小岛西边的夫妇俩从孤儿院收养了一个男孩儿，可那孩子半夜居然放火把房子给烧了——还是故意纵火！夫妇俩差点儿活活被烧死在床上。我还听说过，有个被收养的孩子有个怪毛病，就爱喝生鸡蛋，总也改不掉。要是你俩想问我对这件事有什么意见——虽然你们压根儿就没跟我商量——我会说这种事想都别想了！"

蕾切尔夫人这番劝慰，听了只会让人更加心惊胆战，但是玛丽拉好像并没什么反应，既不生气也不激动，她只是继续干着手里的针线活儿。

"蕾切尔，我得承认你的话句句在理，这事儿我不是没担心过，但是我看

得出来，马修是铁了心打算收养一个孩子，所以我也就由他去了。马修很少坚持要做什么事情，所以一旦他坚持，我就觉得自己应该稍稍让步一下。提到风险，这世间有不冒风险的事情吗？就算是自己亲生的孩子不一样有风险吗？孩子如果教育得不好，长大了一样会出问题。而且新斯科舍跟我们这个岛距离不远，我们又不是千里迢迢去英国美国领养孩子，他跟我们不会有太大差别的。"她说。

"好吧，希望这事儿最终有个皆大欢喜的结局。"蕾切尔夫人虽然这样说着，但是语气里流露出明显的怀疑，"谁知道他会不会一把火将绿山墙农舍烧个干干净净？指不定他还会往井里下毒呢！听说在新布伦瑞克就发生过类似的事情，一个从孤儿院收养的孩子往井里投了毒药，全家人都痛苦地死了，不过听说干这事的是个女孩子。"

"我家要收养的可不是女孩子呀。"玛丽拉说，好像投毒是女孩子才会干的事，碰上男孩子就不用担心会发生这种事了，"我们根本就没想过要收养女孩儿。我不明白亚历山大·斯潘塞夫人在想些什么，她那个人，一旦兴致来了，说不定还会干出收养整个孤儿院的事情呢。"

本来蕾切尔夫人打算在这里一直等到马修和收养的孤儿回来再走的，但是转念一想，他们起码还有两个小时才回来，于是决定先去拜访罗伯特·贝尔一家，跟他们聊聊这个新闻。这个消息肯定会引起轰动的，而让大家激动起来就是蕾切尔夫人最喜欢干的事情了。这样想着蕾切尔夫人便起身告辞，玛丽拉总算可以稍稍地松口气了。蕾切尔夫人这样坚决地反对，让她对这件事的疑虑和恐惧也逐渐复苏。

"这里发生的和将要发生的事实在叫人难以置信！"刚一踏上小路，蕾切尔夫人便不由得脱口而出，"这不是在做梦吧，我可真为那个即将到来的小家伙感到惋惜。马修和玛丽拉都不知道该怎么抚养孩子。不管怎么说，绿山墙农舍马上就会有一个小孩子了，实在太让人震惊了！自打农场建成，里头还从来没有过孩子呢！农场建起来的时候，马修和玛丽拉都已经长大成人了——虽然他们也曾经是小孩子，但看看他们的现在，实在无法想象他们小时候的情景。虽然我没法儿帮那个孩子做点儿什么，可我还真替他担心哪！"

蕾切尔夫人真心实意地对着路边的野蔷薇倾诉着。要是这时候她看见了那个在布莱特河车站耐心等候的孩子，她的心情一定会无比沉重。

第二章
马修·卡斯伯特吃了一惊

　　马修·卡斯伯特驾着栗色母马拉着的马车
在通往布莱特河的路上慢悠悠地溜达。这条路
约莫有八英里长，景致非常好。道路两旁整齐
排列着一些温暖舒适的农舍，马车不时穿过美
丽的枞树林，或者长着杏树的小山谷，一丛丛
的杏树花枝就像云雾一般。周围有很多果园，
空气中弥漫着丝丝的香甜。起伏平缓的原野
一直延伸到天边，同紫色的夜幕交织在一
起。这时"小鸟儿纵情歌唱，仿佛这是一年
中最美好的夏日时光"。

　　马修按照自己的方式驾车前行，一路上优
哉游哉，除了偶尔碰到女人，不得不鼓起勇气
对她们点头——在爱德华王子岛，人们在路上
遇见都会相互致意，不管是否认识。

　　除了玛丽拉和蕾切尔夫人，马修惧怕所有的女人。他总觉得这些神秘的生物在私下里笑话他，这让他十分局促不安。他的这种想法并非毫无道理，因为他长相古怪，身材粗粗大大的，铁灰色的长头发搭在佝偻的肩膀上，那一大把柔软的棕褐色胡子他打从二十岁就开始蓄了。其实，二十岁和六十岁的马修看上去并没多大分别，只不过现在头发比那时要灰白一些。

　　马修抵达布莱特河车站的时候，连火车的影子都没看到。他以为自己来得太早了，于是在布莱特河小旅馆的院子里把马拴上，然后径直去了候车室。长长的站台上几乎看不见一个人；视野内唯一的生物就是站台最远那头的一堆木板上坐着的一个小姑娘。马修注意到这是个女孩，于是侧着身子赶紧从她身边走过去了，连正眼都没瞧一下。要是他认真看了，他肯定会注意到那孩子紧张和期待的表情，那让她身体发僵。她坐在那里等待着某个人或者什么事，既然只能耐心等待，那她就全神贯注地坐着。

　　马修遇见了火车站站长，他正在锁上售票室的门，打算回去吃晚饭。马修忙走上去问他五点半的火车是不是快到了。

　　"五点半的火车半小时前就开走了。"这个看起来心情不错的站长答道，"不过，有个乘客下车等着你呢——一个小姑娘，就坐在那边那堆木板上。我请她去女士候车室，她很严肃地告诉我她喜欢在外边待着，还说什么'外面有更开阔的天地，留给我想象的空间'。真是个古怪的孩子呢，我说！"

　　"可是我不是来接一个女孩子的啊，"马修茫然地说，"我来接的是一个男孩子，应该是个男孩。斯潘塞夫人应该从新斯科舍给我带个男孩来的。"

站长吹了一声口哨。"我猜是哪个环节弄错了，"他说，"斯潘塞夫人领着那个小女孩下车的，把她交给我照看，说你们兄妹托她从孤儿院收养一个孩子，你很快就会来接她。除此之外我就什么也不知道了——我可没把别的孤儿藏在这附近啊。"

"我是弄不明白了。"马修顿时手足无措了。此时此刻，他真希望玛丽拉能在这里，把这个难题给解决掉。

"也许你该去问一下那个孩子。"站长漫不经心地说，"我敢说她肯定能把事情说清楚的，因为她好像特别能说会道。没准儿孤儿院里没有你们想要收养的那种男孩了。"说完，肚子早就饿得咕咕叫的站长便扬长而去。倒霉的马修被逼无奈，只能去做这件比虎口拔牙还艰难的事情。走过去问一个女孩，还是一个陌生女孩，一个孤儿，问她为什么不是个男孩儿。马修在转身的时候暗暗地呻吟了一声，拖着两条腿慢慢走过月台。

打从马修从身边走过时，那女孩儿就一直看着他，现在也一样。马修一直没看她，所以不知道她长什么样。不过用普通人的眼光来打量，这是个十一岁左右的女孩儿，上身穿着浅黄色绒布罩衫，皱巴巴、脏兮兮、十分难看还太短小了些，头上戴着一顶已经褪了色的棕色水手帽，帽子底下是一头浓密的红发，两根粗大的辫子从帽子下面伸出来，瘦小而苍白的脸上满是雀斑，大嘴大眼，眼睛在某些光线和心情下看起来是绿色的，在其他情况下又变成了灰色。

这只不过是用普通人的眼光看到的，一个特别的观察者就能看到很多不同之处。女孩儿尖尖的下巴微微上翘，大眼睛充满了朝气与活力，嘴部线条优美，表情很丰富，额头饱满宽阔。总的来说，这位有独特眼光的观察者也许会得出下面的结论：这个无家可归的小女孩身上潜藏着一个非同寻常的灵魂。可是腼腆的马修却如此害怕她，真是好笑。

　　不过马修逃过了主动说话这个劫难。因为那女孩一确定马修是来找自己的，立刻站起来，用一只瘦瘦的棕色小手拎起一个老式的旅行袋，另一只手朝马修伸过去。"我猜您就是绿山墙的马修·卡斯伯特先生吧？"她说话口齿清楚，声音甜脆，"见到您真高兴。我正担心呢，以为您不会来接我。我还想象着各种可能把您绊住的事情。刚才我下定决心，要是您今晚不来，我就沿着铁路走到对面拐弯处，爬上那棵大野樱桃树待一夜。我一点儿都不会怕，睡在开满白花的野樱桃树上，月光洒下来，多浪漫啊！您觉得是不是？您可以想象自己就睡在大理石宫殿里，对吧？要是您今晚不来接我，我想明天早上肯定会来的。"

　　马修笨拙地握着女孩儿干瘦的小手，立刻决定了下一步怎么办。他不能告诉这个忽闪着大眼睛的女孩儿，说她到这里来是弄错了。他要把她带回家，让玛丽拉同她解释，反正不能把她一个人留在布莱特河车站。不管这事情到底哪里弄错了，所有的问题还是等到平安返回绿山墙农场再说吧。

　　"抱歉，我来晚了。"马修有些不好意思地说，"跟我来吧，马车就拴在那边的院子里，我替你拎着提包。"

　　"啊，我拎得动。"女孩儿兴高采烈地说，"提包不沉，虽说里头装着我的全部家当，但确实不沉。而且拿的方法不对的话，提手就会拽掉的，所以还是我自己拎着吧，我知道诀窍。这提包可有些年头啦。虽然睡在樱桃树上应该很浪漫，但您来了我还是太高兴了。我们要驾车走很远的路吧？斯潘塞夫人说有八英里呢。我喜欢坐马车，真是太高兴了！今后我就要和你们住在一起，跟你们成一家人了，真幸福啊！从小到大，我还从没有过完整的家庭生活呢！孤儿院是世界上最糟糕的地方，虽然我只在那

儿待了四个月，可是已经受不了了。我猜您不是个孤儿，从来没在孤儿院待过，对吧？所以我想您是没法儿想象那是什么样子。总之，孤儿院糟糕的情况让人无法想象。斯潘塞夫人告诉我这样乱说话可不是好孩子，但我又不是故意要这个样子的。本来嘛，人孰无过，可能自己还没有意识到呢，是不是这样？您知道的，孤儿院里的孩子其实都是好孩子，可孤儿院里几乎没什么想象空间。我只能幻想其他孤儿身上发生的事情，这也挺有趣的。我曾幻想同桌的孩子实际上是伯爵家的女儿，被一个狠心的护士从父母身边偷走，而这个护士在告诉她身世的真相前就死了……我夜里总也睡不着，脑子里被各种各样的幻想给填满了。不过白天可就没有时间瞎想啊。我猜这就是我这么瘦的缘故吧。瘦得皮包骨头，是不是这样？我总是想象自己胖乎乎的、很漂亮，胳膊肘上都有小窝儿。"

　　说到这儿，马修的小伙伴就沉默了。一部分原因是已经喘不过气来了，而且他们已经走到马车跟前了。马车启动后，直到来到一段陡急的下坡路时，女孩一句话都没有说。这条道路上泥土很松软，有深深的车辙印痕。路面两旁有一排排盛开的野樱桃树和修长挺拔的白桦树，比他们的头还高几英寸。野樱桃树的一根树枝擦过马车的车身，女孩伸出手去，"叭"的一下把它折了下来。

　　"是不是很漂亮？看着那棵树，一树雪白的花朵，就像是花边儿，您联想到了什么？"她问道。

　　"这个，啊，我不知道。"马修答道。

　　"为什么不知道呢？当然就是个新娘子嘛——一个穿着一身白色婚纱、头上披着可爱的彩霞般美丽面纱的新娘子。虽然我从来没见过新娘子，可是能想象出她们都什么样。我觉得自己这辈子没准儿当不上新娘了。我长得太不起眼了，谁也不会和我结婚的，除了国外的传教士。我想一名国外的传教士应该不会那么挑剔吧。可我还是会幻想着，也许哪一天，自己也能穿上白色的婚纱，那就是我在世上最幸福的事啦！我可喜欢漂亮衣服了，哪怕是想想也行！我还从来没有过一件漂亮衣服呢，不过将来还是可能会有的，对不对？所以我拼命想象自己穿得光彩照人。今天早晨我离开孤儿院的时候，穿着这件难看得要命的旧绒布罩衫，觉得真让人脸红。您知道，孤儿院的所有孩子都被迫穿这个。一个在霍普敦的商人去年冬天向孤儿院捐献了三百码绒布，这衣服就是用这种布料做的。虽然有人说这是他卖不掉的，但我宁愿相信他出于一片好心，您说呢？坐火车的时候，我觉得大家都在看我，好像觉得我有些可怜，但我却不在乎，陷入了自个儿的幻想世界。我想象自己穿着一件淡蓝色的丝绸裙子，漂亮极了——当你发挥想象力的时候，就该想些值得想的东西——头上戴着用鲜花装饰的大帽子，有羽毛晃来晃去地摇动着，手上戴着金表，还有用山羊皮做成的手套和靴子。想到这些，我立刻就高兴起来了，开始享受这段旅程。哪怕是坐船的时候我也一点儿没晕。斯潘塞夫人也没晕船，虽然她平时总是晕船。她说她得时刻盯着我，万一我从甲板上掉下去怎么办，所以这样弄得她连晕船的工夫都没有。她说我总是到处乱跑，没有消停的时候，可是，要是这样就能让她不晕船了，乱跑反倒是件好事，是不是啊？而且我想在船上把里里外外一切值得看的东西都看个遍，因为不知道什么时候才能再有这样的机会。啊！看，这么多盛开的樱桃树，这个岛是花儿的世界呀！我已经开始喜欢这个岛了，能在这里生活多让人高兴啊！以前我总听人说爱德华王子岛是世界上最漂亮的地方，我也曾经幻想过我就住在这里。没想到我竟然真的来了。梦想变成现实了，我真是太高兴了！但是，这些红土地真奇怪啊，我弄不明白。当我们在夏洛特敦坐火车时，就看到红色的路从车窗外闪过去，我那会儿就问过斯潘塞夫人，但她说她也

不知道。而且她还让我可怜可怜她，别再提问了，她说我肯定已经问过她一千个问题了。我也觉得我差不多问了那么多问题。可不提问就没法儿知道啊，是不是？所以，这道路到底为什么是红色的呢？"

"这个嘛，我也不知道。"马修回答道。

"唉，那就留着以后再说了。这世界上还有这么多未知的事情，简直太棒了，是不是？这让我觉得活着真好，这世界多么有趣啊。要是你什么都知道了反倒没意思，那样就没有幻想的余地了，是不是？啊，我是不是话太多了？要是您也这样觉得，那我就打住了。如果下定决心，我也能保持安静。虽然这对我来说很困难。"

连马修自己都感到意外的是，他觉得这个小姑娘唠唠叨叨的听起来挺有意思。像大多数沉默寡言的人一样，马修喜欢同能说会道的人在一起，要是对方总是自说自话、唠叨个不停，而不要求他参与谈话，他是一点儿异议都没有的。不过，他从没想过自己能跟一个小姑娘待得这么开心。女人对他来说已经糟糕透顶了，小女孩儿们更糟。她们总是斜着眼瞟他，小心翼翼地从他身边溜过，好像她们要是胆敢说出一个字，就会被马修吃掉一样。这是埃文利有教养的女孩一贯的做法，对此马修一直深恶痛绝。但是身边这个满脸雀斑的小人精却全然不同，虽然他觉得自己迟钝的思维很难跟上她那活跃的思路，不过马修依旧觉得自己还挺喜欢听她说话的。于是他像往常一样腼腆地说："你尽管说你的吧，我不介意。"

"啊，太好了！我知道咱俩应该相处得不错。我想说的时候就能随便说，这实在太好了！没人说过小孩就应该保持安静。我因为唠叨已经挨过不少训斥，真让我烦透了。而且我一发表长篇大论，大家就开始取笑我，可要说明重要的事情，不用长篇大论怎么行呢，您说是吧？"

"嗯，这话听上去很有道理。"马修说。

"斯潘塞夫人总说我天生就是个话匣子，舌头总是在嘴巴中间悬着。其实事实根本就不是这样。您瞧，它这会儿不是老老实实地在这里待着吗？斯潘塞夫人说你们的房子叫作绿山墙农舍，我问她有关绿山墙的一切。她说屋子四周有树林环绕，那实在太好了，我可喜欢树了。不过孤儿院里连一棵大树都没有，只有几棵可怜的小树，还有刷了石灰水的栅栏，跟笼子一样围着。那几棵小树也是孤零零的，跟孤儿一样，让人看着觉得孤独凄凉只想哭。我跟它们说：'可怜的小东西。要是你们在大树林里生长，周围都是树，根上还有苔藓和六月兰，旁边就有小溪，还有鸟儿在枝头歌唱，你们肯定会长成参天大树的，对不对？可是在这里就没办法了。小树啊，我知道你们是什么样的感受。'今天早晨我离开它们的时候，还觉得有点儿伤心。您也会喜欢它们的，是吧？哦，对了，绿山墙农舍近旁有小溪吗？我刚刚忘记问斯潘塞夫人了。"

"哦，是的，有一条，就在房子的南边。"马修回答。

"太好了！这对我来说一直是个梦，现在梦想变成现实了！以前我根本就不敢相信这个，这种事太少见了，是吧？可现在的一切对我来说太奇妙了，让我快乐极了！不过，唉，我……我怎么也不会有完美、幸福的心情的。您看，这……这是什么颜色？"

女孩儿举起手，把一根光滑的长辫子从瘦削的肩头拽过，伸到马修眼前。马修从来没有想过，也没有类似的经历，要分辨女人头发的颜色，但这次他毫不费劲就看出来了。

"红色的，是不是？"马修说。

女孩把发辫甩回肩后，长叹了一口气，好像吐出了积年累月的伤心。

"对，就是红色的。"她对此已经一点儿办法都没有，"为什么我不

能获得十分的快乐，这下您明白了吧，谁要是长了这种颜色的头发都不能。别的我都不太在乎，什么雀斑、绿眼睛、干瘪瘦削啦，我可以幻想它们都不存在。我能在心里这样幻想：我的皮肤颜色很美，就像玫瑰花一样；眼睛是紫色的，亮晶晶的，像天上闪烁的星星。虽然我也常常幻想，'我的头发乌黑亮丽，就像头顶刚飞过的乌鸦的翅膀一样'，可心里却有个声音在说：'你的头发明明就是红色的。'唉，这真让我悲痛啊，这一点好像永远都不会改变了。我曾经读过一本小说，里面讲到一个女孩子，说她如何把人生中的遗憾永远埋藏在心里……但她的遗憾可不是红头发。她的头发是金色的，像波浪一样卷着，从石膏一样的前额上一直拖到脑后。可是石膏一样的前额是什么样的，我怎么也琢磨不明白，您知道吗？"

"哦，我也不知道。"马修说，他觉得有点儿狼狈。

"很难想象吧。不过那一定美得很，她本来就跟女神一样美。美得跟女神一样，您想过没有？面对这种美您会是什么样的感受呢，您想过吗？"

"这个，这个我还没想过。"马修老老实实地承认。

"我可总是会想。美得像女神一样，令人难以置信的聪明睿智，还有善良得像天使一般，它们相比，您觉得应该选哪个？"

"这个——这个我也不太清楚。"

"是吧。我也是，到现在还不确定到底该选哪一个。不过说到底，跟我其实一点儿关系都没有。唉，因为没有谁能够成为天使一样的孩子，人不能没有一丁点儿毛病，斯潘塞夫人就说过……啊！卡斯伯特先生，您瞧！您瞧！您瞧！"斯潘塞夫人是不可能说出那样的话的，那么小女孩儿到底怎么了？是从马车上摔下来了还是马修做出了什么令人吃惊的举动？其实都不是，只是马车这时拐了个弯，驶入了"林荫道"而已。

纽布里奇的居民把这里称为"林荫道"。其实这是一条长度不过四五百码的大街。道路两旁整整齐齐排列着高大漂亮的苹果树,是一个性情古怪的老头儿几年前栽种的。苹果树枝繁叶茂,两旁的树冠都连在一起,形成了一个漂亮的拱门,顶上尽是雪白芬芳的花朵,就像是馥郁芳香的帐篷。粗壮的枝丫下面,透出绯红的斜阳余晖。天空此时就像优美的图画,晚霞闪闪发光,看起来就像是大教堂尽头的那扇玫瑰色的窗子。那女孩为眼前的景色痴迷了,好像话都不会说了,只是靠在马车上,枯瘦的小手紧紧合在胸前,仰起头,迷醉地望着那壮丽的景色。

马车驶出了林荫道,上了一道长长的斜坡,这斜坡一直通往纽布里奇。那个孩子静静地坐在那里,动也不动一下,如痴如醉地凝视着西方天际的晚霞。她以这个令人心驰神往的天空为布景,正在脑海中展现一幕又一幕美丽的幻境。纽布里奇是个生机勃勃的村庄,狗"汪汪"地叫着,成群的男孩子嬉闹着,好奇地朝车窗里探头探脑。女孩依旧呆呆地坐着,痴迷地望着遥远的天空。两个人就这样静静地走过了三英里路。

"是不是累了?你都好久没吃东西了吧?"马修终于大着胆子打破了沉寂,他只能这样理解她长时间的静默不语,"还有一英里地,眼看就要到了。"

女孩儿深深地吁了口气,终于从迷醉中回到了现实世界。她的目光依旧有些恍惚,就好像她的灵魂曾经被星星指引着,漂流到了遥远的世界。

"啊,卡斯伯特先生,那是个什么地方,就是那里,我们刚才走过的地方,那个白色的世界……"她的声音又轻又低。

"哦,你指的是'林荫道'吧。"马修顿了一下,又补充说,"那儿可是个漂亮的地方呢!"

"漂亮？仅仅说漂亮可是远远不够的，我觉得用'奇妙'形容可能会好一些。啊，总之——美极了，实在太美了。我想象过无数美好的事物，都不能够超出它的美。这样的仙境我还是第一次见到，我感受到了心灵上的满足。"女孩情不自禁把手放到胸前，说，"现在，我这儿觉得非常痛苦，可那是种令人愉快的痛苦。您曾经感受过类似的痛苦吗，卡斯伯特先生？"

"呃，我记不起来我曾经有过。"

"我就经常感受到这种痛苦，只要看到极度美丽的东西就会这样。不过，那么美的地方，怎么能叫'林荫道'呢？这个名字太俗了，一点儿意义都没有，是吧？对啦！叫它'欢乐的白色之路'怎么样？这是一个富于幻想的漂亮名字吧？要是我对哪个地方或人的名字不满意，总要自己再想出个新名字来。孤儿院里有个孩子名叫霍普基帕·詹金斯，我却一直管他叫罗萨利亚·迪·维亚。所以虽然别人都叫那个地方'林荫道'，我却偏要叫它'欢乐的白色之路'。真的只有一英里就到家了吗？我的心里非常高兴，可是又有一点儿伤感。我总是这样，高兴的事一结束，我总是要伤感的。我觉得坐马车是件非常开心的事，可是以后也许就再也没有这样的好事了吧。谁都知道，这是没法儿确定的，也许开心之后接着就会发生令人不快的事。不过这次不一样了，幸福的终点马上就要到了，这太让我激动了。您看，从我记事起，我还从来没有过自己真正的家呢。突然间就有了家，这实在是太令人高兴了。我觉得自己突然心情紧张、心跳加快起来。"

翻过一个山冈，马车继续往前走。山冈下面有一个池塘，又细又长，弯弯曲曲的，就像一条小河，一座桥横跨在池塘上面。池塘的尽头有一条琥珀色的带状沙丘，将池塘与下面蔚蓝色的海湾隔开。池塘里的水不停变换着颜色，红、橙、黄、绿、青、蓝、紫，还有各种难以描绘的颜色，这些颜色全都交织在一起，绚丽多姿，不停变换，形成了一个色彩的海洋。池塘边的岸上有一片树林，长满了枞树、枫树和李子树，树影黑乎乎一片，倒映在池水中，看起来就像是幽灵。水池上方的沼泽地里，青蛙的合唱声一阵阵地传过来，对面山坡上，远远地能看到一片白色的苹果园，旁边的林木中隐约可见一幢灰色的房子，虽然天色还有一些微亮，但窗边早已点起了一盏灯。

"那就是'巴里的池塘'。"马修指着池塘说道。

"啊，是吗，不过这个名字不太招人喜欢啊。我来重新给它……呃，我还是想想。嗯！就叫它'闪光的小湖'吧，怎么样？对，这样就好了。您知道吗，一旦自己满意，我就激动得不行。您也有过这种体验吗？"

马修认真地考虑了一番才回答："嗯，看到从黄瓜地里挖出来的叫人恶心的白色幼虫之类的，我的心里就开始打战。我非常讨厌它们的样子。"

"啊，不过那种是打战，不是我所说的激动啊，您认为它们之间有什么共同点吗？白色幼虫与'闪光的小湖'，它们根本不可同日而语！哦，对了，为什么要叫它'巴里的池塘'呢？"

"因为那里住着巴里一家呗。他们住的地方离这里不远，叫作果园坡，果园坡后面有一大片灌木丛，嗯，就在那里。要不是被灌木丛挡住了，从这里我们就能看到绿山墙农舍了。我们现在就过桥，再拐过一条街道，大概只有半英里的路了。"

"巴里家有小女孩吗？有没有不太小、年龄跟我差不多的？"

"是的，有一个叫戴安娜的小姑娘，大概十一岁吧。"

"啊！"她张大了嘴，半天才吐出一句话，"这名字多好听啊！"

"嗯，我说不好。可我还是觉得像简、玛丽这类普通一些的名字更实用。听说戴安娜出生时，刚好学校的老师在她家借宿，家里人就请老师帮忙起名儿，于是就用了戴安娜这么个名字。"

"我出生的时候，要是那位老师也在场就好了。啊，要过桥了，我得把眼睛闭上。我害怕过桥，总是幻想刚好走到桥中央，桥就会跟一把袖珍小刀一样折成两半，把我给挤得扁扁的。可是，说不定真的到了桥中央，我又会不知不觉睁开眼睛了。我很想看看，要是桥真的折成两半的话，那一瞬间到底会是多么可怕。啊，桥发出了'咕隆咕隆'的声音！这种声音真动听，我喜欢。这个世界有太多太多美妙的东西了，是吧？啊，对了！让我回头再看一眼。晚安，可爱的'闪光的小湖'！我喜欢跟这些我喜爱的东西道晚安，就像对人那样，我知道它会感到很开心。您看，那水不是在冲着我笑嘛！"

翻过了山冈，车子拐了一个弯，马修指着前面简短地说："马上到家了，那就是绿山墙农舍……"

"哦，请先别说！"女孩急急地打断了马修，呼吸急促起来，两手紧紧抓住他挥动鞭子的胳膊，闭上了眼睛。这样，她就看不到马修指给她的方向了。"让我猜猜，我觉得我肯定能想象出它的样子。"那孩子忽然间又睁开了眼睛，环视着四周。这时，马车已经走到了山冈的最高处，太阳低低地沉下去了，在柔和的余晖映照下，迷人的景象依稀呈现在小女孩眼前。夕阳呈现出金盏花一样的光芒，远处的山下耸立着教堂高高的钟楼，看起来非常清晰。山脚下一片碧绿而又平缓的斜坡缓缓地向教堂延伸过去。整洁干净的农庄星星点点地遍布在斜坡上，梦境一样美妙。那孩子的目光好像怎么都不够用，热切地看着一座又一座农庄。她眼神中流露出来的惊喜与激动让马修也觉得心中有暖流在涌动。最后，他们驾着马车，驶过山坡，停在最左边远离街道的一处农庄，那农庄四周都围绕着高大的树木。在一片绿树的掩映下，洁净发白的墙壁看起来格外温馨，屋前屋后望过去都是缤纷的花海。

"啊，是它，就是那儿吧？"那女孩欢呼起来，指着房子问道。马修红着脸，大力拍了一下马背，又高兴地甩了一下缰绳，跳下车来。他说："嘿，你猜对了！我敢肯定，是斯潘塞夫人跟你仔细描绘过吧，所以你才能猜得这么准。"

"哪里，她才没有呢，我发誓。她也不过零零碎碎讲了一点儿，描绘得跟这一点儿都不像。听她说的，我根本想象不出它的模样。可是，不知道怎么回事，我一看见这房子，就开始心里怦怦跳，觉得这就应该是我自己的家。您瞧，我的胳膊上有好几个淤血印，这都是我自己掐的，我已经掐了好几次了。我常常会觉得心慌气短，我担心……担心自己是不是在做梦。每次这种念头一冒出来，我就使劲掐我自己，想让自己确认这是真的。可是每次掐完之后又会后悔，我想，哪怕这只是一个梦，我也要把梦做下去。可是，您瞧，这回可的的确确是真的了，我马上就要拥有一个家了。"说完，女孩又陷入了沉思中。

这回轮到马修开始慌乱不安了。他觉得稍微能有些欣慰的是，这个消息可以由玛丽拉说出来。玛丽拉可以替他告诉这个无家可归的孩子，她这样热烈期盼的家根本不会接受她。

当马车经过蕾切尔家门前的山谷时，天色已经暗了下来，但蕾切尔夫人还是坐在窗前捕捉到了他们的行踪，她注视着他们的马车爬上山坡，转入通往绿山墙农舍的那条长长的小路。

来到屋子跟前，一想到事情的真相就要被无情地揭露出来时，马修就

觉得自己畏缩起来，这让他觉得难以理解。这种畏缩不是因为自己和玛丽拉，也不是因为这个错误带来了多大的麻烦，马修只是觉得不忍心，不忍心看到这孩子一下子垂头丧气起来。如果真相大白，那孩子眼中闪动的光芒就会很快暗淡下来。不知道怎么回事，马修心中升起一种罪恶感，就好像他不得不宰杀小羊或任何其他无辜生灵时所感受到的。

　　他们走进院子时，天已经黑透了。有丝丝缕缕的凉风吹过，周围白杨树上浓密的叶子被这夜间的风吹得沙沙作响，听上去非常悦耳。"啊，你听，树在说梦话呢，它在做一个好梦。"马修把女孩从车上抱下来时，她轻声地说。然后，她便拎着那个装有她所有家当的提包，跟着马修走进了房子。

第三章
玛丽拉·卡斯伯特大吃一惊

马修一推开门，玛丽拉便立刻迎了上来。可是，当她的目光落在那个孩子身上时，马修臂弯里挽着的那个小女孩儿，穿着皱巴巴又破烂土气的裙子，眼睛热切明亮，一头红发梳成长辫子，她不由得惊奇地收住了脚步，惊诧地问起来。

"马修，这是谁？我们要的那个男孩子呢？"

"没有男孩子，只有这个孩子在那儿。"马修解释说，同时朝女孩儿点点头，那样子既尴尬又很笨拙。这时，他才想起来，一路上都还没问过她的名字。

"没有男孩子？斯潘塞夫人带来的不是个男孩子吗？"玛丽拉有些气愤地说，"我们给

斯潘塞夫人的口信说得明明白白的，我们要的是个男孩子，男孩子！"

"也许是斯潘塞夫人弄错了，她只带来了这孩子。我还特意跟站长打听过。所以我就把她领回来了，不管中间哪个环节出了问题，我总不能把她自个儿扔在火车站不管哪！"

"看看你干的好事儿！"玛丽拉突然说道。

从兄妹俩激烈的争论中，女孩子明白了所有的事情。她一直默默地听着，目光在他们身上移来移去，脸上兴奋的光芒一点点褪去，大眼睛中再也看不到一丝雀跃。她把珍贵的提包随手扔到了地上，紧紧地攥着拳头，向前冲了一步。

"你们是真的不想要我，是吧！"她激动地大叫起来，"就因为我不是个男孩儿，所以你们就不想要我。哦，是啊，我早就该料到了。我一开始就应该想到的，还从来没有一个人要真心收留我。我总是把一切都想得太美好了。我早就该知道你们谁都对我没有兴趣。可是，现在我该怎么办呀？我……我想哭了！"那孩子一下子瘫坐在身边的椅子上，扑在桌上，将脸埋进臂弯，放声大哭起来。

马修和玛丽拉站在壁炉的两头，面面相觑，都不知道该怎么办。到最后，还是玛丽拉受不了了，硬着头皮走过去说：

"行了，别哭了，没必要为这事哭成这样。我们来把事情弄清楚。"

"是的，这没必要！"那孩子猛然抬起头，扬起一张泪盈盈的脸，嘴唇还在颤抖着，"如果换成您是我，一个无亲无故的孤儿，来到一个以为会是自己家的地方，却发现那里的人根本不想要你，就因为你不是一个男孩儿，你肯定会哭的！天哪，这是我一生中所遭遇的最悲惨的事儿。"

玛丽拉费了很大劲儿，才勉强在脸上挤出一丝微笑，那笑容因为荒疏了太久显得有些迟钝，但她冰冷的脸却因此变得温和起来。"好了，别再哭了，我们今天晚上是不会把你赶出门去的。你可以一直在这里待着，直到我们把事情弄清楚为止。你叫什么名字？"

女孩子犹豫了一下。

"请叫我科迪莉娅吧。"她急切地说。

"科迪莉娅？这就是你的名字？"

"哦，不，不是我的名字。但是我希望会被人叫科迪莉娅。这个名字多么优雅、多么美好啊！"

"我弄不明白，要是你不叫科迪莉娅，那你到底叫什么？"

"安妮·雪莉。"这个名字的主人非常为难，低着头，很不情愿地答道，"请你们就叫我科迪莉娅吧，这对您来说没什么影响是吧？更何况我在这里待不了多长时间。安妮这个名字一点儿都不浪漫。"

"什么浪漫不浪漫的，都是胡扯！"玛丽拉直截了当地驳斥道，"安妮是个好名字，常见又实用，你不必为它感到羞耻。"

"不，我并不为它感到羞耻，我只是更喜欢科迪莉娅这个名字。我总是想象自己的名字就是科迪莉娅——至少我这几年一直这样想。小的时候，我曾想象自己叫作杰拉尔丁，但现在我更喜欢被叫作科迪莉娅。或者，您就叫我安妮，但是是拼写中带个e。"

"这样的拼写有什么不同？"

"很不相同！光是看上去感觉就不一样了！并且，当你听到一个发音圆润甜美的名字时，你就好像也能同时看见它，它好像就刻在你的心里。您觉得不能？啊，那我真的觉得很遗憾。我就能。Ann，看起来很怪异，但是Anne，相比较起来就要高雅许多。如果您愿意称我为拼写中带个e的安妮，我就勉为其难地退一步，不去想科迪莉娅了。"

"呃，虽然这很离谱，可是……好吧，拼写中带个e的安妮，你能告

诉我是哪个环节出了问题吗？我们对斯潘塞夫人说帮我们领养个男孩子，难道是孤儿院里没有男孩子吗？"

"有哇，那里男孩子多得是。可是斯潘塞夫人清楚明白地说，你们想要收养一个十一岁左右的女孩，女总管觉得我是合适的人选。你们不知道我当时多么高兴，昨晚我兴奋得一整夜都睡不着觉。可是……"说到这儿，安妮转向马修，带着些许责备的口气说道，"为什么在车站时您不告诉我，你们压根儿就不想收养女孩子呢？要是那会儿我就知道这个消息，我可能就老老实实地留在车站了。如果我没有见过'欢乐的白色之路'和'闪光的小湖'，我也就不会像现在这样痛苦了。"

"她到底都在说些什么？"玛丽拉盯着马修，困惑地问道。

"她——她在说我们路上提到的一些事情。"马修低着头连忙说，"我去把马牵进来，赶紧准备好晚饭吧。"

"除了你之外，斯潘塞夫人还从孤儿院带走了什么孩子吗？"马修刚一躲出去，玛丽拉又继续不依不饶地盘问着。

"斯潘塞夫人自己收养了一个叫作莉莉·琼斯的孩子。莉莉今年才五岁，长得漂亮极了，一头褐色的长发。如果我也长得很漂亮，有一头褐色的长头发，您愿意收养我吗？"

"不，根本就不是这个问题。我们是想找一个能帮马修干农活儿、给他打下手的男孩儿，女孩子对我们来说没什么用。好了，脱下帽子，我会把它和你的提包一起放到正门厅的桌子上去。"

安妮无精打采地把脱下的帽子交给了玛丽拉。不一会儿，马修回来了，三个人坐在饭桌前开始吃饭。安妮实在没什么胃口，只是啃了几口黄油面包，啜了几口盘子旁边扇形小玻璃碟里的酸苹果酱。

"你什么都没吃！"玛丽拉盯着她，神情非常严厉，仿佛不吃饭是个致命的缺点。

安妮叹了口气："我什么都吃不下！我正处于绝望的深渊。当您陷入绝望之中，您能吃得下东西吗？"

"我从来就没有陷入过什么绝望的深渊，所以这个话题我可没法儿说。"玛丽拉回答道。

"是吗？那您难道不能试着想象一下自己陷入了绝望之渊吗？"

"不，我从没想过。"

"那我想，无论我怎么说您都很难理解了。我现在的心情——实在是一种极其糟糕的感觉。就好像，我本来很想吃东西，可是我刚一开口，就觉得好像有一个肿块卡在喉头，肚子也胀得鼓鼓的，根本什么东西都咽不下。哪怕那是一块美味的巧克力奶糖，我都没胃口。两年前我吃过一块巧克力奶糖，那味道实在美极了。从那以后，我好几次都梦见自己有好多好多巧克力奶糖。可每次都是刚放到嘴边就醒了。哦，请您不要因为我吃不下就生气。其实桌子上的东西都非常好吃，只是我这时真的一点儿也吃不进去。"

"啊，我想她是太累了。"从仓房回来后，马修就一直默不作声，这会儿建议道，"最好还是快些带她去睡觉吧。"

玛丽拉一直在考虑给安妮找个睡觉的地方。本来，玛丽拉已经在厨房准备好沙发长椅，可是，那里是为那个男孩子准备的，所以尽管那儿已经收拾得干净整洁，但让安妮睡在那里似乎不太合适。一个漂泊的孤儿似乎也不适合待在客房。那就只剩下东边那个房间了。玛丽拉举起一根点燃的蜡烛，垂头丧气的安妮跟在她身后，两人一前一后地穿过整洁的大厅，安妮把搁在桌上的帽子和提包也拎在自己手里。进去之后，安妮发现这个房间似乎比客厅还要干净整洁。

玛丽拉把蜡烛放到一张三角形的三条腿的桌子上，掀开床上的被褥。"你带了睡衣吧？"她问。

安妮点了点头。"是的，我有两件，是孤儿院的女总管给我做的，不过都是又短又小。孤儿院的东西总是不够，所以衣服都要小几号——我在的孤儿院就是那样。我一点儿都不喜欢又紧又小的睡衣，我总想象自己穿着领口绣满花边儿的睡裙，下摆长长地拖到地上，那该有多美呀。但这总归是梦想，我有这么件小的睡衣也知足了。"

"快换上睡衣上床吧，过一会儿我来吹蜡烛。我可不放心让你把它吹灭，要是引起火灾可就麻烦啦。"

玛丽拉走出去之后，安妮开始茫然地打量起这个房间来。四周墙壁刷得雪白，没有任何装饰，看起来十分刺眼，让安妮觉得那些墙壁也应该为自己的光秃而感到痛苦。地板上也是空空的，只有正中铺着一张她从来不曾见过的圆形草编脚垫。房间的一个角落里放着一张老式木床，床腿圆圆的，很低矮，颜色漆黑。对面的角落里摆着一张三角形的破桌子，上面铺着红天鹅绒的针插，针插看上去非常硬，好像能折断世界上最硬的针尖。桌子上方的墙上挂着一面长方形的小镜子，桌子与床之间隔着一扇窗户，窗户配着洁白的细纱布窗帘，窗子对面立着一个洗脸架。整个房间气氛冰凉，刻板得难以形容。看着这些，安妮突然害怕得打了一个寒战，这样的处境让她觉得深入骨髓的悲哀。她啜泣着三下两下扯掉身上的衣服，麻利地换上短小的睡衣，跳到床上，把脸深深地埋在枕头里，又一下扯过被子把脑袋蒙住。

等到玛丽拉回来吹灭蜡烛时，看到被子紧紧地裹成一团，被子下一阵阵剧烈的颤抖证明了安妮的存在。地上东一处西一处扔着她那些缝制粗糙的衣服。

玛丽拉安安静静地把安妮的衣服一件件拾起来、叠好，然后整整齐齐地摆放在一把干净的椅子上，之后才端起蜡烛走到床边。"晚安。"她有些尴尬，但还是诚恳地说。

安妮突然从被子下面露出那苍白的小脸和泪光闪闪的大眼睛："你明知道今天晚上是我一生中最难过最糟糕的一个夜晚，干吗还对我说晚安呢？"说着，她又飞快地钻进了被窝。

玛丽拉慢慢走进厨房，清洗晚餐用过的餐具。马修坐在一旁，心事重重地抽着烟斗——这明显是他心烦意乱的表现。玛丽拉认为抽烟是一种不良的习惯，她始终坚决反对。马修也知道这对身体有害，平时也极少抽烟，但有些时候，他却不由自主地想抽上两口——玛丽拉知道这是男人的一种发泄方式，所以装作没看见。

"真是没想到事情会变成这个样子。"玛丽拉生气地说，"这都是因为我们不去，托别人捎口信带来的麻烦。肯定是理查德·斯潘塞家的人把消息搞错了。总之，明天我们中的一个得去斯潘塞夫人那里问个明白。这个孩子必须送回孤儿院去。"

"呃，我不这样想。"马修似乎不情不愿。

"怎么回事？你不这样想，那你怎样想？"

"你看，玛丽拉，她是个非常可爱的家伙。这个小家伙，我们都把她安顿好了，为什么还要把她送回去，这样不是很可惜吗？"

"马修·卡斯伯特，你不要告诉我，你认为我们应该把她留下来？"

玛丽拉实在太惊讶了，哪怕现在马修表示说他的爱好是做倒立，玛丽拉也不会更惊诧。"马修，你不会是真的想把她留下来吧？"她问。

"不是，我不是——我没有这么想，"马修结结巴巴地说，被玛丽拉

一逼问，他又心神不宁了，"我也没想过我们能把她留下来。"

"我们就不应该留下她。留下她能给我们带来什么好处？"

"可是，也许我们的做法能给她带来好处。"马修出其不意地冒出这样一句。

"马修·卡斯伯特，我认为你一定是被那个孩子给迷住了！她快言快语，这点我也注意到了。这不是招人喜欢的做法。我从来就不喜欢爱唠叨的女孩子。更何况，我们不要什么女孩子。即便是要，她也不是我们想要的类型。这孩子身上有种东西，叫人捉摸不透。不行，得赶紧把她送回去。"

"我想，我可以雇一个法国男孩儿来给我打下手，"马修说，"那她就能留下来陪你了。"

"我才不想找这么个孩子来做伴呢，简直是活受罪。"玛丽拉说，"再说了，我也不需要谁来陪伴。"

"好吧，那就按你说的办吧，怎样都行，玛丽拉。"马修说着站起身来，把烟斗放好，"我要睡觉去了。"

玛丽拉把碟子都收拾好，放到相应的位置，眉头始终紧锁着。她也回自己房里睡觉去了。那一个晚上，他们都没注意到一阵低低的、悲悲切切的哭泣声。在楼上靠东山墙的那个房间里，有个无依无靠、渴望关爱的女孩子，满怀着痛苦与委屈，淌着眼泪慢慢进入了梦乡。

第四章
绿山墙农舍的早晨

安妮醒来时，天色已经大亮了，耀眼的阳光正洒进屋里来。她有些迷迷糊糊地从床上爬起来，揉一揉眼睛望着窗外。天空瓦蓝瓦蓝的，空气中有一些白色的絮状物飘浮着。

一时间，安妮还没回过神来，忘记了自己身处何方，只是有一种莫名的兴奋搏动着她的神经，让她觉得心跳加速。可是紧接着，她立刻想起了之前的事：这里是绿山墙农舍，而他们已经明确表示不接受她，因为她不是个男孩子。

可是，清晨还是来临了，这景色多么美好。窗外那樱桃树上，一树粉白的花闹腾地绽放着。安妮忍不住从床上跳下去，几步踩过地板，走到窗边打算拉开窗户。可是这扇窗子好像许久都没有人打开过了，发出吱吱嘎嘎的声

绿山墙的安妮
Anne of Green Gables

音，安妮费了很大劲儿才把它拉开。

　　安妮跪在窗前，出神地瞪大眼睛望着眼前的景色。六月的清晨实在是太美了！她的眼里闪出兴奋的光芒。这儿真是一处太奇妙、太让人留恋的地方！虽然她知道自己很快就要离开，可她还是任想象自由地驰骋，想象着自己留了下来，并为这想象感动了！

　　窗外，那棵粗壮的樱桃树几乎就要伸到房檐下了，树枝在微风中缓缓摇曳着，轻轻地拍打着白墙。树上看不到叶子，满是雪白的花朵，让人眼花缭乱。屋子两旁都是果园，一个是苹果园，一个是樱桃园，枝头全都不甘寂寞地怒放着花朵。你如果够仔细，就能发现，树下的杂草丛中有星星点点的蒲公英，看起来分外美丽。窗子底下有一个花坛，花坛里有一棵被紫色花朵簇拥的紫丁香树，一股沁人心脾的甘甜在空气中弥漫着，顺着晨风飘进屋内。

　　往前看过去是一片葱茏的绿地，青青的紫苜蓿长得分外茂盛。绿地从花坛那边一直向山谷斜伸过去。山谷里有一条玉带般的小溪蜿蜒而过。小溪两岸好像有许多灌木丛，那其间应该生长着许多蕨类、苔藓类的植物，那都是林中独特的植物。小溪后面静静地卧着一个小山丘，上面覆盖着苍翠的云杉。山坡上还有一道灰色的墙壁，她在路过"闪光的小湖"时见过，也属于这座农舍。

　　再往左就是一片宽敞的牲口棚，排列很整齐。绿色的草原之后便是一望无垠、碧波闪耀的大海。

　　安妮呆呆地注视着眼前的美景，这是她只有在梦中才见过的景象。她就那样一动不动地跪在那里，静静地想象着，完全陶醉了，浑然忘却了周围的一切。忽然，有一只手搭在了她的肩上，她完全不知道玛丽拉是何时进来的。

・34・

　　"你该穿好衣服了。"玛丽拉简单生硬地说。实际上，玛丽拉真不知道该用什么样的方式对小孩子说话，她的手足无措让她的口气显得有些僵硬，其实这并不是她的本意。

　　安妮快活地从窗前站起来，深深地吸一口气。"啊，窗外的景色实在是太美了。"她朝窗外挥舞手臂，好像是在对那个精彩的世界招手，把它们揽进自己的怀里。

　　"你是在说那棵树吗？"玛丽拉说，"它开很多花，不过结的果子又小又少，还特别招虫子。"

　　"啊，可是它仍旧美丽。开了那么多花，它们实在是美极了。不光是这些树，这里所有的一切都绚烂夺目、光彩照人，包括花园、果园、小溪、树林，以及这个美妙的世界。我想，您也感受到它们的美了吧？我听见窗外那条小溪在欢笑着奔腾，您听到了吧？即便在冬天，在冰川下，小溪依旧会欢快地唱歌。绿山墙也有一条小溪，这实在是太让人兴奋了。也许在您看来，这对我毫无意义，您又不会把我留下来，可这些对我来说仍旧是快乐的。可是，即便不能被留下，我也会永远记住这里的一切。多美的清晨啊，它从来不让人失落。我也不会再像昨晚那样愁眉苦脸。我们经常拥有这样的清晨，实在是很神奇啊。是不是？啊，这清晨的美景唤起了我美好的想象，要是你们收养了我，我这个幸福的孩子就会永远待在这里。幻想让我心情舒畅。但是我正在幻想的兴头上，却不得不停下来，这让我太难受了。"

　　"你最好抛弃那些没用的幻想，赶紧穿上衣服下楼吧。"趁着安妮停顿的间隙，玛丽拉赶紧插话，"早饭已经准备好了。赶紧去洗把脸，梳梳头发。窗子就这么开着吧，把被子叠好，放到床角去。做事尽量认真利索点儿。"

　　安妮显然做事很利索，十分钟后，她就穿戴整齐、梳洗完毕，整整齐齐地走下楼来了。她把头发编成了辫子，脸洗得干干净净，看起来清清爽爽的。她自以为将玛丽拉吩咐的事儿完成得很不错，心里还挺得意的，实际上，她还是忘记了要叠被子。

　　"啊，今天早晨才觉得肚中空空的。"安妮看见玛丽拉摆好的椅子，一屁股坐了上去，兴致勃勃地说，"今天的一切看上去都比昨晚好很多，这样一个春光明媚、神话般的早晨实在太让人高兴了。当然，下着蒙蒙细雨的早晨应该也非常美。世界上有这样的早晨、那样的早晨，只要是早晨就很美好，这真令人开心。早晨是个开始，接下来这一天会发生什么呢？因为猜不到，所以能让人产生许多遐想。不过今天早晨没有雨，这对我来说实在太好了，看着灿烂的阳光，我的心情便振奋起来。我觉得自己重新振作了，劲头十足。我在看悲剧故事的时候，想象过那些故事就发生在自己身上，而我不向苦难低头，勇敢地面对艰苦生活，战胜了一个又一个困难，这让我很激动。但这种事儿只能存在于幻想中，要是不幸真的发生在你身上，似乎并不是那么好受的，是不是？"

　　"求求你让你的嘴巴歇一会儿吧。"玛丽拉说，"对一个小女孩儿来说，你实在是太唠叨了。"

　　听见玛丽拉的话，安妮立刻顺从地沉默下来，一个字儿都没再往外蹦。可不知怎么回事，这样一来玛丽拉反倒觉得非常压抑，觉得自己好像有些过分。马修也一言不发，他一向是这个样子的。于是，整个早餐时间就在沉闷中悄无声息地度过着。

　　安妮吃饭的时候有些心不在焉，嘴里机械地嚼着，一双大眼睛却一直凝视着窗外。看到她这个样子，玛丽拉觉得有点儿不安，她觉得这个孩子太怪异了，虽然身体确确实实坐在桌子边上，可心思分明早就插上了幻想的翅膀飞到哪片云层里去了。这样一个孩子，有谁会想收养呢？

可是马修却说要让她留下来，这实在让人无法理解！玛丽拉能看出来，马修的态度跟昨晚一样，有可能更加坚决，他一直想留下这个孩子。马修的脾气她再清楚不过了，如果他心里打定了主意，不达目的是不会罢休的。在这种时候，他的沉默就会变成最强有力的武器。

一直到吃完早饭，安妮才清醒过来，主动要求洗碗。

"洗碗，你能洗好吗？"玛丽拉怀疑地问。

"绝对没问题。不过我照看孩子更在行一些，我在这方面已经积累了很丰富的经验，可惜这里没有小孩子让我照看。"

"孩子？看着你我就更不想要个孩子了。说老实话，你现在就已经成我们的大难题了。我真不知道该怎么安置你。马修办事真是荒唐！"

"我认为他是一个很好的人！"安妮认真地反驳道，"他很体贴，又富有同情心，我不管怎么唠叨他都不烦，好像我说话他还挺喜欢的。我们才刚见面，我就觉得我们很投缘！"

"你俩很投缘，这样说来你俩都是怪人。"玛丽拉停顿了一下，"哦，你说你会洗碗。好了，就去洗碗吧。多用些热水，好好洗洗，洗完后一定要擦干净。我今天早上要做的事情太多，下午我们还必须到白沙镇去见一见斯潘塞夫人。你得跟我一起去，让我们看看怎么把你的问题解决掉。洗完碗后，再上楼去把被子叠好！"

安妮干活儿的时候，玛丽拉一直在旁边观察。她觉得安妮洗碗还挺熟练的，干得也很认真，但收拾床铺就比较成问题了，因为安妮不知道怎样把羽绒被子扯平。她努力了很久，才终于把床大体给弄平整了。玛丽拉打算跟马修商量事情，不愿看到安妮总在她面前晃动，这让她觉得有些不自在，于是她便打发安妮到外面玩儿，告诉她只要午饭前回来就可以。

　　安妮一听立刻兴奋起来，闪动着大眼睛向门口飞奔，可突然又在门槛那里停住了，她转身返回来，重新坐在桌前，欢喜的劲头一点儿都没有了，就像是谁用灭火器把它一下子扑灭了。

　　"怎么啦？"玛丽拉有些奇怪。

　　"我觉得，还是不到外面玩儿的好。"安妮的口气听上去非常低落，她好像刚刚做出了什么重大的决定，决定做一名放弃人世间欢乐的殉道者，"如果我不能留在这里，我再爱绿山墙农舍又有什么用？我到了外面，熟悉了那些树木、花草、果园，以及小溪，跟它们交上朋友，那当我离开时，我就会极度痛苦。我心里本来就够难受的了，不想再受这种打击了。实际上，我非常渴望到外面去看看它们，而它们，包括那些花草树木、小溪什么的，也好像都在呼唤着我：'安妮，安妮，赶紧到我们这里玩儿吧。安妮，安妮，大家一起玩儿多好啊。'但我心里清楚，还是不去的好。如果最终必须同它们分离，何必自寻烦恼呢！那些东西，只要看上一眼，肯定会叫人死心塌地地喜欢上的。是不是？这次您懂了吧？最开始我以为自己将要住在这里，所以我才会那么激动。这里的一草一木都太招人喜欢了。有什么能够阻止人在心里爱一样东西呢？当然没有。但是，我知道，这对我来说就是一个短暂的梦，梦已经结束了。这是命运对我的安排，所以我只好认命了。我担心到了外面，决心又会发生动摇，我会管不住自己的。哦，对了，窗边的那个植物叫什么？"

　　"那是苹果天竺葵。"

　　"啊，不，我不是说这个名字。我是想问，您自己给它起的什么名字。难道您没给它起过名字吗？那……那我给它起个名字行吗？我得好好想想，嗯，就叫它邦妮吧。我待在这里的这段时间就管它叫邦妮好吗？啊，请允许我这样叫它吧。"

"随便你爱叫什么就叫什么吧，我可不在乎。不过那就是天竺葵，你干吗要给它另外起名字呢？"

"我喜欢给各种事物起名字，哪怕它只是一棵草，这样它们看起来就会跟人一样了。如果只叫它天竺葵而不给它起个自己的名字，它多半会伤心的。就像是您，要是别人成天叫您'女人'而不是您的名字，您也会不高兴的。今天早上，我还为东山墙外的樱花树起了个名字。因为它雪白雪白的，所以我管它叫'白雪皇后'。虽然花儿迟早会凋谢，但这名字能让你随时想起它怒放时的美妙身姿。"

"我这辈子还从来没见过也没听说过跟她一样的孩子，"玛丽拉一边嘟囔着，一边赶紧下到地窖里取土豆去了，"还真跟马修说的一样，这孩子挺有趣。我好像也想知道她接下去会说些什么。这样下去的话，她会把我也给迷住的。马修已被迷住了，他刚才出去时的那个表情能看出来，他还在想着昨天晚上说过的话呢。这家伙，要是跟其他男人一样，把心里的话都说出来，我还好反驳他、说服他，把他从迷糊中拽出来。可他只给你一个表情，能拿他怎么办呢？"

玛丽拉从地窖出来时，看见安妮正两手托着腮，一动不动地凝视着天空，又沉浸到自己的幻想世界了。玛丽拉没有去打扰她，直到她提前将准备好的午饭放在桌子上，这才让安妮回到了现实世界。

"我要用一下马和马车，就在今天下午，马修。"玛丽拉说道。

马修什么都没说，只是点点头，朝安妮那边投去不安的目光。玛丽拉赶紧将安妮与马修的视线隔开，加重语气接着说："我要去白沙镇一趟，把这个孩子带上。也许斯潘塞夫人会同意把她送回去，这件事情很快就会解决掉的，不会耽误你的下午茶。还有挤牛奶的时辰也不会耽搁，我会准时回来的。"

　　马修只是沉默不语，玛丽拉觉得自己是白费口舌。没有什么比一个人不愿意回应你的话更气人的了，除非对方是你根本就不想搭理的女人。

　　马修把马车套好，玛丽拉和安妮坐上车准备出发。马修为她们打开了院门，当马车缓缓地经过时，马修自言自语地嘟囔道："今天早上，克里克家的小杰里·波特来过了，我跟他说也许我会雇他来干一夏天的农活儿。"

　　玛丽拉没搭理他，只管扬起马鞭狠狠地抽了下去。那匹栗色母马本来一直被主人善待，从来没有受过这种待遇，它嘶鸣一声，狂怒地甩开大步，拉着车向前飞奔。玛丽拉在颠簸的马车上回头张望，看到沉默寡言的马修正靠在院门边，用略带思索的神情目送着她们远去。

第五章
安妮的身世

　　"您知道吗？"安妮用充满信任的口气对玛丽拉说道，"我下定决心，要好好享受这次旅程。我觉得，一个人如果想要让自己快乐，那他才能快乐起来。当然，得先下定决心才行。这次旅程中，我要将孤儿院的所有事情都抛到脑后。啊，看，路旁有一朵野玫瑰盛开了，它开得这么早，实在太美了。您看，做一朵玫瑰多么快乐啊。如果它能开口说话，那就更好了，是不是？我想，要是它真的能开口说话，它肯定会告诉我们许多神奇的故事。看那红色，多么娇艳欲滴，您看怎么样？我最喜欢这种红色了，可是我却没法儿享受。因为我的头发是红色的，所以没法儿搭配这种颜色的衣服，哪怕是在想象中也做不到。您听说过没

有，有的人小时候头发是红色的，等长大后就变了颜色。"

"没有，我还没听任何人说起过，"玛丽拉狠狠心，直截了当地说，"任何人身上都不可能出现这种奇迹，当然也包括你在内。"

安妮轻轻地叹息一声，一副垂头丧气的样子："这是我的一个梦想，可是又一次破灭了。'我的生命是一块葬满希望的墓地'，这个句子是我在书上看到的。每次当我失落的时候，我总会在心里祈祷，它多少能给我一些慰藉。"

"我实在看不出来。"玛丽拉说。

"看不出来吗？这样的句子听起来真浪漫啊，就像是特地为我写的。我喜欢一切浪漫的东西。'葬满希望的墓地'，您听听，这想象多么优美、诗意啊，要是我能拥有这样一块墓地，肯定会高兴坏的。啊，我们今天从'闪光的小湖'前经过吗？"

"要是你说的'闪光的小湖'是指巴里家的池塘的话，我们今天走海滨大道，不走那边。"

"海滨大道吗？这个名字实在太美了！"安妮又情不自禁地陷入了想象，"那地方就跟它的名字一样美吧？您一提到'海滨大道'这个名字，我的心里就展现了一幅画面，好像一下子看到了它的美丽景色。白沙镇这个名字也很美，不过，我更喜欢埃文利这个名字。埃文利，听起来很好听吧，就像音乐一样。到白沙镇还有多远的路啊？"

"还有五英里地呢，要是你这么爱说话，干吗不讲讲你自己的事呢？"

"我？我的事情没什么可说的，"安妮热切地说道，"还是说说我幻想中的人生吧，那比实际的更有意思。"

"不，我对你幻想的人生没什么兴趣，你就毫不隐瞒地讲讲真实情况吧。现在开始说吧，你在哪儿出生？今年多大？"

　　"十一岁了，我三月的生日。"安妮轻轻叹了口气，老老实实地讲起了自己没有光彩的身世，"我出生在新斯科舍的博林布鲁克。我父亲叫沃尔特，是当地高中的老师。母亲叫伯莎·雪莉。他们的名字都很好听，这让我感到很骄傲。要是我爸爸取名叫——比如杰迪戴亚，那多丢人啊，是不是？"

　　"在我看来，一个人只要品行端正，叫什么名字并不重要。"玛丽拉觉得有必要对安妮进行一些正确而实用的道德教育了。

　　"呃，这我可不是太清楚。"安妮静静地说起来，"我读过这样一本书，书里说，不论玫瑰被叫成什么名字，它闻起来依旧是香的。我对这个有点儿不太确信。玫瑰就是玫瑰，怎么也不能被称为大蓟或是臭菘，那还能美吗？我想，我父亲应该是一个好人，哪怕他名字叫作杰迪戴亚，可是肯定不能那样叫他，他会生气的。我母亲，也是那所学校的教师。她结婚后就辞职了，这是很自然的事情。她得照顾丈夫，这是她之后最重大的责任。托马斯夫人对我说，他们就像是一对长不大的孩子，穷得像教堂里的老鼠。他们住在博林布鲁克一所又窄又小的黄房子里。我从来没见过那所房子，但是无数次地幻想过它的样子。我觉得，客厅里有一个明亮的窗台，床边有金银花盛开，前面的院子里有紫丁香，对面栅栏的门里长着山谷中的那种野百合。窗帘是薄棉布的，给房子带来一种美妙的气氛。我就是在那所房子里出生的。托马斯夫人说她从没见过像我这么丑的婴儿，瘦小干巴，越发显得眼睛很突出，可是妈妈认为我非常漂亮。那些可怜的临时女用人，进来给婴儿洗澡的时候总是叽叽咕咕不停，跟她们相比，自然是我妈妈的眼光更好些。是不是？嗯，只要我妈妈对我感到满意我就很开心了，如果妈妈都觉得失望，那女儿该多伤心啊。可不幸的是，她没能活多久，我刚满三个月的时候，她就患上热病了。要是她能活到我会叫'妈

妈'该有多好呀！能叫一声'妈妈'该有多幸福！在我母亲死后的第四天，我父亲因为同样的病死了。我就这样成了孤儿，那些左邻右舍都不知道如何安置我。托马斯夫人说，从来就没谁想要我，好像这就是我的命运，父母双亡，一个亲戚也没有。到最后，还是托马斯夫人收留了我。她家非常穷，丈夫还成天醉醺醺的。我是她用双手拉扯大的。被别人用双手拉扯大的孩子一定会比别的孩子乖，是这样吗？不论什么时候，只要我调皮或者淘气，托马斯夫人准会说，一个被人用双手拉扯大的孩子，怎么会做出错事来？

"后来，托马斯一家从博林布鲁克搬到了马里斯维尔。八岁之前，我一直住在她家，先后照料她的孩子，一共有四个，都比我小，照料他们可真是件麻烦事。但是后来发生了不幸，托马斯先生被火车轧死了。托马斯先生的母亲来将托马斯夫人和她的孩子们带走了，但她不愿意要我，托马斯夫人也无能为力。后来，住在河上游的哈蒙德夫人看中了我，觉得我可以帮她看孩子，于是把我带走了。哈蒙德夫人家是个寂寞冷清的地方，那里是一片空地，周围都是树桩，非常荒凉。还好我有足够的想象力，能够熬下去。

"哈蒙德先生在一家小小的锯木加工厂干活儿。哈蒙德夫人前后生了八个孩子，其中三对双胞胎。虽然我很喜欢小婴儿，可这对我来说实在是太多了。当最后一对双胞胎出生时，我很严肃地告诉哈蒙德夫人，要是再这样下去的话，我也没法儿再照看这些孩子了。

"这样又过了两年，哈蒙德先生去世了，他们一家也就都散了。孩子们被送给了各家亲戚，哈蒙德夫人自个儿去了美国。还是没人要我，最后我只好进了霍普敦孤儿院。孤儿院的孩子实在是太多了，他们一开始就不想要我。可我实在找不到其他去处，只好硬着头皮待在那儿，一直待了四个月，后来斯潘塞夫人来把我接走了。"

安妮终于讲完了，叹了口气，好像卸下了一个沉重的包袱。很明显，她根本不愿意谈这些悲惨的过去，从头到尾就是一个没人想要她的可怜的孤儿的经历。

"你读过书吗？"玛丽拉问道，一边驾着马车奔向了海滨大道。

"只读过一点儿。在托马斯夫人家的最后一年，我到学校去了一阵。但去了哈蒙德家后，离学校实在太远了，夏天放暑假，冬天又无法步行上学，我去学校的时间只有春秋两季。不过在孤儿院里我一直坚持学习，认识了好多字，好多首诗也是在那时背下来的，譬如《霍恩灵顿的战役》《莱茵河的宾恩》《湖畔女郎》还有詹姆斯·汤姆逊《四季》中的大部分内容。您不喜欢那些使您感到心潮起伏的诗歌吗？第五册课本里有一首诗名叫《波兰的陷落》——就是这样令人颤抖不已的诗歌。不知道您读过没有。当然了，我只念到四年级，第五册的课本是大一点儿的女孩儿借给我看的。"

"那些收留你的人，譬如托马斯夫人和哈蒙德夫人她们对你好吗？"玛丽拉侧着眼睛，没正视安妮。

"哎……怎么说呢？"安妮突然吞吞吐吐起来，敏感的小脸突然涨成了红色，额头上的汗也流下来了，一脸窘迫不安的样子，"唉，这么说吧。她们本来都是一片好心，我知道她们也想尽可能地对我好一些。您明白这种感觉吧！只要她们能有这份心意，哪怕她们没有做到，我也不会介意。她们也有难处啊。托马斯夫人的丈夫是个酒鬼，她的日子肯定不好过。哈蒙德夫人一连生了三对双胞胎，日子更是糟糕透顶。不过我相信，她们原本是想对我好的。"

说到这儿，玛丽拉没有再问下去了。安妮沉默着，出神地幻想着海

滨大道的美景。玛丽拉心不在焉地驾着马车，一路慢慢走着，也陷入了沉思。她开始对这个孩子产生了一股怜悯之情。这么小的孩子，一直孤苦伶仃，经受了这么多磨难，强烈地渴望家庭的爱与温暖，但是却没有谁愿意收留她。人们都只顾低头劳作，应付艰难贫困的生活。安妮的这番话已经让玛丽拉知晓了她的真实情况，也因此明白了安妮此时的真实心情，也难怪她听说会拥有一个自己的家时，会高兴成那样。可惜还是要把她给送回去。要是迁就马修那古怪的念头，把这个孩子留下来会如何？马修有那么强烈的执念要收养这个孩子。实话说，安妮也的确是个非常不错的、可以调教的孩子。

"当然，这孩子是太爱说话了，"玛丽拉暗自思量着，"不过，如果多受些教育，她应该能改掉这个毛病吧。而且她的话里也没什么粗俗的东西，倒是很有气质一样。她的父母也都是有教养的人。"

海滨大道一路上渺无人烟，处处都是树林。它的右侧是低矮且茂盛的杉树林，海湾吹来的风一阵阵拍打在树上。大道左侧是一片悬崖，满眼都是红砂岩，非常陡峭。悬崖下面是一个小海湾，海滩上堆着许多被波浪拍打、冲刷而形成的光滑的岩石和沙土，一块块鹅卵石在其间闪耀。蓝色的大海在远处波涛起伏、泛起耀眼的光芒，翅膀尖儿被阳光映成银色的海鸥在海面上飞来飞去。

"实在是太美了！"一直默默不语的安妮瞪着大眼睛打破了沉寂，"我在马里斯维尔的时候，有一回，托马斯先生雇了一辆马车，把我们带到海边玩儿。是那种四轮运货车，跑得飞快，距离十英里路的海边很快就到了。我们在海边玩儿了一整天。虽然我得照顾孩子，但还是觉得快乐极了。打那以后，我就经常梦到那次旅行。可是没想到这里比马里斯维尔还要美。您看那些海鸥，多了不起！您不想变成一只海鸥自由自在地在天空飞翔吗？我倒是非常想试一试，做这种鸟真不错。海鸥每天太阳一升起便飞出来，一会儿猛地扑到水下去，一会儿又嗖地飞向高空，一整天都在海面上翱翔，直到晚上才回到自己的窝。这实在是快乐的事情啊。光是这样想象就让我觉得美好了。啊，请问前方那栋大房子是什么地方？"

"那是白沙旅馆，由柯克先生经营。现在还没到旅游旺季，等进入了夏天，美国人就会蜂拥而至，他们都觉得这里的海滨很美。"

"那里是不是就是斯潘塞夫人的家？"安妮愁眉不展地说，"我真不想去那里啊，我觉得一旦到了那儿，一切的希望就都破灭了。"

第六章
玛丽拉做出了决定

就在她们说话的当口儿，马车已经来到斯潘塞家的大门口。斯潘塞夫人从一栋黄色的房子里走出来，看到她们，显得非常意外和欣喜。

"啊，亲爱的，"斯潘塞夫人惊喜地叫道，"没想到你今天会来，见到你们实在太高兴了，赶紧把马牵进来吧。安妮怎么样？你还好吗？"

"还可以，谢谢。"安妮脸色黯然，仿佛遭到了严重的打击。

"实在不好意思，在这么忙的时候来打扰你。"玛丽拉说道，"出来的时候就已经跟马修说好了，要赶早回去的。事情是这样的，斯潘塞夫人，我想跟你确认一下，不知道是哪个环节出了差错。本来马修和我是打算从孤儿院领养一个男孩的，并请你的兄弟罗伯特带话过来，说要收养一个十岁到十一岁左右的男孩子。"

"啊？玛丽拉，是这样的吗？"斯潘塞夫人听后，着急地说，"罗伯特派女儿南希带信给我们说你们想要的是个女孩。"这时刚好她的女儿芙罗拉·简也走到门外，斯潘塞夫人赶紧向女儿求助："对，南希就是这么说的。简，她是这么说的吧？"

"南希的确是这样说的。"珍妮认真地点头道。

"实在是对不起。"斯潘塞夫人连忙解释说，"事情实在是太糟了。不过也不能说是我的错，我的确是尽全力按照你们的指示做的。唉，南希真是个粗心大意的姑娘。为这个毛病，我已经说过她好几次了。"

"我们也有责任，"玛丽拉看起来一点儿办法都没有，"这么重要的事，我本来应该直接到您这里来面谈的，而不是只捎个口信。现在错也错了，没有办法补救，关键是这个孩子。我们能不能再把她送回孤儿院去？他们应该还能收留她吧？"

"我觉得应该可以吧。"斯潘塞夫人沉思了一会儿，突然想起了什么，"我想她没必要再回孤儿院了。昨天，彼得·布莱维特夫人来我家，她说想要收养个女孩儿帮她做家务。她家是个大家庭，人手很缺。安妮正好能去，这真是上天的安排了。"

对玛丽拉来说，这事儿还挺意外的，虽然有这样一个大好的机会，马上就能摆脱这个不受欢迎的女孩儿了，她却没太多惊喜。玛丽拉和彼得·布莱维特夫人不太熟，只是见过几次面。那女人长相挺泼辣，个子瘦小，浑身没有一丝赘肉。听说她脾气暴躁、对人蛮横，从她家被解雇的女孩子就没一个称赞她的。此外，她家里的孩子个个都没有礼貌、吵吵闹闹、骄横无理。一想到要把安妮送到这种人家去，玛丽拉就觉得良心上好

像过意不去。

"这事……要不让我们进去坐坐，再好好商量一下？"玛丽拉说。

就在这时，只听见斯潘塞夫人叫道："实在太巧了。那从小路上走过来的不就是彼得夫人吗？"

斯潘塞夫人把玛丽拉等三人迎到了客厅，请大家坐下，互相介绍了一下。然后又把深绿色的百叶窗放了下来。可能因为关闭了长长的百叶窗，室内顿时变得昏暗、冷清了。

"真是太巧了，我们马上就能把问题解决掉。玛丽拉请坐在这把扶手椅上，安妮你在那边的长椅上坐下，别在椅子上扭来扭去的，把帽子给我。简，你快去烧壶水。布莱维特夫人，下午好，现在正好有事要跟你商量一下。容我介绍，这位是卡斯伯特小姐。啊，实在对不起，我忘了嘱咐简，她得赶紧把面包从烤箱里拿出来，请稍等。"说着，斯潘塞夫人便把百叶窗又拉起来，急急忙忙地出去了。

安妮一声不吭地坐在长椅子边上，紧握着的双手放到膝盖上，两眼死死地盯着布莱维特夫人。那个女人看起来非常刻薄，一双眼睛跟锥子一样尖利，难道今后就要跟着她？安妮越想越悲伤，觉得嗓子里堵得难受，最担心这时候会忍不住当场哭起来。就在这时，斯潘塞夫人回来了。她脸上泛着红晕，开心地微笑着，好像在对人们说，不管什么难题，从肉体的到心灵的，都能够得到圆满的解决。

"布莱维特夫人，有关这孩子的事出了点儿小岔子。我听说的是卡斯伯特小姐想收养个女孩子，可实际上她不需要女孩儿，想收养一个男孩儿。我想要是你昨天说的话还作数，这个女孩子不正是合适的人选吗？"

布莱维特夫人立刻上上下下将安妮仔细地打量了一番。

"几岁？叫什么名字？"这位夫人盘问道。

"安妮·雪莉，十一岁了。"安妮吓得直往后缩，有些结结巴巴，声音里透着胆怯。

"十一岁？看起来真不像。不过她看上去还算有点儿精神。我要收留你，你就得乖乖听话，还得干活儿利索，手脚勤快，懂礼貌。没谁会白白养活你的，这点你可得记住。好的，卡斯伯特小姐，我可以收留她。我家孩子太难照顾了，可把我给累坏了。要是事情就这样定下来了，我现在就把这个孩子领回去。"

玛丽拉看了看安妮，看到她脸色惨白，流露出一种凄惨无助的神情，紧闭着嘴一言不发，眼睛中流露出无尽的恳求，这让她的心里很不是滋味。要是无视她这份无言的求助的话，自己的良心肯定到死都不会安宁的。要把这样一个又敏感又容易冲动的孩子交到布莱维特夫人这样的人手中，实在没法儿让人放心，这太可怕了。

"啊，这个……这个我一时还没法儿给你确切的答复，"玛丽拉慢慢地、字斟句酌地说，"我想说，马修和我在关于是否收养这个孩子的问题还没达成一致意见。马修一直都很想收留她。我来这里也只是想先弄个明白，搞清楚是哪个环节出了问题。我看还是先让我把她领回去，跟马修好好商量商量吧！如果都没跟马修打个招呼就擅自决定，总是不太合适。等到明天晚上吧，要是我们决定不收养她，再给您送过来。要是我们明天没到您家，那就是说明我们决定收留她了。您看这样好吗，布莱维特夫人？"

"看来也只能这样了。"布莱维特夫人看起来非常不高兴。

听见玛丽拉这样说，安妮的脸上又晴朗起来，脸色重又红润了，眼神也亮了，如同晨曦中的星星一般明亮、深邃。布莱维特夫人这时跟斯潘塞夫人说她是要借烹调食谱用用，于是斯潘塞夫人将她领到另外一个房间去取了。她们刚一出去，安妮一下子跳起来，扑到了玛丽拉的身边。

"啊，卡斯伯特小姐，您刚才说的都是真的吗？我是不是还有希望留在绿山墙农舍？"安妮急切地低声问道，生怕声音大一点儿就会把这份希望打碎一样，"您是真的那么说过吧？不是我在做梦吧？"

"安妮呀，如果你连这个都分不清的话，你还是控制一下你的想象力好了。"玛丽拉有些不高兴了，"我的确是那么说的，但只是说没有最后定下来。也许最后还是要把你送到布莱维特夫人家去，在我看来，她家比我们更需要你。"

"如果是那样的话，我宁可回孤儿院，也不愿去她家！"安妮激动地说道，"那个人看上去太锐利，那目光就好像是一把——锥子。"

玛丽拉听了这话，差一点儿要笑出声来，但是她觉得安妮的话实在太失礼了，应该受到斥责。

"像你这样的小姑娘，怎么能这么评论一位初次见面的女士呢？你不觉得脸红吗？"玛丽拉绷着脸严厉地说，"回到那边老老实实地坐着，不要乱说话，要表现出好孩子的样子来！"

"好的。如果您答应收养我，不管让我做什么我都愿意。"安妮恳求着，又乖乖地回到了长椅子上。

傍晚，玛丽拉和安妮又赶回了绿山墙农舍。玛丽拉老远就看见马修正在小路上焦躁不安地走来走去，一副满怀心事的样子。当马车驶过来，他望见玛丽拉身边坐着的小安妮，脸上露出了宽慰的神情。玛丽拉回家后什么都没说。等到和马修到马棚后的院子里挤牛奶的时候，玛丽拉一边简要地给马修讲了讲安妮的身世，又提了一下白天的事情。

"布莱维特家的那个女人，就算是自己喜欢的狗，我都不会送给她！"马修满身活力的样子，这种神情在他脸上真是少见。

"那样的女人，我也不太喜欢。"玛丽拉承认道，"但我当时的确觉得左右为难，不知道该怎么做。不过我也觉得留下她比较合适。这也是没办法的事，要是一直这样犹豫下去，我肯定会被折磨出病来的。我觉得这是我们的义务。我们都没养过孩子，尤其是个女孩儿，所以留下她肯定会给我们带来许多麻烦，但是无论如何我们也要拼命地把这件事做好。马修，我还是决定收养这孩子了。"

马修这个腼腆内向的人，现在脸上露出了激动的欢喜神情。"嘿，你终于想通了！你早晚会看到的，玛丽拉，"他说，"那小东西的确是个非常可爱、有趣的孩子。"

"要是你说她是非常有用的孩子，那才算是说对了。"玛丽拉纠正他的说法，"我有责任把她训练成有用的人，让她有出息。可是，马修，不管我怎么教育她，你千万不能过问。一个老姑娘也许不太懂得如何教育孩子，但多少会比你这个老单身汉要强一些吧！要是我失败了，你再来管教也不迟。"

"行，玛丽拉，你愿意怎么办都行，"马修温和地再三向她保证，"尽量对她体贴、温柔一点儿，但是不要娇惯，也不要放纵她。我觉得，这个孩子只要喜欢上你，你让她做什么她都会听话的。"

玛丽拉对马修发表的这种关于女性的意见表示不屑，嗤笑一声，赶紧拎上水桶向奶牛走去。"我终于决定要把她留下了。不过我今晚还不会告诉她这事情，"玛丽拉把挤出的牛奶过滤后倒进奶油分离器，心里暗暗想着，"那孩子听了肯定会高兴得睡不着觉的。玛丽拉啊，你居然会想起做这样的事。我们居然会收养一名孤儿，光这件事本身就够叫人大跌眼镜的，而且还是马修提议的。这实在太让人惊叹了，从来看到女孩子就发怵的马修，居然会这样做。不过，不管怎么样，事情既然定下来了，我们就试试看吧。至于以后会发生什么事情，那就只有天知道了。"

第七章
安妮的祷告

那天晚上，玛丽拉把安妮带到楼上睡觉时，非常严厉地对她说：

"安妮，你昨晚怎么把衣服扔了一地？这可不是好习惯，我们家不能允许有这样的孩子。把衣服脱下来后，要一件一件叠整齐，然后放到椅子上去。我不喜欢又脏又乱的小孩。"

"啊，昨天晚上吗？实在对不起，我昨晚心烦意乱的，就忘了叠衣服的事了，"安妮信誓旦旦地保证，"我今晚一定不会了。我会把脱下来的衣服全都叠得整整齐齐，在孤儿院的时候也有人要我们这样做。可我老是忘记，每次都会急急忙忙爬上床，安安静静地躺着，好赶紧开始自己的想象。"

"你一定得记住，这种不良习惯必须改

掉，"玛丽拉严厉提醒她，"是的，就这样。你先做祷告，然后再上床睡觉。"

"祷告？我从来没做过祷告。"

玛丽拉这下可结结实实吃了一惊："你再说一遍，安妮，没人教你做祷告吗？小姑娘一定得做祷告，这是上帝最乐于见到的事情。上帝是谁，你知道吗，安妮？"

"上帝就是圣明，是广博、永远、不变，是智慧、力量、圣洁、公正、仁慈与真理。"安妮张口就说出了。

玛丽拉这才长长地吐出一口气："谢天谢地，你还知道这些，不是一无所知的教盲。这些东西你是从哪里学来的？"

"嗯，孤儿院的主日学校有讲这个的。我在那里学了《教理问答》，我很喜欢那本书，里头有些语句写得非常优美。'广博、永远、不变'，跟伟大非常接近吧。读起来感觉铿锵有力、节奏分明，就像在弹一架大风琴。我觉得，不能将它简单地归到诗歌里头去，但是读起来跟诗歌的感觉很像，您觉得是这样吗？"

"我们不是要谈这个，安妮，我们在说你该怎样念祝祷词。你难道不知道这个？这是每晚都必须做的事，要是连这个都不做，那就实在太糟了。你是一个坏女孩子吗？"

"要是您长了一头红头发，您就知道了，谁都会认为您已打上坏孩子的烙印了，想学好不容易。"安妮有些伤心，"您没有红头发，怎么会了解红头发的痛苦呢？托马斯太太说，我这把红头发是上帝的恶作剧，所以我就再也不理会上帝了。我每天晚上都累得要命，那些双胞胎总是惹事，一刻也不停，每天从早到晚地看顾他们，我哪里还有工夫去念什么祷文啊？唉，的确，您也觉得这样不太好吧？"

玛丽拉不愿意再空耗下去了，她决定立刻开始对安妮的宗教训练。

"你如果想留在这里，就不能不做祷告，安妮。"

"啊，这是自然，如果您要求我这样做的话。"安妮快活地说，"您叫我做什么我都答应。不过，您得先告诉我该怎么做，以后我就会了。上床之后，我还要好好地想一想那段祷告文，我要把它们变得更优美，这样每天使用时就会很开心了。那我们现在就开始吧。"

"你得先跪下。"玛丽拉急促地说。

安妮于是在玛丽拉的脚边跪了下来，接着抬起头，认真地盯着她：

"做祷告必须得跪着吗？您知道我是怎么想的吗？我想做祷告的时候，应该一个人到田野里去，或者到幽静的深林里头，抬起头望着浩渺的天空，望着那无尽的蓝天，脑子里就会不由自主地蹦出好的祝祷词。您看，我已经按照您的要求准备好了，接下来该怎么说？"

这实在让玛丽拉不知如何是好了。她虽然已经想好了适合孩子念的祷文，这对于那些穿着白色睡袍、守在母亲身旁学习的孩子来说是无比神圣的事情，但在这个孩子心中，好像完全变了样。这个小家伙，一脸的雀斑，不懂上帝的仁爱，也从来没在乎过，因为她从来都没感受到过他的光芒，也没有谁就此向她说明过什么。

"长到你这么大年纪的孩子都是自己念祷文的，安妮。"玛丽拉很显然对这场谈话有些不耐烦了，"感谢上帝，让他赐予你福泽，你要谦逊地说出自己想要的东西。"

"好吧，那我尽力吧。"安妮低下头，将脸埋在玛丽拉的膝盖间，大声说，"仁慈的主啊——我在教堂里是这样听见牧师说的，我觉得，我自己是不是能够这么说，"她突然仰起头，说出了一些玛丽拉闻所未闻的祷文，"仁慈的主啊，'欢乐的白色之路''闪光的小湖'，还有

'邦妮'和'白雪皇后'都是您赐予的，我心里觉得无限感激。在您赐予这些的时候我就想到要感谢您了。现在我说说我想要的吧，那实在太多了，得说上好长一段时间。我还是先捡最重要的两个说吧。主啊，请您让我留在绿山墙吧，请您让我越长越漂亮吧。感谢主，尊敬您的安妮·雪莉。"

"您看我这样行吗？"安妮站起来，脸急切地望着玛丽拉，"要是时间能够再充裕一些，我就会更加注意措辞，将这祷文说得更动听一些。"

这着实让玛丽拉震惊了，这样的祷文的确很虔诚，但是也太荒唐了，差点儿就让她晕厥过去了。她给这个可怜的小女孩掖好被角，打算准备一篇真正的祷文，明天好好教教她。当玛丽拉端起蜡烛，正要离开的时候，安妮又开口了：

"啊，对了，天哪，我怎么忘记说'阿门'了？我是该用'阿门'来作为这段祷文的结束语，是吧？我听见牧师们都是这样说的。我怎么会忘记这个呢？'阿门'与'尊敬您的'意思不太一样吧？"

"我觉得可能差不多吧，"玛丽拉说，"赶紧睡觉吧，踏踏实实地睡一觉。"

"最好说今晚要睡个好觉，那样最合适了。"安妮一边将头舒舒服服地枕在枕头上，一边说。

玛丽拉端着蜡烛来到厨房，很不高兴地对着马修说：

"马修·卡斯伯特，那个孩子的确要有人来收养，让她接受一些必要的教育。你不知道，她差不多就是一个教盲。在今晚之前，她还从来没做过祷告。她得有《天际初开》那样的书籍，明天我带她到牧师那里借一套回来。我还得给她做几身合体的衣服，现在的衣服太小了，还得送她到主

日学校去学习。你看，我即将忙得脚不沾地了。唉，我们得共同承担这个麻烦。想想以前的日子是多么轻松自在啊，以后再也不会有这样的好日子了。不过，我还是得尽力去做。"

第八章
安妮开始新的生活

　　玛丽拉有自己的盘算，她直到第二天下午才把留下安妮的决定告诉她。午饭前的时间里，她给这个孩子安排了各种各样的活儿，自己则在一旁一言不发，默默地观察和审视她的举动。到了中午，她得出结论，这个女孩子还算是乖巧伶俐，手脚也勤快，不管什么事情，一学就会。当然，缺点也很明显，比如动不动就走神，这种时候就像是在梦游，完全忘记了身边的一切，也忘记了手头的事情，只有被突发事件打断或者突然遭到训斥时，才会猛地清醒过来。

　　午餐后，安妮将那些碟子小心地清洗完毕，一一放好，然后跟下定决心一样走到玛丽拉面前，脸上充满了坚毅的神情。她小小的身

体一直在发抖，从头抖到脚，一张小脸儿涨得通红，灰眼珠使劲儿瞪着，差点儿就连眼白都看不到了。她将两手紧紧攥在身前，犹豫了一会儿，终于以恳求的语气开了口：

"啊，求求您，卡斯伯特小姐，您快告诉我，您要怎么安顿我吧？是要把我送走，还是决定将我留下来？从早上刚起床我就一直等着，等到了现在，我现在没法儿坚持下去了，这种感觉太痛苦、太折磨人了，请您就赶紧告诉我吧。"

"看到那块洗碗布没有，我是怎么跟你说的？你还没用干净的热水消毒呢。"玛丽拉脸上一点儿表情都没有，"赶紧去干活儿，都干好了再来找我。"

安妮只好不情不愿地去做，做完了又来到玛丽拉面前，紧紧盯着玛丽拉的脸，这一次目光中恳求的神色越发浓厚。"好吧，"玛丽拉只好向她说清楚，"我能够告诉你，我们决定将你留下来，但是有一个前提，你必须用心学习怎么做一个好女孩儿。嗯，你这是怎么了？你怎么这个样子？"

"我哭了，"安妮说话的声音颤抖得厉害，"这种感觉我没法儿表述，但是没有比这更高兴的事了。呃，不，高兴这个词儿太苍白了，没法儿用在这里。我之前就高兴过，可是这个消息远远比之前的那些都让我高兴许多。我实在是太幸福了。我一定会努力做一个好女孩儿。我知道这对我来说非常困难，我本来是一个坏透了的女孩子，这是托马斯夫人天天挂在嘴边的话。但是我会尽最大努力做一个好女孩儿的。请您告诉我，为什么听到这么高兴的事，我还会哭呢？"

"这是因为你太兴奋、太激动了。"玛丽拉平静地说，"到那张椅子上坐着，赶紧平静下来。哭和笑怎么对你说都那么容易，说来就来了？

是的，我们决定把你留下来，我们会公平地对待你。你得去上学，两个星期后学校就放暑假了，等到九月开学的时候我们再送你去。"

"可是我不知道该怎样称呼您，"安妮踌躇着，"我一直都叫您卡斯伯特小姐，我不知道能不能叫您玛丽拉婶婶？"

"别，你还是叫玛丽拉吧，叫我卡斯伯特小姐我也不太习惯，觉得别扭。"

"叫玛丽拉？不行，这样太随便了，对您不够尊重。"安妮发表了她的不同意见。

"也没什么，只要你的口气很小心、尊敬就行了。在埃文利，不管大人还是小孩子都这样称呼我的，只有牧师例外。当他想起来的时候，他会称呼我为卡斯伯特小姐。"

"可我就想叫您玛丽拉婶婶，"安妮的语气充满了哀求的意味，"我这一生还没有过婶婶，也没有别的什么亲人，连奶奶都没有。请您允许我这样叫吧，这样我就觉得自己有了亲人。我能叫您玛丽拉婶婶吗？"

"不行。我怎么会变成你婶婶呢？我实在搞不懂用这样的称呼对你来说有什么好处。"

"我们不是会想象吗？我想象您就是我婶婶。"

"但是我做不到。"玛丽拉坚决反对。

"您从来都不想象吗？"安妮的眼睛睁得大大的，疑惑地问道。

"对，就是这样。"

"呃。"过了好半天，安妮才长长地吁一口气，"卡斯……玛丽拉，那您真的失去了太多东西。"

"是吗？可是我始终不明白像你那样总是幻想会有什么好处。"玛丽拉对小女孩的观点一点儿都不赞同，"所有的一切都是上帝一手安排的，

他不希望人们忘掉现实。哦，我这下想起来了，安妮，你快去起居室，先把手脚都弄干净，别让苍蝇飞进去。壁炉台上有一张带插图的卡片，你去把它拿来，上面写着一些祷文，你得赶紧背下来，记着，今天下午只要有空你就多看看。像昨晚那样的祷告可是再也不能做了。"

"唉，我怎么就那么笨呢？"安妮非常不安，"可是我从来都没做过，第一次怎么就能念好呢，您说是吧？昨晚您走后，我躺在床上翻来覆去地想，终于想出了一段很优美的祷文。可是——您也许觉得我是在骗您——今天早晨醒来的时候，我居然一个字都记不起来了。那么好的祷文，也许我这辈子都再也想不出了。所有灵感的东西，第二次想出来的，总不如第一次突然冒出来的时候好，您是不是也这样认为？"

"安妮，我必须得提醒你，我叫你做什么，你得马上就去做，绝不能跟现在这样，总站在那里絮叨个不停。照我说的话，赶紧去做。"

安妮只好赶紧闭上嘴，急急忙忙地穿过客厅，朝起居室跑去了。可是她一直都没回来，过了十分钟，玛丽拉只好放下手中的针线活儿，一脸愠色地赶到起居室，进去却发现安妮正一动不动地站在一幅画前，呆呆地望着。那幅画正好挂在两扇窗户中间的墙上，安妮就那样站着，神色迷糊，好像陷入了梦境一般。窗外是苹果树和一簇簇新长出来的葡萄藤，白色苹果花和绿色藤蔓的影子映在窗子上，强烈的光线洒在屋子里，照到小安妮的身上，给她周身罩上了一股柔和的光芒，让她看起来有些超凡脱俗。

"安妮，你在想些什么？"玛丽拉叫了一声。

安妮猛地清醒过来。

"您看，"她抬起手指着墙上的那幅石版画，画名叫《耶稣基督赐福儿童》，画面上充满了艳丽、饱满的色彩，"上面那个穿蓝色裙子的小女孩儿，好像也是没谁会要的，她孤零零地站在那里，跟我多像啊。刚刚我一直想象自己就是她。她看起来那么孤独与忧伤，是不是？她肯定也没有父母，特别希望上帝能够赐福给她。她那样悄悄地站在人群外面。我了解那种心情，心里头怦怦直跳，手脚都冰凉，就像我问您我能不能被留下来一样。上帝会不会看到她？这太叫人揪心了。上帝会看到她的，是不是？我就站在这里不停地想着，想着，她一点点往前凑过去，离上帝越来越近，上帝也终于注意到她的存在，抬起那只慈爱的手，放到她的头上。啊，她这么兴奋，激动得浑身颤抖起来。唉，这画家真是的，怎么能把上帝画成那副忧郁的样子？大概上帝的画像都是这样的吧？您肯定也注意到这一点了。不过我觉得上帝不应该是这样的表情，他不会让孩子都怕他的。"

"安妮，"玛丽拉终于能够插一句话了，她自己也有些奇怪，为什么自己要等这个孩子一直说完这么长的话，"你怎么能说出这种话呢？这是大不敬的，不敬，你懂吗？"

安妮疑惑地睁大了眼睛："怎么会这样呢？我的心里非常虔诚，没有半点儿不恭敬的意思。"

"算了，我想你就是这样。但是千万不能这样随随便便地就议论上帝。你应该注意，我叫你拿东西，你就应该马上拿过来。你怎么能够不管指令，就这样呆站在这里胡思乱想呢？记住，拿上这张卡片，马上去厨房，找个角落坐好，集中精力把这篇祷文背下来。"

餐桌上插着安妮刚刚采回来的一大束苹果花，安妮将卡片插在那里，玛丽拉一声不响地瞅着她的举动。安妮用手托腮，聚精会神地看了好一阵子卡片。

"这段祷文真好，"安妮发表了自己的看法，"实在是太美了。在

孤儿院的时候我听主日学校的校长念过祷文，可是我当时听不进去。他的嗓音非常沙哑低沉，祷告时极其悲伤的样子，我觉得他好像讨厌做这样的事情。现在我看明白这段祷文了，它就跟诗歌一样优美。'我们的在天之灵，您无比神圣。'这就像是一行乐曲。啊，我非常高兴，是您让我看到这篇祷文的。卡斯——玛丽拉。"

"唉，别再说话了，好好学习吧。"玛丽拉不想她接着说下去了。

安妮听了这话，将花瓶朝自己面前挪近一点儿，凑过去亲吻了一朵粉红色的花骨朵儿，用功地学了起来。

"玛丽拉，"才过了那么一小会儿，安妮就又开口了，"您说，我能在埃文利交到一个好朋友吗？"

"嗯，交什么，朋友？"

"就是那种贴心的亲密朋友，您知道，就是能够分享心事，无话不谈的那种。我一直都在心里期盼着有这样的朋友，不过不知道会不会有梦想成真的一天。现在我身上一下子发生了这么多好事，我觉得有可能这个也会实现呢。您觉得是不是？"

"有个跟你年岁差不多的小姑娘，叫戴安娜·巴里，就住在那边果园坡上。不过她可是个人人喜欢的好孩子。她的婶婶住在卡莫迪，她到那里拜访去了。等她回来，也许能够跟你成为好朋友。不过你得先约束自己，做一个好孩子，言谈举止都要得体大方、礼貌有加。她的妈妈，也就是巴里太太，是个非常挑剔的人，绝对不会允许自己的女儿跟坏孩子相处的。"

安妮兴致勃勃地坐在那里听着，隔着苹果花望着玛丽拉。

"戴安娜？她长什么样子啊？头发不会是红色的吧？要是跟我一样就太糟糕了，我不希望我的好朋友也跟我一样有一头红发。"

　　"她是个非常漂亮的女孩子，眼睛又大又亮，嘴唇红润，牙齿洁白，小脸儿粉扑扑的。既乖巧又聪明，这是她最主要的特征。"

　　玛丽拉尽力在对这个孩子说话时加入成语，可是这个小女孩子只希望感受到一种融洽和谐的氛围。

　　"啊，她长得漂亮。这太叫我高兴了。人就该这样，就该长得漂亮。我是没办法了，但是有一个漂亮的知心朋友我也满足了。托马斯夫人的客厅里有一个书柜，安着玻璃门，书柜里装的不是书，而是一些瓷器，有时候也会放一些果酱在里头。我住在那里的时候，有天晚上，托马斯先生喝醉酒打破了一扇玻璃门，还有一扇没坏。我常常会走到玻璃门前，把我自己的影子叫作卡迪·莫里斯，我跟她相处得非常愉快。我俩可亲密了，我什么话都和她说，有时候会一连说上几个小时。到了星期天，我稍微闲一点儿，就有机会尽情地向她倾诉自己的心里话。她给我极大的安慰。我把那个书柜想象成带魔力的东西，如果我知道咒语，我就能走进卡迪的房间，哦，是卡迪的房间，不是装满瓷器和果酱的书柜。我俩手牵着手，到一个神奇的地方去，那里满是鲜花，阳光灿烂地照耀着，仙女在周围翩翩起舞，我俩就在那里幸福地生活下去。谁知道后来我又要搬到哈蒙德夫人那里，要离开我心爱的卡迪，我心都碎了。不过她比我更难过，这一点我非常清楚，我能看到她泪流满面地在书柜玻璃的另一面同我吻别。哈蒙德夫人家没有书柜，不过她家附近有一条小溪，小溪上游有一条长长的小山谷，周围都是郁郁葱葱的。站在那里，哪怕说话声音很低，也能听到四周传来动听的回声。我想象那里有一个叫作维奥莱塔的小姑娘，也是我的好朋友，我俩非常要好，我对她就像对卡迪一样喜欢。您应该能想象到这些。可是后来，我不得不离开她去孤儿院。告别的那天，她哭得可伤心了。我一直在心里想念她。在孤儿院里，您也想象得到，在那里我是不可

能再有这份心思了。我再也没法儿交上那样的好朋友了。"

"幸亏是这样。"玛丽拉不动声色地说，"你这些全都是些荒唐的行为，没法儿叫人赞同。你真的相信自己小脑瓜里想出来的那些东西吗？你应该结交一个现实中的朋友，那样对你更好，你就不会成天胡思乱想了。不过，你刚才说的这些话，千万别让巴里夫人知道了，否则，她会认为你精神方面有毛病。"

"哦，放心，除了您，我不会告诉别人的。您知道，他们在我心里占据了多么重要的地位。可是您是不一样的，我希望您能跟我一样熟悉她们。啊，您看哪，这么大一只蜜蜂，停在苹果花上了。您想想，这是个多么美妙的地方啊，一朵苹果花啊。当风儿吹起，带着它轻轻摇晃的时候，就有梦幻随之升起。做一只蜜蜂真好啊，我希望跟蜜蜂一样。"

"你昨天不是才说想做一只海鸥的吗？"玛丽拉讥笑她，"你这样朝三暮四可不好。我刚刚不是叫你背那篇祷文吗，你怎么还唠叨个不停？是不是只要旁边有人，你就没法儿停住自己的嘴巴？那你还是回楼上吧，在你的房间更适合背这个。"

"可是，可是我马上就要背下来了，就差一行。"

"听我的话，上楼去吧。这不是理由。你背熟之后再下来跟我一起准备下午茶。"

"那这些苹果花我也能带到楼上去吗？它们能够跟我做伴的。"安妮请求道。

"当然不行。本来你就不该把它们从树上折下来，再说，房间里怎么能放那么多花呢？"

"我觉得也是，"安妮说着，很有些不安，"我不应该把它们从树上折下来，它们也有生命。换成我是苹果花的话，我也不希望被折下来。可是，它们实在太美了，我忍不住就动手了，要是遇到这样的情况，您会怎么做？"

"安妮，你听见了我的话没有？我叫你赶紧回你自己的房间去。"

安妮于是垂头丧气地走上楼，回到东山墙的房间，在窗前的椅子上坐下来。

"啊，最后这一句我终于背下来了。现在我应该把自己的那些想象一个个都装到这屋子里，让它们经常出现在我的想象世界中。看哪，地上铺着一块白色的天鹅绒地毯，地毯上绣着一朵又一朵粉红色的玫瑰，窗帘是真丝的，也是玫瑰色。墙上挂着的壁毯是金线织成的锦缎。家具全都是红木的。红木是什么样子？不管了，反正这个名字听起来觉得挺奢华的。那边还有一张长长的沙发，沙发上有很多靠垫，全都是丝质的，鲜艳夺目，金色、粉红色、艳红色、蓝色，各种各样的颜色全有。我躺在沙发上，觉得自己优雅极了。墙壁上有一面华丽的大镜子，我站在镜子面前，镜子里出现了我的影像，个子高挑，气质不凡，身上穿着白色长袍，上面镶着蕾丝花边儿，胸前和头发上都缀着许多珍珠，头发乌黑油亮，高高地绾起来，皮肤跟象牙一样洁白细腻。我的名字也很优雅，叫作科迪莉娅·菲茨杰拉德女士。唉，不过，这些全都是假的。"

她一蹦一跳地跑到墙上那面小小的镜子跟前，打量着自己。镜子中的那个小女孩子，满脸雀斑，眼睛是不起眼的灰色，正注视着她。

"你啊，还是绿山墙的那个安妮。"她清醒过来，"你总是从我的幻想世界中走出来，变成现在这个样子。不过，做绿山墙的安妮可太好了，比别的地方的安妮可要强上几千几万倍，是不是这样？"

她的身子微微前倾，嘴巴噘起来，跟镜子中的那个小女孩儿吻了一下，然后又走到了窗前。

"我亲爱的'白雪皇后'、山谷中的白色花朵，还有半山坡的灰房子，你们下午好。我想问问你们，戴安娜能变成我最好的好朋友吗？我希望能，我会非常非常喜欢她的。可是卡迪·莫里斯还有维奥莱塔怎么办啊？我这一辈子都不会忘记她们的。我不希望她们因为我新交了一个好朋友而难过，也不希望这会破坏我们原有的感情。哪怕她们永远都只是书柜小女孩儿和回音小女孩儿也没关系。我会永远记住她们，我会每天给她们一个飞吻。"

安妮朝着娇艳欲滴的花朵做了两个飞吻，手托着下巴，看着眼前梦幻一般的花的海洋，思绪又飘到了九霄云外。

第九章
蕾切尔夫人大吃一惊

等到蕾切尔夫人来探望安妮，那已经是这个小女孩儿到绿山墙两周后的事情了。这可怪不得蕾切尔夫人不积极，上一次她从绿山墙回去就患上流行感冒，这几周不得不卧床养病。有关马修和玛丽拉收养了一个孤儿的事情，引得埃文利大街的人议论纷纷，各种传闻争相出炉。蕾切尔太太虽然躺在床上，可是对这事儿实在好奇，所以身体稍微好点儿，她便急急地往绿山墙赶来了。

这段时间里，每天早上安妮都是早早地爬起来，利用玛丽拉允许的早饭前的半小时时间去熟悉周围的环境，包括每一棵树和每一丛灌木。有一条小路从苹果园下面穿过，一直伸到狭长的树林，最后爬上山坡。安妮发现之后，

便沿着这条小路一直往前走，走到小路的尽头，她发现了一个梦境中的世界。那里有一条蜿蜒美丽的小溪，小溪上架着一座木桥，小溪周围有一片拱形的花木树荫，尽是低矮的杉树和野樱桃树。这里也有很多蕨类植物，一丛一丛的，生机勃勃。附近还有一条僻静的小岔道，两旁是枫树和花椒树。

山谷里有一股泉水涌出，非常清幽凉爽，一下子就成了安妮的好朋友。这股泉水周围环绕着一些松软的红色砂岩，四周点缀着一丛丛、一簇簇叶片肥厚的大水草，看上去就像棕榈叶子。

安妮被这些美景吸引着，跑过小桥，来到林木蓊郁的小山坡上，那里有许多挺拔的冷杉和云杉，密密层层地长在一起。树枝间有一些亮闪闪的东西不停飘过，不过看不清到底是什么。林地上有许许多多的花儿，最多的是娇嫩、可爱的吊钟水仙，那种害羞的花儿散发出甜丝丝的香味。还有那些七瓣莲也很有风姿，在微风中摇曳着，有种淡淡的美，就像花朵中的精灵一样。树枝间挂着一些蛛丝，银丝一般闪着微光。那些粗大的水杉是最神奇的，它们茎叶密密匝匝，就像披着厚实的流苏一样，争相跟安妮窃窃私语。

每天早上的这些经历既新奇又有趣，安妮回去后总要兴奋地跟马修和玛丽拉讲个不停，说她今天又有什么新发现。马修总是面带笑容地看着她，默默地听她絮叨她的探险故事。玛丽拉有时候也会静静地听一阵子，当她发现自己也快变成一个幼稚的孩子时，就赶紧沉下脸来，打住话题，阻止这孩子继续说下去。

那天安妮正在果园中悠闲地逛着，草坪中的小草在晚风中轻轻摇晃，落日的余晖一点点将它们染红。这时蕾切尔夫人来了，看见玛丽拉，跟她聊了一阵自己染病的经历，随后便直接说起了自己来访的缘由。

"我听到了有关你和马修的一些传言，实在是太让人惊讶了。"

"真是这样吗？我比你更惊讶呢，"玛丽拉说，"不过我现在正在试图克服它。"

"这太叫人生气了，怎么会出了那么大一个差错啊，"蕾切尔夫人对此表现出深切的同情，"你们怎么没想办法把她给送回去？"

"倒是能送回去，可是我们后来的决定有了变化。起先马修喜欢上了她，后来我也一样。这孩子身上的确有些毛病，不过不是什么了不得的事情。这孩子来了之后，整栋房子好像都跟着发生了变化，实在是很神奇。她是个聪明伶俐的孩子，很讨人喜欢。"

玛丽拉本来不想跟她说这么多，但是她能看出来，蕾切尔夫人对这事表现出了明显的不赞同。

"这样一来，你的负担可就重了，"蕾切尔夫人对此非常担忧，"你之前从来没带过孩子，能行吗？你怎么管教她呢？这样的一个孩子，谁知道以后会出什么乱子？我不是在给你泼冷水，我是担心真的出了这种事情，你到时候后悔都来不及。"

"我是不会后悔的。"玛丽拉轻轻地但是很坚定地说，"这事情我已经决定了，不会再反悔的。你不是想见见安妮吗？我去叫她来。"

没过多久，安妮就跑进来了，脸上满是喜悦的神色。可是她突然看到了蕾切尔夫人，于是停在门口，踌躇不前。她还穿着孤儿院带来的那件又短又小的棉绒裙，瘦骨伶仃的两条腿在裙摆下面显露出来。这本来就已经够难看的了，再加上这段时间她天天在外面跑，风吹日晒的，脸上的雀斑好像又加重了，也没戴帽子，头发被风吹得乱七八糟，小脸红通通的，更是刺眼。

"哎呀，原来你这个小姑娘长这样，他们在收养你的时候肯定没注

意到你长什么样。"蕾切尔夫人一向自以为是，不管评论什么都是心里想什么就直接说出来，从来不顾及别人的感受，"玛丽拉，你看看这孩子，怎么会瘦成这个样子，实在太难看了。你这个孩子，走过来我仔细瞅瞅。哦，天哪，我可从来没看过一个人能长这么多雀斑的。还有这头发，红红的跟胡萝卜一样。快过来啊，你这个孩子，没听见我说什么吗？"

安妮的举动让蕾切尔夫人大吃一惊，她一个箭步冲到她面前，小脸儿涨得更红了，出于愤怒，大口喘着粗气，单薄的身子就像风中的叶片那样簌簌发抖，嘴唇也抖得厉害。

"我讨厌你！"安妮气得快说不出话了，拼命用脚跺着地板，"我讨厌你，我讨厌你，我讨厌你。"她一下一下地跺着脚，愤怒的话语一声响过一声，"你怎么能说我又瘦又丑？怎么能说没见过这么多的雀斑？怎么能说我的红头发？你怎么能这样评价我？你这个冷酷无情、粗鲁自私的女人！"

"安妮！"玛丽拉急得大叫起来。

安妮仍然不为所动，笔直地站在那里，高高昂起头，一双眼里喷出愤怒的火苗，拳头紧紧地捏着，大口大口喘着粗气。

"你怎么能这样说我？"这孩子依旧怒不可遏，她激动地叫着，"要是别人这样说你，你会是什么感受？要是有人说你，又胖又蠢，没一点儿想象力，你会觉得好受吗？我就这样说你，我不怕伤害了你。因为是你先伤害我的，还是那么恶狠狠地伤害了我。就连托马斯夫人的酒鬼丈夫也没这样伤害过我。你这个可恶的女人，我永远不会原谅你，永远不会！不会！永远不会！"

安妮依旧恨恨地跺着脚。

"天哪，这孩子，怎么会这么大脾气？"蕾切尔夫人惊讶地张大嘴，半天才进出一句话来。

　　"安妮，快回你的房间去，一会儿我上去找你。"玛丽拉这会儿似乎才清醒过来，吩咐了一句。

　　安妮放声大哭，冲出客厅，砰的一声重重地甩上门，就连门廊上的挂件也被震得发出叮叮咣咣的一串响声。那阵咚咚的脚步声一直传到楼上，接着又听见砰的一声，东山墙卧室的门也被重重地甩上了。

　　"真的，谁稀罕要一个这样的小丫头，是不是，玛丽拉？"蕾切尔夫人一肚子的怒火不知道该如何发作。

　　玛丽拉张了张嘴，半天才憋出一句连自己都无比惊诧的话来："说真的，您实在不该嘲笑她的长相，蕾切尔夫人。"

　　"玛丽拉·卡斯伯特，你是看到了，她刚刚多吓人，你不会赞同她的做法吧？"蕾切尔夫人极为不满。

　　"怎么会呢？"玛丽拉有些语塞，笨嘴拙舌地分辩道，"我不是要为她的做法开脱。她的确是个不太听话的孩子，尤其是刚刚这件事，我得好好跟她谈谈。不过，这样一个小孩子，还没有到明白事理的年纪，您刚刚当着她的面那样说话，的确是有些过分了，蕾切尔夫人。"

　　后面这句话一出口，连玛丽拉自己都吓了一大跳，这些话就这样不由自主地冲出来了，玛丽拉实在很不好意思。蕾切尔夫人觉得自己颜面扫地，很不高兴地站起来。

　　"啊，看来我今后说话得加倍小心啊。玛丽拉，这个孤儿这么敏感，自尊心比大人的还强，真不知道是怎么回事。呃，我没生气，你也别太往心里去。我这心里头，为你难过还来不及呢，哪有工夫生气啊。这个孩子，肯定给你添了不少麻烦。我觉得你该考虑我的提议，虽然你一时无法接受，但是，我毕竟是养育过孩子的女人，而且养育了十个，后来失去了

两个。教育孩子的话，一根粗壮的白桦树枝可能比单纯的说教要管用得多，一会儿你不妨用这个跟她好好谈谈。你看，我还是憋不住要说几句，她的坏脾气跟她的一头红发一样，火气冲天。算了，我给你道晚安了，玛丽拉。"

蕾切尔夫人说完，便甩开她的胖腿，一步比一步重，恨恨地走了。玛丽拉沉下脸，慢慢朝安妮的房间走去。

她心事重重的，不知道究竟该如何是好。不管怎样，她也不觉得用白桦树枝是一个说教的好方法。

打开房门的时候，玛丽拉看见安妮正趴在床上伤心地哭泣着，肩膀一耸一耸的，连那双在屋外沾满烂泥的靴子把干干净净的床单给蹭脏了都没意识到。

"安妮。"玛丽拉意识到自己说话的语气并不像自己想象中那么严厉。

安妮没有作声。

"安妮。"玛丽拉这次明显提高了音量，"赶紧下床，我得好好跟你谈谈。"

安妮不情愿地爬起来，坐到了椅子上，身子还扭来扭去的，脸上挂满了泪珠儿，看起来有些浮肿，低着头，死死地盯着自己的脚尖。

"你做得可真好啊，安妮？你不为自己的行为感到羞愧吗？"

"她凭什么说我长得丑，还那样说我的红头发？"安妮依旧气愤难耐。

"你一个小孩子，怎么能那么大火气，用那种口气跟大人说话，安妮？我为你感到很羞愧。我本来以为你能在蕾切尔夫人面前表现得很好，很出色呢。没想到，你就是这样给我长脸的。说你是红头发，说你长得不好看又怎么样？你平常不也是这样说自己的吗？"

"可是自己说跟别人说不一样。"安妮哽咽着回答，"虽然她说的是事实，可是谁愿意别人那样看待自己？换成您在我的角度上，也会跟我一样是不是？现在，您心底里肯定认定了我是一个臭脾气的坏孩子，可是她说那话的时候，我心里就像有个大火球在烧着，火气腾的一下蹿了上来，堵到喉咙里，我透不过气来，实在忍不住就发作了。"

"哼，你这下可是出尽风头了。蕾切尔夫人肯定会到处跟人宣扬这事儿，尤其是你的坏脾气。"

"我管她说什么？她说我瘦骨伶仃、难看得要命，要是有人这样说您，您会一点儿感觉都没有吗？"说着安妮又哗哗地淌下了眼泪。玛丽拉突然想起了一件事，她自己很小的时候，一次听见一位认识的阿姨对另一个人说："嘿，你看，这样一个黑炭一样的小东西，长得这么丑，真是可怜。"听到那话的时候，自己的心感觉就像在滴血，五十年过去了，这件事依旧深深地刻在自己心上。

"我承认她也有不对的地方，安妮，"玛丽拉的语气缓和下来，"但不论怎样，她都是客人，也是你的长辈……"玛丽拉突然想到一件事，她找到了惩罚这个孩子的办法，"你得上她家去，向她承认你的错误，请求得到她的原谅。"

"我才不去。"安妮立刻表态，"不管您怎样惩罚我，玛丽拉。哪怕您把我关到地窖里去，里头阴暗潮湿，周围都是蛇和癞蛤蟆，不给我吃的，我也不会怪您。可是要我去求那个蕾切尔夫人原谅，我做不到！"

"做不到？"玛丽拉很不高兴地说，"好吧，那你就在这里待着吧，待到你想通为止。"

"那我就永远待在这里了？"安妮非常着急，"我的确是感到难过，可是不是因为我对蕾切尔夫人说出那样的话，说那样的话让我很解气。我

难过是因为您为我感到苦恼。我对蕾切尔夫人说的那些话，让我觉得心里畅快极了，我一点儿都不难过，怎么能说自己难过呢？这话我可说不出来。"

"也许到了明天早上，你就会恢复正常了。"玛丽拉说着，准备离开，"给你一整夜的时间，足够你好好反省了。你不是说要做一个好孩子吗？我看你做的事情跟你说的话差远了。"

这几句话可真的戳到了安妮的痛处，她登时觉得非常不安。玛丽拉走下楼去，站在厨房里，依旧是满腹心事。她也对自己很生气，或者说感到矛盾。但是一想起蕾切尔夫人目瞪口呆的样子，她又忍不住想好好笑一通。

第十章
安妮的道歉

这么大一场风波，马修居然一点儿都不知道，玛丽拉忍了一个晚上，只字未提。等到第二天早晨，安妮还拗着不肯下来吃早饭，玛丽拉这才将事情一五一十地讲给马修听，其中特别强调了安妮多么粗鲁无礼。

"给了蕾切尔·林德一番教训，嗯，不错。她总那个样子，到处评头论足的。"马修听后开心极了。

"马修·卡斯伯特，你实在是匪夷所思。明明就是安妮做错了，你居然还说出这种话来！你是不是根本就不想给她任何惩罚？"

"哦，你猜测得不够准确，"马修回答说，"我觉得应该给她一点点惩戒。不过千万别过火，玛丽拉。你知道的，她根本就不懂为

人处世，也从来没谁跟她提过这方面的事。你能……你能给她一些吃的吧，是不是？"

"用断食来惩罚孩子？我可做不出这样的事来。"玛丽拉有些气愤，"我会让她按时吃饭的，不过她得一直在楼上待着，直到她肯去向蕾切尔夫人承认错误。事情就这么说定了，马修。"

安妮的脾气可真是犟，一日三餐都没下楼来。每次吃饭，玛丽拉就用一个托盘把饭菜装好，送到安妮的房间去。没过多久，玛丽拉再端下来，那些饭菜还好好的，一口都没动过。这是晚上最后一次了，看着安妮还是粒米未进，马修心里非常担忧。

天黑了，马修仍然待在牲口棚前，偷偷地注视着屋子里的动静，看到玛丽拉到后面的牧场牵牛去了，他就赶紧溜进屋里，蹑手蹑脚地爬上楼。平时马修只在厨房和走廊旁边自己的小卧室里活动，只有当牧师来家里喝茶的时候，他才会很拘谨地到客厅和起居室坐坐。他都有四年时间没到楼上去了，最后一次是那年春天跟玛丽拉一起在客房糊墙纸。

马修影子一样轻轻地从走廊移过去，到东山墙那里就停了下来，过了好几分钟才鼓足勇气轻轻地叩了一下门，没有回应。隔了一会儿，他把门推开，小心地朝里面看了看。

安妮正坐在窗前，一动不动地看着外面，非常伤心的样子。马修看到她这副样子，心里很是难过。他轻轻地带上门，轻手轻脚地走到安妮面前。

"安妮，"马修低声说，生怕被别人听见一样，"你怎么还这么傻坐着啊，安妮？"

安妮拼命朝他挤出一个笑容，看来她对这种禁足的惩罚已经有了充分的心理准备。

马修意识到玛丽拉很可能会提前回来，被她撞上可不太好，得赶紧把要说的话跟安妮说完："唉，安妮，我想跟你说，你是不是应该照玛丽拉说的去做，把这件事了结算了？"

"您是说要我去给蕾切尔夫人道歉？"

"对，就是去道歉。"马修急急地说，"对，我就是这个意思，你去道个歉，走个过场，把这事搪塞过去。"

"您希望我这样做？那……那……我觉得能做到吧。"安妮仍旧很难过，"唉，我觉得心里头非常难受，直到现在都这样。昨天晚上我可不这样想，我觉得我是疯了，整夜都气得不行。夜里头醒了三次，只要一想起这事儿就恨得直咬牙。到今天早晨，我才不生气了，我这才意识到事情已经闹开了，很难收场。我为此感到很害臊。虽然这样，我还是不想去给蕾切尔夫人道歉。我觉得没法儿做出这种事。我宁愿永远被关在这里，也不想去跟她道歉。可是您这样说了，我决定听您的话。"

"那你就去吧。你知道的，要是你不在楼下，屋子里就冷冷清清的。既然决定了，就赶紧行动起来，赶紧了结这事，这才是好孩子。"

"好的，"安妮很听话的样子，"要是再看到玛丽拉，我就告诉她我为做过的事感到后悔。"

"这样就好，这样就好，安妮，别叫玛丽拉知道我来过，我跟她约定过，否则，她会觉得我在干涉她的做法。"

"我会把这个秘密永远藏在心底，就算力气再大的野马也没法儿将它拉出来。"安妮一本正经地说，"可是对这种秘密，野马会用什么方法往外拉呢？"

马修必须赶紧走掉。实在太难以置信了，他居然马到成功。他飞快地奔逃到马场最偏远的角落，生怕玛丽拉起了疑心。玛丽拉走进屋子，听见

有谁在叫她，那声音是从楼梯扶手那里传来的，听起来非常伤心，这让玛丽拉觉得异常惊喜。

"安妮，是你吗？"玛丽拉一边说着，一边走进了客厅。

"我觉得非常后悔，不该做出那样的事，不该说出那么粗鲁无礼的话来。我愿意去找蕾切尔夫人，当面向她道歉。"

"这样可真太好了。"玛丽拉高兴地点点头，其实她心里一直七上八下的，要是这孩子一直死犟着不肯道歉可怎么办？"等我一会儿，我挤完牛奶咱们就出发。"

她俩一起上路了。玛丽拉脸上带着宽慰的笑容，大踏步地走在前面，安妮在后面跟着，小脸儿耷拉着，一副垂头丧气的样子。可是走到一半时，她突然抬起了头，脚步也变得轻快，望着天边的晚霞，她的脸上忍不住流露出喜悦之情。这叫玛丽拉觉得心里有些发虚，这孩子能改过吗？要是她这个样子去见蕾切尔夫人，只会让对方更加生气。

"你心里到底在想些什么，安妮？"玛丽拉语气中不满的意味极其明显。

"我正在考虑见了蕾切尔夫人该如何说才好。"安妮认真地说。

这样的回答还是叫玛丽拉觉得有些不安，她总觉得惩罚中肯定出了什么岔子，要不然安妮这会儿为什么还一副喜气洋洋的样子？

安妮就这样高高兴兴地往前走，一直走到蕾切尔夫人家的大门口。蕾切尔夫人正坐在厨房的那扇窗户前做针线活儿呢。一看见她，安妮脸上高兴的神色立刻就消退了，取而代之是一副悲哀、痛悔的神情，话还未出口，就扑通一声跪倒在了蕾切尔夫人面前，伸出了双手，好像手上也捧着沉甸甸的哀求。这样子把蕾切尔夫人吓了一大跳。

"啊，蕾切尔夫人，我觉得太难受了，"她激动地说，声音颤抖着，

"我实在没法儿告诉您我有多么后悔，真的，哪怕是把字典里所有的词语都用上，也没法儿完全表达。我当初实在不该那样对您，实在是太不应该了，我的做法真是丢脸。我给我亲爱的朋友马修和玛丽拉丢脸了，我也让他们为我感到失望和伤心。虽然我不是他们想要的男孩儿，可他们依然收留了我。我的做法太过分了，太忘恩负义了，应该被无情地唾骂。您不过说了几句实话，我就发了那么大的火，我实在是个坏孩子。您当时说的一点儿都没错，全都是事实。我的确长着一头红发，脸上一堆的雀斑，干巴瘦小，长相也很难看。我说您的话其实也是事实，可是不应该说出来。啊，蕾切尔夫人，请您原谅我吧，求求您了，求您原谅我。您千万不要拒绝我的道歉，那样我会抱憾终身的。我想，一个孤苦伶仃的孤儿，哪怕她的脾气再坏、再古怪，您也不会拒绝她的请求的，是吗？我对这点很有把握，请您千万要原谅我，蕾切尔夫人。"

安妮垂下了头，手握得紧紧的，焦急地等待着对方的回答。

刚才这番话，不论怎么听都让人觉得情真意切、感人至深，玛丽拉和蕾切尔夫人对此都是同样的感觉，尤其是那诚恳的语气，听着就叫人心生感动。但是玛丽拉心里非常明白，安妮这不过是在表演，而且她非常欣赏自己的这种表演。

不过蕾切尔夫人可没有这么敏锐的洞察力，她觉得安妮的确是真心痛悔自己的行为，她虽然是个爱管闲事的人，可是心地仁慈，所以没打算再斤斤计较了。

"好吧，好吧，你这孩子，赶紧起来，"她也非常诚恳，"我这就原谅你。不过说实在的，我当时也过分了一点儿。我这个人一向心直口快，有什么说什么，你也别跟我计较了。你的确是长着一头红发，这点谁都能清清楚楚地看到。我小时候有一个同学，头发的颜色就跟你的一模一样，

不过等她长大后，颜色就变了，变成了非常漂亮的赤褐色。我觉得你的头发将来也会变成那样的。"

"啊，蕾切尔夫人，"安妮高兴地站起来，"这话我太喜欢了，这就是我的一个美好的希望。这是您赠给我的，您就是我的恩人，我会永远铭记在心。只要想想自己的头发将来有一天可能变成漂亮的赤褐色，我就什么都不在乎了。要是头发变成了赤褐色，做一个好人就很容易了，是不是？现在我想去花园，你们在这里聊天，我就在花园里苹果树下的那张石凳上坐着，可以吗？那里能够唤起我更多的想象。"

"当然。只要你愿意，你就赶紧去吧。看到了没，墙角那里有六月百合，你要是喜欢，就采一束玩儿去。"

安妮出去了，顺手带上了门。蕾切尔夫人非常高兴地站起来，拧开了灯。

"这个小东西，还真是有些古怪啊。这里有把椅子，坐这边吧，玛丽拉，这比你坐那儿要舒服多了，平时只有帮工的男孩子才坐你那把椅子的。哎呀，这个孩子说起来古怪，不过本质还是不错的，我对你和马修收留她的事情不再表示不解与难过了。甚至，我现在还开始喜欢上她了。"

她俩一起回家的时候，安妮手里握着一把洁白的水仙花，那是她在果园里收获的。

"我的这个道歉还不错吧，玛丽拉？"她在小路上蹦蹦跳跳的，一副得意的样子，"哎，既然决定道歉，就得把这事儿做好。"

"是做得不错。"玛丽拉中肯地评论道，想到刚刚的场景她就有些好笑，但是也觉得很有必要责备这孩子几句，"不论怎么说，最好以后还是不要再发生这种事，所以，你今后得好好控制自己的脾气，安妮。"

"只要没谁讥笑我的外貌，我的脾气很容易控制。"安妮轻轻地吁出一口气，"不管别人说什么我都不在乎。但是只要带着嘲弄的口吻来说我的头发，我就觉得无法忍受。心里的那股火腾地就蹿上来了。您觉得我的头发将来真的会变成那种赤褐色吗？"

"不要老是琢磨这些东西，安妮。你不是太贪慕虚荣的小女孩子吧？"

"我长成这样，哪里还有资格贪慕虚荣啊？"安妮对此有自己的看法，"漂亮的东西的确让我喜欢。为什么我有时候会讨厌照镜子呢？因为我在镜子里只看到不漂亮的自己。这让我心里非常难受。"

"行为美才是真正的美。"玛丽拉吐出一句名言。

"我听说过这句话，可是我不是非常相信。"安妮已经习惯了用怀疑的眼光看待周围的一切，她伸出头嗅一嗅手中的水仙花，"啊，真香啊，这是蕾切尔夫人送给我的。我想，她应该很善良。我不再讨厌她了。被原谅之后，我得到了她的宽恕，这种感觉实在美好，让人觉得很畅快，是吧？您看，天上的那些星星真亮啊。要是能够到星星上去住着，您想要哪一颗？您看挂在黑色山丘上的那颗星星，又大又亮，可爱极了，这是我最喜欢的星星。"

"别说这么多了，安妮。"玛丽拉实在忍不住了。安妮想象力很丰富，思维非常活跃，玛丽拉实在跟不上她的节奏，累得够呛。

安妮再也不说话了。很快马车就驶到了自家小路上。清凉的夜风轻轻地拂过脸颊，散发出夜露和嫩蕨草的芳香。前面高高的地方有一个暗影，那就是绿山墙。树影婆娑，树影后面的厨房里有一缕灯光透过来。安妮突然朝玛丽拉靠过来，把自己的小手搁在她满是皱纹与老茧的大手掌心里。

"我在心中对自己说，朝有灯光的地方走，那就是我们的家。这种感觉实在是太好了。"她说，"我已经打心底里深深地爱上了绿山墙，我还从来没有这样爱过什么东西呢，不过这事儿很好理解，因为那些东西没有

什么像我的家一样。啊，玛丽拉，我觉得太幸福了。你赶紧让我祈祷吧，我再也不觉得那有什么困难了。"

玛丽拉把那只小手紧紧地握在自己手中，那只瘦弱的手给自己带来极大的温暖和甜蜜，让自己顿时生出一种强大的母爱来。她觉得自己应该平静一下，于是脑海中闪过这样一条人生哲理：

"安妮，只有做一个好女孩儿，才能感受到真正的、永久的幸福。这样，念祷文也不再是困难的事情了。"

"念祷文和做祷告不是一回事吧，"安妮的想象力又扇动了翅膀，"就像这样，我想象自己就是一阵风，在枝头上轻轻吹拂。等到困倦的时候，我就想象自己轻轻地朝这里的蕨草飘落下来，然后缓缓地飘向蕾切尔夫人家的花园，让那里的花儿也在我的吹拂下翩翩起舞。远处有一片长着三叶草的地方非常美，我累了之后就会飘到那里，然后再飘到'闪光的小湖'上面，吹开阵阵美丽的涟漪，让水面泛起粼粼的波光。啊，这些有关风的想象就在我的心里无止境地飘荡着。我还是停下来，别再说了吧，玛丽拉。"

"哦，感谢上帝！"玛丽拉终于松了口气，低低地叫了一声。

第十一章
主日学校

"哦，过来，你来看看，喜欢它们吗？"玛丽拉认真地问道。

在靠东山墙的那个房间里，安妮正静静地站着，仔细地盯着床上平摊着的三条簇新的连衣裙。一条是棕色方格子布的。去年夏天玛丽拉在一个小贩那里看见了它，听他吹嘘这种布极其结实耐穿，她就动心了，赶紧买了它。另一条是黑白格子锦缎的，也是玛丽拉精心挑选的，是从冬季廉价柜台上挑出来的。最后一条是蓝色印花布的，布料很硬，有些难看，有个星期天，玛丽拉去卡莫迪的一家商店买下了它。

这三条裙子都是玛丽拉一针一线缝制出来的，款式都一样，打着大褶子，腰身收得紧紧的，光光的没一点儿装饰。袖口也没什么装

饰，紧紧地束着。

"呃，我会喜欢它们的，在我想象中。"安妮一本正经地说。

"怎么还是在想象中？"玛丽拉显然有些生气，"哼，我知道了，你不喜欢这些裙子对不对？它们有什么不好？全都是崭新的，又干净又整洁，难道不是这样吗？"

"是的。"

"那你为什么不喜欢？"

"这些裙子……不……不够好看。"安妮支支吾吾地憋出这样一句。

"好看！"玛丽拉丝毫不以为意，"我可没想过这一点。我觉得，根本就不能纵容你的虚荣心，那不会给你带来任何好处的，这点我必须明确告诉你。这些裙子都很实用也很耐穿，只是没什么荷叶边和褶皱，你可以穿着它们过夏天了。那条棕色的方格子裙和蓝色的印花裙是你上学时候穿的，锦缎裙子只能在上教堂和去主日学校的时候穿。你看，有这么多新衣服了，你可以换下身上那件又紧又小的棉绒衫了。难道你心里没有一点儿感激的念头？"

"啊，那是自然了，"安妮仍然坚持己见，"不过想让我更感激，最好能将其中一条裙子换成泡泡袖的，这种款式现在非常流行。要是能穿上这种裙子，我会更加兴奋的，玛丽拉。"

"没有泡泡袖不是一样能穿吗？我可没有多余的布料浪费。在我看来，加上那种泡泡袖才显得不伦不类，非常滑稽。衣服嘛，就是要朴素耐穿才行。"

"我喜欢跟大多数人一样，要是他们都觉得泡泡袖好看的话，哪怕穿得滑稽也比土里土气的好。"安妮仍然坚持自己的想法，似乎还有些难过。

"你就是这个样子！我只希望你的行为举止能够跟其他女孩子一样，不要太出格就行了。好了，赶紧把你的衣柜收拾一下，将这些裙子挂到里头。做完这些就把主日学校的课本拿出来，坐下来认真预习吧。我已经从贝尔先生那里给你领了一份教材，明天你就要去主日学校学习了。"玛丽拉说完便下楼去了。

安妮的两手紧紧地握在一起，眼巴巴地盯着那三条裙子。

"唉，要是能有白色的、带泡泡袖的连衣裙那该多好啊，我做梦都想有一条这样的裙子。"她低声嘟囔着，看起来还是快快不乐，"我还为这个梦想祷告过，虽然我知道实现它几乎是不可能的事。一个孤苦无依的小女孩子，总是幻想着能有一条白裙子，可是上帝哪有时间来搭理这事儿啊，只能寄希望于玛丽拉了。唉，我现在唯一的办法就是自己的想象，我能想象其中一件是用细棉纱布做成的，雪白轻盈，上面密密地缀着漂亮的蕾丝花边儿，袖子都是鼓鼓的、十分蓬松。"

第二天早晨，玛丽拉觉得有些不舒服，可能头痛病要发作了，没法儿带安妮去主日学校了。

"安妮，你跟蕾切尔夫人一起去学校吧。"她说，"她知道该如何把你介绍进一个合适的班级去。从今天起，你必须时时都要行为端庄大方、言行礼貌得体。听牧师布道时，蕾切尔夫人会告诉你我们平时的座位在哪里。拿上这些钱，这都是我们募捐的。别老盯着别人看，要是坐下来了就别随意走动。我在家等你，你回来后给我讲今天学到的课文。"

安妮穿着那条黑白格子的锦缎裙上路了。那条裙子的长短对于这个小女孩子来说，还是比较合适，要不是她实在太瘦弱了，看到的人都会认为这衣服实在是太节省布料了。虽然这样，安妮穿在身上也有些紧绷，身体的每一个棱角和关节都凸显出来。她头上戴着一顶簇新的小水手帽，看起

绿山墙的安妮
Anne of Green Gables

来很光滑，但是没有任何装饰。安妮对这一点也很失望。于是她边走边想象着，这顶帽子上飘着长长的缎带，上面还点缀着鲜花。前面就要拐上大马路了，她赶紧在小路上采了一些野花，忽然看到前面有一大片金色的金凤花和绚烂的野玫瑰在风中摇摆，于是也随手采下来，编成一个沉甸甸的花冠，把它套在了帽子上。这下她觉得心满意足，压根儿就没想到别人会怎样看待她。她高兴地走上大马路，蹦蹦跳跳的，高高仰起脸，帽子上粉色和黄色的小花儿把她的小脸儿映衬得格外红润。

等到蕾切尔夫人家一打听，才知道她已经走了，于是她就自己去了教堂。

教堂的门廊那里有一群小女孩儿，个个都穿得花枝招展，衣服有白色的、蓝色的、粉色的，都很鲜艳。她们看到突然闯进来的安妮，全都好奇地盯住她看。她们觉得这个小脑袋缀满了稀奇古怪的花朵，实在是太好笑了。埃文利有关安妮的各种传闻层出不穷，这些小姑娘也听说了许多。蕾切尔夫人说这个女孩子的脾气非常坏；那个在绿山墙当帮手的杰里·波特说，这个女孩子非常古怪，总是自言自语，有时候还跟花草树木说话，整个儿一小疯子。那些小女孩子用书本掩住嘴，不错眼珠地盯着安妮，一边交头接耳地窃窃私语。过了一会儿，礼拜结束了，安妮被分到了罗杰森小姐的班级里，这其间没有一个人站出来向她表示友好。

罗杰森小姐已经到了中年，在这里教书二十年了。上课时，孩子们个个立起书本，她总是照本宣科地问一些书本上的问题，然后就用眼睛四下里巡视。要是她决定让哪个孩子回答问题，就会站在那个孩子背后，用严厉的眼神死死盯着那孩子，好像要把她穿透一般。这是她历来的习惯。罗杰森小姐沉着脸，上上下下仔细打量了一番安妮。幸亏玛丽拉事先对安妮进行了严格的训练，所以安妮对于这些问题都能对答如流，但是没人知道她是不是真的理解了这些问题和答案。

所以，在这第一次会面中，罗杰森小姐明显没给安妮留下什么好印象。让安妮觉得苦恼和伤心的还有，除了自己，所有的女孩儿都穿着泡泡袖的衣服，这让她觉得自己格格不入。她甚至觉得自己要是不能穿上泡泡袖的衣服，生活就没有任何意义了。

"嘿，你对主日学校的印象怎么样啊？"安妮刚踏进屋，玛丽拉就发问了。因为花朵已经枯萎了，所以安妮将那个花冠扔在了路上，现在她头上依旧是那顶光秃秃的水手帽。有关花冠的事，很长一段时间里，玛丽拉一无所知。

"很不好，那个地方非常叫人讨厌。"

"安妮·雪莉。"玛丽拉惊讶得要大叫出来。

安妮叹着气，坐到了摇椅上，将脸凑到一片邦妮的叶子跟前，轻轻地吻了一下，又朝那朵吊兰挥了挥手。

"我不在这里的时候，它们肯定会觉得非常无聊。"她对刚刚自己的举动做了说明，"主日学校吗？我就详细给您讲讲吧。说真的，我从头到尾都是按照您的嘱咐去做的。我没跟蕾切尔夫人一起去教堂，因为等我过去的时候她已经走了。我是跟一大群女孩儿一起进去的。我是坐在靠窗的一张长椅子上参加礼拜仪式的。幸好我是坐在那里，因为贝尔先生的祷文实在太长太长了，听得人直犯困。坐在那里朝外望，我一眼就望见了'闪光的小湖'，这下好了，我就一直望着它，脑子里闪过许许多多奇妙的想象。"

"你那样做可实在不好，应该认真听贝尔先生的祷告。"

"可是那些话他又不是对我说的，"安妮为自己辩解，"他是对上帝说的，并且他自己也说得很无趣、乏味的样子。我敢肯定，他一定是觉得

上帝离他太遥远了。当时我发现湖边有一排白桦树，阳光透过它们的树枝
一直照进湖底，就跟梦幻中的景色一样，实在是美极了。我激动得浑身颤
抖，连说了两三遍'谢谢你，上帝'。"

"你不会是大声说出来的吧？"玛丽拉担忧地问道。

"哦，我没有，我当时说话非常小心，声音压得很低。唉，那个贝
尔先生终于是念完了他的祷词，有人叫我跟着罗杰森小姐进了一个教室。
那间教室里，除了我还有另外九个女孩子，个个都穿着泡泡袖。我在心里
幻想着，我的袖子也是跟她们一样的，可是不起作用。您知道这是为什么
吗？因为在东山墙房间里就我自己，要想象自己穿着泡泡袖衣服很容易，
可是那里人太多了，周围都是穿着泡泡袖衣服的女孩子，再那样做就比较
困难了。"

"在那里你可不能总是想着泡泡袖之类的，你应该专心听讲，这点不
用我再多说了吧。"

"那是自然，我还起来回答了许多问题。罗杰森小姐一直在问我问
题，没完没了的，这一点儿都不公平。我心里也有很多问题，不会比她的
少，可是我不想问她，因为她肯定没法儿理解我。后来，大家就都开始背
诵起一段宗教文章来。她问了我，我说不会，要是她允许的话，我能够
背诵《主人墓旁的小狗》，那是三年级皇家课本上的文章。我想，不管
是不是宗教诗歌，都没有多大关系，只要都一样是忧郁伤感的文章就行
了。可是她说不行，叫我翻开第十九条教文，说下个星期天会检查我是
否已经会背诵了。听她这样说，我就赶紧把那篇教文读了一遍，那篇文
章非常美，我最喜欢的是这句：'迅疾得犹如骑兵在米甸罪恶的那天被杀
戮而倒下。'

"我不懂'骑兵'和'米甸'的意思，但是这句子听起来好像非常悲

惨。下个星期天要背诵给她听，我都快等不及了。这几天我要好好练习。
您的座位在哪里我不清楚，于是下课的时候向罗杰森小姐打听了一下。我
坐在那里，一动不动地学习。今天学的课文是《启示录》第三章的第二和
第三节，它们太长了，要是我是那个牧师的话，我肯定会选些优美的短
文。布道的时间也太长了，也许牧师有自己的想法，想跟课文相呼应，他
可真是，实在是没什么想象力。我没有将他说的那些话听进去，而是在他
说话时想象到了许多惊人的事情。"

　　玛丽拉本能地意识到安妮说出的那些话非常不合适，应该遭到最严
厉的谴责。可是，对于她刚刚提到的一切，尤其是对那些布道和祷词的感
觉，说实在的，跟隐藏在自己内心深处的想法不谋而合。而这一切都让这
个孩子明明白白地说出来了，还能指责她什么呢？

第十二章
誓言与承诺

关于花冠帽子的事，直到第二个星期五玛丽拉才得知。刚从蕾切尔夫人那里回来，她就把正给餐巾缝边儿的安妮叫了过来。

"安妮，我听蕾切尔夫人说，上周你去教堂的时候，戴上了一朵花冠，上面满是玫瑰和金凤花，看起来怪模怪样的，是这样吗？这可真够荒唐的，你干吗要做这样的事？你觉得很好看吗？"

"哦，我明白了，粉色和黄色在我头上都不合适。"安妮一本正经地说。

"别再扯些没用的了。做出那种事来，实在是太可笑了。你这个孩子，我都不知道该拿你怎么办才好了。"

"我实在弄不明白，为什么将花戴在衣服

上就行，戴在帽子上就被认为是可笑的呢？"安妮对此非常不解，"到教堂去的那些女孩子中间，有很多人都把花儿别到自己衣服上，这两种做法有什么差别吗？"

这种质疑更让玛丽拉怒不可遏。

"少跟我顶嘴，安妮。你居然会做得出那种蠢事来？别再叫我发现你恶作剧。蕾切尔夫人说，换成她是你，肯定一进教堂就羞愧得钻到地底下去了。当时她很想走到你面前提醒你把那些东西从头上拿掉，可是已经来不及了，大家全都在盯着你、议论你。她说人们全都对这件可怕的事议论纷纷。你以为她们只会谈论你吗？她们肯定也会认为我是个古怪糊涂的家伙，要不怎么会任由你打扮成那副样子上教堂去？"

"呃，原来是这样，实在对不起。"安妮哽咽着说，泪水已经涌出了眼眶，"我真没想到这些。我只是觉得那两种花闻起来香香甜甜的，又特别好看，我以为戴在帽子上也会很好看。我不知道这会给您添这么大的麻烦。您惩罚我吧，您可以把我送回孤儿院去，叫我再次陷入悲惨的境地，让我分分秒秒都难以忍受，可能还会染上肺结核。您看，我是这么瘦弱的一个孩子。可是，即便是那样，也比我总是给您惹麻烦要好得多。"

"你这孩子，都在胡说些什么！"玛丽拉看到安妮哭了起来，心里顿时变得乱糟糟的，"我又没想过要将你送回孤儿院，你自己不会感觉不到这一点吧？我只希望你能跟别的女孩儿一样，别总把自己弄成那副荒唐可笑的样子。别哭了，听我跟你说，戴安娜·巴里回家了，今天下午回来。我打算去拜访一下巴里夫人，找她借个好看的裙子样子回来，你也能跟我一起去，顺便认识一下戴安娜。"

"啊，玛丽拉，我觉得好紧张，心怦怦跳。这样的时刻终于来到了，我真的太紧张了。我最担心的是她不会喜欢我，要是那样该怎么办

啊。您知道，这种失望将会成为我生命中最悲惨、最让人难以接受的重大事件。"

"你看你，慌张成这个样子。你说话的时候怎么总喜欢用长句子，我可不希望你这样，一个小女孩儿总是说长句子是会被人笑话的。我觉得，戴安娜会不会喜欢你，最主要取决于她的母亲，要是她母亲喜欢你，那就好办了。我就担心之前发生的两件事会对你有影响，就是你对蕾切尔夫人发脾气和戴着花冠进教堂的事。要是她听说了这两件事，不知道会怎么看待你。去她家的时候，你一定要表现得礼貌大方、端庄温柔，千万别再说那些长句子了。我的天哪，你不会是在发抖吧？"

这话一点儿没错，安妮的确是在发抖，她脸色煞白，紧张得直哆嗦。

"啊，玛丽拉，你知道的，我一直期望能成为戴安娜的知心朋友。要是换成你，那个女孩儿的母亲如果不喜欢你，你也一定会非常紧张吧？"安妮说着，一把抓起了帽子。

她们抄近路去的，穿过小溪，翻过长满冷杉的山丘，很快就到了果园坡。巴里夫人听见了敲门声，打开了门。巴里夫人是个高个子女人，头发乌黑油亮，眼睛也是漆黑的，嘴唇使她看上去很坚毅，她在周围一带都有善于管教孩子的好名声。

"你好，玛丽拉，"她的声音非常热情，"快进来吧。我看看，这是不是你收养的那个小姑娘？"

"是的，她叫安妮·雪莉。"玛丽拉回答道。

"我的名字拼写中带个e。"安妮在一旁插嘴，语速非常快。她实在是太紧张太兴奋了，但是她一再告诫自己，千万不能在这个节骨眼儿上出什么岔子。

不知道巴里夫人有没有意识到安妮的状态，她跟这个孩子握一下手，和蔼地打招呼："你好吗？"

"我的身体状况还不错，就是想的事儿太多了，谢谢您，夫人。"安妮非常认真严肃地回答。接着她迅速转过脸去，偷偷对玛丽拉说话，声音虽然压得很低，可是在场的其他人还是听见了："我说得一点儿都不好，是不是，玛丽拉？"

客厅沙发上有个小女孩儿正坐着看书，见有客人来，赶紧放下了书本，这就是戴安娜。戴安娜长得非常漂亮，黑头发黑眼睛，面色红润，这些都遗传自她的母亲。她的脸上一直挂着喜悦的神情，这是她父亲传给她的。

"这是我的女儿，名叫戴安娜。"巴里夫人介绍道，"戴安娜，你带安妮到花园去逛逛吧，带她见见你的那些花儿，你总是这样看书，把眼睛都看坏了。唉，这孩子，总是爱看书。"当她说完最后一句话的时候，孩子们已经跑出了大门，"这孩子，看起书来就不管不顾的，我可说不服她，她爸爸跟我的意见也不一致，他认为她看书入迷是好事儿。这下可好了，要是有个小伙伴，她就能多到户外去活动活动了。"

夕阳西斜，落日的余晖洒遍大地，在古老幽暗的冷杉林旁看起来更为耀眼。安妮与戴安娜就在那里待着。她俩隔着一丛绚丽的卷丹花对视着，带着几分羞怯与好奇。

巴里家的花园里鲜花正盛开，可是安妮现在一门心思都在戴安娜身上。花园最远处长了一圈老柳树和参天的冷杉，有些喜好阴凉的花儿就长在树荫下。花园里有两条湿漉漉的小径，看起来非常干净，它们垂直地交叉在一起，就像两条穿过花园的红丝带。小径两旁均匀地镶嵌着蚌壳。花园中间有个大苗圃，里头有各种各样盛放的鲜花，仔细瞧的话，能发现红色心形的荷兰牡丹，硕大艳丽的红芍药，雪白迷人的百合，气息香甜且多

刺的苏格兰蔷薇，还有粉色、青色和白色的耧斗花，淡紫色的大贝花，苦艾草、带状草和薄荷，要是观察再细致一点儿，还能看到美洲兰、喇叭水仙与白麝香花的身影……一丛丛、一簇簇散发出醉人的芬芳。霞光和斜阳依然留恋着这片土地，不肯离去。蜜蜂飞来飞去，嗡嗡地在花间忙碌。清风似乎也陶醉在这美景中，轻轻地吹动那些高高低低的植物，在花叶间徘徊，唱出沙沙的歌声。

"啊，戴安娜，"安妮实在忍不住了，她又不自觉地将双手绞在一起，低声问道，"你有点儿喜欢我吗？能跟我做知心朋友吗？"

戴安娜的嘴角很快往上一弯，欢快地笑起来，这是她的习惯，说话前总是会先笑笑。

"我觉得是这样的。"她说得非常直接，"听说你被绿山墙的人收留了，我觉得这可是一件开心的事儿，这样就能有人跟我做伴了，实在太好了。本来也有一些女孩儿能够跟我一起玩儿，可是她们家都离得比较远，而我的几个妹妹又都太小了。"

"你愿意发誓永远跟我做好朋友吗？"安妮急切地问道。

戴安娜觉得有些不可思议："为什么要发誓呢？那是一件很可怕、很恶毒的事情。"

"呃，我……我说的发誓不是指的那一种。你知道吧，发誓是分两种的。"

"可是我只听说过刚才的那一种。"戴安娜还是非常疑惑。

"我说的都是真的，另一种跟你刚刚说的那种完全不一样，就只是许下一种美好的承诺。"

"哦，是这样啊，那可以的。"戴安娜终于放下心来，于是很痛快地答应了，"那这种誓言要怎么说呢？"

"我们得手牵着手，还要——"安妮的语气非常郑重，"越过流水。这儿有一条小径，我们就想象它是流水好了。听着，我要开始说誓词了，这是非常庄严的：戴安娜，我亲爱的朋友，我会永远忠实于你，天崩地裂永不变。好了，现在该你说了，别忘啦，你要将我的名字放到你的誓言里去。"

戴安娜一边说，一边咯咯地笑，等念完誓词她说："安妮，你真有意思。我听人说你有些奇怪，可是我觉得我会喜欢你的。"

安妮和玛丽拉要回家了，戴安娜恋恋不舍地去送她们，一直送到木桥旁。两个小女孩儿手牵着手走了一路，到小溪旁才不得不停下来。分手的时候，她俩还反复约定，明天下午还要一起玩儿。

"你和戴安娜成为知心朋友了吗？"走进绿山墙花园的时候，玛丽拉问道。

"是的。"安妮实在是太高兴了，根本就没注意到玛丽拉这话中暗含着讥讽的语气，"哦，玛丽拉，现在，整个爱德华王子岛的女孩儿中，最最幸福的就数我了。我保证，晚上我要真诚地做祷告。明天我再去找戴安娜玩儿，我俩说好了的，要在威廉·贝尔先生的桦树林里头搭建一间游戏室。咱们家的工棚外面有一些碎瓷片，我能带一点儿去玩吗？我俩的生日一个是二月，一个是三月，您看这难道不是巧合吗？实在是太神奇了。戴安娜告诉我，她会借给我一本书，那本书的情节非常精彩，读起来激动人心。她说，附近一个地方长满了野百合，要领我去看。戴安娜的眼睛满含深情是不是？我多么希望自己的眼睛也能像那样啊。她还说要教我唱歌，一首名叫《榛树山谷中的莉莉》的歌。她还答应送给我一幅画，我要把那画挂在我的房间里。她跟我说，那幅画非常漂亮，画上是一个优雅的女士，穿着浅蓝色的真丝裙。这画是一个缝纫机代理商送给她的。我真希

绿山墙的安妮
Anne of Green Gables

望也能有合适的东西送给她。我比戴安娜高一点儿，大概高出一英寸吧。她比我胖很多，却希望能变瘦一点儿，好让自己看起来更优雅，我总觉得她这是为了安慰我。如果有机会的话，我们还打算到海边去拾贝壳。您知道吗，木桥下的那条小溪现在有名字了，就叫'树神水泡'，我俩都同意用这个名字。这是不是一个很神奇的名字？我读过一则故事，关于小溪的，里头的小溪就叫这个名字。我想，等仙女长大了也许就会变成树神吧？"

"哎呀，你这样叽叽喳喳个没完，戴安娜肯定会厌烦的。"玛丽拉说，"安妮，你刚才跟我说了那么一长串的计划，怎么好像都是去哪里玩儿的？你得记住，主要的时间要用来做事，不能都把时间花在玩耍上面。你要做的事情还有很多，得先把它们做好了才能去玩儿。"

安妮本来内心就充满了喜悦，谁知道，马修还给了她一个更大的惊喜。他白天去过卡莫迪商店了，这会儿红着脸从口袋里掏出了一个小纸包，扭扭捏捏了好半天才递给安妮，不过眼睛却一直盯着玛丽拉，目光中满是哀求的神色，好像希望能得到她的谅解。

"这些巧克力都是孩子们最喜欢的，所以我就买了一些。"

"哼，"玛丽拉果然开始发作了，"你就不怕把她的牙齿和胃都给弄坏了？好吧，好吧，这孩子，你干吗那样瞪着我？既然马修都买回来了，那你就赶紧吃吧。他这个人，总是不会买东西，要是能买些薄荷糖就好了，那种糖才是对健康有好处的。别一下子把这些巧克力都吃完了，你的胃会难受的。"

"哈，我可不会。"安妮兴奋地说，"我今天晚上只吃一颗，玛丽拉。我打算将这些巧克力分一半给戴安娜，可以吗？如果那样，剩下的巧克力我吃起来就更甜了。我真高兴，我也能有东西可以送给她。"

　　"看看这个孩子，"看到安妮上楼去了，玛丽拉开口说，"她一点儿都不小气，这让我太高兴了。我最讨厌小气自私的小孩儿。啊，她到我们家不过三个星期，我却觉得她好像一直就跟我们在一起。真是的，要是家里没有她，我还不敢想象呢。当初把她留下来的决定实在太正确了，我很喜欢她。得了，你别总是揭我的伤疤了，马修·卡斯伯特。"

第十三章
期待的欢喜

　　"这孩子，是时候回来做针线活儿了。"玛丽拉看看钟，朝屋子外头走去。迎面而来一股热浪，这是金色的八月，这样的下午，好像一切都在安静地沉睡。"她去跟戴安娜玩耍，规定时间都过了半小时才回来。现在呢，又坐在木头堆儿上跟马修聊上了，她明明知道规定的该干活儿的时间。你看那个马修，跟个傻瓜似的呆呆地坐那里听着。还真是没见过他那样的男人，她净说些稀奇古怪的东西，说得越多越离奇，他好像听得越着迷。安妮·雪莉，你给我过来，听见我的话没有？"

　　玛丽拉在那儿将西边的窗户敲了好半天，安妮才飞奔过来，她的眼睛闪闪发亮，两颊泛起红晕，一头红发亮闪闪地披在脑后。

　　"哦，玛丽拉，"安妮大口地喘着气，说话声音虽然很响，但是断断续续的，"主日学校要举行野餐活动，就在……就在下星期。野餐的地点是哈默·安德鲁先生家的农场，那里紧挨着'闪光的小湖'。还有冰淇淋可以吃，由校长贝尔先生的太太和蕾切尔夫人亲自动手做。实在是难以想象，玛丽拉，冰淇淋啊！啊，玛丽拉，我可以去参加那个野餐活动吗？"

　　"抬头看时钟，安妮，你该在几点前回来的？"

　　"两点……可是野餐……实在是太好了，是不是？玛丽拉，我能去参加吗？我还从来没有参加过野餐，除了在梦里。"

　　"唉，你居然还记得要两点前回来，可是现在已经两点四十五了。我搞不懂，你为什么总是不听话，安妮。"

　　"哎呀，玛丽拉，我本来打算按时回来的。可是您想象不到，幽静的旷野有多么迷人。还有，野餐的事情不能不告诉马修，不过他一下子就听得入迷了。我能去参加野餐吗？"

　　"你得想办法控制你自己，悠闲对你来说有无法抵抗的诱惑力。你居然比规定的时间超出了半个小时以上。这还不说，你明明知道已经晚点了，居然还要去找你的忠实听众去聊天。野餐嘛，你是主日学校的学生，别的学生都去了，你自然也得去。"

　　"可是……可是……"安妮开始结结巴巴，好像有些难以启齿，"戴安娜告诉我，每个参加野餐的人都得带一篮子吃的。您看，玛丽拉，我不会做饭，也不是太在意能不能穿着泡泡袖的衣服参加这次野餐活动，但要是不带上吃的东西，那就是无比丢脸的事。听到戴安娜的话，我立刻觉得不安起来。"

　　"带吃的很正常，我到时候会给你准备一篮子吃的。"

"啊，玛丽拉，亲爱的玛丽拉，好心的玛丽拉。我实在不知道该怎样感谢您才好。"

说完，这个孩子一头扎进玛丽拉的怀里，对着她灰黄的面颊，兴高采烈地亲吻起来。这对玛丽拉来说还是头一次碰上，一种甜蜜的幸福感瞬间击中了她。

"好了，就这样吧。你得好好听话。去，把你那些碎布片拿过来，下午茶之前一定得把那个方块缝好。"

"我一点儿都不喜欢缝碎布片。"安妮叹着气说，把针线篮拿过来，在碎布片跟前坐下，"我本来不讨厌做针线活儿的，可是这些碎布片就不一样了，我面对它们无法产生想象，这样一片一片地缝啊缝，感觉永远没个尽头。不过话说回来，要是在别的地方什么事都不能干，还不如在绿山墙缝这些碎布片呢。我在缝的时候，就希望时间过得快一点儿，再快一点儿。嘿，玛丽拉，您不知道我跟戴安娜在一起有多开心、多快活，要想象什么，大部分都是由我决定的，我俩配合得非常好。在其他方面，戴安娜都做得非常出色。我俩在一处白桦树环绕的地方盖了一间游戏室，我们称它为'悠闲的旷野'。哦，这名字富有诗意吧。知道吗，我想了很久才想出这个名字。晚上我一直睡不着，反复地琢磨，后来灵光一现想到了它。戴安娜听见这个名字欢喜得跟什么似的。有时间您也应该去参观一下，那房子盖得特别好。在那里，大石头能够当凳子，树干之间我们搭了橱柜。破碟子在我们眼里都是完美无缺的上等餐具，被好好地摆放在橱柜里。我们找到一段常春藤，上面是红黄相间的，被放在客厅里。同时还放进去一块'仙女玻璃'，五颜六色的，就像多彩的梦一样，是戴安娜在她家鸡棚后面的小树林里发现的。您知道彩虹吧，那玻璃上就有，那是没长大的小彩虹。戴安娜告诉我，她母亲认为那是吊灯上的碎片，但是我们可以把它想象成仙女在舞会上遗失的东西，仙女玻璃，这名字多美妙！马修还说要去给我们做一张桌子呢。还有，巴里先生家的那个又小又圆的池塘，就是大家说的'巴里的池塘'，我俩给它取名叫柳湖。这个名字多神奇啊，戴安娜借给我的那本书上就有这名字。玛丽拉，您要是看了那本书，也会忍不住激动的，女主角有五个情人呢，我只要一个就够了。不知道您看了会是什么样的感觉？那个女主角长得美极了，但是饱经坎坷，身体又不好，动不动就晕倒。我也有过那样的希望，希望能够经常晕倒，您也会这样想吧，玛丽拉？那是多么浪漫的事啊。我的确非常瘦，但是身体还算结实，应该能长胖的，您觉得是吗？每天早晨醒来我做的第一件事，就是查看自己的胳膊肘是不是长了肉窝出来。戴安娜有了一条新裙子，是中袖的，她说要等到野餐会那天穿。啊，我真希望下星期三晴空万里，千万不要有什么意外，那样我会受不了打击的。不过，我应该能挺过去，这是一定的，只是我会留下终生的遗憾。我们还会在'闪光的小湖'上划船呢，对了，还要吃冰淇淋，哦，这个我刚刚说过。不过我还从来没尝过冰淇淋的味道呢。戴安娜拼命给我描述冰淇淋的味道，可是我还是没法儿想象。"

"安妮，你已经唠叨了十分钟了。"玛丽拉说，"我也很好奇，你试试看能不能闭上你的嘴，十分钟内不要再开口？"

安妮按照她的要求做了。不过那几天，她嘴里不停地念叨着野餐，就连心里想的、梦里梦见的也全是这个。星期六这天下雨了，这让她无比着急和焦虑，她担心雨会一直下到星期三。玛丽拉拿她实在没辙了，于是让她缝碎布片。

星期天，玛丽拉和安妮一起去了教堂。在回来的路上，安妮又说个不停，她说有一件事让她兴奋到浑身发抖，那就是牧师站在布道讲坛上宣布

了野餐的事。

"之前我都一直无法确定真的会有野餐，有时候我甚至会觉得那只是我自己的幻想罢了。这一回，我相信那是千真万确的事实了。"

"安妮，你得控制一下自己的情绪，"玛丽拉对此有些担心，"期望越多，失望也就越多，你得牢记这一点。"

"哦，玛丽拉，可是从期望里我也能获得一半的快乐。"安妮不知不觉提高了音量，"也许我们无法在现实中得到任何东西，可是起码我们在期望的时候还是快乐的。蕾切尔夫人说：'一生无求的人是最幸福的，因为他们永远不会觉得失望。'可是我却觉得，一无所求比失望更糟糕。"

玛丽拉的衣服上别着一枚紫水晶的胸针，在阳光下闪耀夺目，这是她每次去教堂必须佩戴的饰物。要是忘记戴胸针，那就跟她忘记带《圣经》和捐款的十分钱一样，她觉得是罪不可恕的。这枚紫水晶胸针是玛丽拉最珍贵的饰品，是一位做海员的长辈送给她母亲的礼物，母亲后来又传给了她。这个胸针是古朴的椭圆形，里头装着玛丽拉母亲的一缕头发，四周镶嵌着上等的紫水晶。玛丽拉对于珠宝没有任何研究，不知道这个紫水晶究竟值多少钱，但她坚持认为胸针是世界上最美的东西。哪怕是自己看不见，她也能想象把它别到外出用的褐色丝缎衣服的领口处的情景。想象它在那里闪烁着深紫色的光芒，她觉得无比满足。安妮更是打第一次看到就为它着迷。

"玛丽拉，这枚胸针实在是太完美、太精致了。我实在难以理解，你戴着它，怎么还能听得进去布道。换成我就不行。紫水晶实在是太可爱了。我以前都没见过，只是在书上读到过。我幻想它应该是那种闪闪发光的紫色石头。后来我看到了一枚真的紫水晶，是一位妇人戒指上镶嵌的，非常漂亮，但是跟我想象的差别很大，这让我非常失望，我还为此掉了很多眼泪。玛丽拉，你把那枚胸针给我拿一会儿吧，就一分钟，行吗？我总是觉得，紫水晶应该是紫罗兰变成的，是紫罗兰的精灵，它们的气质也一样高贵。"

第十四章
安妮的认错

明天就要去野餐了，晚上，安妮心神不定地走出自己的房间。

"安妮，"安妮正坐在桌子旁剥豆子，一边高兴地哼唱着《榛树山谷的莉莉》，玛丽拉问她道，"你看见那枚紫水晶胸针了吗？昨晚我把它插到了针垫上，怎么就找不见了呢？"

"今天……今天下午你从救助小组回来的时候我还……还见过的，"安妮说道，"我打你房间经过时，还看见它在针垫上好端端地插着，我还走进去又看了几眼。"

"你是不是动过那枚胸针？"玛丽拉严肃地问道。

"呃，是……动……动了。"安妮一边点头，一边支吾着承认，"我拿起了它，别到自

己胸前，想尝试一下那是一种什么样的感受。"

"一个小孩子，怎么能做出这样的事来？你还记得自己当时是把它放到哪里去了吗？"

"梳妆台上。我没戴多久，一分钟都不到。当时……当时……我没想这是不对的事，现在我知道错了，以后再也不干这样的事儿了。我是这样的，要是知道错了，下次是绝不会再犯的。"

"我觉得应该不是这样的，"玛丽拉说，"梳妆台上根本什么都没有，一定是你把它拿出去了吧，安妮。"

"我没有。"安妮答得又快又急，这让玛丽拉觉得非常不满，"我只是有点儿记不清了，要是不在针垫上，也许会在瓷盘里。"

"那我再回房间好好找找。"玛丽拉说，这件事非常严重，她得严肃公正地处理，"你是不是真的放在屋里了，我到时候一看就知道了。"

玛丽拉回到房间里头又认认真真、仔仔细细地查了一遍，没放过任何一个角落，最后还是两手空空地回到厨房。

"安妮，你必须老老实实地告诉我，你是不是把它给弄丢了？"

"我没有。"迎着玛丽拉愤怒的目光，安妮严肃地说，"我绝对没把它带出您的房间，这就是事实。哪怕您把我送到断头台也没什么用，虽然我根本就不清楚断头台到底是什么样子，玛丽拉。"

安妮只是为了要强调自己的话，所以才会说"这就是事实"，可是玛丽拉觉得她这样说根本就是公然的反抗。

"我觉得你一开始就在撒谎，安妮，"玛丽拉语气极其严厉，"是的，你先闭上你的嘴，回到房间好好反省，等想好了，再出来向我坦白整件事。"

"那豆子呢，我能带进去剥吗？"安妮这下非常温顺了。

绿山墙的安妮
Anne of Green Gables

"不用，这活儿我自己能做。我刚刚怎么说的，你就怎么做吧。"

安妮回到房间了，玛丽拉心里烦躁不安，但是晚上该干的活儿一点儿都不能落下。她一边干活儿一边想着胸针的事，要是胸针真的被弄丢了怎么办？一看就知道，胸针肯定是那孩子拿去了，可是她不仅死不承认，还装出一脸无辜的样子，实在叫人气愤。

玛丽拉回到桌子边坐下，手里剥着豆子，脑子里在不停地转动着。她一早认定，胸针肯定是被安妮拿去玩儿了，也许是玩儿丢了，所以不敢承认。想到孩子说谎的行为，她就越发担忧起来，这事可比丢了胸针严重多了。要是那个孩子实话实说，承认了错误，她反倒不会那么在意那枚胸针。

玛丽拉整个晚上都在找胸针，一遍一遍，将屋子里的角角落落都找遍了，这让她更加坚定了自己的猜测。第二天一早，她就找到马修说了这事，马修很疑惑，不知道该怎么办。

"没掉到衣柜后面去吗？"马修起身就要去把衣柜翻一遍，他也就能提供这个唯一的办法了。

"我把整个衣柜都翻了一遍，所有的抽屉也都挨个儿拉出来找过了，各个角落我都翻了个底朝天，可什么也没有找到。很明显，那孩子是在撒谎，虽然我对此觉得很遗憾也很伤心，但是我们不得不承认这个事实，马修。"

"那么，你想好怎么做了吗？"马修垂头丧气地问道。

"不许她出房间，直到她坦白为止。"玛丽拉沉着脸回答，这之前，她也曾成功使用过这一招，"到时候我们就会弄清楚事情的真相。要是知道她把胸针带到哪儿去了，也许还能找回来。但是不管怎样，那孩子一定会接受严厉的惩罚。"

"那就都由你做主了。"马修用手拉一拉自己的帽檐说，"都是早早定好的规矩，什么我都不干涉。"

这事儿到头来还得自己解决，马修没法儿帮忙，别人更不能，也不能对外人说起，好比蕾切尔夫人。她走进东山墙的那个房间去找安妮，结果还是跟之前一样，那孩子显然是一宿没睡，一直在哭。看到这，她心里涌起强烈的怜悯感，她都快被自己的怜悯给动摇了。就这样，她一直筋疲力尽地折腾到晚上。

最后她又出现在安妮面前。"你要是再不说出实情，就得一直待在这个屋子里，你应该意识到这一点，安妮。"她再次向安妮强调。

"可是明天就要野餐了，玛丽拉。"安妮叫起来，哀求道，"你会让我参加野餐的，是吧？你只要下午让我去参加野餐就行，哪怕之后一直待在这里我也愿意。可是，不能不参加野餐。"

"这些事都得等你坦白后再讨论。要是不坦白，休想野餐的事情，安妮。"

"啊，玛丽拉！"安妮绝望地大叫起来。

可是玛丽拉已经头也不回地走掉了，还关上了门。

星期三的黎明在无数次的期盼中终于来到了。屋子里吹进来阵阵微风，天气晴朗，绿山墙周围到处都能听见欢快的鸟鸣声，花园中白百合的清香顺着微风飘进了每一扇开着的窗子。白桦树在山谷中挥舞着手臂，等待着这个小女孩儿准时出现在窗口，跟它道声早安。可今天早晨那个窗口还是空的。玛丽拉端着早餐走进来，看到安妮还坐在床上，神情很坚定，眼睛木木地望着前方，嘴唇紧紧地抿着，一张小脸儿煞白煞白的，不见一丝血色。

"玛丽拉，我要跟您坦白。"

"哈!"玛丽拉放下了托盘,她终于成功了,可是心里却如同刀割一般,"好吧,你告诉我,到底是怎么回事?"

"是我把胸针拿走了。"安妮机械地说,就跟背课文一样,"和您预想的一样,我看胸针那么漂亮,就偷偷地把它别在胸前,到小路上转悠一番,打算在您回家之前就放回原处。我走到横跨着'闪光的小湖'的小桥上,将它放在手里慢慢欣赏。阳光下,它闪耀着迷人的光芒,我已经看迷糊了,就这样,它从我的指间跌落下去了,带着一道紫色的光芒,就这样沉到了'闪光的小湖'里面。我真的将所有事实都告诉您了,玛丽拉。"

玛丽拉实在是气坏了,这孩子就这样一脸平静地说着这事儿,没有一点儿悔过与内疚的迹象。

"安妮,我实在太为你感到难过了,"玛丽拉没法儿让自己平静下来,"我从没见过,也没听说过像你这么坏的女孩子。"

"您说的一点儿没错,"安妮平静地说,"我是得接受一些惩罚,您有这个责任与权利,玛丽拉。不过这事儿是不是能够先告一段落?我希望能够轻轻松松地去参加野餐。"

"野餐?哼,你居然还想去野餐?你今天哪里都不能去,乖乖在这里待着,安妮·雪莉。对你这样的孩子来说,这个惩罚可不算重。"

"这怎么能行?"安妮一下子跳了起来,抓住玛丽拉的手,"您不是应承过我的吗?呃,玛丽拉,我一定得去参加野餐,就因为这个我才坦白的。除此之外,您要怎样惩罚我都行。玛丽拉,求求您了,您就让我去吧,求求您了。啊,还有冰淇淋……我以后可能再也没这样的机会了。"

玛丽拉冷冷地将自己的双手从那双小手中抽出来:"不论你说什么都没用,安妮。你不能去野餐,就这么决定了。"

安妮这下知道一切都完了，什么努力都白费了，于是握紧双手，爆发出一声尖厉的呼喊，一下子扑倒在床上，将脸埋在床单里，扭动着身子绝望地大哭起来。

"我的天哪。"玛丽拉粗重地喘着气，从屋里走出来，"这个孩子要么就是疯了，要么就是一个诡计多端、无可救药的坏孩子。唉，也许蕾切尔夫人当初说的一点儿没错，但这个麻烦是我自己招惹的，我还是不会就此放弃。"

紧张压抑的一个上午就这样过去了，那孩子也没下来吃午饭。玛丽拉一直怒气冲天，马修紧张得不知道该怎么办才好，不过他还是忍不住出言替安妮求情，希望玛丽拉能原谅她。

玛丽拉洗完碗，和好面团，又喂了鸡，突然想起星期一下午的事情。她想起自己当时从妇女救助会回来时，发现披着的那条带蕾丝边儿的黑丝巾上有个小裂口，一直没来得及补就收起来了。

现在玛丽拉决定把这条丝巾找出来，补上那个小口。她打开大衣箱，拿出装披巾的盒子，将披巾从里头抖出来。阳光穿透窗户射进来，照在某个闪闪发光的东西上，那东西正好就在披巾上挂着，闪烁出耀眼的紫色光芒。玛丽拉一下子瞪大了眼睛，猛地将它抓了过来，这就是那枚紫水晶胸针！

"我的天哪！"玛丽拉实在不知道该怎么办，"怎么会发生这样的事儿？它原来是在这里！想起来了，我脱下披巾的时候，随手在梳妆台上放了一下，那胸针……那胸针正好在梳妆台上，也许就是这样挂上去了。天哪！这……"

玛丽拉立刻上楼去找那个孩子。安妮痛哭了一场，正无精打采地在窗边呆坐着。

绿 山 墙 的 安 妮
Anne of Green Gables

"安妮·雪莉，"玛丽拉说道，仍然一脸严肃的神色，"我在披巾上找到那枚胸针了，刚巧挂在上面。我不明白的是，今天上午你干吗要编造出那通话来？"

"呃……您不是说如果我不坦白的话，就一直把我关起来吗？"安妮垂头丧气地说，"所以我就决定承认是我拿了胸针。我实在太想去参加野餐了。不过现在看起来，一切努力都白费了。"

玛丽拉听得心里涩涩的，隐隐有些痛，但是又忍不住想笑："安妮，你可实在是个古怪的孩子！这事儿从头到尾就是我弄错。当然，你也不该承认你没做过的事。不过，唉，那也是我逼的。行了，你就原谅我吧。我们从头再来。来吧，快点儿去准备参加野餐。"

安妮腾的一下从床上跳起来。

"可是现在不会太晚了吗？"

"没事儿，现在才两点钟呢，还没集合完毕，再过了一个小时才开始喝下午茶。你赶紧去洗脸、梳头，穿上你的花格子裙。吃的东西也有现成的，你把家里的那些烤饼装一篮子带去就行了。我去吩咐杰里，让他套好马车，赶紧送你过去。"

"啊，玛丽拉，"安妮高兴地叫着朝洗脸架冲了过去，"刚才我还是世界上最痛苦的人，我一遍一遍地问自己，为什么要来到这个世界上。可是现在，您看，我比天使都要幸福！"

安妮回来时天已经全黑了，她的小脸儿上挂着满满的幸福和快乐，当然也累坏了。

"玛丽拉，我过得棒极了！棒极了，这是我今天刚学到的一个新词，我听见玛丽·爱丽丝这样说。这个词儿很形象，是不是？所有的一切，都太完美了。我跟大家一起吃了丰盛的茶点，然后到'闪光的小湖'上划船，哈默·安德鲁先生给我们领队。简·安德鲁差点儿就要掉下湖去了。她拼命往外探出身子，想摘一朵莲蓬，要不是哈默先生手疾眼快一把抓住了她的腰带，她就掉下去了，说不定还可能被淹死。天哪，那是多浪漫的事，我说的是差点儿被淹死，不过我希望这发生在我自己身上，而不是她。如果这事儿同别人讲起来，是多么惊险刺激啊。我们也吃了冰淇淋，那冰淇淋的味道，都没法儿用语言来形容了。玛丽拉，我得想一个最好的词来描绘它，那实在太令人惊叹了。"

安妮上楼睡觉去了，玛丽拉还坐在那里，面前放着织袜子的篮子，她把整件事情原原本本地向马修讲了一遍。"我必须承认，是我弄错了，"她诚恳地说，"我一定得记住这个教训，我一定得记住。我总是想起安妮坦白时的样子，想起来我就觉得好笑，我知道的确不该发笑，唉，她编出那样的谎言。不过，它没别的谎言那么糟。不过说起来，我的确得为这事儿负责。这孩子，有时候真叫人无法琢磨。不过，我觉得她肯定会有出息的，是的，这一点是毫无疑问的，是吧？有她在，我们就不会感到沉闷无趣了。"

第十五章
小学校中的大风波

"多美好的一天啊!"安妮深深地、陶醉地吸一口气,"能一直这样生活下去是多快乐呀,我真为那些直到今天还未出世的人感到惋惜。当然,他们今后可能还会有这样美好的日子,但今天这样的一天他们是永远无法体验到的,能从这么美丽的路上走去学校实在是太美好的一件事。"

"比穿过大街要强多了,那里满是灰尘,又晒得厉害。"戴安娜也赞同她的观点,说话的时候又看了看装着饭盒的提篮,心里盘算着这三张令人垂涎欲滴的木莓果酱馅饼要是分给十个女孩子吃的话,一个人能分到几口。

埃文利学校的女学生们一向都是共享午餐的,要是谁自己吃自己带的那份,或者只是跟

几个知心朋友分吃了，那就一辈子被贴上了"小气鬼"的标签。可要是这
三张馅饼分给十个人吃的话，每个人就只能吃到几小口了。

安妮和戴安娜每天上学的这条路上有着极其优美的景色，安妮觉得
这样浪漫的景色，如果没有见过，是无论如何都没法儿幻想出来的。从绿
山墙农舍的果园往下走，一直走到农场尽头的树林，这是去后面牧场放牛
的必经之路，也是冬季运送柴草的通道。安妮来到绿山墙农舍还没到一个
月，就给它起了个非常美丽的名字——"恋人的小径"。有关这个名字，
安妮还特意向玛丽拉解释过："其实并不是真的有恋人在那里漫步，我
和戴安娜正在读的一本精彩的故事书里头有类似的小径，我俩也想重温
一下故事中的情节，所以就起了这个名字。它多好听，多浪漫啊！它让
你浮想联翩，有恋人在那里徘徊漫步、窃窃私语。在那里，不管你是高
声喊叫，还是几个小时一动不动地陷入沉思，都没人会跑出来指责你，
认为你发疯了。"

每天清晨，安妮从家一出来，就会踏上这条"恋人的小径"，一直走
到小溪旁，跟戴安娜会合后一起上学。她们的头上有枝繁叶茂、树盖交错
的枫树做华盖，两个人每次从它的下面经过时，安妮总是兴奋不已地嘀嘀
咕咕："枫树可真是交际花呀！总是沙沙沙地低声唠叨个没完。"走完小
径，一直到独木桥边，然后再穿过巴里家后面的旱地，就能够看见"紫罗
兰溪谷"了。这个"紫罗兰溪谷"就在安德鲁斯·贝尔家园林的林荫处，
位于一个叫作"绿色的小酒窝"的地方。

"现在还没到紫罗兰花盛放的季节。"安妮对玛丽拉说，"每年春
天来临的时候，这里会有成千上万朵紫罗兰竞相绽放，远远望去，实在
是好看极了，这些都是戴安娜跟我说的。您能想象到那种美景吗？只要
想到那些美丽的花，我就兴奋得连气都顾不上喘了。戴安娜说她从没见

过像我这样会起名字的人。她真希望自己也能有拿手的本领，哪怕是一个也行。不过，'白桦道'这个名字是戴安娜起的，戴安娜说她也要想个好名字出来，于是我就把起名权让给了她，虽然换成是我，肯定不会起'白桦道'这种普通的名字。'白桦道'这种名字太平常了，既不浪漫也无诗意，谁都能想出来，不过，我还是觉得'白桦道'是世界上最美丽的地方。"

实际上，安妮的话一点儿夸张的成分都没有，凡是到过这里的人都会持同样的看法。细细的小道从缓缓的长坡上逶迤而下，蜿蜒曲折地向前延伸，穿过贝尔家的树林。阳光透过茂密的绿叶洒到小道上，透亮无瑕。小道的两侧，有高大的白桦树一排一排矗立着，树下生长着羊齿草、伯利恒星、野生君影草还有火红草，空气中弥漫着醉人的芬芳。鸟雀们都在林间歌唱，争着发出悦耳动听的旋律。微风轻轻拂过树梢，将这些欢歌笑语散播开来。要是仔细一点儿，偶尔还能看到兔子在林间窜来窜去。所以你知道，能叫安妮和戴安娜安静下来的地方真没多少呢。

顺着小径一直往下就是谷地了，从谷地穿过大街，再翻过长满枞树的山丘，学校便近在眼前了。埃文利学校是座白色的建筑物，房檐较低，窗户比较大，教室里面摆着许多张旧式书桌，看上去非常坚固、宽敞。桌子还有抽屉，桌面上的盖子可以开关，上面刻满了各种各样的字母和符号，有之前三届学生姓名的首字母，还有各种难解的符号。学校距离喧闹的街道还有一段距离，学校后面是片不太引人注意的枞树林和一条小河。每天清晨，学生们就把牛奶瓶浸泡在这条小河里，等到中午就能喝上凉丝丝的好喝的牛奶了。

九月一日是开学的日子，玛丽拉虽然把安妮送到了学校，但心里还是七上八下的。"安妮这孩子性情古怪，她怎样才能跟别人和谐共处呢？她那么唠叨、总是坐不住，上课时她能管住自己的嘴吗？"

　　然而事实证明，玛丽拉是多虑了，傍晚，安妮意气风发地从学校回来了。

　　"我好像已经开始喜欢这所学校了。"安妮一放下书包就对玛丽拉唠叨，"不过，我对菲利普斯老师没什么好印象，他总是专注于用指尖打理自己的胡须，还动不动就跟一个叫普里茜·安德鲁斯的女生眉目传情的。普里茜今年都十六岁了，照理说该算个成年人了，据说她打算明年报考夏洛特敦的奎恩学院，现在正在刻苦学习呢。迪利·波尔特说老师早就被普里茜给迷住了。普里茜的皮肤白嫩光滑，头发是茶色的，高高地梳成了髻。她的座位在教室后面的长椅子上，菲利普斯老师也总是去那里坐着，老师还说这样是为了督促普里茜的学习。可是鲁比·吉里斯一点儿都不相信，她见过有一次老师在普里茜的石板上写了什么东西，普里茜看后，脸刷地就红了，跟西红柿一样，还咻咻地笑个不停。鲁比·吉里斯说老师写的东西肯定跟学习没半点儿关系。"

　　"安妮·雪莉，你不应该这样毫无顾忌地评论老师。"玛丽拉严肃地教育她，"送你去上学，不是为了让你去评判老师的。老师总是能教给你许多东西，你应该在老师的指导下加倍努力学习才对，而不是一放学就叽里咕噜地说老师的闲话。明白吗？我可不赞成你做这种事情，在学校就应该成为一名品学兼优的好学生。"

　　"我是个非常听话的好学生呀！"安妮非常自豪，"我才没你说的那么糟糕呢。在班上，我跟戴安娜坐前后排，我的座位刚好靠着窗边儿，一扭头就能看到美丽的'闪光的小湖'。学校里有很多女孩子跟我都聊得很开心，中午休息的时候，我们就在一起玩耍，总是玩儿得兴高采烈。有这么多朋友在一起玩儿，实在太叫人高兴啦，不过，我和戴安娜仍然是最要

好的朋友，而且永远也不会改变，我崇拜戴安娜。学习上大家都领先于我，他们都学到第五册了，只有我一个人还在拼命学第四册，总觉得有些丢人。不过，班上像我这样有丰富想象力的孩子一个都没有，这一点非常明显。今天，我们学了文学、地理、加拿大历史和听写这几门课。菲利普斯老师把我教训了一通，说我的听写拼得乱七八糟，还特意把我的石板举得高高的，生怕大家看不见一样，上面每一个字都被他批改过了。我当时真是羞愧啊。不过，玛丽拉，你不觉得他对一个新学生应该更加细心一些吗？

"还有，鲁比·吉里斯送给我一个苹果，索菲亚·苏伦送给我一张精致的粉色卡片，上面写着：'让我把你送到家门口，你不介意吧？'我答应明天再把卡片还给她。还有，迪利·波尔特把她的玻璃珠戒指借给我整整一个下午。玛丽拉，你能给我一点儿珍珠吗？就是阁楼里旧针插上的那串珍珠？我也想给自己做一个戒指。啊，对了，玛丽拉，普里茜跟别人说我的鼻子长很好看，米尼·麦克法逊听见了，不过这话是珍妮·安德鲁斯告诉我的。玛丽拉，我长这么大还是第一次被人夸奖长得好看呢，听了以后我都不知道该怎么办了，很是手足无措。玛丽拉，我的鼻子真的长得很好看吗？我知道只有你才能告诉我事实。"

"是的。"玛丽拉没什么表情地回答道。说实在的，玛丽拉的确觉得安妮的鼻子长得很好看，但是这话只能藏在心里，她从来没打算说出口。

这都是三个星期以前的事了，从开学那天起，好像所有的事情都进展得十分顺利。

这天早晨，两个女孩儿轻快地走在白桦小径上，九月的天气很是凉爽。

"我在想，吉尔伯特今天肯定会来上学的，"戴安娜说，"他星期六晚上回的家，整个夏天他都在新布伦瑞克省，他到那里去看望他的表兄弟们。他是个非常英俊的男生，安妮。不过他对女孩子非常尖刻，肯定会嘲笑我们，也会捉弄我们。"

听戴安娜这么说，好像她甚至盼着被他捉弄似的。

"吉尔伯特·布莱斯？"安妮惊讶地问，"是不是就是走廊上的那个？走廊的墙上，好像有过他跟茱莉亚·贝尔的名字，旁边标有大大的'注意'两字？"

"对，"戴安娜赞同地点头，"照我看来，他可不怎么喜欢那个茱莉亚·贝尔。听说，他一边背乘法表一边数着茱莉亚脸上的雀斑呢。"

"哎呀，你竟然在我面前提到这个，"安妮赶忙请求，"你又不是不知道我脸上有多少雀斑，这让我多么难过。我觉得，这实在是最愚蠢的事儿，把男孩儿和女孩儿的名字一起写到墙上，旁边还标注'注意'两字。谁要是敢把我的名字和另一个男孩的名字写上去，看我会怎么做。可是，那不会……"她急急地补上一句，"肯定没有人会对我做出这种事的。"

安妮一脸的丧气样儿。她不希望自己的名字会被那样写到墙上去。不过，要是没人写上去的话，好像也是一件让人没面子的事。

"你说的一点儿都不对。"戴安娜大声分辩。她的眼珠漆黑，闪耀着光芒，黑发浓密柔顺，闪闪发光，不知道让多少男生心神不宁。埃文利学校走廊的那面墙上，她的名字已经在上面出现过六七次了。"我只能将你说的当成玩笑话，你千万别那么肯定。查理·斯隆就非常喜欢你。你还记得吧，他同他母亲说过，学校里最聪明的女孩子就是你，这要比被别人夸赞漂亮强得多。"

"这就错了，"安妮也叫起来，"漂亮多好啊。那个查理·斯隆，眼

珠往外凸出那么多，那样子我可受不了。要是谁把我的名字跟他的写到一起，我绝对不会原谅的，戴安娜·巴里。不过，我喜欢在班级里做第一名。"

"以后你就有对手了，那就是吉尔伯特，"戴安娜说，"在班上，他的成绩一向遥遥领先。不过他现在已经十四岁了，却只学到第四册。因为他父亲四年前病了，为了父亲的身体，吉尔伯特也跟着到了阿尔伯塔省，在那边待了三年多，都没怎么上学。现在他回来了，要是还打算遥遥领先的话，肯定比以前困难些。"

"这样倒挺好的，"安妮说，"本来让我在一群九岁十岁的小男生小女生中领先就没什么意思。昨天，我拼写出了'喷出'这个单词，取得了第一名，乔茜·派伊虽然也是第一名，但她因为偷看了教科书才能写出来。不过，菲利普斯老师一点儿都没察觉到，因为他一双眼睛正盯在普里茜身上呢，这事儿我看得一清二楚的。如果他知道我这样轻蔑地看着他的话，他肯定会来个大红脸，就像西红柿那样。"

"派伊姐妹俩都挺招人厌的。"戴安娜一边翻过街道的围栏，一边愤愤地控诉道，"昨天，就是乔茜的姐姐格蒂占了我的位置，她明知道那是我平时放奶瓶的地方，还把自己的奶瓶放那里，真不像话。"

当菲利普斯老师又走到教室后面指导普里茜的拉丁语时，戴安娜凑到安妮耳根处悄声说道："安妮，那个就是吉尔伯特。就坐在走廊正对面的那一排，他长得很帅吧？"

安妮顺着戴安娜所指的方向看了一眼，这时，那个成为话题人物的吉尔伯特·布莱斯正在做坏事，他不动声色地用一枚大头针把前排的鲁比·吉里斯的金色长辫子悄悄钉在椅子的靠背上。吉尔伯特个子高高的，有一头棕色的鬈发，眼睛是淡褐色的，流露出狡黠的神情，嘴角总是挂着坏坏的微笑，好像随时准备着捉弄别人。

没过多久，老师点名叫鲁比·吉里斯到黑板上去进行演算，鲁比刚站起来便"啊"地惨叫了一声，椅子也翻倒在地。听到这声音，大家全都朝鲁比的位置望去，菲利普斯老师气得沉下脸来，眼珠子都快瞪出来了，鲁比被吓得哇的一声哭了起来。这时，吉尔伯特赶紧伸手拔出了大头针并藏了起来，然后装作自己正在严肃认真地看历史书。骚动平息还没多久，吉尔伯特又注意到了安妮，他冲安妮做着各种滑稽可笑的怪相，还一个劲儿地对安妮暗送秋波。

"吉尔伯特长得的确是挺不错的。"安妮悄悄地告诉戴安娜，"不过，这个人看上去厚颜无耻，对着第一次见面的陌生女孩子就那么使眼色，实在是太失礼了。"

可是，这不过是一个开端罢了，真正的闹剧还在后头呢。

那天下课的时候，菲利普斯老师又在教室后面的角落里给普里茜·安德鲁斯解答代数疑问，别的学生都在干自己喜欢的事情，有的在啃青苹果，有的在和同学小声聊天，有的在自己的石板上画画儿，有的拿根细绳拴在蟋蟀腿上让它在走道里跳来蹦去，而吉尔伯特·布莱斯则在想办法引起安妮·雪莉的注意，不过每次都以失败而告终。这时的安妮早就沉浸在自己的幻想中，忘记了周围的一切，她两手托着腮，扭过头目不转睛眺望着窗外"闪光的小湖"的蓝色面容，在仙境般的梦幻王国漫游，她已经完全沉涸于眼前这美丽的景色中了。

吉尔伯特在女孩子面前从来就没失败过，只要他想，他就能吸引女孩子的视线，独独这一次，这个下巴尖尖、一头红发的叫雪莉的女孩子根本就没注意过自己，她的大眼睛同其他任何女生的都不一样。他恼羞成怒，发誓无论如何也要让她朝自己看一眼。于是，他悄悄伸出手去，隔着过道

一把拽住安妮长长的辫梢高举起来，然后用刺耳的声音叫道：

"红毛！红毛！"

这次，安妮一下子看到了吉尔伯特令人生厌的一面，并且她正沉浸在美妙的幻想世界，这一下都被他给搅灭了。安妮气得一下子就跳了起来，两眼喷着怒火，狠狠地瞪着吉尔伯特，眼里流出了愤怒的泪水。

"说什么？你这个浑蛋！"安妮大叫起来，"你居然敢这样！"

只听啪的一声，一块石板就敲到了吉尔伯特的头上，敲得这么重，石板当场就断成了两截。

本来学生都是爱看热闹的，这种场面他们自然不会错过。可是当他们看到石板敲到吉尔伯特头上，所有人都吓呆了，发出"啊"的叫声，后来才知道是虚惊一场。戴安娜一瞬间好像无法呼吸了，像鲁比·吉里斯这样唯恐天下不乱的人故意放声大哭起来，托米·苏伦张大嘴，跟傻了一样，他费了好大功夫才捉来的蟋蟀也在这当口儿逃跑了。

菲利普斯老师顺着通道从后面大步走了过来，把手狠狠地压在安妮的肩上，指甲好像都要掐进她的肩膀里去。

"安妮·雪莉，出了什么事？"他看起来非常生气。安妮可不能当着这么多人的面说出自己是"红毛"，不过吉尔伯特自己却大声说：

"菲利普斯先生，这事儿不怪她，是我先取笑她的。"

菲利普斯先生压根儿就没听进去。

"这样的坏脾气和报复心理，根本不配做我的学生。"他说得极其严厉，"安妮，到前面讲台上站着去，就这样一直站到放学的时候。"

安妮浑身发抖，这样的做法让她觉得比挨鞭子更难受，但她仍然战战兢兢地遵从了，只是一张小脸儿煞白煞白的。菲利普斯先生拿出一根彩色的粉笔，在她头顶的那块黑板上写道：

"安妮·雪莉脾气暴躁，必须学会克制。"

写完之后，他还大声朗读了一遍。后来，安妮就一直盯着那句话，昂首挺胸地站在讲台上，胸中充满了怒火。放学后，一头红发的安妮高昂着头走出教室，吉尔伯特正在走廊口等着她呢。

"我非常抱歉，不该取笑你的红头发，安妮。"他后悔地说，"我这次是非常诚心地向你道歉，你千万别生我气了。"

安妮连看都没看他一眼，好像什么也没听到，一脸不屑地朝前走了。

在回家的路上，戴安娜一边气喘吁吁地跟着安妮，一边用半是责备半是钦佩的口气说："安妮，你怎么能这样做呢？"戴安娜觉得，要是换成自己，肯定不会对吉尔伯特的哀求熟视无睹的。

"我是绝对不会原谅吉尔伯特的。"安妮说得斩钉截铁。

"吉尔伯特不过是跟你开了个玩笑，你可千万别往心里去。"戴安娜劝说道，"吉尔伯特嘲笑所有的女孩子呢，他还曾嘲笑过我头发长得黑，说我跟乌鸦一样。况且，我还是第一次听见吉尔伯特给别人赔礼道歉呢。"

"说你是乌鸦和说我是红毛完全不是一回事啊。"安妮提到这个就觉得难受，觉得尊严受损，"吉尔伯特已经很残忍地伤害了我的感情。戴安娜！我实在太难受了，感觉透不过气来。"

要是之后没什么事情发生的话，像这种让人透不过气来的事件也许就被慢慢淡忘了。但坏事一旦开了个头，常常是接踵而至。

山丘上的枞树林和一大片广阔的草地都是贝尔家的私人领地，但埃文利的学生们午休时经常会到这里来玩。菲利普斯老师在伊文·莱特的家里借宿，从这里能够清楚地望见他的动静，一旦发现老师从家里出来了，学生们便会一溜烟地往学校跑去。可是，从这里到学校的距离是从莱特家到

学校距离的三倍还多，所以不管学生怎样拼命地跑，往往都要比老师晚到三分钟左右。

有一天，菲利普斯老师心血来潮，决定整顿纪律。午休之前他在班上宣布，等他返回教室的时候，全体学生都要坐在自己的座位上，谁要是回来晚了，谁就受罚。

那天中午，班上的学生们又像往常一样，到贝尔家的枞树林去了。他们想去捡一些云杉树的坚果。黄色的坚果特别惹人喜爱，学生们在林间的草地上走来走去，一点点寻找着坚果，时间不知不觉就流逝了。第一个注意到老师的，还是吉米·格罗巴，他跟往常一样爬到老松树顶去了，大家玩儿得正高兴的时候，他大声地惊呼道："老师来了！"

在地面上的女孩子们赶紧往回跑，树上的男孩子们慌慌张张地滑下来，也在后面撒开腿奔跑起来。安妮并没有捡坚果，而是在齐腰深的蕨草间漫步，嘴里还低声哼着歌，头上戴着个花冠，看上去就像是在梦幻王国漫游的快乐的精灵。虽然安妮一个人落在了后面，但是，安妮只要跑起来就跟羚羊一般敏捷，很快她便在校门口处追上了男同学们。当她跟大家一起挤进教室的时候，菲利普斯老师已经在教室里了，正在挂帽子呢。

菲利普斯老师本来是要整顿纪律的，可是违纪的学生这么多，他早就没了整顿的热情。惩罚十几个学生对他来说实在是一件太头疼的事，可是之前他已经说了这话，现在得采取一些行动来维护自己的威信。所以，他决心抓一个替罪羊，好让这事情就此了结。他的目光四下里扫视了一圈，最后定在了安妮的身上。安妮这时刚坐下，气喘吁吁的，戴在头上的花冠也忘记要摘下来，歪挂在一只耳朵上，样子非常狼狈。

"安妮·雪莉，你好像很喜欢同男孩子泡在一起，今天，我就让你的兴趣得到充分的满足。"老师讽刺地说，"摘下那只花冠，去跟吉尔伯特坐在一起。"其他男孩子听到这话都偷偷地笑起来，安妮当时就气得脸色铁青。戴安娜非常心疼安妮，见安妮这种样子，赶紧把花冠从她的头上摘了下来。安妮紧握着拳头，纹丝不动，两眼平视老师。

"我说什么你没听见吗？安妮！"老师的声音变得异常严厉。

"我不，老师。"安妮支吾着说，"我觉得你并不是真心想让我这样做。"

"我说的话当然不是玩笑。"老师依然用那副讽刺的腔调说道，他的这种腔调让所有的学生都厌恶透顶，尤其是安妮，"立刻照我说的去做！"

一瞬间，安妮真想站起来跟老师吵一架，但她又立刻意识到，反抗是毫无用处的。所以她很不情愿地站了起来，跨过过道，坐在吉尔伯特的身边，然后把胳膊放到了桌面上，一下子趴在了上面。一直都在密切注意安妮的鲁比·吉里斯赶紧回过头去悄声对大家说："我从来没见过她这种样子，脸色煞白，还出现了一片可怕的小红斑。"

安妮实在觉得太委屈了，迟到的人有那么多，却独独惩罚她一个人，而且还逼迫她跟男生同一张桌，这叫人太难以接受了，同座的还偏偏是那个最讨厌的吉尔伯特。老师对她的这种侮辱，远远地超出了她的忍耐程度。屈辱、愤怒同羞愧交织在一起，安妮觉得自己已经无法承受这样的打击了。

起初，同学们还都盯着安妮，嘀嘀咕咕地小声议论着，发出低低的笑声，可安妮始终都没抬起头来。看到一旁的吉尔伯特也没反应，只是埋头学习，大家觉得没什么意思，于是又开始干各自的事情了，安妮挨罚的事逐渐被大家遗忘了。

菲利普斯老师召集大家去上历史课时，安妮本来也应该跟着去，但她一动都没动。吉尔伯特曾趁人没注意的时候，从书桌里掏出一小块粉色的心形糖，上面还写着"你真可爱"几个金色的字，吉尔伯特把糖从安妮的胳膊缝间放进去，让它轻轻地滑到安妮的眼前。安妮抬起头来，用指尖抓起糖就扔到了地板上，然后伸出脚来踩了个粉碎。她做这些动作的时候，自始至终都没瞧吉尔伯特一眼，接着，她又重新趴到了桌子上。

当大家都离开教室的时候，安妮几步冲到自己的书桌前，以很夸张的动作把里面的东西哗啦倒了出来，教科书、笔记本、笔、墨水、《圣经》等，所有这些她都整整齐齐堆到了已经破碎的石板上。

"安妮，你干吗要这样做，要把这些东西全都拿回家去吗？"一上路，戴安娜就迫不及待地说，在这之前，她一直吓得心惊胆战，连问都不敢问。

"从今天起，我再也不去学校了。"安妮气呼呼地答道。

戴安娜眼睛直直地盯着安妮，想弄清楚她说的话是真是假。

"玛丽拉会同意吗？"

"我只能这样做了，我再也不到学校来了，再也不见那个人。"

"安妮，你的脾气可太倔了！"戴安娜都快哭出来了，"这事情真的那么严重吗？我该怎么办才好呢？求求你，安妮，你还是去学校吧！"

"戴安娜，要是为了你，让我做什么我都心甘情愿。可是，只有这件事情你别再强求我，我实在没办法做到。"安妮悲伤地说。

"可是我们有好些有趣的事等着做呢。"戴安娜叹息道，"我们不是说好要在小河边建造一幢漂亮的房子吗？下星期有棒球课，你不是还没玩过棒球吗？打棒球很有意思的。我们还要学习新的歌曲，珍妮·安德鲁斯现在正拼尽全力练习呢。还有，爱丽丝·安德鲁斯说下星期要把最新出版的"三色紫罗兰丛书"带来，大家都约好了要在小河边，每人轮流朗诵其中的一个章节。安妮，你不是最喜欢大声朗诵的吗？"

无论戴安娜怎么劝说，安妮都没有改变自己的主意。她已经铁了心，再也不去菲利普斯老师任教的学校了。一回到家，她把所有的一切向玛丽拉全盘托出。

"你实在是太蠢了！"玛丽拉严厉地教训了安妮一顿。

"我一点儿都不蠢，你难道不明白吗？玛丽拉，我已经被深深地侮辱了！"

"我不想听到这些，明天你还得跟往常一样上学去！"

"不，我不！"安妮倔强地晃着脑袋，"我再也不去学校了！玛丽拉，我也可以在家学习，我会用最大努力来争取做一个好孩子，如果你同意，我宁愿再也不说话了。总之，我无论如何都不去学校了！"

玛丽拉这下可犯了难，她看到安妮脸上流露出一种难以战胜的不屈不挠的神情，她理智地决定暂时不对此发表任何意见，心里却在盘算着晚上到蕾切尔夫人那儿去一趟。她想："现在不管说什么都是白费口舌，要是一味强迫她服从，无疑是火上浇油，说不定她会变得更加暴躁呢。要是照安妮的说法，这个菲利普斯老师做事也实在是太荒唐了点儿，他怎么能这么粗暴地对待安妮呢！总之，要跟蕾切尔夫人好好商量商量，她毕竟先后送了十个孩子到学校去了，多少该有些好主意吧。现在，说不定她早就知道这件事了。"

玛丽拉进屋时，蕾切尔夫人还跟往常一样，正在厨房里聚精会神地做着被子。

"我猜你已经知道我过来的原因了吧？"玛丽拉有些不好意思地问道。

蕾切尔夫人微微点了点头："是为了学校的那场闹剧吧，迪利·波尔特放学回来时就一五一十地都跟我说了。"

"我真不知道该怎么办才好。安妮发誓再也不去学校了。我之前就想过，安妮到学校后肯定会出点儿事，以前她在学校一直都很顺利，那孩子的确太冲动了。你有什么好法子呢，蕾切尔？"

"这个，如果你真的想听我的意见的话……"每逢有人征询蕾切尔夫人的意见时，她总是特别高兴，"换成是我的话，一开始她愿意怎么做就让她怎么做，我相信这事儿是菲利普斯老师的错，他做得太过头，绝对不应该对孩子们说出那种话。虽然昨天他批评安妮乱发脾气是应当的，可今天又不一样了。要是论受罚的话，所有迟到的学生都应该受罚呀，怎么能只罚安妮一个人呢，而且强迫一个女生和男生坐在一条长凳上，我看这个做法实在不太好。这样做能带来什么好处？迪利·波尔特也非常气愤。从一开始迪利就坚定地站在安妮一边，别的学生也都是同样的态度。安妮好像在他们中间非常受欢迎，我没想到他们会相处得如此融洽。"

"那么你是想告诉我，安妮可以不去学校了？"玛丽拉惊讶地问道。

"对，我就是这个意思，你最好不要提上学的事，直到安妮自己改变主意。别担心，这事儿估计一个星期就会平息下来，安妮到时候自然就会回心转意的。要是你逼她去，说不定又要因为什么引起事端来，结果反倒变得更糟。我觉得最好的做法就是顺其自然，别再强迫她，安妮不愿意上学又不是担心学习跟不上，而是菲利普斯这名教师做得过分了。现在班上纪律涣散，他却对小孩子们不管不顾，一心只辅导报考奎恩学院的高年级学生。要不是因为他叔叔是理事，他怎么能担任班主任一职？这个岛的教育实在让人无语。"蕾切尔夫人一边说着，一边忧虑地摇着头。

　　玛丽拉接受了蕾切尔夫人的忠告，回去后，再也没对安妮提起上学的事。就这样，安妮在家自学相关的功课，顺便帮助玛丽拉干点儿家务活儿，有时候也会在黄昏时和戴安娜一起玩耍。要是在路上或者主日学校不小心碰上了吉尔伯特·布莱斯，安妮也总是带着轻蔑的神色，冷漠地从他身边经过。吉尔伯特想尽方法来取悦安妮，安妮始终不搭理他。有关这事儿，戴安娜从中调解了好多次，可是一点儿作用都没有。总之，安妮是打定主意一辈子都不跟吉尔伯特有什么来往了。

　　安妮这样痛恨吉尔伯特，却跟戴安娜难舍难分，她把自己所有的热情、所有的爱都倾注在戴安娜身上。一天晚上，玛丽拉从苹果园回来，带着一筐新摘的苹果，发现安妮正独自一人坐在昏暗的东窗边失声痛哭呢。

　　"安妮，出什么事了？"玛丽拉吓坏了，赶忙问道。

　　"因为戴安娜。"安妮一边哭泣着一边回答说，"玛丽拉，我实在太喜欢戴安娜了，要是戴安娜不在身边，我是无论如何都活不下去的，可是，总有一天戴安娜会长大，会嫁给一个人，那她就会抛下我的，到那时我该怎么办呢？我打心眼儿里讨厌戴安娜未来的丈夫，讨厌极了！非常讨厌！虽然我早就幻想过有关戴安娜的结婚典礼。从始至终，戴安娜都穿着雪白的婚纱，戴着面纱。我则打扮得跟女王一样漂亮，气质优雅，就站在她旁边，做她的伴娘。我要穿着带泡泡袖的美丽长裙，虽然脸上挂着微笑，可我心里却充满了无尽的悲凉，恨不能放声大哭，我不得不默默地同戴安娜话别，再见，再见，再——见了。"说到这里，安妮又控制不住，放声大哭起来。

　　玛丽拉差一点儿笑出声来，她赶紧把脸扭过去，可是最后还是没忍住，一下子坐到了旁边的椅子上，放声大笑起来。她笑得那么开心，实在

太反常了，正好从院子里路过的马修被这情景给吓了一跳，他还从来没见玛丽拉那样笑过。

"实在太可笑了，你还只是个小孩子啊……"玛丽拉好半天才忍住笑，"如果你一定要惹出什么乱子的话，那你还是乖乖待在家吧，啊，你的想象力真是太叫人赞叹了。"

第十六章
茶会的灾难

十月的绿山墙美丽异常，这里、那里都色彩缤纷，果园、山谷、小路上都有阳光般的金黄色，有高贵的深红色，还有暗红色和青铜色。你能够凭借这些颜色来分辨出白桦、枫树、野樱桃树和青草地。所有的一切都沐浴在明亮的阳光下。

一个星期六的上午，安妮采了一大捆枫树枝，飞一般地奔进屋子来，打算装饰自己的房间。她兴奋地叫着："玛丽拉，十月实在是太美了！您看这树枝多美啊，您不可能一点儿都没感觉到吧？我想用它来装饰我的房间。"

"这东西脏兮兮的。"玛丽拉对此不屑一顾，她的确不太具备审美能力，"安妮，卧室可是用来睡觉的地方啊。可是你看你，卧室里

净是些从外面弄进来的乱七八糟的东西。"

"啊，卧室也是做梦的地方啊，玛丽拉。如果睡觉的环境更加美丽，那我一定能做更美丽的梦。我打算把它们插到那个旧的蓝色花瓶里，然后摆在桌子上。"

"你最好别把叶子撒在楼梯上。吃过午饭后，我得去一趟卡莫迪，那里有个妇女协会的聚会，估计得天黑之后我才能赶回来。马修和杰里的晚饭就都交给你了啊。安妮，千万记住，别跟之前那段时间一样，桌子都摆好了才想起来还没沏茶。"

"嗯，忘记沏茶的确是我的问题。不过，那天我正在想该如何给'紫罗兰山谷'取名字，所以其他的事情都不知不觉抛到脑后了。马修也没怪我，他说可以稍等我一会儿。趁沏茶的这会儿工夫，我还给他讲了一个美丽的故事呢，他一点儿都不觉得寂寞无聊。那个故事非常动听，但是我不记得结局，所以最后是自己瞎编的。"

"行了，行了。你今天可千万别出错啊。还有，要是你愿意，可以请戴安娜来咱们家玩玩儿，一起喝个茶。"

"真的吗？玛丽拉！"安妮兴奋地两手搓来搓去，"实在太好了。还是你了解我，我早就想请戴安娜来咱们家喝茶，都快想疯了。邀请朋友来家里做客，这感觉很好，就跟大人一样，是不是？你就放心吧，有了客人，我是不会忘记沏茶的事儿的。哦，玛丽拉，我可以用那套玫瑰图案的茶具招待客人吗？"

"不行，那是牧师先生光临或者妇女协会聚会时专用的茶具，明白吗？我觉得你用平时用的那套咖啡色旧茶具就行了。还能拿些樱桃果酱、水果蛋糕、小甜饼和饼干来招待你的客人。"

"我现在就能想象到自己坐在主位上给客人沏茶的景象了。"安妮欢喜地闭上眼，"就是这样——我问戴安娜要不要加点儿砂糖，我知道她从来不加糖的，但是我就要装作不知道地去问她。然后再问她是否需要再来一块水果蛋糕，劝她多吃点儿樱桃果酱。哈，玛丽拉，光想想我就觉得太激动了。要是戴安娜来了，放下帽子时我请她到客厅去，然后再带她去会客室行吗？"

"我看没这个必要，你的朋友就用你的房间接待好了。起居室壁橱的第二个格子里有一瓶黑莓露，是上次教堂聚会时剩下的。你俩要是能喝的话，可以喝一点儿，就小甜饼很不错。马修现在正往船上装土豆呢，估计会干到很晚才回家喝茶。"

玛丽拉本来还有别的事情要叮嘱，可是安妮哪里还听得进去啊。她一溜烟就冲下山谷，越过"树神水泡"，顺着云杉小路朝果园坡跑来。戴安娜愉快地接受了她的邀请，答应下午准时赴约。

所有的一切都准备好了，玛丽拉驾着马车刚出发，戴安娜就来了。她穿着自己最好的衣服，一脸郑重的样子，就好像是真的去参加一个重要的茶会。她以前来，总是不敲门就自己跑进厨房，今天却走到前门那里，郑重其事地敲敲门。安妮也穿上自己最好的裙子，一本正经地跑过去打开了大门。两个孩子非常客气、郑重地握握手，就好像是第一次见面那样。安妮把戴安娜领到东山墙自己的房间，戴安娜摘下了帽子，跟小主人正襟危坐地聊了十来分钟，她俩才渐渐随便起来。

"你母亲的身体如何？"早上安妮去邀请戴安娜的时候，巴里夫人正在果园里精神头十足地摘苹果呢。

"谢谢，她的身体很好。我想，今天下午卡斯伯特先生是不是要给'百合沙滩'号运送土豆？"戴安娜也在绞尽脑汁找话题，其实上午她到安德鲁斯家去的时候就在半路搭上了马修的运货马车。

"正是那样，我们家今年的土豆大丰收了。我希望你父亲的土豆也同样获得丰收。"

"谢谢，正是那样。你们家的苹果已经摘了不少了吧？"

"嗯，有很多。"安妮说着忍不住跳起来，再不假装一本正经的样子了，"我们到果园去吧，去摘一些红艳艳的苹果，戴安娜。玛丽拉说，要是我们想吃，树上那些没摘完的都尽管吃。玛丽拉慷慨又大方，她告诉我们，喝茶的时候，想吃水果蛋糕和樱桃果酱都行。不过，不能告诉客人给人家准备了什么吃的，那样很没礼貌。那这样吧，她说我们可以喝什么我就先不说了。我只是给你个提示，它们的首字母是'R'和'C'，都是鲜红的颜色。我很喜欢鲜红的饮料，你呢？我觉得鲜红色饮料的味道要比其他颜色饮料的味道好上两三倍。"

果园里的景致非常美，累累的果实将树枝都快压趴下了，有的甚至垂到了地面上。两个孩子的下午时间都是在果园里度过的。她们在一个青草丛生的角落里坐下来，大口地啃着苹果，放肆地说笑着。虽然经历过轻微的霜冻，青草仍然是苍翠的绿色，身边围绕的是秋天特有的温暖柔和的阳光。关于学校里的事情，戴安娜有很多要跟安妮说呢。格蒂·派伊非要跟她坐在一起，这让她无比气愤，因为格蒂总是把铅笔咬得咯吱咯吱乱响；鲁比·吉里斯拿来一块鹅卵石，是住在小溪边的那个老玛丽·乔给她的，让她用来治疗身上的疣子——真的是这样，要是有谁想试试，就在新月之夜用它来搓身上的疣子，搓完以后，把这块石头从自己左肩扔出去，疣子就消失了；有两个人的名字又被写到走廊的墙上了，是查理·斯隆跟爱姆·怀特，爱姆·怀特非常气愤；菲利普斯先生上课时，萨姆·波尔特公然顶撞他，他气得动手打了萨姆，萨姆的父亲知道这事儿，赶到学校里质问他；麦迪·安德鲁斯戴了一块崭新的红头巾，上面绣着蓝色的桃花，边上还带着穗子，可是戴在她头上，别提多难看了；大家都很想念安妮，盼望着她早点儿回到学校；还有那个吉尔伯特·布莱斯……

提到最后那个人的名字，安妮烦躁起来，不想再听，于是告诉戴安娜，她们应该到屋里去喝一些黑莓露。

两个孩子跑到屋里去，在食品柜里找了一通，终于在最上面的那层找到了一瓶东西。安妮将它放在托盘上，又拿来一个高脚杯，一起摆在桌子上。

"好了，你随便用吧，戴安娜，"她礼貌地说，"我自己现在可是什么都吃不下了，估计是刚刚那些苹果太好吃，我吃得太多了，所以现在任何食物对我都没什么吸引力了。"

戴安娜给自己倒了一杯，静静欣赏了一下那鲜红的颜色，微微抿了一口，那样子看起来优雅大方。

"这黑莓露真好喝，安妮，"她说，"我以前还真不知道这种东西有这么好喝。"

"哈，我太高兴了。你喜欢喝就喝吧，想喝多少就喝多少。不过，现在就我一个人在家，心里的责任感也重了许多——我得出去生火了。"

安妮说着就进了厨房，等她回来时，戴安娜已经在喝第二杯了；安妮非常高兴，劝她再喝一杯，戴安娜稍稍推辞了一下又答应。三杯都是装得满满的。

"真好喝啊，是我喝过最好喝的东西。"戴安娜说，"我在蕾切尔夫人家也喝过这个，她总是夸那东西有如何如何好，可是跟这个比起来实在是差太远了。"

"当然了，蕾切尔夫人做的黑莓露肯定是没法儿跟这个相比的，"

安妮满脸的得意，"玛丽拉的厨艺可是远近闻名的，她现在正在教我做菜呢。哦，我实在没想到，戴安娜，烹饪是这么累的活儿，烹饪的时候，你完全没法儿想象别的东西，只能按照程序一步一步小心地做。上次做蛋糕的时候，我突然想到了一个关于你和我的有趣的故事，因为想得太入迷了，我居然忘记了加面粉。戴安娜，在我想象中，你染上了天花，病得非常严重，所有的人都远远地躲开了你。只有我不怕，我陪在你身边，悉心地照料你，希望你能早日恢复健康。可是我也被传染了，后来死掉了，被葬在墓地里。那里有许许多多的白杨树。你呢，就在我的墓前种了一株玫瑰，日日用你的眼泪浇灌它，把我这个为你献出生命的知心朋友永远刻在你的心底。啊，那故事实在是太感伤了，戴安娜。当时我泪如雨下，眼泪不停地从脸颊上滚落下来。因为没有加面粉，蛋糕做得一塌糊涂。你知道的，做蛋糕怎么能够不加面粉呢。玛丽拉对这事儿哭笑不得，不过我却不觉得有什么奇怪的。我真是给她添了太多太多麻烦啦。上个星期，她费了很大劲儿给我做布丁酱汁。星期三午饭我们吃的是梅子布丁，最后还剩下半块布丁和一罐酱。玛丽拉说那够再吃一顿的，于是叫我把它们盖起来，放到食品柜里头去。我本来想盖好盖子的，戴安娜，可是就在我把它们端过去的时候，又一个想象闯进了我的脑海里，我变成了一位修女，我把自己想象成了天主教徒，在隔绝人世的修道院里静静地活着，一块面纱遮住了我支离破碎的心。我想象得太投入了，以至于完全忘记盖盖子的事儿了。直到第二天早晨我才想起这事儿，于是赶紧跑到食品间去。戴安娜，你绝对想象不到发生了什么事，有一只老鼠掉在布丁酱里头，淹死了。我觉得又害怕又恶心，于是用汤勺把它捞起来，扔到院子里。后来我用水将那个汤勺仔仔细细地冲洗了三遍。那时候玛丽拉正在外面挤牛奶，我打算等她进来的时候再告诉她这件事，看看这罐酱还能不能倒了给猪吃。可是当她进来的时候，我又想象自己变成了霜神，走过一片又一片的森林，将一株又一株大树染成红色或者黄色，或者是它们自己想要的颜色，我早就把布丁酱的事给忘到九霄云外去了，更何况，她一进来就叫我去摘苹果。唉，那天上午正好有两位客人从斯凡塞维尔过来，就是切斯特罗斯先生和他太太，你知道，他俩都是非常考究的人，尤其那位夫人。玛丽拉叫我进来的时候，午餐都摆在桌上，大家都在桌前坐下了。虽然我长得不好看，可是有人说我有贵族小姐的气质，所以，我就更想给切斯特罗斯夫人留下一个好印象，我尽量让自己看起来更加端庄大方。事情本来都进行得很顺利，可是后来我突然看见玛丽拉进来，她一手端着一盘梅子布丁，另一手拿着热过的那罐酱汁，这下我全都想起来了。可真吓死我了，戴安娜，我当时就站起来，猛然尖叫道：'玛丽拉，千万别用那罐布丁酱，那里头淹死过一只老鼠，我忘记跟你说了！'啊，戴安娜，我永远都不会忘记那一幕的，哪怕是我活到一百岁也不会。切斯特罗斯夫人只是轻轻地瞟了我一眼，我就羞愧得想找个地洞钻进去。据说切斯特罗斯夫人非常能干，在家务活儿方面名声极好，你想，她会怎么看待我啊。玛丽拉气得满脸通红，可是她一句话都没说，我是说在当时的情况下。她只好赶紧将那两样东西端走，换了一些草莓酱来。她也给我盛了一点儿吃的，可是我哪里还能咽得下啊，就好像有一堆热腾腾的木炭架在我头顶熊熊燃烧着。等客人都走了之后，玛丽拉这才狠狠地把我教训了一通。啊，戴安娜，你怎么了？"

戴安娜好像打算站起来，可又摇摇晃晃地歪倒在椅子上，双手抱住了头。

"我……我觉得很难受，"她说话含糊不清，"我……我想得立刻回家了。"

"你都没喝茶呢，怎么就想回家呢？"安妮非常难过，"你等一下，我这就给你端茶过来，啊，我得先去放茶叶。"

"不，我一定要回家。"戴安娜非常固执地说，声音依旧含糊不清，但是语气却非常坚决。

"不管怎样，你也得吃过午饭再走啊。"安妮恳求她说，"要不这样，我先给你切一小块水果蛋糕，再抹点儿樱桃酱。你先到沙发上躺一会儿，这样可能会舒服一些。你觉得哪里不舒服？"

"我一定得回家。"戴安娜不断地重复这句话，颠来倒去地说。不管安妮说什么，她都用这句话来回答。

"客人怎么能茶都不喝就回家呢？我还从来没听说过这样的事。"安妮非常难过，"啊，戴安娜，你可别真的传染上天花吧。不过那也不要紧，有我照顾你，你放心，我永远都不会扔下你不管的。唉，我多么希望你能留下来，喝过茶再走啊。你告诉我吧，觉得哪里不舒服？"

"我的头晕乎乎的。"戴安娜说。

她摇摇晃晃地站起来，那种晕乎乎的感觉非但没有消失，反倒更加强烈了。安妮失望透了，泪水在眼眶里打转，给戴安娜拿来帽子，一直陪着她走到巴里家院子的栅栏跟前，才哭着跑回了绿山墙，一边哭，一边把那些食物都放回了食品间。想起还得给马修和杰里准备下午茶，她是无精打采地做完这一切的。

第二天下了一天的大雨，从早到晚都没断过，这是星期天，安妮呆呆地坐在屋子里，哪里都没去。星期一的下午，玛丽拉打发安妮去蕾切尔夫人家办点儿事情。没过多久，安妮就泪水涟涟地跑回来了，一进屋，就扑倒在沙发上。

"到底发生什么事了，安妮？"玛丽拉很是慌乱，疑惑地问，"难不成你又冲撞了蕾切尔夫人？"

安妮没有答话，只是泪水拼命往下淌，哭得更大声了。

"安妮·雪莉，你这样一句话都不说可不是我愿意见到的啊，赶紧坐起来说明白，你为什么要哭？"

安妮站起身，一副要被悲伤与绝望压垮的样子。

"巴里夫人也在那里，她非常生气，"安妮抽抽搭搭地说，"她说我是故意把戴安娜给灌醉的，然后送她回家让她出尽洋相。她说我是个坏透顶的女孩儿，再也不会允许戴安娜跟我来往了。玛丽拉，我真的太伤心了。"

玛丽拉惊愕得说不出话来，两眼只盯着安妮。

"你把戴安娜灌醉了？"过了好半天她才开口，"安妮，你跟巴里夫人到底谁弄错了？你给戴安娜喝的是什么？"

"就是黑莓露，没有别的啊，"安妮抽噎着说，"我可从来不知道，黑莓露也能把人灌醉。玛丽拉，我记得以前见过有人跟戴安娜一样连喝了三杯，可是什么事儿都没有啊。哦，那个人好像是托马斯夫人的丈夫。可是我真不是有意要将戴安娜灌醉的。"

"这也能喝醉？我实在不明白！"玛丽拉转身向起居室走去，站在食品柜前面，往架子上看过去。她一眼看到了那个瓶子，那里头装着的是葡萄酒，她自己酿造的，都存放三年了。她酿的这种酒在埃文利非常有名，不过那些保守的人对此有很大非议，巴里夫人就更是如此了。玛丽拉忽然想起来，那瓶黑莓露已经被她放到地窖去了，当时没想起来，所以也没告诉安妮。

她拿着那瓶葡萄酒回到客厅，站在安妮身边，脸色非常严肃：

"安妮，你可真会惹麻烦啊，你给戴安娜喝的难道是黑莓露吗？你仔

绿 山 墙 的 安 妮
Anne of Green Gables

细看看，这可是葡萄酒。你连这个都分不出来吗？"

"我从来都没尝过葡萄酒，"安妮说，"我以为这就是黑莓露。我本来打算热情款待戴安娜的。戴安娜觉得非常难受，坚持要回家，我才送她回家的。巴里夫人告诉蕾切尔夫人，戴安娜回去醉得不省人事，巴里夫人问她什么，她只是嘿嘿地傻笑，然后倒头就睡着了，一连睡了好几个小时。巴里夫人闻到她的呼吸中有很浓的酒味。昨天一整天戴安娜头都晕乎乎的。巴里夫人气愤极了，一口咬定我是故意要害戴安娜的。"

"我看她最好还是多管教一下戴安娜，谁叫那孩子这么嘴馋，也不看看是什么酒，一下子就喝掉三大杯。"玛丽拉说，"唉，哪怕是黑莓露，三大杯下肚也够叫人难受的。这种葡萄酒被许多人反对，牧师也不赞成，所以我这三年来都没再酿了。我将那瓶酒留下来，不过是治病用的。这下那些保守的家伙可抓到话柄了。算了，孩子，别哭了。这事儿的确是叫人难受，但是也没法儿怪到你头上。"

但是安妮还是哭个不停，她哭巴里夫人将她和戴安娜永久地分开了："我心里实在是难受，不哭出来就觉得不舒服。我天生就没好命，玛丽拉，我好不容易有了这样一个亲密朋友，做梦都没想到戴安娜就这样跟我分别了。"

"别说傻话了，安妮。要是巴里夫人知道问题不是出在你身上，她会改变想法的。她大概是以为你给戴安娜开了一个玩笑，导演一出恶作剧去捉弄戴安娜的，你可以今晚到她家去一趟，将事情都说明白。"

"可是只要想到要面对戴安娜盛怒的母亲，我就觉得提不起精神，没有勇气。"安妮叹口气说道，"玛丽拉，要是你能代替我去好了，跟我相比，你说的话更可信，更能让人接受。"

"那就这样吧，我去。"玛丽拉也觉得自己亲自出面解释要好一些，"别哭了，不会有事的。"

当玛丽拉从巴里家回来的时候，看起来垂头丧气，跟临走前的踌躇满志完全是两个人。安妮一直站在门口焦急地盼望着她。

"玛丽拉，我一看你的脸，就知道你没说服巴里夫人。巴里夫人还是在怪罪我吧？"

"巴里夫人也真是的，"玛丽拉仍旧愤愤不平，"我从来没见过那么蛮不讲理的人。我都跟她说清楚了，可是她压根儿就不相信我的话，还借机把我酿造的葡萄酒狠狠地指责了一顿，说我以前总是说它不会让人喝醉。我跟她说，葡萄酒也不能一口气喝上三大杯，要是我管教的孩子这么贪杯，我肯定会揍她一顿。"

玛丽拉说完便进厨房干起活儿来，只有安妮一个人呆呆地站在那里，心乱如麻，不知如何是好。

突然间，安妮连帽子都没戴，光着头就跑出去了，很快她就消失在傍晚的雾气中。安妮坚定地大步向前跑，走过满是枯黄的三叶草的原野，跨过独木桥，穿过枞树林。太阳早就落下去了，西边的树梢上有一轮月亮悄悄升起，散发出朦胧的冷光。

安妮到巴里家门口，稍微定了一下心神，然后战战兢兢地上前敲了敲门。开门的正是巴里夫人，她打开门，看到面前站着一个脸色苍白、双眼含着泪水的小请愿者。

可是巴里夫人一看到安妮，火气噌地就蹿上来了，一脸的厌烦。巴里夫人这个人心存偏见，又很挑剔，她一旦生气，就会没完没了，很难平复。实际上，巴里夫人一直对安妮没什么好印象，这次的事情更让她嫌恶安妮。她觉得安妮是故意灌醉戴安娜的，要是继续同这种坏孩子来往，

还不知道会给戴安娜造成什么样的坏影响呢，所以，一定得斩断他们的联系。

"你有什么事？"巴里夫人的口气非常不友好。

安妮紧紧地攥着自己的两手："夫人，请您原谅我吧。我从来没想过要把戴安娜灌醉，那只是一个意外事件。请您想想，我是个可怜的孤儿，好不容易才被好心人收养，并且居然有了一个知心朋友，我能把这个知心朋友灌醉吗？我一直都以为那是黑莓露呢。请您千万不要阻止我们的往来，否则，我的命运就太悲惨了。"

要是换了心肠软的蕾切尔夫人，估计瞬间就原谅了安妮，但眼前的这位毕竟不是她。实际上，安妮的这番话反倒激怒了巴里夫人。安妮的话说得太过火，行为又太激动，一切都让巴里夫人觉得很可疑，她更加坚信安妮是在拿她开欢笑，说的全都是假话。所以，巴里夫人毫不留情地说："我觉得戴安娜同你这种没有教养的孩子来往，实在太不合适了。回家去吧，以后老实一点儿。"

巴里夫人此言一出，安妮的嘴唇就哆嗦起来了。"我只去看戴安娜一眼，跟她道别。"安妮苦苦哀求道。

"戴安娜跟她父亲到卡莫迪去了。"说完，巴里夫人就将门重重地甩上了。安妮一个人站在门外，心情由绝望到慢慢平静，她就这样一无所获地回到绿山墙农舍。

"现在连最后的一线希望也没有了。"安妮告诉玛丽拉，"刚刚我去见了巴里夫人，她还是一点儿商量的余地都不给，我为此生了一肚子气。我觉得巴里夫人这样做太没修养了，她对我极端无礼，像她这么顽固不化的人哪怕是上帝都没法儿左右她的意志，所以，我觉得即便是祈祷也不会管用。"

"安妮，可别说那样的话了。"玛丽拉拼命忍住笑，严肃地责备安妮。

晚上，玛丽拉将事情的经过一点儿不落地讲给马修听了。睡觉之前，玛丽拉又到东山墙的小屋看了一眼，安妮好像是哭着睡过去的。玛丽拉不由得心里泛起一股怜悯之情，"这个可怜的小家伙。"玛丽拉轻轻嘟囔了一声，拨开安妮搭在脸上的一绺鬈发，然后弯下身来，亲一亲安妮熟睡中绯红的脸蛋。

第十七章
生活中的新乐趣

第二天下午，安妮正在厨房的窗边专心致志地缝着布片，缝得那么认真。过了很久，可能是脖子有点儿酸痛，她抬起头来，不经意朝窗外看了一眼，居然看见了戴安娜！戴安娜正站在"树神水泡"那里冲自己招手呢。安妮立刻放下手中的活儿，眨眼间就奔出了家门，朝着小山谷的方向狂奔而去。安妮的眼中满含着希望和惊喜，可是当她看清戴安娜的脸时，心里又凉了半截儿，戴安娜一脸忧郁痛苦的神色。

"你母亲还是无法原谅我吗？"安妮上气不接下气地问道。

戴安娜悲伤地摇了摇头："是的，安妮，她说不许我再跟你来往了。我哭着闹了好多次，并且跟她说这事儿不能怪你，可是不管怎

么说都没用。我费了好大力气才说服她，让她允许我出来跟你道别。不过，妈妈只允许我出来十分钟，她现在正对着钟表计算时间呢。"

"才十分钟，这也太短了。"安妮的泪水哗哗往外涌，"啊，戴安娜，你能不能发誓，永远都不会忘记我？从今往后，不管发生什么样的事情，都不要忘了你的好朋友。"

"那当然了。"戴安娜也哭着说，"而且我今后再也不会有知心朋友了，我再也不想交知心朋友了，我再也不会像爱安妮那样去爱别人了。"

"戴安娜！"安妮紧紧地攥着两只手喊起来，"你爱我吗？"

"是啊，这还用问吗？不是非常明确的事吗，你不知道？"

"不知道啊！"安妮深深地吸了一口气，"我原以为你只是有点儿喜欢我呢，可是没想到你会爱着我，我这一生还从来没有碰到过这种事情呢。啊，戴安娜，你能再说一遍吗？"

"我发自内心地爱着安妮。"戴安娜保证道，"从今往后我一直都爱你，直到永远。"

"我也一直深深地爱着你，戴安娜。"安妮郑重地表示，"今后漫长的岁月里，对你的回忆将永远伴随着我，就像星星一样在我孤独的生活中闪烁，永不磨灭。我们最后一次看的故事书里就有一段用头发做纪念的情节，戴安娜，能不能送给我一绺你的黑发，作为我们离别的纪念，我将会永远地保存它。"

"你带了剪头发的工具吗？"戴安娜难过地问道，泪水又如开闸的洪水般涌了出来。

"我刚刚在缝布片，剪刀带在围裙的兜里了。"安妮说完，非常庄重地剪下一绺戴安娜的黑色鬈发。

"亲爱的朋友，请多保重，虽然我俩分别了，可是我的心永远都系在

你身上。"

戴安娜走了。安妮还是一动不动地伫立在原地，一直看着戴安娜走到家门口。戴安娜停住脚步回头望去，只见安妮难过地冲她摆了摆手，然后才转过身朝绿山墙农舍走去。这场分别是那般浪漫，但是这并没有让安妮从中得到一些安慰。

"所有的一切都结束了。"安妮告诉玛丽拉，"我再也不交朋友了，卡迪·莫里斯和维奥莱塔都不在，实在是糟透了。现实中的朋友不得不分手，而幻想中的朋友也终将会消逝，她们也无法解除我的寂寞。我一辈子都不会忘记那伤心的一幕，我和戴安娜落泪分别。戴安娜剪下一绺她的头发送给了我，我要缝个小荷包把头发装进去，一辈子都挂在脖子上，要是哪一天我死了，这头发就跟我一起埋起来。我觉得自己活不了多长时间了，巴里夫人要是看到我僵硬冷却的尸体，也许会为自己的作为感到后悔，会允许戴安娜去参加我的葬礼。"

"只要你还能不住地唠叨，你就不用担心自己会悲伤过度而死去。"玛丽拉可一点儿都不同情安妮的悲惨遭遇。

星期一的早上，安妮拎着篮子从自己的房间走下楼，篮子里装着她的课本，神情坚定异常。玛丽拉觉得很奇怪。

"我要回到学校去，"安妮大声宣布，"现在我一个朋友都没了，都被夺走了，上帝实在是太无情了。除了上学，我现在还能做什么？再说了，在学校里，我好歹能天天看到戴安娜，哪怕是不能同她讲话，沉浸在对过去的回忆里也是值得的。"

"你还是把精力放在你学过的功课上吧。"玛丽拉一副不以为然的样子，心里却暗自窃喜，没想到事情居然会发生这样的变化，"不过你要是真的打算回学校，我可不希望再听到你用石板砸别人脑袋的事情了。你得遵守纪律，做一个听话的好学生。"

　　"我会尽最大努力去当一个模范生，"安妮对此没有表示反对，"不过那一点儿意思都没有。菲利普斯先生总说明妮·安德鲁斯是模范生，可我觉得她没有一点儿想象力和活力，成天闷不作声，反应又很迟钝，好像从来就没开心过。唉，我现在心情沉重，跟她的情况有点儿像，也许我还真的能当上模范生。不过我这么久没去学校，成绩肯定下降了很多，要当模范生可不是那么容易的。我要绕大马路去学校，我一个人不想再走'白桦道'，那里会勾起我的回忆，让我更加悲苦，流下伤心的眼泪。"

　　安妮这次回到学校，受到了同学们的热烈欢迎。大家都很想念她，因为有她在，玩儿起来会更有趣。游戏的时候她是最富有想象力的，唱歌的声音非常动听，读课本也绘声绘色。现在安妮又跟大家一同坐在课堂上。读《圣经》的时候，鲁比·吉里斯悄悄地塞给她三颗蓝莓；艾拉·麦克弗森送给她一件学校里备受赞誉的课桌装饰品，那是从花卉目录书上剪下来的黄色大三色堇；索菲亚·斯隆还凑到跟前同她说，要教给她一种新的蕾丝编织技法，镶在围裙上别提多好看了；卡迪·波尔特送给她一只空香水瓶，说是可以用来装擦石板的水；茱莉亚·贝尔的礼物是最独特的，她选了一张带装饰花边儿的淡粉色信纸，在上面工工整整地抄写了一段充满激情的诗句：

献给安妮

当夜色慢慢垂下帘幕
用一颗星星将它钉住
请记住莫逆之交的朋友
虽然她也许正在远方流浪

绿山墙的安妮
Anne of Green Gables

"受人欢迎和赞赏实在是太好了。"晚上回家的时候，安妮陶醉地说。

向安妮表达友情的不全是女生。等到吃过午饭，安妮回到自己的座位上，她旁边是模范生明妮·安德鲁斯。她发现，有一个又香又甜的苹果正摆在自己桌上。她拿起来就要吃，忽然想起来，这种"草莓苹果"非常罕见，埃文利只有一个地方能够出产这种苹果，那就是"闪光的小湖"对面的老布莱斯家的果园。她忙不迭地将这枚苹果放到桌子上，好像那是一块通红、烫手的煤炭一样。安妮还故意用手帕把指头擦了又擦。就这样，苹果直到第二天早上也无人问津。后来学校的勤杂工小提摩西·安德鲁斯早晨来给教室生暖炉时，发现了苹果，于是偷偷地拿走了。

除了这苹果，还有查理·斯隆送过来的一支在石板上写字用的笔，上面贴着红黄相间的花纹纸，看起来很是漂亮，比一般的石板笔要贵一倍。安妮爽快地接受了这礼物，她表现得很有礼貌、很愉快，甚至还给斯隆送上一个甜美的笑容。这下可让斯隆乐坏了，就好像突然飞上天空一样，神魂颠倒，结果上听写课时错误百出，放学后被菲利普斯先生留下来重写：

> 恺撒的庆典上布鲁斯的半身像被夺走
> 罗马人更加思念她最优秀的儿子
> …………

可是，叫人难以接受的是，坐在格蒂·派伊身边的戴安娜·巴里却什么礼物都没给她准备，也没向她微笑致意，就连个招呼都没打，这把安妮的喜悦冲淡了几分，又让她感到一些苦涩和难过。

"唉，哪怕戴安娜冲我笑一笑也好啊。"晚上回到家，安妮悲伤地对玛丽拉说。不过，第二天上午，有两样东西被传到她手中，一个小包和一张字条，她先打开了字条。

　　亲爱的安妮：

　　　　妈妈告诫过我，说我在学校里也不许跟你一起玩儿，连说话都不成。这不是我的本意，你千万别生气，你应该清楚，我还像以前那样爱着你。我很想跟你说话，告诉你我所有的心事。我一点儿也不喜欢格蒂·派伊。我用红色的手巾纸做了一枚书签，现在把它送给你。这样的书签现在很流行，班里头只有三个女生知道该怎么做。我希望你能常常看这枚书签，记住我永远是你最忠实的朋友。

　　　　　　　　　　　　　　　　　　　　　戴安娜·巴里

读完了字条，安妮打开小纸包，吻一吻那枚书签，然后很快写了一个回复，传递到教室的另一头。

　　我亲爱的戴安娜：

　　　　我当然不会生你的气了，因为你是个乖孩子，得按你母亲说的做。我们虽然不能说话，但是我们的心灵能够一直交流。你送来的漂亮礼物我会永远珍藏。明妮·安德鲁斯是个挺好的小姑娘，虽然她缺乏想象力。但是，因为有了你，我再也无法做明妮的知心朋友了。请原谅我的错别字，虽然我努力改进，但收效甚微。

　　　　　　　　　　　　　永远忠实于你的安妮或科迪莉娅·雪莉

绿 山 墙 的 安 妮
Anne of Green Gables

另：今晚我会把你的信搁在枕头底下，让它伴着我入睡。

安妮·雪莉

安妮自从再去上学后，就一直担心自己的学习会跟不上，但是这种事情一直都没有发生。也许是安妮从明妮·安德鲁斯身上学到了一些学习的方法，尤其是她现在同菲利普斯老师相处得还算融洽，并且，不管是哪一门课，她都不甘落在吉尔伯特·布莱斯的后头，这让她的学习成绩一再攀升。

安妮同吉尔伯特之间的竞争日趋激烈，虽然吉尔伯特对她一点儿恶意都没有了，但是安妮这方依旧耿耿于怀。对安妮来说，无论何时都无法忘记当时的屈辱。安妮的性格注定了不管爱还是恨，她都会做到最极端。安妮从来都不向任何人承认她在同吉尔伯特竞争，如果承认了，就相当于承认了吉尔伯特的存在，而她一直装出不将他放在眼里的表象。不过两人的竞争显而易见。最高荣誉一直在他们之间打转，要是这天吉尔伯特的听写得了第一，那么下一次安妮肯定会拼命追上去并且超过他。要是哪个上午，吉尔伯特在算术课上答对了所有的题目，名字被写进黑板上的优等生栏，第二天上午，苦学了一整夜的安妮就会取代他，成为优等生栏里的那个名字。有一天，两个人同时得了第一，名字一起被写进了优等生栏，这样就像被写到了走廊的墙壁上一样，吉尔伯特得到了极大的满足，而安妮只觉得气愤和悔恨。对这些，大家全都看得一清二楚。

每个月的月末答卷总是一场硝烟弥漫的战斗，两个人争战不休。头一个月，吉尔伯特领先了安妮三分，到第二个月，安妮便以五分的差距领先吉尔伯特。不过，那一次吉尔伯特却当着全班同学的面，向安妮表示真诚的祝贺，这让安妮觉得非常不快。对安妮来说，只有吉尔伯特感受到失败的痛苦，她才会觉得高兴。

菲利普斯作为老师来说也许不算称职，但是对于安妮这样极具上进心的学习狂来说，不论什么样的老师，她都能取得好成绩。这个学期结束后，安妮和吉尔伯特都顺利地升入五年级，开始学习"学科基础"。所谓"学科基础"就是拉丁语、几何、法语和代数这几门课。对安妮来说，最头疼的就是几何了。

"几何实在太难了，玛丽拉。"安妮满腹牢骚地抱怨，"不管我多么努力，还是一筹莫展，怎么都无法理解，这门课一点儿想象的空间都没有。菲利普斯老师说还是头一回碰到我这样对几何一筹莫展的学生。而另一方面，像吉尔伯特那样相当熟练地解几何题的学生却比比皆是，我实在无法忍受这种耻辱。就连戴安娜的几何题也比我解得好，不过被戴安娜超过我心服口服。虽然我们跟陌生人一样，一点儿来往都没有，但我对戴安娜的爱却永远都不会变。一想到戴安娜我就会觉得很伤心，可是，这个世界生机勃勃、多姿多彩，我总不能老是这么伤心地活着啊。"

第十八章
大显身手

　　任何大事都会影响到看似微不足道的小事，这中间有千丝万缕的联系。有一位加拿大总理决定到爱德华王子岛来做竞选演讲，这个事件本身看不出来会和绿山墙的安妮·雪莉的命运有什么关联，可实际上它们是存在的。

　　总理来到爱德华王子岛是一月的事情。在夏洛特敦举行的大型集会上，他将会向热心的支持者和那些被挑选出来参加会议的反对派发表演说。埃文利的大多数人都是总理的忠实拥护者，所以集会的那天晚上，埃文利几乎所有的男人和大部分女人都赶到了三十英里外的小镇上。蕾切尔·林德夫人非常关心政治，虽然她是反对派这一边的，但是她深信，这种政治集会要是没有她，就无法顺利进行下去。蕾切

尔夫人去镇上时还把自己的丈夫也带去了，虽然她带着丈夫其实是想让他帮忙照看马车。她还邀请了玛丽拉·卡斯伯特，玛丽拉对政治还比较关注，并且她觉得这次集会可能是她今生能见到的唯一一位真正的、活着的总统了，所以她很爽快地同蕾切尔夫人去了。在她第二天回来之前，家里的大小事务就由安妮和马修全权处理。

玛丽拉跟着蕾切尔夫人走后，安妮跟马修便在暖烘烘的厨房里度过了愉快的时光。通红的炉火在老式炉子里熊熊燃烧着，窗户上结着一层厚厚的霜花，在火苗的照耀下闪烁出神秘的光亮。马修坐在沙发上，翻着那本《乡村律师》，很快打起了瞌睡。安妮隔一阵便看一眼摆放大钟的柜子，然后又趴到桌子上拼命学习。

柜子上放着简·安德鲁斯借给安妮的书。简保证这本书能让安妮激动万分。安妮把书借回来，总想埋头看个够，可要是那样的话，就等于将明天的胜利果实拱手让给了吉尔伯特·布莱斯。于是，安妮强迫自己背对着书柜，权当那里没放着书一样。

"马修，你上学的时候也学过几何吗？"

"呃，没，没学过。"马修边说边站起来。

"唉，要是你学过就好了，你就能体会我的痛苦了。"安妮失望地叹口气，"你没学过，自然就无法体会我的痛苦。就是这个几何让我的人生变得如此悲惨。马修，我的几何实在是差到极点。"

"你这是说些什么，才没那回事呢。"马修劝解说，"我们安妮干什么都很出色。上个星期我在卡莫迪的布莱尔店碰见了菲利普斯老师，他跟我说了很多你的情况，他还夸奖你是整个班上最上进的学生，成绩提高得特别快。嗯，他就是这么说的。虽然很多人说菲利普斯老师的坏话，说他不够格当一个老师，我却觉得他还是个非常不错的人。"不管是谁，只要

绿山墙的安妮
Anne of Green Gables

对方夸奖了安妮，马修都会觉得这是个好人。

"要是老师不使用那些符号的话，我觉得我的情况还不至于这么糟糕。"安妮一肚子的牢骚，"我的确是把定理都背下来了，可是老师在黑板上画图的符号跟教科书上的完全不一样。这样一来我就更加晕头转向了，所有的问题都一团糟，你不觉得老师这样做太过分吗？现在我们开始学习农业知识，学过一部分之后，我终于弄明白了为什么道路会是红色的，这让我宽心不少。

"不知道玛丽拉跟蕾切尔夫人在那边过得怎么样。蕾切尔夫人说，要是看到了渥太华方面的所为，那你就会明白，加拿大是注定要衰落的。她说应该对掌权者敲响警钟。如果能够给予妇女们参政的权利，情况才会向好的方面发展。马修你支持哪一个政党？"

"保守党。"马修不假思索地回答。

"那我也支持保守党。"安妮说，"可是学校里不少男同学都在支持自由党，包括吉尔伯特他们。我知道菲利普斯老师和普里茜·安德鲁斯的父亲也支持自由党。鲁比·吉里斯说热恋中的男人要在宗教上同自己情侣的母亲取得一致，在政治上必须得和情侣的父亲一致。真是这样吗，马修？"

"有关这个，我实在不清楚。"马修回答说。

"马修，你曾经跟人求爱过吗？"

"没，我可没经历过那种事。"马修做梦都没想过自己会恋爱。

安妮两手托着腮，陷入了沉思："实在太叫人意外了，这样的话，你会觉得非常寂寞。鲁比·吉里斯说等她长大后，她最少要找两打以上的恋人，大家听了都吓得直吐舌头。这是不是太过分了一点儿？我觉得要是情投意合，一个就足够了。鲁比·吉里斯有好几个姐姐，蕾切尔夫人总说吉里斯家的姐妹个个都非常迷人。菲利普斯老师每天晚上都去探望普里茜·安德鲁斯，据说是去指导她学习。可是米兰达·苏伦也打算考奎恩学院啊，她的成绩比普里茜差了一大截儿。我觉得老师更应该去指导米兰达的，但是老师晚上从来不去她家。马修，这世界上实在有太多我无法理解的事情了。"

"呃，这些嘛，我也不太明白。"

"哎呀，我得做功课了。功课要是完不成，我就不敢看简借给我的那本新书。可是，马修，你不知道，这本书的诱惑力实在太强了，我背对着它也能感受到它的存在。简说不管是谁，看完这本书都会伤心地大哭起来，我就喜欢这种催人泪下的故事。既然它这么让我分心，我还是把它搁到起居室里，锁到装果酱的柜子里去吧，钥匙就交给你保管。如果我没写完作业，马修，你千万不要把钥匙交给我，哪怕我跪下来求你也不行。抵挡诱惑用嘴说说有些勉强，但是我要是没钥匙就容易战胜自己了。哦，对了，我想去地窖里拿点儿粗皮苹果。马修，你不想吃点儿粗皮苹果吗？"

"呃，好吧。"马修含糊应承道，虽然他不吃这种苹果，但是他知道安妮非常喜欢，所以还是爽快地答应了。

安妮端着满满一盘子的粗皮苹果从地窖钻出来的时候，听见一阵由远及近的脚步声，好像谁在飞奔而来。紧接着，厨房的门被猛然推开了。戴安娜·巴里脸色煞白、气喘吁吁地闯了进来，她头发蓬乱，一条围巾胡乱绕在头上。安妮吓了一大跳，手里端着的盘子和蜡烛全都掉下来，噼里啪啦地顺着梯子滚下了地窖，那里有许多牛油。第二天，玛丽拉发现了这些掉得到处都是的苹果和蜡烛，一边捡着，一边后怕，幸亏上帝保佑，才没有引发火灾。

"怎么了，戴安娜？"安妮惊呼道，"你母亲终于肯原谅我了吗？"

"啊，安妮，我不知道该怎么办，"戴安娜脱口而出，"明妮·梅得了……得了喉炎，病得非常重，这是扬·玛丽·乔告诉我的。我爸妈都不在家，到镇上去了，一时之间也找不到医生。那种病实在是太可怕了。明妮·梅病得这么厉害，扬·玛丽·乔也不知道该怎么办……啊，安妮，我实在太害怕了。"

马修一声不吭地抓起大衣和帽子，急匆匆地从戴安娜身旁闪过，很快消失在门外的黑暗中了。

"他这是套马车去了，他肯定会快马加鞭地赶往卡莫迪，去找医生。"安妮一边说，一边戴上头巾，穿上外套，"别惊讶，马修跟我心灵相通，我们不用说就知道对方在想些什么。"

"他真的能在卡莫迪找到医生吗？"戴安娜还是泪汪汪的，"布莱尔医生已经到镇上去了，我觉得斯潘塞医生肯定也会去的。扬·玛丽·乔一点儿经验都没有，她还从来没见过谁得这种病呢，现在又找不到蕾切尔夫人。啊，安妮，我实在是害怕啊。"

"别哭，戴安娜，"安妮镇静地安慰她，"要真是喉炎，我就有办法了。哈蒙德夫人不是连续生了三对双胞胎吗，你还记得不？我照料那些孩子的时候经历过各种各样的事情，也积累了不少的经验。那些孩子也经常得喉炎。啊，先等一下，我去拿一瓶土根制剂，你们家也许没这个东西。好了，现在走吧。"

她俩手牵着手冲出屋子，从"恋人的小径"飞快穿过去，林中的近路因为有太深的积雪，过不去，于是她们又横穿过冻结的土地。安妮打心眼儿里为明妮·梅感到伤心，她心急如焚，恨不得一步就能跨到她面前。可是走着走着，她又不知不觉地被周围景色给迷住了，又陷入了遐想中。想到能再次跟心心相印的戴安娜手牵着手，她心中不禁甜丝丝的。

这是一个晴朗多霜的夜晚，天空好像格外明净，夜幕下的黑影就跟黑檀树一般，白色的雪坡闪烁着银光，田野寂静无声，明亮的星星在天空闪闪发光。枞树这里一丛那里一丛散布着，像一团团的暗影，白雪覆盖在上面，夜风呼啸而过发出呜呜的响声。安妮觉得跟长期被隔开的知心朋友从这个神秘又美丽的地方奔过，实在是太让人激动了。

明妮·梅才三岁，病得非常厉害。她正躺在厨房的沙发上，浑身滚烫，难受地翻滚着，发出沉重且嘶哑的呼吸声。扬·玛丽·乔是巴里夫人从小湾雇来的看护，法国人，大脸盘儿，大人不在家的时候就由她照料孩子。这时她正一脸困惑地站在那里。

安妮很快接替了她。

"明妮·梅的确得了喉炎，看起来非常严重，但是我还见过比这更厉害的。得多准备些热水。哎呀，戴安娜，壶里没多少水了。来，我现在就把它给灌满。玛丽·乔，你给炉子多加些柴火。我实在不想叫你难堪，但是你要是有足够的脑子，这事儿就不用我吩咐了。现在，我得把明妮·梅的衣服给脱掉，抱她到床上去。戴安娜，你赶紧找一些柔软的绒布来。我得先喂她一点儿土根制剂。"

明妮·梅不喜欢这种药，怎么都不肯咽下去，但安妮是一个曾经带大三对双胞胎的女孩子，这方面比较有经验，她一次又一次耐心地喂，最后还是成功了。之后她又喂了几次。在这个焦虑、漫长的黑夜里，她们的耐心和神经都受到了极大考验。安妮在戴安娜的协助下，耐心地护理着被病魔侵袭的孩子，扬·玛丽·乔也在一旁尽心尽力地帮忙，炉子里的火烧得旺旺的，热水烧了一壶又一壶，哪怕是给一所医院里所有患喉炎的孩子服务也够了。

凌晨三点的时候，马修终于把医生带来了，他好不容易请到一位大夫。这时候，急救措施才刚刚做完，明妮·梅已经脱离了危险期，正呼呼大睡呢。

"我当时差点儿就要放弃了。"安妮对医生说，"她的病情越来越严重，哈蒙德太太的那对双胞胎也没严重到这种程度，我一度都要怀疑她会窒息而死。从家里带来的土根制剂我连最后一滴都喂给她了。给她服最后一剂药的时候，我心里直念叨：'这是最后的希望了，没了它，一切都完了。'我非常担心这次还是不能起作用，而且怕戴安娜和扬·玛丽·乔承受不住，我一直都没敢告诉她们。最后一剂药下去了，过了三分钟的样子，明妮·梅开始不停咳嗽起来，后来居然咳出痰了，病情这才逐渐好转。我当时心里一块大石头终于落了地，啊，医生，那种感觉我实在无法用语言来形容。您也有过类似的体验吧？"

"是的，我也有过。"医生点点头，他一动不动地盯着安妮，好像在思考安妮这番长篇大论。事后他对巴里先生和巴里夫人将事情经过讲了一遍，其中不乏对安妮的赞誉之词：

"那个红头发的小姑娘是卡斯伯特家的吧？她实在是个聪明孩子。我得告诉你们，就是因为她，你们的孩子才得救了。要是等我赶到这里才开始救治，那就太晚了。这孩子年纪不大，抢救病人时那么熟练和冷静，实在是不可思议，太叫人惊叹了。她跟我讲述施救的过程时，眼睛里闪烁着晶莹的泪花，实在叫人感动，我之前还从未见过这种小姑娘。"

清晨时分，地上铺着晶莹的霜花，安妮跟随马修往回家的路上走。她一宿都没睡，两眼红肿。他们穿越白茫茫的田野，走上了炫目的"恋人的小径"，两旁都是高大的枫树。这时候安妮困倦不已，但还是兴致勃勃地跟马修说着话：

　　"啊，马修，你看，这清晨多美啊。我总觉得世上万物都是上帝出于消遣的需要而想象出来的，你觉得呢？那些树，我好像一口气就能把它们吹跑。这样一片白茫茫的霜景真叫人高兴啊，你觉得呢？最叫我高兴的是，哈蒙德夫人一连生了三对双胞胎。要不是那样的话，我今天面对着明妮·梅的时候肯定也会束手无策，帮不上任何忙。过去我总是抱怨这事儿，现在我知道错了。可是，啊，马修，我困死了。我没法儿去学校了，我脑袋昏昏沉沉的，眼睛也睁不开。可是我不想在家待着，吉……别的一些同学会超过我的，只要被超过就很难把他们甩到后头去了。不过，成绩掉落下来，再赶上了，这样的感觉可能会更好，你说是吗？"

　　"那当然，我完全相信你说的话，"马修看一眼安妮，这孩子熬得小脸儿苍白，两个黑眼圈越发明显，于是连忙说，"回家后你好好睡一觉，我来做家务。"

　　安妮回家就躺下了，睡了很久很久，看起来睡得非常香甜。等醒来的时候，已经是下午了，极目远眺，满眼都是银白一片。她走进厨房，看到玛丽拉在那里织毛衣，她到家的时候安妮才刚刚睡下。

　　"啊，你看到总理了吗？"安妮对这个话题非常好奇，"他长什么样啊，玛丽拉？"

　　"嗯，他当总理跟他长什么样可没什么联系。"玛丽拉说，"不过他的鼻子长得可真够难看的。但是他的演讲非常不错，我们这些保守党的拥护者都为他感到骄傲。蕾切尔·林德是自由党的拥护者，不过她这次表现得也非常好。喏，炉子上给你热着饭呢，安妮，食品柜里还有些蓝莓果酱，你拿点儿来吃吧。我猜你肯定是饿了。昨晚发生的事情，马修不知道跟我重复多少遍了。啊，实在幸运啊，你居然知道该怎么处理喉炎。我对这种病可是一点儿辙都没有，我也从来没见过患这种病的人。不说

了，你赶紧吃饭，有什么话等吃完了再说。你这表情，我早看出来了，是不是憋了一肚子话想对我说？你还是先憋一阵，吃完饭再说。"

实际上，玛丽拉也有好多话要告诉安妮，但是她知道，这会儿还不能说，否则的话，安妮是不可能坐下来好好吃饭了，光是兴奋就让她饱了。眼看着安妮把午饭吃完了，玛丽拉才慢条斯理地开口：

"今天下午巴里夫人来过了，安妮。她是来拜访你的，不过我没舍得把你叫醒。她对我说，你帮明妮·梅捡回了一条性命，她对你表示感谢，在对待戴安娜醉酒的事情上她很后悔。她还说终于想通了，你不是故意要灌醉戴安娜的。她希望能得到你的原谅，希望你能重新跟戴安娜交朋友。你要是愿意的话，今天晚上就可以去她家玩儿。不过，昨晚你走后戴安娜就病倒了，患上了重感冒，现在还卧病在床呢。哦，安妮，看在上帝的分儿上，你可千万别激动成这样啊。"

玛丽拉不由得停下来提醒她一句。看安妮那样子，兴奋得手舞足蹈，恨不得就要飘到天上去了。她在屋子里跳来跳去的，小脸儿笑成了一朵花。

"啊，玛丽拉，我现在就想去，这些碟子等我晚上回家再洗可以吗？洗碟子实在不是一件浪漫的事，我没法儿待在这里。"

"好吧，好，好，"玛丽拉也替她感到高兴，"哎呀，安妮·雪莉，你是不是疯了！给我回来！先穿件衣服再出门。唉，我这可是白替她操心了，看她帽子也没戴，围巾也没系，就那样跑出去了。这才一转眼就跑过果园了，看她那样，不感冒才怪了。"

当冬天的紫红色夜色包围这里的时候，安妮才踩着皑皑白雪兴冲冲地回到了家中。旷野中闪着白色的微光，枞树峡谷也逐渐暗淡下来，上面的天空是淡黄色的，缥缈而又空灵。朝西南方望过去，遥远的天幕中镶嵌着晶莹剔透的星星，发出珍珠般耀眼的光芒。凛冽的空气中，白雪覆盖的山丘里，不时传来雪橇的铃声，听起来是那么清脆，就好像小精灵们敲击出来的钟声一样。不过，从安妮的心里和嘴边流露出来的旋律比这些雪橇的铃声更加悠扬动听：

"看啊，我现在幸福极了，玛丽拉，"她大声说道，"这种体验实在美极了。啊，那红头发就靠边儿站吧。现在，我也顾不上红头发了。巴里夫人吻了我，她哭了，她对我说她很后悔，还说她永远都无法回报我。我可不好意思，玛丽拉，不过还是表现出很有礼貌的样子：'我从来没介意这个，巴里夫人。这下您终于知道我了，我真不是故意要灌醉戴安娜的。现在什么都过去了，从今天起，我再也不会想这些烦人的事了。'我这样说比较得体吧，是不是，玛丽拉？戴安娜见我来了非常高兴，病也好了一大半，她还教给我一种从卡莫迪的阿姨那里学来的新的钩针编织法。这种编织法埃文利还没人会呢，所以我们郑重发誓了，坚决不把它泄露出去。戴安娜还送给我一张优美的卡片，上面印着玫瑰花的图案，旁边还配上了这样的诗句：

假如你爱我，就像我爱你一样

除了死亡，没有什么能将我们分开

"我们都说好了，玛丽拉。我们打算一起去恳求菲利普斯先生，请他给我们换座位，我俩再坐到一起，格蒂·派伊可以跟明妮·安德鲁斯坐到一起。我们吃了很精致的茶点。巴里夫人拿出了她最好的餐具，真的把我当成贵宾一样招待。我当时激动极了，这种心情现在还没法儿准确描述。我们吃了水果蛋糕、枫糖蛋糕、炸面包圈，还有两种果酱，玛丽拉。巴里

夫人还问我要不要喝茶，还冲戴安娜的父亲说：'那里有饼干，快把它递给安妮！'啊，做大人的感觉一定很好，玛丽拉，我今天就好像被人当成了大人，那种感觉实在太妙了。"

"瞧，我都被你给说糊涂了。"玛丽拉吐出一口气。

"无论如何，等我长大之后，"安妮非常肯定地说，"不管是同哪个小女孩子说话，我都会把她当成大人一样看待，当她们说话像个小大人一样，我也不会笑话她们。我自己在这方面经历了太多，我知道那样做会伤害到孩子的自尊心和情感。吃过下午茶，戴安娜跟我一起做太妃糖。可是我们没能成功，估计戴安娜也跟我一样，之前从来没做过。戴安娜把黄油涂在盘子里，然后让我搅动，但是我忘记搅了，于是糖就烧煳了。后来我们把糖放到阳台上去晾凉，可是有只猫从盘子上走了过去，我们干脆就把那个盘子给扔了。您看，做太妃糖还是挺好玩的。等到我打算回家了，巴里夫人还亲热地告诉我，要常去她家玩儿。戴安娜就站在窗前，不断地给我送飞吻，当我走上'恋人的小径'时，她还在窗前站着。玛丽拉，我都准备好了，我今晚要用心祈祷，为了纪念这个不同寻常的日子，我要想出一段非常独特的、与众不同的祷告词来。"

第十九章
音乐会的灾难

"玛丽拉，我想去看看戴安娜，一会儿工夫就回来。"二月的一个晚上，安妮气喘吁吁地从楼上跑下来，她跑得太急了，差点儿收不住脚。

"我真弄不明白，这么晚了，怎么还要出去乱逛。"玛丽拉非常不解，"你俩放学的时候不是一块儿回来的吗？后来还去那块雪地里站了半个多小时，那么长的时间里，你俩的嘴巴就没停过。现在又要去看她，有这个必要吗？"

"不，是她想见我，"安妮一脸着急的神色，"她说有一件非常重要的事情要告诉我。"

"真是莫名其妙，你怎么知道这些的？"

"她刚刚在窗口给我发信号来着。这是我俩之间的约定。我们在窗台上放上蜡烛，然后用一张亮纸板对着烛火来回晃动，这样，让蜡

烛光一闪一闪的，闪动多次就表示有事情发生。是我想出来的这个办法，玛丽拉。"

"不用说都知道肯定是你。"玛丽拉好心地提醒她，"下次干这种蠢事的时候可得注意点儿，千万别把窗帘烧着了。"

"我们会非常小心的，玛丽拉。发信号可有趣了。这亮光闪动两次是表示'你在那里吗？'，闪动三次是表示'我在'，四次是'我不在'，五次是'我有重要的事情要告诉你，快过来'。刚才，戴安娜在那边晃动了五次亮光，我非常想知道她有什么事这么急着要告诉我。"

"好吧，好吧。看你越说越着急的样子，"玛丽拉微笑一下，"我答应你出去，不过十分钟之内可得赶回来，记住了。"

安妮一阵风样地跑出去了，果然在规定时间内回来了。

"玛丽拉，你猜发生了什么事？明天是戴安娜的生日。啊，她妈妈都安排好了，让戴安娜放学后邀请我到她家去庆祝，整个晚上我俩都不分开。那时还会在礼堂里举办辩论俱乐部的音乐会，她的表兄妹们到时候会乘坐一辆大箱型的雪橇从纽布里奇赶过来，带上戴安娜和我，我们一起去参加音乐会。我的意思是，要是你答应我去，事情就会是这样子。你一定会答应的，是不是，玛丽拉？啊，这实在让我太激动了。"

"从现在开始，你得冷静下来，不能去。你给我老老实实地待在家里，什么俱乐部的音乐会，什么乱七八糟的东西，小姑娘就不应该到那种地方去。"

"我相信辩论俱乐部这个组织是正规的，不是乱七八糟的。"安妮坚持说。

"我们先不去讨论这个问题。整个晚上都在外面游荡，这还得了？你们小孩子怎么能参加这种活动呢？我对于巴里夫人居然允许戴安娜参加实在感到万分吃惊。"

"可是那对我来说有特殊意义啊。"安妮非常难过，话音中都带了哭腔，"这是戴安娜的生日，是必须慎重对待的事情，玛丽拉。到时候，普里茜·安德鲁斯还会朗诵《今夜钟不能被敲响》。那是一首很有教益的道德诗，玛丽拉。我相信我听后会获得很多教益。唱诗班还要唱四首激情澎湃的歌，几乎跟圣歌一样动听。啊，玛丽拉，就连牧师也会参加的。对，他的确会参加，他还会在音乐会上发表一段演说，就跟布道差不多。求求你了，玛丽拉，你就答应让我去吧。"

"我刚才说的话你都没听到吗，安妮？赶紧脱掉靴子，到床上睡觉去。你看看时间，现在都过八点了。"

"还有呢，玛丽拉，"安妮好像不管不顾了，"巴里夫人还告诉戴安娜，我俩可以去客房的床上睡觉。你看啊，你的小安妮居然会被人特意安置到客房，这是多么荣幸的事啊。"

"没什么荣幸不荣幸的，不去那里你也照样活得好好的。赶紧上床，安妮，我不希望你再发出什么声音。"

安妮好不容易住口了，可是泪水还是止不住地顺着脸颊滑落下来，她难过地一步一步走上楼。她俩对话时，马修一直在沙发上躺着，一动不动，好像睡着了一样，这时候却睁大了眼睛，非常坚决地说："呃，玛丽拉，我觉得你应该同意让安妮去。"

"你叫我同意？我绝不。"玛丽拉非常生气，"马修，这孩子到底该谁管教？是你还是我？"

"嗯，是你。"马修嗫嚅着回答。

"那你就别干涉我们的事情。"

"你这话说得严重了一点儿，我有自己的看法，这怎么叫干涉呢？我

绿山墙的安妮
Anne of Green Gables

的意思是，你应该同意让安妮去。"

"要是哪天她异想天开，想要飞到月球上去，不用说，你也觉得我该同意她，"玛丽拉耐心地向马修解释，"要是只有她们两个孩子待在一起，待一晚上，我肯定同意。但是我绝不赞成那个音乐会的计划。现在晚上非常凉，她去参加音乐会说不定就感冒了，而且，我也不想她本来就丰富的小脑瓜里再装上那些乱七八糟的东西。你是知道她的，要真那样的话，她会兴奋过度，一个星期都无法平静下来。我比你更了解这个孩子，怎样做才是为她好，我比你更清楚，马修。"

"我还是建议你同意让安妮去，玛丽拉。"马修对此非常执着，又重复了一次。他虽然不善于争吵，但是他的固执实在叫人头疼。玛丽拉叹了口气，什么话都没说。第二天吃完早饭，当安妮在厨房洗碟子的时候，马修在通往牲口棚的路上截住了玛丽拉，再次跟她说："我觉得你还是应该同意让安妮去，玛丽拉。"

玛丽拉实在是憋不住要发火了。可是，她也知道自己没法儿再坚持下去了，于是挖苦马修说："行了，行了，我答应你的请求就是了。反正除了这件事，你脑子里也装不下别的了，就让她去吧。"

安妮正张着耳朵，留心聆听他们的对话，这时她飞快地从厨房奔出来，手里还拎着一块湿淋淋的洗碗布。

"啊，玛丽拉，玛丽拉，请您把那些叫人激动的话再重复一遍吧。"

"哼，就这一遍我还嫌多呢。马修硬要插手，那我可就不管了。再说了，睡在别人家的床上有什么好的？还有礼堂里头热烘烘的，深更半夜从那里头出来，不感冒才怪呢。别怪我没提醒你啊，你感冒了就该去怪马修。安妮·雪莉，你看看你，把洗碗水淋了一路，到处都油渍斑斑的，我还没见过你这么粗心大意的孩子。"

"啊，对不起，我总是给您添麻烦，"安妮非常自责，"经常出这样的错误实在叫我难受。不过，一个人要是心不在焉，还不知道要做出多少错事呢。这些油渍，我在上学前会弄些沙子来擦干净的。啊，玛丽拉，我一门心思想着音乐会呢。长这么大，我还没见过音乐会什么样。在学校里，每当有同学兴致勃勃地谈起音乐会，我就成了局外人，一个字都插不上，非常尴尬。你不知道我为这事情有多难过，可是你瞧，马修就知道我的心思。马修非常了解我，被人了解的感觉真好啊，玛丽拉。"

那天安妮早早地就到了学校，因为实在太兴奋了，所以听课的时候就有些走神。拼写的时候，吉尔伯特把她甩在了后头，演算课上更是远远地超过了她。换作平时，安妮肯定会痛不欲生，觉得屈辱不堪，可是今天她的心思早就飘远了，一直想象着音乐会和客房里的床。一整天，她都跟戴安娜滔滔不绝地低声讨论这事情，要不是菲利普斯先生，她俩肯定会被严厉地训斥一顿。

一整天，校园里的话题都是和音乐会有关的事，安妮觉得，要是自己不能去参加音乐会，肯定会难过死的。整个冬天里，埃文利的辩论俱乐部每两周一次活动，也举办过几次小规模的自由演出。不过这一次不一样，这是为资助图书馆举办的，场面非常盛大，入场券每张要十分钱。埃文利的年轻人为此已经准备和练习了好几个星期，没有哪个学生对此不热衷的。这太好理解了，因为参加演出的是他们的哥哥姐姐或者学长学姐。学校里九岁以上的孩子都兴致勃勃地盼望着能参加音乐会，就连查理·斯隆也是这样。不过他爸爸的观点跟玛丽拉如出一辙，都认为小孩儿外出参加晚间音乐会实在太不像话。查理·斯隆难过得要命，整个下午都趴在语法书上哭，他觉得已经失去了人生的意义。

到放学的时候，安妮越发兴奋，等到她来到戴安娜家，简直就要高兴

得发了狂。她俩一起享用了"极为考究的茶点",又到戴安娜的那个小房间里精心打扮了一番。戴安娜把安妮前面的刘海儿弄得高高的,这种发型现在非常流行,安妮则用发带给戴安娜系了一个非常别致的蝴蝶结。她俩在梳理后面的头发时,至少试了六种不同的方法。忙了半天,总算是打扮停当了,两人兴奋得脸蛋红红的,双眼放光。

安妮头上戴着一顶简单的黑圆帽,穿着已经不太合身的样式老旧、袖口紧紧的手工缝制的灰布外套。而戴安娜则打扮得非常时髦,戴着一顶鲜亮的毛皮帽子,穿着漂亮的小夹克衫。跟戴安娜一比,安妮觉得自己有点儿寒酸,心里有些难过,但是她决定用想象力来弥补自己穿戴的不足。

这时候,戴安娜的表兄妹也来了。他们驾着的是一个大大的箱型雪橇,里面铺着厚厚的稻草,稻草上又铺了毛皮的毯子。道路非常光滑,就像缎子一般,雪橇走在路上,轧得上面的积雪咯吱咯吱直响。朝远方看过去,漫天的晚霞映照着斜阳,白雪覆盖的丘陵和圣·劳伦斯深蓝色的海水都被涂抹上金边,就像是在用珍珠和蓝宝石做成的巨大的半圆形碗里注入了许多葡萄酒和火焰。雪橇的铃声和欢笑声远远地传到四面八方,安妮听起来,就好像是森林中的小精灵们在欢笑。

"戴安娜,我怎么觉得这像是在做梦啊。我看起来跟平时一样吗?我怎么觉得跟以前完全不同?你能从我的脸上看出什么不一样来吗?"安妮一边出神地欣赏着一路的美好景色,一边感叹地对戴安娜说。

"真的,你今天非常漂亮,"戴安娜刚刚被自己的表兄夸赞过,于是也想夸赞一下别人,"你看上去光彩照人。"

那天晚上的节目一个比一个精彩,一个比一个令人激动。普里茜·安德鲁斯在台上高声唱《在一片漆黑中爬上泥泞的楼梯》,人们看到她穿戴

一新，身穿簇新的粉红色丝质上衣，雪白光洁的脖子上戴着一串珍珠项
链，头上还插着几朵康乃馨。这下人们纷纷议论开来，大家都说是菲利
普斯老师特意打发人到镇上给她买了这身价格不菲的装扮。听到这些，
安妮开始同情起她来，强烈的同情心让她浑身发抖。唱诗班接着唱起了
《远方娇嫩的雏菊》，安妮就盯着天花板，好像那里出现了天使的绘
画；萨姆·斯隆表演了动作剧《赛克里如何让母鸡孵蛋》，安妮笑得前
俯后仰，把周围的人都感染了，大家也跟着大笑起来。实际上，那个动
作剧在埃文利也是一个老掉牙的段子了，大家纯粹是为安妮的笑声所感
染。菲利普斯先生开始用最慷慨激昂的声调来朗诵那篇马克·安东尼在
恺撒遗体前的演讲了，每一个句子结束，他都得抬眼看一下普里茜·安
德鲁斯。安妮觉得，要是这时有一位罗马公民带头，她一定会立马起来
参加叛乱的。

只有一个节目让安妮觉得无趣，那就是吉尔伯特·布莱斯的朗诵。当
他朗诵起《莱茵河上的狂欢》时，安妮便拿起罗达·莫里从图书馆借的书
读了起来，一直到朗诵结束都没抬眼，可是旁边的戴安娜早就把手掌给拍
痛了。

等回到家已经十一点了，她们都觉得快乐和激动，兴致依旧高昂，想
好好重温那份喜悦和甜蜜。可是屋子里的人好像都睡着了，漆黑的房子里
一点儿声响都没有。安妮和戴安娜屏住呼吸走进客厅，客厅非常狭长，里
头是客房，敞着门。壁炉中还有一些微弱的火光，将整个屋子照得朦朦胧
胧的，看起来温暖又舒适。

"我们就在这里脱掉外衣吧，"戴安娜建议说，"你看这里多么舒
服，多么暖和。"

"刚刚的演出实在太叫人陶醉了！"安妮意犹未尽，"我想，要是能

在那里登台朗诵，感觉一定棒极了。你觉得我们有一天也能登台朗诵吗，戴安娜？"

"当然。他们总是会安排一些年纪大一点儿的学生去朗诵。吉尔伯特·布莱斯就经常参加朗诵，可他只比咱们大两岁。哦，安妮，你当时真不应该装作听不见，尤其是当他朗诵这一句的时候：'有另一位，不是姐妹……'他朗诵到这里，眼睛直直地盯着台下的你。"

"戴安娜，"安妮非常严肃地对她说，"你是我的知心朋友。你应该懂我的心思，我不允许你在我面前提起这个人。怎么样，你准备好了吗？来，我们比赛试试，看谁第一个跑上床。"

戴安娜当然满心赞成。她们穿着白睡袍，沿着长长的客厅冲过去，穿过客房的门，一齐向床上跳过去。可是，好像有什么东西在她们身子底下蠕动，发出了一声凄厉的尖叫，随后又有窸窸窣窣的声音，有人低沉着声音叫道："仁慈的上帝啊！"

两个孩子一辈子都说不清她们到底是怎么从那张床上滚下来，又风一样狂奔出那个房间的。等到停下来，她们才发现自己正颤抖着身子往楼上蹭。

"啊，那是谁……嗯……是什么东西？"安妮低声问，不知道是吓的还是被冻的，她的牙齿直打战。

"是约瑟芬姑奶奶！"戴安娜说着，笑得喘不过气来，"啊，安妮，我刚反应过来，那肯定是约瑟芬姑奶奶。天哪，她怎么会躺在那张床上呢？啊，我很了解她，她准会大发雷霆的。天哪，太可怕了，不，实在吓死我了。不过，你经历过这么有趣的事吗，安妮？"

"你口里的那个约瑟芬姑奶奶是谁？"

"就是我爸的姑妈，她住在夏洛特敦。她很大年纪了，起码有七十多岁了，不过我总觉得她就是一个老小孩儿。我们家都希望她能过来转转，谁知道她居然来得这么快。她是一个讲究规矩和仪式的老太太，肯定会为这事儿发火骂人的，我知道她会。唉，那我们现在还是跟明妮·梅一起睡吧，你都无法想象，她多么会踢人。"

第二天，早晨好像比以往要稍稍提前了一点儿，约瑟芬·巴里小姐没有在餐桌上出现。巴里夫人亲切地对两个小女孩儿笑笑。

"昨晚睡得如何？我本来打算等你们回来后才睡的，好告诉你们约瑟芬姑奶奶到了，你们得上楼睡觉去。可是我实在太困了，于是就先睡了。戴安娜，我希望你姑奶奶没有受到打扰吧？"

戴安娜小心翼翼地闭着嘴，又隔着饭桌跟安妮鬼鬼祟祟地对视一眼，可还是忍不住想笑。早餐结束后，安妮就急急忙忙回了自己家。可是之后巴里家就全乱套了，这她一点儿都不知道，她继续独自品味着昨晚的快乐。傍晚的时候，玛丽拉叫她去蕾切尔夫人家办事，她才知道后来出了多大的事情。

"昨晚可怜的老巴里小姐差点儿就被吓死了，这样说来，是你和戴安娜干的好事儿了？"蕾切尔夫人认真问道，可是眼里却闪过一丝笑意，"巴里夫人到卡莫迪去，顺便拜访了一下我，几分钟前刚走。她很担忧这件事。老巴里小姐早上一起床，就发作开了。她发起脾气来可不是好惹的，这点我得给你提个醒。她现在都拒绝跟戴安娜说话了。"

"这不怪戴安娜，"安妮非常内疚，"全是我的错。都怪我，我当时提议赛跑，看谁先跑上床。"

"我猜就是你的主意。"蕾切尔夫人说到这里甚至有几分得意，"这样的主意只有你才想得出来。不过，这下你可惹了大麻烦了。老巴里小姐本来打算在这里住上一个月的，可是现在她告诉大家，她一天都不想多待

了，明天就要走。如果今天有人来接她，她今天就走了。她本来打算支付戴安娜一个季度的音乐课学费的，这下全没了，她觉得对这么个疯丫头，什么都不用做了。啊，我能看出来，今天早上他们家的气氛一定相当紧张。那一家人肯定极度沮丧。老巴里小姐非常有钱，他们总是竭尽全力讨她的欢心。当然，巴里夫人虽然没提过这些，但是凭我的经验能猜到，事实就是这样。"

"唉，不知道怎么回事，总是有不幸的事情伴随着我。"安妮难过地说，"现在我又闯下这么大的祸，把我的知心朋友，我愿意为之付出一切的人，也卷了进去。这是为什么，蕾切尔夫人，您能告诉我为什么吗？"

"冒失、冲动，这两样东西使你深受其害，孩子。你总是想说什么就说什么，想做什么就做什么，从来不会先给自己一点儿时间认真考虑一下。"

"啊，只有那样才能活得精彩啊，"安妮还在为自己分辩，"有时候有些东西突然从脑子里冒出来，那么令人激动，应该立即将它表达出来。要是一个劲儿地默不作声，只是思考，会有许多东西被压抑的。您难道没有过这方面的体会吗，蕾切尔夫人？"

蕾切尔夫人非常严肃地摇摇头，表示自己还没有过这样的体会。"不论做任何事，你都得先仔细想一想，安妮，事实就是这样。俗话说，'三思而后行'，尤其是当你决定要跳上客房的床时。"她说。

蕾切尔夫人对安妮这样小小地教训了一番，心里有些得意。而安妮却满腹心事，她觉得情况非常糟糕。从蕾切尔夫人家里出来，她顺着冻得硬邦邦的田地来到了果园坡。戴安娜在厨房迎接了她。

"你的约瑟芬姑奶奶是不是对那件事非常生气？"安妮小声问道。

"可不是嘛，"戴安娜回答，有些好笑，转回头朝着起居室关着的门看了一眼，神情中有掩饰不住的忧虑，"她大发雷霆，安妮。啊，她骂得可厉害了。她说我是最坏的女孩儿，还说我父母应该感到害臊，因为他们把我教育成这副样子。她说不会再住下去了。我对此当然一点儿都不在乎，可是我爸妈好像非常担忧。"

"你应该告诉他们这都是我的错。"安妮着急地说。

"你怎么能有这样的想法呢？"戴安娜一口否决掉，"我才不会做那种出卖朋友的人呢，安妮·雪莉。何况，这件事情上，我也有错，我该跟你一样接受教训。"

"唉，我去找她说明情况吧。"安妮想了想，下定决心说。

戴安娜吓了一大跳："安妮·雪莉，你可千万不能去！唉，她会将你活活撕碎的。"

"我已经非常害怕了，你还在吓唬我。"安妮非常恳切地说道，"哪怕是一个火炮口，我也要走进去。我必须得这样做，戴安娜。那是我犯下的过错，我必须自己去面对。再说，坦白交代方面的经验我也有一些。"

"那，好吧，她还在那个房间里，"戴安娜说，"要是你坚持进去，我就随你。我可是不敢进去的。别说我没提醒你，这样做不会对你有任何好处的。"

安妮轻轻摇摇头，坚定地走到起居室门口，鼓起勇气敲了敲门。里头很快传来一声严厉的"进来"。

瘦削古板的约瑟芬·巴里小姐神情严肃地坐在火炉旁，正在气鼓鼓地织着毛衣，她的火气丝毫没有平息的征兆，金丝边镜框也盖不住她严厉的目光。她在椅子上转过身来，本以为进来的是戴安娜，哪知道看到

的却是一个脸色煞白的小姑娘，那双大眼睛中流露出坚毅的神情，叫她暗暗吃了一惊。那小孩儿看起来胆战心惊，却又非常勇敢，有些孤注一掷的意味。

"你是谁？"约瑟芬·巴里小姐毫不客气地开口了。

"我是绿山墙的安妮，"这个小家伙怯生生地回答，一边用她惯常的姿势紧握双手，"请您允许我把话说完，我是来坦承错误的。"

"坦承什么？"

"昨天晚上我们跳上床踩到了您，那都是我的错。是我提议要比赛的，戴安娜可没想这样做，这一点我向您保证。谁都知道，戴安娜是一个行为端庄的大家闺秀，巴里小姐。我希望您能明白，责备她是非常不公平的。"

"哦，不公平？嗯，起码戴安娜也跳了吧？还说什么体面的家庭，竟然会出现这种事！"

"可是，可是我们是在闹着玩儿的，"安妮坚定地说了下去，"我希望您能够原谅我们，巴里小姐，原谅我们这两个已经真心实意道歉的孩子。无论如何，您一定得原谅戴安娜，让她去上音乐课吧。戴安娜非常渴望去上音乐课，巴里小姐，要是非常想得到一样东西，结果却收获一个大大的失望，这种感觉有多难受，这点我最清楚了。要是您非要找个人来发泄怒火，那您就找我吧。小时候，经常有人冲我发火，我都习惯了，所以跟戴安娜比起来，我更能忍受这些。"

老太太的冲天怒火已经慢慢消退，她现在以一种好奇的眼光看着面前的这个孩子。不过，她还是紧绷着脸：

"只是闹着玩儿的，你刚才是这样说的吧，这可不能成为你们犯错的借口。我在小女孩的时候，从来不允许自己那样胡闹。你想一想，我白天走了那么远的路，睡得正香的时候，突然有两个半大孩子蹦到了身上，被吓醒了，那是什么样的感受？"

"我不好说，可是我能想象到，"安妮急急地说，"我猜您那会儿肯定又惊又怒又恼。但是这事儿也把我们给吓坏了。您也能想象到吧，巴里小姐？要是您能想象得到，也请您站在我们的角度想一想。我们本来不知道那张床上会有人，我们也差点儿被您给吓死。我猜您经常睡在这个客房吧。请您再想象一下，要是您是个无父无母的孤儿，以前从来没有过睡在客房的经历和荣幸，那种情况下，您会有什么样的感觉？"

巴里小姐的满腔怒火全都烟消云散，居然放声大笑起来。戴安娜本来在厨房里急得团团转，听到笑声，这才松了一口气。

"哎呀，看来我的想象力已经有些生锈了，我似乎很长时间没有用过它们了。"她说，"你是不是非常希望能博取别人的同情？我也有同样强烈的感觉。但这全都靠我们自己，因为每一个问题都有许多不同的角度。过来，到我跟前，好好跟我说说你的故事。"

"对不起，我没法儿跟您说，"安妮非常坦诚，"虽然我很想同您说说，您看起来是一位挺有意思的女士，也许还能成为我心灵的知音，即便您的模样看起来不大像。不过，我现在必须得回家了，要不然玛丽拉·卡斯伯特会着急的，这是我的责任。玛丽拉·卡斯伯特是一位心地善良的女士，就是她收留了我，还倾心教育我。为了我，她可算是竭尽心力，没少给我操心。您千万别因为我跳到床上就去责备她。另外，在我走之前，我希望能看到您已经原谅了戴安娜。我还想知道，您会不会按照最先计划的那样，在埃文利住下来？"

"哦，要是你能经常过来跟我说说话，也许我就会留下来。"巴里小姐这样说。

当天晚上，巴里小姐送给戴安娜一只银手镯，又把装进旅行包的东西全都拿了出来。

"我决定留下来，这是因为我想更多地了解那个小安妮，"她非常高兴，"她实在很有趣，我这一生中碰到的能让我感兴趣的人还真的太少太少了。"

玛丽拉知道了整件事之后，只说了一句话："这句话我早就说过了。"当时她眼前坐着的是马修。

巴里小姐果真留下来，住了一个多月。她可比过去亲切多了，安妮使她的心情越来越开朗，两人成了亲密的忘年交。

巴里小姐临走的时候，热情地对安妮说："你千万记住，安妮姑娘，要是你去镇上的话，一定去看看我。我会将你安排在我最好的客房里睡觉，不过我会躲你远远的。"

"不管怎么说，巴里小姐都能说得上是我的知心朋友。"安妮跟玛丽拉说，"如果单看她的长相，可能没有一个人会相信这一点，但是事实就是这样。她就跟马修一样，刚开始你可能感觉不到，但是相处一段时间之后，事情就会越来越明朗。这个灵魂上的知音可比我过去想象的好太多了。发现世界上能有这么多人了解你、理解你、深深爱着你，实在是太美好了。"

第二十章
走火入魔的想象力

　　绿山墙农舍又迎来了一个春天。加拿大的春天就是这样，四五月间风中还有微微的寒意，但是空气已经非常清新了，泥土的芳香也扑鼻而来，白昼越来越长，瑰丽的夕阳总是恋恋不舍。大地转醒，万物复苏，一切都开始生长。"恋人的小径"上，枫树枝在风中摇摆，红色的嫩芽缀满枝头。"树神水泡"周围的蕨草都顶着鬈发，冒出惹人喜爱的嫩绿色的小脑袋。远处塞拉斯·斯隆家后面的原野上，星形的五月花争相绽放，褐色的叶子底下冒出粉红和洁白的笑脸，格外迷人。一个桃红柳绿的下午，学校的学生们都跑出去采摘各种花儿。当明净的暮色悄悄来临，他们的怀里和篮子里都装满了奇花异草，笑闹着走在回家的路上。

绿山墙的安妮
Anne of Green Gables

"那些从没见过五月花的人真应该觉得遗憾。"安妮说，"戴安娜说也许有人见过比这更鲜艳的花儿。可是没有什么花比五月花更好了，是不是，玛丽拉？戴安娜还说，要是他们一生都没见过五月花，就不会觉得有什么遗憾了。可我觉得这才是最大的遗憾。你知道我是怎样想象五月花的吗，玛丽拉？我幻想，头一年夏天的花儿枯萎了，化作一缕缕花魂，她们将第二年的五月当成天堂，所有的五月花都是由这些花魂化成的，玛丽拉。我们在一口古井旁吃午饭，那个山谷布满了蕨类植物，极其浪漫。查理·斯隆问安迪·吉里斯，敢不敢从井上跳过去，安迪不想被查理的挑战阻拦，于是毫不犹豫地跳了过去。但是，除他之外，没有谁敢那么做。现在挑战在我们中间非常流行。菲利普斯先生采摘了许多五月花，全都送给了普里茜·安德鲁斯，我亲耳听到他对她说'可爱的花送给可爱的人'，不过这个句子不是他自己想出来的，是从一本书里引用的，我清楚。不过他看起来似乎有几分想象力。也有人送给我一些五月花，可是都被我拒绝了。这个人的名字我不能告诉你，因为我发过誓，绝不会再从我的嘴里蹦出这个人的名字。我们用五月花做成花环，把它们套在帽子上。放学回家的时候，我们排成两排，手捧着鲜花，齐声高唱《我的家在山上》，大步流星地在路上走着。啊，那实在是太叫人兴奋了，玛丽拉。塞拉斯·斯隆家的人全都跑出来看我们，路上每一个行人都停下脚步看着我们，我们引起了很大的轰动。"

"做出那种蠢事来招摇过市，当然会引起轰动了。"玛丽拉说。

五月花刚刚凋零，紫罗兰就盛放了，紫罗兰山谷沉浸在浓重的紫色云雾中。上学的时候，安妮经过这里，就好像踏在圣洁的土地上，怀着无比崇敬的心情，用虔诚的步子一步一步走着。

"实在不知道怎么回事，"她告诉戴安娜，"在这种生机勃勃的环境中，我不会太在意吉……嗯，不会在意班上的那些人会不会超过我。可是当我来到学校，心境就发生了很大改变，我还是跟以前那样什么都在乎。我觉得自己是由许多个不一样的安妮组合而成的。有时候我想，也许这就是我常常惹麻烦的原因。要是我是一个安妮组成的，那我就会轻松很多，可要真是那样的话，可能就会失掉很多乐趣了。"

六月的一个晚上，安妮坐在东山墙屋子的窗边。果园掩映在一片粉色的花海中，青蛙在"闪光的小湖"那一头的沼泽地里高声欢唱，微风轻轻吹过长满三叶草的原野和枞树林，空气中弥漫着醉人的芬芳。天色逐渐暗下来，安妮渐渐看不清书上的字了。她睁大眼睛，看到"白雪皇后"缀满密密花朵的树枝，又极目远眺，陷入深深的遐想中。

看着房间里的日常摆设，这间小屋好像跟从前没有什么不一样。墙壁还是那样洁白，针垫还一样密实，泛黄的椅子仍旧僵硬地挺立在那里。但是，屋子里的气氛整个儿变样了。有一种生气勃勃的激情弥漫了这个房间的各个角落，哪怕是女孩子的课本、衣物、丝带，还有桌上插满苹果花的裂了口的蓝色花瓶，都没有对那种激情造成丝毫影响。这个房间的主人活泼好动、精力充沛，她睡着和醒来时的所有梦幻虽然无形无象，但是在这间小屋都能清楚看到。它们就如同彩虹，好比月光，缤纷亮丽，像薄纱一样给这间朴素的小屋做了装饰。这时，玛丽拉轻轻地走进来，手里拿着几件刚刚熨好的裙子，这是安妮上学时穿的衣服。她把裙子放在椅子上，叹一口气坐了下来。那天下午，她的头痛病又发作了，虽然这时好了许多，但身体依旧非常虚弱，她形容这是"筋疲力尽"的感觉。安妮扭过头来，用清澈的目光望着她，目光中饱含深情。

"您这头痛病实在是太痛苦了，要是我能代替您就好了，玛丽拉。为了您，我会非常高兴地忍受它的。"

"我觉得你已经尽责了，你为了让我好好休息都已经做了那么多家务活儿了。"玛丽拉说，"你表现得挺不错的，也很少犯错了。不过，给马修的手帕上浆是一件太没必要的事情。再说，在炉子上热派，应该等它热了就赶紧端下来吃掉，而不是任由它一直放在火上直到烤焦为止。看起来，这些都是你的习惯。"每次玛丽拉头痛病发作的时候，说话总是会多一些挖苦的意味。

"啊，对不起，"安妮很是羞愧，"我把那块派搁到炉子上之后就忘了，要不是你说，我现在还想不起来，虽然我一直觉得好像餐桌上少了什么东西。今天早上您留我一个人看家，我下定决心不去想任何东西，只是集中精力做好眼前的事情。我一点儿一点儿地做着，一直都做得还不错，直到后来，我把派搁到炉子上热着。就在这会儿，有一种无法抵挡的诱惑迎面扑来，我开始想象自己是一位可怜的公主，中了魔法，被关在一座荒凉孤独的城堡中，有一位英俊的骑士骑着乌黑的战马前来营救我。就这样，我逐渐忘掉了派的事情。洗衣服的时候，我不知道怎么回事又给手帕上了浆。熨衣服的时候，我又想起我跟戴安娜发现了一个新的小岛，还没起名字呢。于是我就绞尽脑汁地想名字。那个岛实在是太美了，让人无比陶醉，玛丽拉。岛上有两棵枫树，周围有潺潺的小溪流过。我绞尽脑汁地想啊想，突然一道灵光闪过，叫它维多利亚岛多美啊，这座岛发现的那天正好是女王的生日。戴安娜和我都对女王无比忠诚。可是，我真的为派和手帕的事情感到抱歉。您知道，今天本来是一周年纪念日，我打算好好表现一下的。您还记得去年的今天发生了什么事情吗，玛丽拉？"

"啊，我可想不起来。"

"哎呀，玛丽拉，去年的今天，我刚好来到绿山墙。这一天我一辈子都不会忘记，它是我生命中的转折点。当然，也许对您来说，这一天并不是什么重要的日子。我在这里已经生活了一年了，我觉得自己过得非常幸福。当然，也会有一些烦恼，但是每个人都能采取行动让大家原谅她的过错。您为收留我感到后悔吗，玛丽拉？”

“不，我并不后悔。”玛丽拉说道，有时候她也会奇怪，不明白安妮来到绿山墙之前，自己都是怎么生活的，“不，我一点儿都没后悔。要是你的功课做完了，安妮，我希望你能去一趟巴里夫人那里，问她能不能把戴安娜的围裙纸样借我用一下。”

“哎呀，天太黑了。”安妮叫起来。

“太黑了？这不过刚到黄昏。你不是还经常天黑之后往那边跑吗？”

“明天一大早我就去，”安妮急迫地说，“太阳一升起我就起床，玛丽拉。”

“你的小脑瓜出了什么问题吗，安妮·雪莉？今天晚上我正好需要那个纸样，想给你缝制一条新围裙。不用等了，立刻就去。快点儿动身。”

“那好吧，可是我必须得绕着大路过去。”安妮说着，不情不愿地拿起了她的帽子。

“从大路走要多花半个小时！”

“从小路走得穿过‘闹鬼的森林’，我可不敢，玛丽拉。”安妮一脸的恐惧。

玛丽拉十分疑惑：“哪里来的‘闹鬼的森林’？你又在说什么疯话？哪里来的‘闹鬼的森林’？”

“就是小溪那里的云杉林。”安妮低声回答。

“净瞎说！世界上哪里有这种东西，你从哪里听来的这些疯言疯语？”

“不是谁告诉我的。”安妮只好老实回答，“这是戴安娜和我自己想

象出来的，我们想象那里闹鬼。那里的周围太普通了，我们那样想不过是给它增加一点儿情趣。四月的时候我们开始想象那里闹鬼。'闹鬼的森林'实在太浪漫了，玛丽拉。我们之所以选中云杉林，主要是因为那里特别幽暗。啊，我们想了最叫人伤心的故事。大概就在晚上这个时候，有个穿白衣的女人，一边沿着小溪往前走，一边紧握双手，发出声声悲凉的哭号。如果哪家死了人，她就会出现在哪一家。此外，还有一个被谋杀的小孩儿，他的幽灵会在幽静的旷野游荡，他会蹑手蹑脚地走到你身上，将他冰凉的手指放在你的手里……啊，只要想到这些我就浑身发冷，玛丽拉。除此之外，还有一个无头男人在小路上鬼鬼祟祟地来回走动，每一个树枝后面都隐藏着一个骷髅在偷偷地盯着你。啊，玛丽拉，天黑之后，我不管怎样都不想从'闹鬼的森林'中穿过。我敢打包票，那些躲在树后面的幽灵肯定会跑上来一把捉住我的。"

"天哪，谁听说过这样的胡说八道？！"玛丽拉激动地叫起来，她听得毛骨悚然，差点儿说不出话来了，"安妮·雪莉，你告诉我，你相信自己刚刚说的那些胡言乱语吗？"

"呃，我不完全相信，"安妮结结巴巴地说，"起码，起码我在白天不会相信。但是，当天黑之后，玛丽拉，情况就……就不一样了，那正好是幽灵出没的时间。"

"这世上根本就没有幽灵这类东西，安妮。"

"啊，这我可不信，玛丽拉，"安妮急切地叫起来，"我认识一些人，他们就见过幽灵。那些都是些正派、可信的人。查理·斯隆说，在他爷爷过世一年后，有天晚上，他奶奶说看见自己的丈夫正往家里赶牛。您不能怀疑查理·斯隆的奶奶在胡说八道吧，她可是一个非常虔诚的女教徒呢。还有，有天夜里，托马斯先生的父亲在回家路上看见了一只绵羊，它被砍去了头，只剩下一点儿皮还挂在脖子上，浑身散发火光，在他后面紧追不舍。他说他知道这只羊就是他弟弟的鬼魂，那预示着他将会在九天之内死去。虽然他没在九天之内死掉，可是两年后他就死了。您看，那的确是真事儿。还有，鲁比·吉里斯说……"

"够了，安妮·雪莉，"玛丽拉非常生气地打断了她的话，"我再也不想听这样的话了。我一直很担心你的想象力，要是你总是这样想象的话，我以后再也不会纵容你了。你现在就去巴里家，还必须从那片云杉林穿过，立刻动身，我这样做是为了给你一个警告和教训。至于你脑子里那些乱七八糟的鬼故事，一个字都不许再提了。"

安妮本来想再哀求一番，她的心在狠命地哭泣，实际上，她刚刚就已经哀求了。她觉得非常害怕，又忍不住胡思乱想起来，黄昏后的云杉林更让她坠入无比的恐惧中。可是玛丽拉的态度非常坚决，没有给她一丝商量的余地。这时安妮脑海中出现了一幅可怖的画面，她正胆战心惊地走到小溪边，强迫自己往前挪动着步子，过了小桥，就进入了那片阴森恐怖的树林，里头有女鬼和无头男尸，还有许多骷髅。

"唉，玛丽拉，您为什么非要这么残忍呢？"安妮哭起来，"要是真的有个东西将我抓走了，您会怎么办？"

"我情愿冒这个风险，"玛丽拉板着脸，"你知道我一向说话算话。我一定得治一治你这疑神疑鬼的毛病。赶紧走吧。"

安妮只好出门去了。她深一脚浅一脚地跨过小桥，战战兢兢地踏上那条幽深恐怖的小径。她一辈子都忘不了这次夜行。她真的后悔自己之前的那些胡思乱想了。自己想象出来的那些妖魔鬼怪好像这时就潜伏在周围的每个角落里，悄悄地伸出冰凉又瘦骨嶙峋的手来，准备抓住她这个吓破胆的小女孩儿。没法儿怪别人，这些全都是她自己想象出来的。突然间，

有一阵声音传过来，紧接着一个黑乎乎的东西落到她面前，安妮差点儿吓晕过去。仔细看了看，原来是山谷的夜风吹过来的一块桦树皮，白惨惨地掉落在褐色的土地上。两根老树枝在夜风中摩来擦去，发出奇怪的声音，就好像一长一短的哀鸣声，她的额头立刻渗出了一滴滴冷汗。黑暗中还有蝙蝠偶尔袭来，她以为那些就是妖怪的翅膀。终于，她不知怎么走到了威廉·贝尔先生家的田地，飞一般地狂奔过去，好像后面真的有一大群白色的妖怪在扇动着翅膀，紧紧地追赶她。等跑到巴里家门口时，她已经是上气不接下气了，喘了老半天，她才说出想借围裙的纸样。她本来打算多逗留一会儿，等平静一下再走，可戴安娜不在家，她必须继续面对同样恐怖的归程。这一次她紧紧地闭上双眼，一路上向前狂奔，哪怕被树枝刮得头破血流，也不敢停下脚步。当她终于跌跌撞撞地跑过了小木桥，这才颤抖着松了一口气。抬头看到绿山墙温暖的灯光，她感觉腿脚又有了一点儿力气，于是赶紧往家奔去。

"嘿，这样看来，你好像没有被什么妖魔鬼怪给抓走？"玛丽拉冷漠无情地打趣她。

"啊，玛……玛丽拉，"安妮小脸儿煞白，牙齿咬得咯嘣咯嘣响，身子缩着，"今后我再也不……不那样瞎想了，普通的地……地方也没有什么不好的。"

第二十一章
调味品惹出来的祸事

六月的最后一天，安妮放学回家，将石板和教科书放到厨房的桌子上，很是伤心地说："蕾切尔夫人说得很对，这个世界是由相聚和别离所组成的，没有别的。"说完安妮又拿起那块已经被泪水浸透的手绢擦擦自己又红又肿的眼睛，"亏得我今天上学多带了一块手绢，我就预感到今天会用上两块手绢的。"

"嘿，真没想到菲利普斯老师辞职会让你这么难过，居然用掉两块手绢来擦眼泪！我还真没看出来你有那么喜欢他。"玛丽拉说。

"我觉得我好像不是因为喜欢他所以哭的，"安妮仔细想一想说，"因为大家都在哭，我也不知不觉跟着哭了。鲁比·吉里斯就跟中邪了一样，她平常最讨厌菲利普斯老师

了，可是当菲利普斯老师走上讲台刚要发表告别演说的时候，她就忍不住放声大哭了。于是，女孩子们都一个接着一个大哭起来。我拼命想忍住哭泣，我想起了菲利普斯老师逼我和吉……一个男孩子坐在一起；他在黑板上写我的名字时故意不加'e'字母；他还嘲笑说头一回碰见我这样对几何一窍不通的孩子；总之，我极度讨厌他，想忍住不哭的，不知道为什么也跟着哭起来。一个多月前，简·安德鲁斯还说，哪天菲利普斯老师不教我们可就太好了，她才不会掉一滴眼泪之类的话。可是这群人里头就数她哭得最厉害，她还从她弟弟那里借手绢擦眼泪。当然，男孩子们都没哭。简·安德鲁斯之前说没必要带手绢，所以一块都没带。玛丽拉，我实在是伤心极了。菲利普斯老师给我们做了精彩绝伦的告别演讲，开头第一句就是'我们分别的时刻终于来临了'，真感人啊，老师的眼睛里也闪烁着泪光。玛丽拉，我们上课的时候聊天，在石板上画老师的丑化像，还总是拿他跟普里茜开玩笑，实在是太不应该了，现在大家都受到了良心的谴责。如果我也跟明妮·安德鲁斯一样是个标准的模范生就好了，明妮看上去一点儿都没受到良心的谴责。女孩子们放学后都是一路哭着回来的。大家的情绪刚刚稳定下来，不过两三分钟，查理·斯隆又来了一句，'我们分别的时刻终于来临了'，大家便又纷纷哭起来。

"我实在是太伤心了，玛丽拉。不过，从现在开始，我有两个多月的暑假，我应该不会就此陷入绝望的深渊吧？今天我们还碰见了刚从火车上下来的新的牧师夫妇。因为菲利普斯老师的离开，我的心情非常糟糕。不过我还是对新来的牧师夫妇产生了兴趣。牧师夫人长得非常漂亮，但并不是美得超凡脱俗的那种。蕾切尔夫人说，从纽布里奇来的牧师都穿着流行服装，这是很不好的风气。牧师夫人好像就穿着一件漂亮的泡泡袖蓝色裙子，帽子上还插了玫瑰花。简·安德鲁斯说牧师夫人不应该穿泡泡袖的

衣服，这不适合她的身份。我才不说这种不体谅别人的话呢。玛丽拉，我
非常理解她渴望穿泡泡袖裙子的心情，并且，她嫁给牧师先生还没多长时
间，为什么要对她这么苛刻呢？她多可怜啊。听说在牧师的房子准备好之
前，他们会在蕾切尔夫人家借住一段时间。"

　　这天晚上，玛丽拉借口说要还冬天借的缝被子的支架，去蕾切尔夫
人家拜访了。玛丽拉跟埃文利的其他人一样，有着可爱的弱点，那就是好
奇。当天晚上，又有好几个人陆续还回了许多从蕾切尔夫人家借的东西，
甚至有很多蕾切尔夫人以为永远不会再回来的东西也被还回来了。这个小
村庄的生活平静无波，很少发生什么重大的事件，所以这一次新牧师上任
的确是一件引人注目的事情，何况这位牧师还带来一位刚刚新婚的妻子，
这事儿就更让埃文利的人们感到好奇了。

　　上一任牧师本特里，就是安妮一直认为缺乏想象力的那位，他做了
十八年的牧师，当初来埃文利就是一个人。埃文利好心的人们每一年都很
热心地帮他撮合，但是始终也没能成功。牧师一个人过着孤独的生活，这
一年的二月离世了。虽然他在传教方面的确没什么让人称道的地方，但是
对于这么多年已经习惯他的人们来说，他依旧是值得深深怀念的。自从他
逝世后，每一个礼拜日都有一个接一个的志愿者来候补，埃文利教会的信
徒们要求他们一展所长，接受认真的考核。然而，评价牧师不仅仅是长老
们的专利，在卡斯伯特家中，一个固定的角落里，红发姑娘安妮也有自己
的意见，她正跟马修激烈地讨论着。但是玛丽拉认为，不管什么情况下，
批评牧师都是不合适的，于是她从未参加过他们的辩论。

　　"我觉得史密斯这个人可能还是不称职，马修。"安妮最终得出这样
一个结论，"蕾切尔夫人说，看他讲话的样子就不够格。我觉得他最大的
缺点就是跟本特里牧师一样，没有想象力。而相反，托里的想象力就太过

了，同我的闹鬼森林一样，离现实太遥远。蕾切尔夫人说托里的神学造诣
还不够。而格雷沙姆虽然是一个非常好的人，又特别虔诚，又爱讲笑话，
在教会里常会引人发笑，但是缺乏所谓的威严，而牧师还是需要一些威严
的，是不是，马修？我觉得马沙尔的严肃表现倒是挺有魅力的，但是蕾
切尔夫人说他尚且独身，连订婚对象都没有。蕾切尔夫人已经做了大量调
查，她觉得年轻和独身的牧师都不行，也许他会同教区的某个人结婚，那
样的话说不定会有很大麻烦。蕾切尔夫人将这些候选人逐一筛选，最后确
定由阿伦来做这里的牧师。阿伦演讲非常风趣，祷告的时候也很认真，是
个称职的牧师。蕾切尔夫人说，阿伦也并非完美无缺，但是只花七百五十
元的年薪就能请来一位不错的牧师，这就够叫人满意的了。阿伦精通神
学，凡是涉及教理的问题，他都能对答如流。蕾切尔夫人还认识牧师夫人
娘家人，他们全都是正正经经的本分人，家里的女人们全都擅长各种家
务。蕾切尔夫人说，丈夫精通教理，妻子则勤于家务，这样的家庭可真是
理想组合啊。"

新来的牧师阿伦夫妇从一开始就受到埃文利居民的热烈欢迎。青年牧
师有着崇高的理想，为人坦率正直，而他的妻子性格开朗、温柔贤惠又热
情大方，两人在埃文利的老人和小孩中间有很好的人缘。

安妮见过阿伦夫人一面，就被她深深地吸引住了，安妮觉得自己又找
到了一个知音。

"阿伦夫人为人实在太好了，"一个星期日的下午安妮告诉玛丽拉，
"她是所有那些教过我的老师中最好的一个。首先，阿伦夫人说，她认为
课堂上老师和学生都能提问，只有老师提问是不公平的。我之前也说过类
似的话，是不是啊？阿伦夫人说学生喜欢提什么样的问题都可以，不用拘
束，于是我很快提了一大堆问题。你知道的，我最擅长提问了。"

"是啊。"玛丽拉重重地点点头。

"跟我一样能够提出问题的只有鲁比·吉里斯，她提的问题是，今年夏天主日学校是不是也会搞郊游活动。因为这个问题跟班级学习一点儿关联都没有，所以我觉得这不算什么好问题。不过，阿伦夫人一点儿都没生气，只是一个劲儿地微笑。阿伦夫人笑起来太美了，露出两个可爱的小酒窝。要是我也有两个小酒窝就好了，虽然我比刚来的时候胖了一些，但是还没胖到能有酒窝的地步，要是我有了酒窝，也能够给人留下好印象的。

"阿伦夫人不管在什么时候，不论做什么事情，都努力给人一种好的影响力。她给我们讲了各种各样的故事，我从前根本不知道宗教居然这么有趣。不知道为什么，我本来觉得宗教这东西叫人心情烦躁、郁闷，但是阿伦夫人讲解起来一点儿都不枯燥，让我感觉很舒服。要是我经常被阿伦夫人这样熏陶，我觉得我以后可能也会成为一名基督徒的，但是像贝尔校长那样的基督徒就实在太叫人讨厌了，我宁可不当。"

"你这么评价贝尔校长，实在是太无礼了。"玛丽拉用一种非常严肃的声音说道，"贝尔校长是一个顶好的人。"

"啊，是的。不过，贝尔校长看上去一点儿都不高兴。要是我能成为一个好人，我就会成天高高兴兴地唱着歌。但是阿伦夫人认为欢呼雀跃不是过日子的日常状态。牧师夫人要是那样做，还是有些不合适。不过，当我一看到阿伦夫人，我就不由自主地想，要是自己变成一个基督徒，那该多好啊。阿伦夫人说过，不是基督教徒也能够升入天国，但是我想，成为基督徒还是非常好的。"

"这几天我想请阿伦夫妇过来喝茶，"玛丽拉想一想说，"下星期三前后应该是合适的时机。不过这件事儿你千万别告诉马修，要是他知道了，肯定会找个借口躲出去的。虽然他跟本特里牧师相处得很好，几乎到

了无话不说的地步了，但是要让他陪新来的牧师喝茶，他肯定不干。至于说到见新牧师的夫人，那还不把他给吓个半死？"

"我一定不会对他吐露半分的，"安妮发誓说，"可是，玛丽拉，到时候你会允许我做一块蛋糕吗？我非常想在阿伦夫人面前露一下自己的手艺，你知道的，我应该能够把蛋糕做好。"

"那你就负责做夹心蛋糕吧。"玛丽拉同意了。

聚会的前两天，玛丽拉同安妮做了大量的准备工作。请新牧师和他夫人来家里喝茶，这可是件严肃又重要的大事，马虎不得，玛丽拉一心想盖过埃文利所有的家庭主妇。安妮也乐坏了。星期二的傍晚，她把戴安娜约到"树神水泡"旁边，两人坐在那块红色的巨石上，用枞树垂下的嫩枝在水里划拉着，水面泛着波光，现出一道道彩虹。在斜阳的照耀下，安妮盯着水中的彩虹，将事情从头到尾都给戴安娜讲了，两人说了一个晚上。

"一切都准备好了，现在就剩下我的蛋糕和玛丽拉的发酵饼干了，戴安娜。我明天一早起来就做蛋糕，玛丽拉则会在喝茶前把饼干烘好。啊，戴安娜，因为这件事，我跟玛丽拉这两天都忙坏了。你想，这可是请新牧师夫妇来家里喝茶呢，但是我压根儿就没有这方面的经验。你要不要来看看我们的食品间？那里的东西准备得可丰盛了：有冻鸡和冻牛舌；果冻还分了红色和黄色两种；有搅拌好的奶油、柠檬馅饼、樱桃馅饼；小甜饼就有三种，还有水果蛋糕；玛丽拉还专门给牧师预备好了黄梅酱，这可是她最拿手的果酱；还有黄油蛋糕、夹心蛋糕和之前提到过的饼干；面包还分老的和嫩的两种，要是消化不良，就只能吃老面包了。蕾切尔夫人说牧师们大多消化不良，不过阿伦先生才刚刚当上牧师，应该没有这方面的问题吧？啊，戴安娜，只要想到夹心蛋糕我就浑身发抖，要是我做不好怎么办啊？昨天晚上我梦见自己被一个小妖怪死命追赶，小妖怪就长着一个夹心蛋糕的脑袋。”

"别担心了，你一定能做好的，什么事儿都没有。"戴安娜安慰道，她是一个非常善于安慰别人的人，"我还记得呢，两个星期前我们在旷野中闲逛，当时我们当午饭吃的，不就是你做的蛋糕吗？那实在是太美味了。"

"的确。可是蛋糕天生怪脾气，每次你竭尽心力想要将它们做好的时候，它们往往会变得非常糟糕。"安妮长长地吁了一口气，松开手，任由那根好看的枞树枝跌进水里，再缓缓漂起来，"所以，我得非常努力，还得顺其自然，尤其是在和面粉的时候。啊，戴安娜，你看，这道彩虹真美啊。你说，当我们从这里离开之后，树神能不能将它拿去当围巾？"

"快别想这些了，世界上根本就不存在树神这一类东西。"戴安娜说。她母亲知道了有关"闹鬼的森林"的故事，大为震怒，戴安娜于是便不再做类似的想象了，她觉得，那样的想法不够慎重。

"可是人们很容易就会联想到树神之类奇妙的东西啊。"安妮说，"每天晚上睡觉前，我都会朝窗子外看看，想想树神是不是真的就坐在这里，用泉水当镜子，梳理她的一头长发。每天清晨，我常常会很早起来，在露水间寻找她的踪迹。啊，戴安娜，你该对树神充满信心。"

星期三的早晨，天才蒙蒙亮，安妮就爬起来了，她实在是太兴奋了，无法再入眠。她星期二晚上在小溪旁玩水着凉了，患上了感冒。但是，除非她患上肺炎，否则什么也无法抑制住她对烹饪的极大兴趣。早餐之后，她开始做蛋糕。直到蛋糕被放进烤箱，关上了烤箱门，安妮才长长地松了一口气。

"这一次我可是极度认真，没有落下任何东西，玛丽拉。不过，您觉得它真的能膨胀起来吗？要是发酵粉失效了怎么办？我用的是那个新罐子

里的发酵粉。蕾切尔夫人说，现在什么东西都掺假了，这些发酵粉说不定也是假的。蕾切尔夫人说政府应该尽快解决造假卖假的问题，但是她又认为，保守党政府是没法儿指望了。玛丽拉，要是蛋糕真的没法儿膨胀怎么办啊？"

"那也没什么影响，我们已经做了够多的食物了。"玛丽拉表现得非常平静。

蛋糕出炉的时间终于来到了，取出来一看，蛋糕居然跟金色的泡沫一样轻柔、松软。安妮兴奋得要跳起来，小脸儿涨得通红。她一层层地加上红宝石一样的果冻，然后再把蛋糕黏合在一起。她做这些的时候，就好像看到了阿伦夫人一边惬意地吃着一边高兴地频频点头，吃完了一块还要再来一块！

"玛丽拉，我肯定你会拿出最好的餐具来。"安妮说，"我能用野玫瑰和蕨类植物来装饰餐桌吗？"

"那些全都是些没用的东西，"玛丽拉说，"最重要的是食物，而不是那些无聊的装饰品。"

"巴里夫人就是那样做的，将餐桌装饰得漂漂亮亮的，"安妮耍了一点儿小聪明，看起来在这方面她也不能说完全没经验，"听说牧师还对此特意赞扬了一番，说不仅吃得香甜可口，而且也赏心悦目，真好。"

"那就这样吧，按照你想的去做好了。"玛丽拉说，她认为，怎么也不能落在别人后头，巴里夫人也不行，"不过我得再提醒你一次，一定要留出足够的空间，到时候方便摆放碟子和食物。"

安妮开始用心装饰桌子了，她在审美的方式和风格方面，都远远地将巴里夫人甩在后面。她用了许多蕨类植物和玫瑰花，把餐桌装点得异常美丽。当牧师和夫人在餐桌旁坐下时，不禁对它赞不绝口。

"这些都是安妮布置的，她为此可累得不轻。"虽然玛丽拉非常不情愿，但还是公正介绍了安妮的成果。阿伦夫人欣赏的笑容让安妮感觉这个世界顿时增添了太多幸福。

马修也坐在餐桌旁，只有上帝才清楚，他究竟是如何被骗到这个茶会上来的。他一贯的腼腆拘束，使玛丽拉对他早就失去信心了。倒是安妮主动担负起照顾他的责任，并且做得十分成功。这时，马修穿着他最正式的衣服，戴着白色的领结，坐在那里同牧师兴致勃勃地讲话，可是跟牧师夫人从头至尾一句话都没说。这本来就是没法儿指望的事情。

在将安妮做的夹心蛋糕端上桌之前，所有的事情都进行得异常顺利。阿伦夫人早就吃了各种令人眼花缭乱的食物，等到那个蛋糕最终被端上桌的时候，她不得不婉言谢绝了。玛丽拉已经注意到安妮脸上失望的表情，于是微笑着说："你一定得尝一尝，阿伦夫人，这可是安妮特意为你做的。"

"啊，是这样啊，那我必须尝一块了。"阿伦夫人微笑着说，同时给自己切下一大块，牧师和马修也分别切下了一块。

阿伦夫人高高兴兴地咬了一口，神色立时变得非常古怪，但是她什么都没说，仍然坚持将这口蛋糕吞下去了。玛丽拉看到这一幕，急忙切下一块尝了。

"安妮·雪莉！"她激动地大叫，"你究竟往蛋糕里加了什么东西？"

"我是严格按照食谱做的，没往里头加什么特别的东西，玛丽拉。"安妮绝望地说，"啊，是不是不好吃？"

"岂止是不好吃？实在是难吃死了。阿伦先生，您别吃了。安妮，你自己来尝尝。你到底往里头放了什么调料？"

"是，我就放了香草精啊。"安妮说，等尝过了蛋糕，她就羞得满脸通红，"我就往里头放了香草精。啊，玛丽拉，肯定是发酵粉……发酵粉有问题，我早就担心发……"

"发酵粉？胡说些什么？赶紧把你用过的那瓶香草精拿过来我看看。"

安妮转身跑过去，取来了一个小瓶子，那里头装着半瓶褐色的液体，标签有些发黄，上面写着"高级香草精"。

玛丽拉接过这个瓶子，拔下瓶塞子闻了闻："安妮，你加进去的调料不是香草精，而是止痛药。这全都怪我，忘了提醒你了。上周装止痛药的瓶子被我失手打碎了，于是把那些药装进了这只空瓶子。这个瓶子最早是装香草精的。可是，唉，你用的时候，为什么没有先闻一闻呢？"

安妮的眼泪已经簌簌地往下落了："我闻不到，因为我已经感冒了。"说完安妮便跑进了自己东山墙的小房间，扑倒在床上，失声痛哭起来，好像再也没脸见人了。

接着，有轻轻的脚步声从楼梯上传来，然后有人蹑手蹑脚地走进了房间。

"啊，玛丽拉，"安妮仍然将脸埋在床单里，呜咽着说，"我再也没法儿抬起头了，谁都会记得这事儿。在埃文利，任何事情都守不住秘密。最开始，戴安娜就会问我蛋糕做得如何，我没法儿不对她讲真话。人们都会在背后对我指指点点，说我就是那个往蛋糕里加止痛药的女孩子。吉……学校的男生肯定也会没完没了地嘲笑这件事。啊，玛丽拉，如果您还有一点点基督徒的同情心，就别告诉我，在发生了这件叫人羞愧的事情后，您还得让我下楼当着众人的面洗碟子。等到牧师和他夫人走了之后，我自然会去洗的，我……我再也没法儿去见阿伦夫人了，她不会以为我是想把她给毒死吧？蕾切尔夫人也说过，她就认识一个歹毒的孤女，她想毒死自己的恩人。可是止痛药没有毒，只是一种内服的药，当然，是没法儿用在蛋糕里的。您能这么跟阿伦夫人说吗，玛丽拉？"

"那你就赶紧爬起来自己去对她说吧。"一个轻快活泼的声音在身后响起。

安妮听到这话，猛然翻身跳起来，发现阿伦夫人就坐在床边，正笑吟吟地看着她。

"你这个可爱的小姑娘，怎么会哭成这个样子呢，"她有些不好意思地说，"嘿，这事儿真没什么，只不过是一个有趣的小错误。"

"啊，不，这个错误实在太大了，"安妮非常羞愧地说，"我本来是想把那块蛋糕做得尽善尽美的，阿伦夫人。"

"是的，对于这一点，我心里再清楚不过了，亲爱的。说实在的，我其实非常喜欢你的善良和体贴，这比其他东西都要贵重许多。我可不准你继续哭下去了，你跟我一起下楼吧，带我到你的花圃前转转。卡斯伯特小姐告诉我，你有一块自己的专属花圃。我很想去看一眼，我最喜欢花儿了。"

安妮被阿伦夫人的宽慰所打动，她就这样跟着阿伦夫人下了楼，心里想着，难道是天意，就这样让阿伦夫人变成了自己灵魂上的知己。没有谁再提起那个蛋糕。客人们走了之后，安妮发现，蛋糕事件也许算不上太糟糕的插曲，这个晚上可能比预想的还要快乐些。不过，安妮还是深深地叹了一口气。

"玛丽拉，想到明天也许会是愉快的一天，不会犯什么错误，这很让人期待，是不是？"

"哼，也许明天你还会犯一大堆错误，"玛丽拉说，"我从来没见过

像你这样能犯错误的孩子，安妮。"

"是啊，这一点我也发现了，"安妮对此有些受伤，"不过，您是否也在我身上发现了一个好现象，玛丽拉？那就是，我从来不犯相同的错误。"

"这对你来说有什么好的？你总是不停地犯新的错误。"

"哎呀，您不知道，玛丽拉，错误是有止境的，一个人所惹出的麻烦应该也是有止境的，等到达极限的时候，我的错误应该就会适可而止了。嗯，发现了这个规律多少叫我宽慰了一些。"

"好了，摆在眼前最现实的问题是，那块蛋糕应该赶紧拿去喂猪，你赶紧做这事儿去吧，"玛丽拉说，"这东西都没法儿给人吃，杰里·波特也不会吃它的。"

第二十二章
安妮被邀请去喝茶

　　"哎，你这会儿怎么把眼睛瞪那么大？"安妮刚从邮局跑进门，玛丽拉就劈头问道，"是不是你又发现了一位灵魂上的知己？"

　　安妮兴奋异常，大眼睛里闪烁着紧张和激动的光芒，整个脸蛋就像绽开的一朵鲜花。八月黄昏的阳光十分柔和，暮色渐起，安妮如同被风吹来的小精灵，顺着小路飞奔回家，欣喜若狂。

　　"玛丽拉，您可能无法想象，我被牧师家邀请，明天下午到他们家去喝茶！阿伦夫人在邮局给我留下这封信。快看啦，玛丽拉——'绿山墙，安妮·雪莉小姐'。我还是生平头一次被人称作'小姐'呢，这实在让我无比激动。我会将这封信当成宝物珍藏起来。"

"可是阿伦夫人告诉过我，她想这样轮流邀请你们班学生到她家拜访的。"玛丽拉反应很淡漠，"你可千万别这么激动，有些问题还是冷静对待的好，孩子。"

不过安妮可没法儿做到这样，现在的她怎么能够冷静地看待这个事实呢？容易激动是她的天性。她天生就对一切事物反应强烈，富有朝气与活力，不论欢乐还是痛苦，对她来说，总比别人要强烈得多。玛丽拉早就看清了这一点，并且感到十分担忧，她认为，这个孩子太容易冲动了，人生不是一帆风顺的，要是遭遇了巨大的打击，不知道她该如何承受。可是小家伙身上也有同样强烈的感知快乐的能力，这一点又给她做了很好的弥补。玛丽拉觉得，她应该担负起教育和引导安妮的责任，尽量让她变得更加安静平和一些。但是这对安妮来说几乎是不可能的，这跟她的性格完全对立，就好比溪流与浅水，不管怎样流动，遭受怎样的坎坷，阳光仍然会在它们上面跳动，这是无法改变的事实。玛丽拉自己也非常清楚，对于这方面，她一直没有取得什么进展。如果某个热切的希望或者计划成了泡影，这孩子便会坠入失望与痛苦的深渊。而当希望或计划一旦实现，她又立马飞升至快乐的天堂。玛丽拉一心想要将这个冲动的流浪儿打造成娴静端庄、举止得体的大家闺秀，但是她几乎都要绝望了。不过她自己也无法确信，比起现在这个活泼灵动的安妮，自己会不会真的喜欢那个打磨过的孩子。

到了该睡觉的时候，安妮一言不发、郁郁寡欢地爬上了床。马修说外面刮起东北风，也许明天会下大雨。周围的杨树叶被风鼓动着，发出飒飒的响声，听起来就像是雨落在房子上的声音，这让安妮非常担心。远方海湾里也传来强烈的海啸声，那声音平时在安妮的感觉中是奇特、浑圆、洪亮而悦耳的，有着美妙的旋律，而现在，安妮只觉得忧心忡忡，仿佛那就是暴风雨的前兆。安妮本来无比渴望明天是个好天气，但是现在的一切迹象都似乎表明，明天将有一场暴风雨。

一切都让人意外，虽然马修说了第二天会下雨，可是第二天一早，天清气朗，安妮的情绪立马高涨起来。"啊，玛丽拉，我的心里迸发出一股无法按捺的激情，我今天会喜欢上每一个见到的人。"她一边洗着早餐碟子一边开心地说，"您不会知道今天我有多么高兴！要是这种感觉能够永久持续下去该多好啊。我相信，要是每天我都能被邀请到阿伦夫人家饮茶，我一定会成为模范生的。不过，玛丽拉，那个场合非常严肃。我觉得无比紧张，万一我又做出什么有失体面的事情该怎么收场啊？自从到了绿山墙之后，我一直在学习《家庭先驱报》上的礼仪专栏，可是我还从来没去牧师家喝过茶呢，也不太确定自己是否掌握了有关的规矩。我尤其担心自己会做出一些蠢事来，而把应当干的事情给忘掉。玛丽拉，要是有种食物我非常喜欢，吃了一份，再去拿第二份的话，算不算失礼？"

"安妮，你的问题就是，你为自己考虑得太多了。你应该换个角度，从阿伦夫人的立场来看待这个问题，你应该想想什么事情是最让她感到满意和愉悦的。"玛丽拉说。这还是她第一次对人做出这么正确而简洁的忠告。安妮立刻就明白了："就按照你说的做，我再也不胡思乱想了。"

果然，安妮圆满地完成了这次拜访，没出现任何严重失礼的事情。黄昏的傍晚，天空看起来格外辉煌、辽远，有几抹橘黄和蔷薇色的云霞挂在天幕上，看起来绚烂夺目。安妮兴高采烈地踩着暮色回家了，她坐在厨房门口那块巨大的红砂石岩上面，将疲倦的头依偎在玛丽拉的膝盖上，津津有味地向她讲述整个事情的经过。玛丽拉穿的平纹方格花布裙成为她头部的奇妙装饰。

西边长满枞树的山丘里吹来一阵清凉的风，穿过收割中的田野，又从

白杨树林穿过。果园的上空闪耀着几颗透亮的星星。树梢被风吹得沙沙作响，蕨草丛已经有些看不清了，萤火虫在夜色中忽隐忽现，不时从"恋人的小径"上轻快地掠过。安妮说着，一边却目不转睛地看着眼前的一切。不知道怎么回事，她觉得眼前的这微风、星星和萤火虫都融合在一起，烘托出一种不可思议也无法言说的美妙气氛。

"啊，玛丽拉，今天的一切实在是美得令我心醉。我觉得自己没有白活，哪怕是今后再也不会有这样的经历，我也知足了。我刚到牧师家的时候，阿伦夫人便在门口迎接我了。她穿着一条浅粉色细薄丝绸的半截袖裙子，非常漂亮，上面还装饰着一大堆波浪形的褶子，看上去就像个美丽的天使。我真想长大后也嫁给牧师，玛丽拉。至于我的一头红发，牧师应该不会介意的吧，因为牧师没有那些世俗的偏见，对不对？不过，唉，作为牧师的妻子，应该本性纯良，而我永远也做不到那样，所以我想嫁给牧师也没用。您知道的，有些人天性良善，而有一些人却不是这样。我就是这另外一些人中的一个。蕾切尔夫人说我身上背负着太多的原罪，不管我多么努力想变成一个善良的人，都没法儿做到，我永远都不可能跟天性善良的人一样轻易获得成功。我想，也许这跟我面对几何的情形多少有几分相似。可是不管怎么说，这样辛苦的努力多少还是有一些回报的。阿伦夫人就是那种天性善良的人，我深深地爱着她。有些人，您知道的，譬如马修和阿伦夫人，你毫不费劲儿地就会爱上他们。但是另一些人，譬如蕾切尔夫人，你就得花一些时间和心思了解他们，然后再去爱他们。他们见识广博，是教堂活动中的积极分子，想要爱他们就得不断提醒自己，否则的话，很可能就忘掉了。

"今天被邀请去阿伦夫人家的还有另一个女孩子，是白沙镇主日学校的，叫劳蕾特·布兰德利。她是个非常优秀的女孩儿，虽然不会是我的知音，但是总体看来还不错。她冲的茶非常美味，我已经完全学会了她冲茶的方法。喝着优雅的下午茶，我觉得自己很好地遵守了所有的礼仪。用过茶以后，阿伦夫人开始弹钢琴，给我们唱歌。她还让我跟劳蕾特也加入进来。阿伦夫人说我的音质非常好，还说希望我今后能参加主日学校的合唱队。您难以想象，只要想一想这个建议，我就无比激动。去主日学校的合唱队唱歌一直是我的梦想，戴安娜也在那里，这是多么光荣体面的事情啊。不过我还是非常担心，我注定永远都无法得到那种荣誉。劳蕾特得早点儿回家，今晚在白沙镇大饭店有一场规模盛大的音乐会，她的姐姐将会上台朗诵节目。劳蕾特说，大饭店里的美国人为了资助夏洛特敦的医院，每两个星期就会举办一场音乐会，邀请白沙镇的许多人上台朗诵。劳蕾特还说，她希望自己有一天也能到那台上去朗诵。她在说这些话的时候，我一直用景仰的目光看着她。她走后，阿伦夫人同我进行了一次推心置腹的长谈。我告诉她所有的事情，包括托马斯夫人、三对双胞胎、卡迪·莫里斯还有维奥莱塔，还有我是如何来到绿山墙等，还有我在几何方面遇到的难题。您相信吗，玛丽拉？阿伦夫人居然告诉我，她在几何学习方面也是一个不折不扣的傻瓜。您不知道这句话给予我多大的鼓舞。当我就要离开的时候，蕾切尔夫人来了。您猜发生了什么事情，玛丽拉？理事会最新聘用了一名女教师，叫作穆丽尔·斯蒂希。她的名字是不是非常浪漫？蕾切尔夫人又发表了一通自己的看法，她说埃文利之前从来没有过女教师，如果只是改革的先驱步骤的话，那就会非常危险了。可是我总觉得有一名女老师是一件无比荣耀的事情，非常光荣。还有两个星期就要开学了，可是我还是觉得时间过得太漫长了，我真的很想很想尽快见到她。"

第二十三章
危险的赌局

　　止痛药蛋糕事件只是一个小插曲，很快过去了差不多一个月的时间。在这段时间里，安妮也遇到了许多突发状况，还犯了一些小错误。譬如说，一盆本来应该被倒进猪食桶的脱脂牛奶，被她心不在焉地端进了食品储藏间，又下意识地倒进一篮子的线团里。她边走边做白日梦，以致走过小桥的边缘，直接掉到溪水里。类似的小事实在太多，不胜枚举。

　　到牧师家用茶后的第二个星期，戴安娜·巴里家举办了一个茶会。

　　"这个茶会规模不大，参加的人都要经过精心挑选，"安妮同玛丽拉保证说，"全都是我们班的女生。"

　　她们一起度过了一段美好的时光。用过下

午茶后，大家来到巴里家的花园里。所有想得到的游戏大家都玩腻了，所以一些恶作剧就变成极具吸引力的活动。对孩子们来说，好像一种探险一样。

那段时间，在埃文利的小孩子中间，探险行动是一项极为流行的娱乐活动。起先在男孩子中间盛行，后来也流入女生中间。那年夏天，孩子们被其他人蛊惑着做出的蠢事能写满整整一本书。

最先是查理·斯隆向鲁比·吉里斯下了战书，他指着门前那棵巨大的老柳树的某个树杈，问对方敢不敢爬上去。那棵老柳树上有许多肥肥胖胖的绿色或者花毛毛虫，鲁比·吉里斯害怕极了，她又担心会不会刮破她新穿上的薄纱裙，犹豫了好一阵，还是耐不住挑衅，最终敏捷地爬到了树上，打败了挑战者查理·斯隆。接着，乔茜·派伊又挑衅简·安德鲁斯，问她是否敢左腿独立，沿着花园跳一圈，中途不能停歇，右脚也不能沾地。简·安德鲁斯自然是毫不犹豫地就开始做了，可是刚跳到第三个拐角就停了下来，无奈只好低头认输。

乔茜·派伊这会儿可得意了，不可一世地站在那里，谁都不放在眼里。安妮·雪莉受不了她这副样子，于是指着花园东边围着的木栅栏问她，敢不敢在那个栅栏顶上走一圈。这可不是一件容易的事，需要头与脚的高度配合以及相当高的平衡能力，对于从未尝试过的人来说，做可比想象起来困难多了。乔茜·派伊虽然很多方面都不讨人喜欢，但是在走栅栏方面还是比一般人强太多了，何况她还受过类似的训练。于是她带着一副傲慢的神情来到那里，看似漫不经心地就走了上去，那种不可一世的表情好像在说，像这种小事根本就不足挂齿。对于她这种冒险行为，大家都不敢赞同，但还是不得不夸赞了她一番。因为大多数女生都试过这个，可是无一例外都失败了，所以乔茜·派伊的这次成功无疑是史无前例的。乔茜

从上面跳下来，高兴得满脸通红，很不屑地瞥一眼安妮。

安妮很不服气地甩一甩自己的红辫子。

"这种木栅栏太矮小了，我觉得能在上面走一圈压根儿就算不了什么，"她挑衅道，"马里斯维尔有个女孩儿还能在屋顶的房梁上走路呢。"

"我才不相信，"乔茜打断她的话，"人能到房梁上走路吗？至少你是做不到的。"

"我怎么就做不到？"安妮急急地反驳起来。

"那我就问你敢不敢这样做，"乔茜挑衅起来，"我问你敢不敢爬上去，到巴里先生家厨房的房梁上走一圈？"

安妮吓得脸色煞白，但是很明显，她已经没有退路了。她往前走去，前面有一架梯子正斜靠在厨房的屋顶边。那些孩子既觉得无比刺激又非常害怕，几乎同时发出一声"啊"的惊呼。

"千万别去，安妮，"戴安娜恳求她说，"别理会乔茜·派伊的话，你会掉下来摔死的。这么危险的事情，还问人家敢不敢去做，这是极不公平的。"

"我必须这样做，为了我的名誉和尊严而战。"安妮的神情非常坚毅，"我要么走过这道房梁，戴安娜，要么就在努力中丢掉我的性命。要是我死了，我的珍珠戒指就送给你了。"

大家连大气都不敢喘，只是直直地盯着，只见安妮爬上了梯子，一步一步踩到房梁上，在那极端危险的地方站立起来，站直了身子，努力保持平衡，然后向前迈步。可是她觉得头晕眼花，好像自己正站在世界的最顶端，要想闯过这样的难关显然单靠想象是不能完成的。不过她还是大着胆子往前又迈了几步，灾难就这样发生了。在被太阳烤得发热的屋顶上，她的身体剧烈晃动起来，失去了平衡，整个身子在空中摇摆，就像风中抖动的树叶一样，然后就滑了下来，砸穿了下面层层缠结的茂盛的常春藤，跌落到地上。那群惊恐万状的孩子看到了眼前的一切，还没容她们发出一声尖叫，事情就这样发生了。

要是安妮是从她踏上房梁的那一面摔下来的话，戴安娜也许就会当场成为那枚珍珠戒指的继承人了。不过幸运的是，安妮是从另一面摔下来的，那一面的屋顶一直延伸到门廊，离地面比较近，从那里摔下来还不是特别严重。鲁比·吉里斯惊得跟傻掉了一样，呆立在当场一动不动。戴安娜和其他几个女孩儿紧张地从四周冲过来。她们发现安妮小脸儿苍白，躺在那片被砸得乱七八糟的常春藤中，没精打采的样子。

"啊，安妮，你死了吗？"戴安娜一下子扑倒在她身边，尖叫起来，"啊，安妮，亲爱的安妮，你就对我说一句话，告诉我你死了没有？"

幸运的是，安妮居然昏昏沉沉地坐了起来，这让乔茜·派伊和其他的孩子都松了一口气。乔茜哪怕是再缺乏想象力，此刻也心惊胆战地想到，要是安妮死了，自己可就会被安上导致安妮惨死的罪名。只听得安妮迷迷糊糊地回答说：

"不，戴安娜，我没死，可我觉得身上许多地方已经没有了知觉。"

"哪里？"查理·斯隆抽泣着问道，"啊，哪里，安妮？"还没等安妮回答，巴里夫人便赶到了。安妮看见她，挣扎着想爬起来，可是发出了一声痛苦的尖叫后，她便又跌回到地上。

"怎么啦？你伤到哪里了？"巴里夫人紧张地问道。

"我的脚踝……"安妮边说边吸着冷气，"戴安娜，请把你父亲找来吧，请他把我送回家。我清楚自己已经没法儿走路了。要是单脚跳的话，我无论如何也跳不了那么远，我就连沿着花园跳一圈都没法儿做

到了。"

玛丽拉正在外面的果园里摘苹果，突然看见巴里先生穿过木桥，走上斜坡，巴里夫人也跟在他身边，后面还有一长串的小姑娘。玛丽拉再仔细看一眼，巴里先生的臂弯里是安妮，她的头无精打采地耷拉在他的肩膀上。

玛丽拉心头猛地迸发出一阵恐惧，突然间她意识到，安妮已经对她具有了多么重大的意义。过去她的确承认自己喜欢安妮，不，可以说是非常喜欢，可是现在，当她发现自己已经急急忙忙地冲下斜坡时，才意识到，安妮在她心目中的分量已经超过了世上的一切。

"巴里先生，安妮出了什么事？"玛丽拉惊恐万状，喘着粗气问道。她一向是个极端理智、非常有自制力的人，从来没谁见到她跟现在一样面色煞白、浑身发抖。

安妮抬起头来，清楚地回答："玛丽拉，别害怕，我在房梁上走的时候摔了下来，我猜是把脚踝给弄伤了。不过，玛丽拉，我们从乐观的一面看，这足够幸运了，我本来还有可能扭断脖子的。"

"唉，我早该料到会有这种事发生。"玛丽拉松了一口气，但还是大声说道，"请把她抱进来吧，巴里先生，请走这边，就将她放到沙发上好了。天哪，这孩子晕过去了。"

安妮是真的晕过去了，因为伤处的痛太剧烈。她彻底晕过去了，这下她的愿望又实现了一个。

马修本来在田里干活儿，被大家叫回来，立刻急匆匆地赶去请医生。医生在预想的时间内到达，他发现孩子的伤势比她自己料想的严重太多了，她的脚踝整个儿骨折了。

晚上，玛丽拉走进东山墙的房间，看见安妮正面色苍白地躺在床上。

那孩子用痛苦的声调跟她说："难道您不为我感到难过吗，玛丽拉？"

"这都是你咎由自取。"玛丽拉回答。说着，她迅速地拉下了百叶窗，拧开了台灯。

"就是因为这个，您才应该为我感到难过啊，"安妮说，"只要想到这全都是我自己的错，我就觉得无法忍受。要是能把责任推到别人身上，我心里还会好过一些。可是，玛丽拉，要是有人问您敢不敢从房梁上走过，您会怎么做？"

"我会一动不动地站在原地，那句'敢不敢'随别人滚得远远的。真是荒唐到家了。"玛丽拉说。

安妮叹一口气：

"唉，您的意志这么坚定，玛丽拉。换成我就不行了。我只是觉得难以忍受乔茜·派伊的蔑视和嘲讽。我一辈子都忘不了她那幸灾乐祸的嘲笑声。当然，我也受到了足够的惩罚，您就不用再对我发火了，玛丽拉。说实在的，晕过去的感觉一点儿都不好。等医生给我的关节复位时，我疼得要死要活的。我还得在床上躺六到七个星期，也就没法儿见到新来的女教师了。等到我能去上课的时候，她都已经变成旧老师了。吉……班上的每个人的成绩都会超过我的。唉，我真是个麻烦不断的孩子。不过，我会勇敢地面对和忍受一切，如果您不生我的气，玛丽拉。"

"好了，好了，我不生气。"玛丽拉，"这还用说吗，你是个不幸的孩子。不过跟你说的一样，你得多忍受些痛苦。来，现在来吃点儿饭。"

"好在我有很丰富的想象力，这点儿我觉得非常幸运。"安妮说，"我觉得，它会帮助我渡过一切难关。要是那些没有想象力的人摔断骨头，您想一想，他们会怎么办，玛丽拉？"

接下来的七个星期，一般人肯定会觉得枯燥乏味，可是安妮因为有

自己丰富的想象力，所以觉得没什么，她也常为自己的想象力而欣慰。当然，她也不是完全依靠幻想撑下去的，每天都有很多人来看望她。每天都会有一个或几个女生在回家的路上顺道来探望，给她带来鲜花和书籍，告诉她埃文利的儿童王国中每天都在发生什么。

"玛丽拉，大家对我都非常热情、非常亲切。"安妮高兴地说道。终于有一天她能下地走路了，虽然还是一瘸一拐的。"成天躺着很闷，但也不是完全没有好处，玛丽拉，经过这件事，我才知道我原来有很多朋友，就连贝尔校长都来探望我。他是个好人，虽然我俩还无法成为知音……但是我已经很喜欢他了。以前我总是批评他的祈祷，实在太不应该了。校长先生还跟我说，他小时候也骨折过。只要想起贝尔校长也曾是个孩子，我便有种奇怪的感觉，我实在没法儿想象出他小时候的样子，看来我的想象力也是有局限的。我努力想象贝尔校长童年时代的样子，他的整个身子都变小了，但仍然像我在主日学校见到的那样，脸上留着白胡子，架着一副眼镜。不过阿伦夫人小时候的样子我就轻易想象了出来。阿伦夫人前后来看我竟然有十四次，这真是一种荣耀。玛丽拉，作为牧师的妻子，她每天该忙成什么样啊！阿伦夫人一来，我的精神也跟着振作了。

"乔茜·派伊来看望我的时候，我尽量对她诚恳一些，并且非常尊重她。她好像对鼓动我去走房梁这事儿感到后悔了。她说要是我死了，她也没脸继续活下去了。戴安娜的确是个忠诚的朋友，每天都在我的枕边跟我讲玩笑话，就连蕾切尔夫人也来看望我了。啊！要是现在就能上学了，我该多么欣喜呀！我听到各种各样有关新老师的传闻，我的心潮起伏澎湃，怎么都无法平静下来。女孩子们都已经深深地迷上她了。听戴安娜说，她有一头金色的鬓发，眼睛极有魅力，经常穿着漂亮的衣服，是埃文利最美丽的大红泡泡袖的裙子。现在学校里每两周的星期五午后就有一节背诵课，在课上背诵诗歌，还表演小品和短剧，这些东西，光是想想就觉得实在太美妙了。乔茜·派伊非常讨厌背诵课，因为她没有想象力。戴安娜和鲁比·吉里斯、简·安德鲁斯三个人现在正在为下星期主演的一出名为《早晨的拜访》的短剧而努力排练呢。还有，星期五没有背诵课的时候，大家就上野外课，老师把大家带到森林中，去观察羊齿草、树木和花鸟。每天早晚还各有一次体操活动。蕾切尔夫人说她从来没听说过这种事，就是因为聘用了这位女教师！我却认为这实在太棒了，我觉得斯蒂希老师也一定是跟我同样的人。"

"我现在非常确定的只有一件事，"玛丽拉说道，"那就是，从巴里家的房梁摔下来，好像你的舌头丝毫没有受到损伤。"

第二十四章
一场独特的音乐会

　　等到安妮脚伤痊愈能够去学校的时候，埃文利已进入了金秋十月。朝阳升起在地平线上，山谷中弥漫着各种颜色，有浅紫色、珍珠色、银色、蔷薇色的雾气和迷迷蒙蒙的水色。露水轻轻密密地覆盖在原野上，就像银绸一般。长满茂密树木的山谷里，树叶变黄，从树上落下，在山谷中堆积成山，每当从那里走过，脚下的落叶就会发出咔嚓咔嚓的声音。"白桦道"上的桦树一片金黄色，就像搭起了金黄色的帐篷，安妮呼吸着大自然的清新空气，兴高采烈地走在上学的路上。

　　安妮回到学校，还是跟以前一样，与戴安娜共用一张褐色的书桌，她实在是无比开心。鲁比·吉里斯隔着过道冲安妮微笑着点点头，

查理·斯隆递过来一张字条，茱莉亚·贝尔从后边的座位上悄悄递过来一只松香。

安妮削完铅笔，整理着画片，神情迷醉地深深呼吸了一口空气，人生实在是无比快乐。新来的老师果然像安妮所料想的那样，是一个值得信赖的朋友。斯蒂希老师通情达理、大方开朗，她对孩子们非常了解，无论是在学习上还是在生活上，都能充分地调动孩子们的积极性，使他们充分发挥潜能。受到老师的积极影响，安妮也愉快、迅速地成长着。

每天一回到家，安妮便闪动着一双明亮的大眼睛，同玛丽拉讲述自己在学校中一天的生活、自己的学习成绩以及目标，马修则在一旁笑眯眯地张大耳朵倾听，玛丽拉还是跟往常一样对一切发生的事情持批评态度。

"玛丽拉，我真是打心底爱上了斯蒂希老师，她那么高雅温柔，连声音都特别好听，叫我的名字时还特意加上了'e'字母。她懂得尊重别人。今天我给老师背诵了一首诗，是《悲剧的女王——苏格兰的梅亚丽》，我全身心地投入到这首诗之中。放学的时候，鲁比·吉里斯对我说，当我背诵到高潮时，她觉得自己浑身的血液好像都凝固了。"

"那好啊，你什么时候也在仓库里背诵一下，我也来听听。"马修说道。

"当然可以了，不过，我担心没法儿像在学校里背诵得那么好。"安妮沉思着说道，"在学校里同学们都紧张地屏住呼吸、张大耳朵聆听我的背诵，那时我觉得无比兴奋，不知道我能不能让马修也体味到那种浑身的血液都好像凝固了的感觉呢？"

"听蕾切尔夫人说，上个星期五，她看到男孩子们爬到贝尔先生家的树顶去掏乌鸦窝。她当时就被吓得浑身的血液都凝固了。"玛丽拉说道，"叫孩子们去做那种事情，斯蒂希老师到底是为什么啊？"

"观察大自然啊，为了让我们了解乌鸦是怎样做窝的。"安妮解释说，"我们的野外课实在是棒极了，玛丽拉，而且斯蒂希老师对任何事情都有极度的耐心，无论什么事，她给我们讲解起来都浅显易懂。上野外课那天，我们还写了作文，我的作文是最优秀的。老师真的是那样评价的，玛丽拉，而且我一点儿都没有骄傲。我的几何学得太差了，实在没有什么值得骄傲的。不过到了最后一个阶段，我觉得我好像对几何有点儿开窍了。斯蒂希老师讲的课极其明了易懂，不过我仍然达不到最佳的水平，只要想起这些，我就觉得好像抬不起头来。可是，我非常喜欢写作文，尤其是能挑选自己喜欢的题目来写时。下星期的任务是以一位著名人物为题材来写一篇作文，著名的人物太多了，究竟以谁为对象呢，我还实在无法决断呢。能够成为著名人物，死后还能被别人写到作文里，您不觉得这是非常了不起的事吗？本来能成为名人就已经够厉害的了。我长大后想当一名护士，跟那些佩戴红十字标志的人一起成为救死扶伤的天使，到战场上去拯救每一个生命。当然，前提是我不能成为传教士，到国外去传教。到国外传教的确是非常浪漫的事，但想成为传教士必须首先成为一个完美无缺的好人，这是我的心愿。学校每天都有体操课，老师说是为了让我们变得更加美丽，而且这还能促进消化。"

"只要听到什么促进我就觉得心烦。"玛丽拉总觉得体操这种运动是毫无意义的存在。

到了十一月，星期五的野外课、背诵课还有体操都不再像以前那么吸引孩子们了，于是，斯蒂希老师向公民礼堂提交了一份建议，建议在圣诞节的那天晚上，由孩子们组织一场音乐会，这场音乐会所得的资金可以用来购买一面挂在学校前面的校旗。所有的学生都非常赞成这项提议，孩子们立刻开始着手准备节目，被选拔出来表演的孩子都十分兴奋，其中对此最着迷也最热衷的就数安妮了。虽然玛丽拉对她参加演出持反对意见，但安妮还是一门心思地投入到演出计划中。玛丽拉毫不客气地指责安妮这样做是毫无意义的。

"痴迷得像傻子一样，这么呆头呆脑的，不会耽误最重要的学习吗？"玛丽拉十分不满地说道，"叫小孩子来组织什么音乐会，四处奔走张罗。你们这样做只是为了满足自己的虚荣心，跟着瞎起哄罢了，要是照这样下去，不堕落成一个贪玩的人才怪呢。"

"可是我们的目标非常明确呀。"安妮试图改变玛丽拉的看法，"一面旗帜可以使我们的爱国心大大提升，玛丽拉。"

"实在无聊透顶。你们这些小孩子哪懂什么爱国心呢，只是图个热闹罢了。"

"把爱国心和娱乐结合到一起，这下应该可以了吧？组织音乐会可有趣了，有六个合唱，戴安娜是独唱也是领唱，我参加《精灵女王》和另一个短剧的演出。男孩子们也会参加短剧的演出。我还要朗诵两首诗，只要想起这事儿我就激动得浑身发抖。最后大家要共同组成一幅'信仰、希望、博爱'的图案，我、戴安娜和鲁比都要摆出图中人物的姿势，一动不动，头发披散在肩上，身穿白色的衣服。我演'希望'，两只手这样交叉着放到胸前，眼睛仰望着天空。我得在顶楼练习朗诵，要是你听到悲愤的呻吟声也千万不要被吓坏了，台词里有一个地方必须要发出一种非常悲愤的呻吟声，这是艺术的表现手法，非常困难，玛丽拉。因为短剧里没有乔茜·派伊能演的角色，她都气坏了。她本来是想演精灵女王的，可是，她也不想想，哪有像她那么胖的女王呀，连听都没听说过。精灵女王不都是纤细苗条的吗？简·安德鲁斯扮演女王，我扮演一名宫女。乔茜说红头发精灵也是不可接受的，就跟胖精灵一样，可我对乔茜的话一点儿都不在

意。我头上戴着白玫瑰编织的花冠，鲁比·吉里斯还借给我一双单鞋，我没有这样的鞋子，而精灵就应该穿这种鞋子。你总不能想象还有穿着靴子的精灵，尤其是这种鞋尖用铜片做的，这样更不行了。我们用矮小的针枞树将公民礼堂装饰起来，枞树上还点缀着一些用粉色的薄纸做成的蔷薇花。等到观众入席，伴随着爱玛·怀特的风琴声，我们就两个人一行，这样并肩走进会场，爱玛弹奏的是进行曲。哎，玛丽拉，我知道你对我们的演出没什么兴趣，可是我要是演得非常成功，你会不会为我感到高兴呢？"

"要是你能够举止端庄一些，我差不多还会高兴一点儿。如果等到这场闹剧结束后，你能尽快安稳下来，不再折腾，我就真高兴了。你现在这种状态我可不会感到满意的，只要听你说话，我就会觉得奇怪，你的舌头为什么就磨不破呢？"

安妮叹了口气，走到后院，西边黛蓝色的天空中挂着一弯初升的月亮，月光透过白桦树的枯枝洒到了大地上。马修正在后院劈柴，安妮就坐在木头堆儿上，跟他讲起了音乐会的事。马修是安妮最忠实的听众，他专注地倾听着并不断地点头表示赞同。

"是啊，这个音乐会好像非常不错，我们家安妮一定能演得很成功的。"马修说着，一边微笑地看着信心满满、生气勃勃的安妮，安妮也微笑着望了马修一眼，两个人真是一对亲密无间的好朋友。

马修非常庆幸管教安妮的事情自己没有插手。管教孩子是玛丽拉的责任和义务，马修所扮演的角色，总是在责任和情感之间摇摆不定。不过在眼下这种场合，马修总喜欢做出"娇惯安妮"的举动，就像玛丽拉所说的那样。马修认真观察过，这是个非常好的办法，对安妮来说，表扬比管教效果更显著。

第二十五章
马修的圣诞礼物

时间已经滑入十二月，这个晚上非常寒冷、阴沉，整整十分钟，马修一直神色慌张，一副手足无措、一筹莫展的样子。这十分钟对他来说实在太难熬了。

马修走进厨房，坐在劈柴的箱子上，动手脱掉沉重的靴子。马修这会儿并不知道安妮正和同班的女孩子们在起居室排演《精灵女王》。不一会儿，孩子们嬉笑着，一窝蜂穿过前厅，吵吵闹闹地走进了厨房。马修一见到女孩子就觉得害羞，于是他立刻闪身躲到了箱子的后面。女孩子们没有注意到他。

当小姑娘们戴上帽子，穿上外套，叽叽喳喳地谈论音乐会时，马修才敢偷偷地望一望她们。马修一只手拎着靴子，眼睛一眨不眨地窥

视着女孩子们，足足盯了十分钟。这就是那十分钟内所发生的事情。

女孩子们在那里兴奋地谈论着，安妮也和大家一样，大眼睛一眨一眨的，充满了活力。躲在箱子背后的马修突然意识到，安妮在某些地方好像跟别的孩子有些不同。跟其他女孩子相比，安妮的表情更有神采一些，眼睛也比别的孩子大，五官更加小巧细致，就连平素内向腼腆、轻易不观察别人的马修也看出了这些区别。但是马修觉得有些不安，他觉得安妮的与众不同之处和这些毫无关系，那到底是什么地方不一样呢?

过了一会儿，女孩子们手牵着手，沿着那条长长的、已经冻得坚硬的小路走出去很远，安妮还要学习，于是上楼回到了自己的房间。但是这个问题始终困扰着马修，他百思不得其解。这个问题又不能去问玛丽拉，即便真的问起来，她顶多不过用鼻子哼一声说，安妮跟其他孩子的不同之处就在于，别人经常会沉默不语、安静端庄，而安妮永远都是唠叨个没完。马修觉得玛丽拉的意见不具备任何参考价值。

这天晚上，马修掏出了烟斗，在烟雾缭绕中陷入了沉思。玛丽拉无比厌烦他的这副样子。马修足足抽了两个小时的烟，绞尽脑汁，终于灵光一现，啊，原来差别在衣服上，安妮穿的衣服跟别的女孩子完全不一样啊!

马修思来想去，总觉得自己从来没见过安妮的打扮跟别的孩子一样，自从她来到绿山墙农舍，就从来没穿过跟她们一样的衣服。玛丽拉始终让她穿着款式单一、朴素单调的暗色裙子。对服装和流行马修没有任何概念，尽管这样，马修还是注意到了安妮的衣服袖子跟别的女孩子完全不一样。马修的脑海里又浮现出了当时安妮周围那帮女孩子的身影，她们都穿着红色、蓝色、粉色和白色的裙子，他觉得每个女孩子都打扮得漂漂亮亮的，他想不通，玛丽拉为什么总是要让安妮穿得那么朴素、土气呢。

当然了，这样其实也没什么不好，玛丽拉做事不是从没出现过什么差错吗？安妮是由玛丽拉管教的，自己虽然对这些事完全不懂，但也应该为安妮做点儿什么。有一点是毋庸置疑的，那就是安妮也应该有一两件漂亮的裙子，那肯定也没什么坏处，戴安娜·巴里平时不也常穿那种裙子吗，她不也健康成长着吗？于是，马修下定决心要给安妮买一条裙子，这件事也不能算是多管闲事，反正再过三个星期就是圣诞节了，一件漂亮的裙子刚好可以做圣诞礼物。马修拿定了主意后，满意地长长舒了一口气，收起烟斗回屋子睡觉去了。马修前脚走，玛丽拉后脚就赶紧把门全都打开，把屋里污浊的空气给放出去。

第二天晚上，马修便起程到卡莫迪去买裙子了。他下定决心要克服一切困难，给安妮买条裙子回来。他的心里觉得特别舒畅。马修知道买裙子这件事对于自己来说是太吃力了，虽说马修眼神还算不错，也能够讨价还价，但是要买一件女孩子穿的裙子，他也只能任由店员摆布他了。

左思右想不停盘算，到最后，马修决定不去威廉·布莱尔的商店，而是到塞缪尔·劳森家看看。实际上，卡斯伯特家一直是在威廉·布莱尔店买东西，这是多年来的老规矩，这就跟到长老教会及支持保守党一样，是关乎良心的事情。但是，威廉·布莱尔的两个女儿总是会在店里亲切地接待顾客。马修对这两位姑娘的热情接待害怕得要命，不知为什么总不能清楚地说出自己到底想要买什么东西。不过马修觉得买裙子这件事，必须要详细说明、反复商量的，要是店里没有男店员怎么行呢？于是，他就决定到劳森的店里去试试，这个店是由塞缪尔或者他的儿子站柜台，所以他心里觉得踏实。

然而，天哪。马修万万没想到他居然估计错误。塞缪尔近来为了扩展业务，也新请了女店员，马修对此一无所知。她其实是塞缪尔妻子的侄

女，是个亭亭玉立的姑娘，活泼机灵。她的头发梳得高高的，一双褐色的大眼睛滴溜溜转动着，嘴角总浮现着一种夸张的笑容。她穿得特别时髦，手腕上戴着好几个手镯，手一摆动，手镯便闪闪发光，发出叮叮当当的声音。光是看到这样一位女店员，马修就慌得六神无主了，再加上手镯一响，他的脑子一下子就慌乱起来。

"欢迎光临！卡斯伯特先生。"露西拉·哈里斯小姐亲切又讨好地说，用两只手轻轻地拍了拍柜台。

"你们这里……这里……嗯，有花园用的耙子吗？"马修吞吞吐吐地问道。

听了这话，哈里斯小姐一下愣住了，数九寒天的季节要耙子干什么，真叫人觉得奇怪。

"我想也许还有一两个剩下的放在上面的小仓库里，我去看看。"在哈里斯小姐离开柜台的短短几分钟内，马修终于恢复了正常的状态，他决定再试一试。

哈里斯小姐拿着一把耙子走回来，微笑着问道："您不要点儿别的什么吗？"

"不。那个……就是那个……想要那个……我是说那个……想请你允许我看看……就是那个，我来一点儿干草籽吧。"听了这些磕磕绊绊、叫人费解的话，哈里斯小姐心想，怪不得大家都说马修·卡斯伯特是个怪人，他好像精神有点儿不正常。

"我们店只在春天才有干草籽卖，现在手头上已经没货了。"哈里斯小姐像看一个傻子一样傲慢地对他解释道。

"啊，对……当然……就像你说的。"可怜的马修结结巴巴地说，一把抓过耙子就要奔出去，等走到了门口才想起来还没付钱呢，只好可怜巴巴地走了回来。当哈里斯小姐找零钱时，马修决定孤注一掷再试试，于是说道："那个……要是不麻烦的话……请把那个……我想……就是那个……就是那个砂糖，让我看看……"

"白的还是红的？"哈里斯小姐捺着性子问道。

"啊，啊，就是……红的。"马修声音微弱地说。

"在那儿有桶装的。"哈里斯小姐指着红糖说道，手镯故意晃动得叮叮当当直响，"就这么一桶了。"

"啊，是……是吗？那么请给我称二十磅砂糖。"马修的额头上已经渗出了密密的汗珠。

回家的路上马修还在恍惚，一直到还有半分钟就要到家的时候，马修才恢复平时的状态。马修心想这根本就是一场噩梦，谁叫他不按规矩去了不该去的店呢，所以得到这样的报应。到家之后，马修赶紧把耙子藏到了小仓库里，砂糖就没辙了，他只好拿到厨房交给了玛丽拉。

"这不是红糖吗？"玛丽拉惊讶地高呼起来，"你疯了吗？为什么买这么多？你也知道我从来不用红糖的，只有在给雇工做燕麦粥或者做水果蛋糕时才用。杰里已经不来了，我都有很长时间不做蛋糕了。再说，这糖看上去粗糙发黑，肯定不是什么好糖，威廉·布莱尔商店一般不会卖这种糖的。"

"我还以为最近也许会用得上的。"马修搪塞道。

遭受挫败之后，马修又反复地考虑了一下，他觉得还是要找个女人来帮他完成这件事。玛丽拉肯定不行，要是告诉她，她肯定会对自己煞费苦心想好的计划挑毛病、说坏话的。思来想去，只能靠蕾切尔夫人了。在埃文利，马修是无法去和蕾切尔夫人以外的女人商量任何事的。就这样，马修硬着头皮到蕾切尔夫人那里去寻求帮助，好心的蕾切尔夫人爽快地答应

给马修帮忙。

"想要挑选一件裙子送给安妮呀？这个我当然乐意了。明天我正要去卡莫迪，到时候一定帮你办好这事。你有什么特别的要求吗？没有？那好，我就按照自己的眼光挑吧。我觉得安妮一定很适合穿那种上等的、雅致清秀的茶色衣服。威廉·布莱尔商店最近刚到了一批非常漂亮的丝绸布料，也许你希望我来给她缝制吧？得让安妮大吃一惊，要是玛丽拉缝制的话，也许事情很快就暴露了……好的。这件事就包在我身上吧，我喜欢做针线活儿，一点儿不麻烦。我就照着我侄女简·吉里斯的身材给她做好了，简和安妮的体形简直是一模一样。"

"这个……太感谢你了，"马修说，"还有……还有一点我不太清楚，不过现在人们的衣服袖子好像跟以前的不一样了。这个……要是不算太麻烦的话，请你……请你按照现在流行的样式……"

"就是泡泡袖吧？当然可以了，马修，你就把这事儿交给我吧，我一定会给她做个最新流行的样式。"蕾切尔夫人说道。

等马修转身离开，蕾切尔夫人便自个儿琢磨起来。"那孩子这下可算能穿一件正经像样的衣服了。要是按照玛丽拉的要求穿衣服，实在不像话，真有些滑稽。有好多次我都想和她说个明白，但是玛丽拉总是摆出一副什么意见也听不进去的样子，她是个非常固执的人。唉，虽说她是个没结过婚的老姑娘，但是似乎觉得自己对生儿育女的事情比我还内行。连我们这种生养过孩子的人，都不觉得成天给安妮穿那种古板的衣服有什么教育意义。在教育孩子的问题上，那些从没经历过的人很容易相信类似'运算法则'之类的东西，他们总觉得只要把几组固定的数字按照一定的程序进行排列，就肯定能得到预想的结果。实际上，这在复杂的生活中多半行不通。玛丽拉就犯了这样的错误。她把安妮打扮成这个样子，是想让她从

· 220 ·

小养成端庄贤淑的美德，保持谦虚朴素的本色。可是她不清楚，那样更容易激发孩子贪慕虚荣的心理。我想，安妮只要拿自己的衣服同别人的一比，一定会感到自卑的。马修就是注意到了这件事。这个人沉睡了六十多年，到现在这颗昏昏然的心才终于被自己对一个孩子的爱给唤醒了。"

圣诞节前的两个星期里，玛丽拉总觉得马修好像正在计划做什么事情，但始终没搞清楚是什么。等到圣诞节前夜，蕾切尔夫人将新裙子拿了过来，玛丽拉才恍然大悟。她显得很平静，连忙说整体看上去很不错。当然，她也不会完全相信蕾切尔夫人的说辞，说出于保密，所以她才独自包揽了这个活儿。当然这话说出来实在叫人难以相信。

"我还奇怪呢，怪不得马修这两个星期总是一个人独自傻笑，一副偷偷摸摸、神色诡秘的样子，原来是为了这个。"玛丽拉装出一副宽容豁达的样子说，"也就他会做出这种蠢事来。我本来觉得安妮并不需要这样一条漂亮的新裙子。秋天的时候，我已经给她做了三件衣服，又保暖又耐穿，我觉得再做就是浪费了。唉，你看，光袖子用的布就够做一件上衣了，我没说错吧。马修，她本来就流露出骄傲的苗头，你还这样助长她的虚荣心。不过这回安妮的愿望也终于满足了。自从这种愚蠢的袖子流行起来，她就渴望着自己也能拥有一件这样的衣服。我记得她跟我说过一次，后来再也没说了，但是我知道她心里一直在想。你看，这些流行的泡泡袖越来越大，就跟气球一样，真可笑；我想到了明年，谁要穿着这种衣服进来出去的时候，肯定要侧着身子了。"

圣诞节的早晨，到处都是一片洁白，美丽极了。十二月以来天气逐渐转暖，人们都盼望着会出现一个绿色的圣诞节，但夜里却有大片大片的雪花轻轻地从天空飘落，埃文利整个儿变了样。

安妮透过东山墙结了冰霜的窗户兴奋地向外望着，"闹鬼的森林"银

装素裹，煞是好看。白桦树和野樱桃树林好像披上了一层珍珠，田野里翻耕过的垄沟就像是雪白的酒窝一般。空气里满是清新的气息，这种环境让人的心情舒畅极了。

安妮大声唱着歌从楼上跑下来，绿山墙的每个角落都回荡着她清脆嘹亮的歌声。"圣诞快乐，玛丽拉！圣诞快乐，马修！多美的圣诞节呀。天空给大地送来一片银色，这实在太神奇。雪白的圣诞节太好了，要是没有这样一片雪白，我想那就不能叫真正的圣诞节了。绿色的圣诞节有什么好啊，何况那也不是真正的绿色。准确说起来，那只是褪色的棕色和灰色，不知道为什么会有人管它们叫绿色。啊……哎呀，马修，那个是给我的吗？马修！"

马修用请求宽恕的眼神瞟了玛丽拉一眼，然后一手托着纸包，一只手小心翼翼地拿出了裙子，慢慢将它摊开。玛丽拉正往茶壶里灌开水，但眼睛却不停地斜视着这边。

安妮接过裙子，呆呆地瞧着，一声不响。啊，这是一件多么漂亮的裙子呀，还散发出布料的香味呢，是用那种丝质的艳光布缝制的裙子，那么柔软，散发出美丽的茶色光泽。裙身上满是波形褶边和皱褶，腰身也按照时下最流行的款式打着精美的横褶，领口处镶着薄纱一样的蕾丝花边。接下来就是袖子——当然这也是最打眼最值得炫耀的——长长的袖管一直延长到臂肘处，袖口再往上是两个宽松的泡泡袖，被一道道皱褶和茶色的丝绸饰带收拢起来。

"这是你的圣诞节礼物，安妮。"马修腼腆地说道，"啊，怎……怎么样，安妮？你不喜欢吗？"

顷刻间，安妮的眼泪就像泉水一般涌了出来。"喜欢！啊，马修！"安妮把裙子小心地放在椅子的靠背上，两只手紧紧地握在一起，"马修，它实在太美了。马修，我太高兴了，简直不知道怎样谢你才好，快看这个袖子！啊，我真像是在做梦，实在太幸福了。"

"好了，好了，快吃饭吧。"玛丽拉插嘴说道，"我必须告诉你，虽然我认为这条裙子对你来说可有可无，可是马修已经买回来了，那你就要好好爱护它。蕾切尔夫人还给你留下两条发带，跟裙子的颜色一样，赶紧收起来吧。"

"我好像已经不饿了，我兴奋得吃不下饭。"安妮欣喜若狂地说道，"在这激动人心的时候，我觉得吃早饭实在是太无趣了。我要先好好地欣赏裙子，一饱眼福。最让我高兴的是，泡泡袖裙子仍然很流行，太好了！要是在我穿上之前就已过时了的话，那我可真会受不了的，我会困在沮丧的阴影里永远无法摆脱。蕾切尔夫人实在是太周到了，连发带都给我想到了。我一定不会辜负她的一片心意的，今后我一定得更加努力成为一个出色的好女孩，否则她会感到失望。可惜我现在还不是一个模范生，这真让我羞愧。唉，我总是下决心要做个好学生，可是不知道怎么回事，一旦遇到那些难以抵制的诱惑，我的决心……哦，不，我的决定就变得难以执行了。这一次我一定对自己严加要求。我今后一定会加倍努力的。"

早餐结束后，白雪覆盖的山谷的独木桥上出现了一个小红点。小红点越来越大，绿山墙的人这会儿都看清了，那是穿着红色大衣的戴安娜。安妮连忙沿着斜坡飞奔下去迎接她。

"圣诞快乐，戴安娜！啊，真是个美妙的圣诞节呀。我有件东西想让你看看，实在是太棒了！你肯定猜不到，马修送我一条漂亮的裙子，袖子的样子非常特别，我简直无法想象会有比这更好看的裙子了。"

"说起礼物，我也有东西要给你。"戴安娜气喘吁吁地说，"就是……就是这个盒子。约瑟芬姑奶奶给我们寄来一个很大的包裹，里面装

满了各种各样的东西。哦，这个给你的。本来昨天晚上我就想给你送来的，但是那个大包裹是昨晚在天黑以后才送到的。一想我要在漆黑的夜色中穿过'闹鬼的森林'来送东西，我不禁心惊胆战……"

戴安娜打开盒子，安妮探头望过去，首先映入眼帘的是一张卡片，上面写着"致亲爱的安妮姑娘——圣诞快乐"；接着看到贺卡下面放着的一双小山羊皮舞鞋，鞋尖有串珠做装饰，上面还系着缎带蝴蝶结，还有闪闪发光的鞋扣。

"啊，实在太漂亮了！戴安娜，这个好得过分了，我不是在做梦吧？"

"我倒觉得这是上天的安排与恩赐。"戴安娜说，"以后你就不用借鲁比的舞鞋去参加音乐会了，她的脚比你大两号，不太跟脚。谁见过小精灵拖着鞋走路啊，看上去太奇怪了，一准儿会惹来乔茜·派伊的嘲笑的。告诉你，前天晚上彩排之后，罗布·莱特和格蒂一起回家的，你听说了这件事吗？"

圣诞节这天，埃文利的学生们整整一天都处于极度的兴奋中。他们将公民礼堂布置好了，然后又进行了最后一次的大规模彩排。音乐会在晚上举行，演出获得了巨大的成功。小小的公民礼堂里挤满了观众，凡是参加演出的学生个个都表演得很精彩，而安妮则成了这场音乐会上最闪耀的明星。乔茜·派伊看她的目光里充满了嫉妒，可是她也无法否认，安妮的确演得非常好。

音乐会结束后，安妮和戴安娜一起在星星的照耀下向家走去。

"这真是一个叫人难以忘怀的夜晚，好像人们心里都长出了翅膀，到处飞翔，是不是？"安妮深呼吸一下，激动地说道。

"是的，一切都进行得很顺利，我想咱们一定能挣到十元钱吧。"戴安娜开心地说，"牧师夫人说，她要把今晚音乐会的盛况写成报道，投到夏洛特敦的报社去呢。"

"啊，戴安娜，我们的名字真的会印在报纸上吗？这让我激动得浑身直发抖。戴安娜，你的独唱真精彩啊，那么优美的歌声。当时，台下的观众要求你再唱一曲，我比你更加得意、自豪。我在心里告诉自己：'台上那个受人瞩目的小姑娘就是我的知心朋友，她理应得到这样的赞誉。'"

"哪里呀，你的朗诵才叫棒呢，赢得了满堂彩，安妮。尤其是伤感的那一段，你说得太动人了。"

"可是我当时非常紧张，戴安娜。当牧师叫我的名字时，我都不知道自己是怎么走到台上去的。我往台下看一眼，啊，好像有一百万双眼睛在盯着我，要把我的五脏六腑都看穿。那一瞬间实在是太可怕了，开头的那几句话我差点儿就说不出来。可是一想起漂亮的泡泡袖裙子，勇气不知怎么就回来了。我告诉自己，我怎么能给这件漂亮的裙子丢脸呢，戴安娜？然后我才勉勉强强开始了，可是我觉得那声音好像是从遥远的地方传来的，我觉得自己就像是一只学舌的鹦鹉。谢天谢地，幸好在阁楼上练习多次了，不然的话就完了。我表演时的呻吟表达得到位吗？"

"是的，你那呻吟表达得非常准确，而且太感人了，我坐下去的时候，还看见老斯隆太太在那里擦眼泪呢。吉尔伯特·布莱斯演得也很好。安妮，为什么你就是不能原谅吉尔伯特呢？你不觉得你自己固执得过头了吗？你就听听我的劝告吧。《精灵女王》短剧结束后，你从舞台上跑下来时，头上的一朵玫瑰掉下来了，我看见吉尔伯特把它捡起来，小心翼翼地放到胸前的兜里了。安妮，你是个浪漫的人，我觉得这下你总该高兴了吧？"

"不管那个人要做什么，对我来说都一样，"安妮昂着头高傲地说，"我甚至都懒得想起他，戴安娜。"

玛丽拉和马修也去参加了音乐会，这是他们二十多年来的第一次。那天夜里，等安妮睡着以后，两个人又在厨房的火炉旁坐了一会儿。

"嗯，真没想到我们的安妮演得那么精彩，我太为她骄傲了。当时我的眼泪不停地往下流。"马修又是得意又是幸福地说。

"是呀！"玛丽拉也深有同感，"马修，这孩子非常聪明。仔细看，她还很漂亮。我一直不赞成她参加音乐会，没想到她演得这么好。现在呢，我觉得参加这些活动好像对她也没什么坏处。打心底说，我今天晚上也为安妮感到骄傲，但我并不打算把这句话告诉她。"

"我更为她感到骄傲，安妮睡觉前，我已经告诉了她这一点。"马修说，"只是，我们还能为她做些什么呢？我觉得有必要认真考虑一下。将来一定要送这孩子到外面去深造，玛丽拉。过些日子，光是在埃文利学校学习估计已经远远不够了。"

"这些事，现在考虑还早了一点儿，"玛丽拉说，"你看，到三月她才满十三岁呢。不过今天晚上我发现，她好像长大很多，她已经长成一个大姑娘了。虽然蕾切尔夫人特意把裙子做得长了一些，不过正因为这样，安妮站在台上才显得尤其高挑儿。那孩子思维敏捷，理解能力很强。我是这样想的，过段时间应该把她送到奎恩学校去读书。这是我们能为她做的最好的一件事。不过，还有一两年呢，我想最好先别告诉她。"

"嗯，那我们就再想想，多计划计划。"马修说，"这种事情得充分考虑。"

第二十六章
成立故事社

　　埃文利的孩子们似乎再难沉下心来去过那种单调乏味的生活了。尤其是安妮，音乐会那种激动人心的快乐总萦绕在她的脑海中，挥之不去，哪怕已过去了几个星期，她还在一遍遍回味当时的细节。对比起来，眼下的种种事情突然间黯然失色，一点儿意义都没有。还能回到音乐会之前那种平静、快乐的日子吗？安妮告诉戴安娜，自己可能真的无法做到这一点。

　　"我敢说，戴安娜，我再也无法回到过去的那种生活了。"她忧伤地说，听那口气，好像时间已经过了五十年，"也许当时间慢慢流逝，我还能逐渐接受以前的生活，一点点适应吧，可是我们的日常生活已经被音乐会给打乱

了。玛丽拉极力反对音乐会，我想可能就是出于这个考虑。对一个女人来说，玛丽拉实在是明智极了。头脑明智有太多好处，当然，我们应该都愿意做这种人，可是我自己就没有多少信心能够成为这样的人，因为要是这样的话，生活可能就会平淡乏味了。蕾切尔夫人一针见血地指出，我这个人不用担心自己会变成一个头脑明智的人。不过也不好说，我就觉得我现在说话做事都理智多了。也许这也因为我太疲倦了。昨天夜里我很久都睡不着，静静地躺在那里，脑子里一遍遍回放着音乐会的情景。这就是快乐事物的最大优点，能够让人回味无穷。"

不过，时间逐渐流逝，埃文利学校又慢慢回复到以前的生活节奏了，大家又都回归原有的兴趣与爱好。不过，无论如何，音乐会留下来的痕迹还是会在日常生活中显现出来。

音乐会上，因为舞台的位置排列，鲁比·吉里斯同艾玛·怀特大吵了一架，从那之后，她俩就分开坐了，两个人的友谊本来已经维持了三年时间，所有人都以为那是牢不可破的关系，可是就这样硬生生中断了。乔茜·派伊认为茱莉亚上台朗诵时的那个鞠躬会让人联想到小鸡脑袋抽筋的样子，她跟贝西·莱特说了这话，贝西随即就将这话告诉了茱莉亚。后果就是，茱莉亚从此再也不同乔茜·派伊说话了，这已经持续三个月的时间了。贝尔家的小孩对于斯隆家小孩表演的节目太多颇有微词，斯隆家的小孩听到这个说法便反驳说，贝尔家的孩子什么都不会做，担不了一丁点儿事情。闹到后来，斯隆家的孩子和贝尔家的孩子绝交了。穆迪·斯伯吉文说安妮·雪莉朗诵的时候表演太过，装腔作势的，查理·斯隆听到这话，冲上去将他狠狠地揍了一顿。就为这个，在剩下的冬日里，穆迪·斯伯吉文的妹妹艾拉·梅再也没跟安妮说过一句话。这些不过是小小的摩擦，不会影响到斯蒂希老师的日常工作，她仍旧有条不紊地开展她的教学工作。

　　冬日剩下的几个星期就这样悄悄地滑走了。这个冬天是暖冬，雪下得很少，安妮和戴安娜上学的时候几乎可以每天沿着"白桦道"走过。斯蒂希老师说，不久之后就要让学生们写一篇作文，作文题目就是"冬日树林里的漫步"。安妮的生日终于到了，那天，她同戴安娜步伐轻盈地走在这条小径上，一边叽叽喳喳地说话，一边用眼睛和耳朵留心观察周围的一切，为了能写好那篇作文，她们得时时处处留心。

　　"戴安娜，你看，今天我就十三岁了，"安妮有些不安，"我都迈入青少年的阶段了，这让我有些难以置信。早晨醒来的时候，我好像觉得一切事情都跟以前不一样了。你满十三岁已经过了一个月了吧，我觉得你现在肯定不像我这样感觉新奇和激动。不过，这会让生活变得更加有趣。等再过两年，我就变成真的大人了，那时我说话就可以用大人的腔调了，也没有谁会再嘲笑我。只要想到这些，我就会觉得十分宽慰。"

　　"你能想到鲁比·吉里斯是怎么说的吗？她说打算满十五岁就交男朋友。"戴安娜说。

　　"她这个人，成天就想着交男朋友，"安妮非常瞧不起她，"她的名字被人写到'注意栏'的时候，她表面上装生气，实际心里高兴着呢。哎呀，我说话好像太刻薄了。阿伦夫人告诉我们，这样的话永远都不能说。不过这些坏话有可能还没等你想起来阻止，它们就已先从嘴边溜出来了，是不是？当提到乔茜·派伊的时候，我实在做不到说话不苛刻，为了担心我说话太刻薄，我干脆不提起她。你可能已经注意到这一点了。阿伦夫人是我的偶像和榜样，我正努力学习成为她那样的人，她实在是一个完美无缺的人。当然，阿伦先生也是同样看法。蕾切尔夫人说，他居然崇拜自己夫人说出的每一个观点。蕾切尔夫人总觉得牧师不应该对一个凡人倾注这么多的爱。可是，戴安娜，哪怕是牧师，他们也是人啊，他们身上也

会出现凡人的恶习。有关恶习，我跟阿伦夫人在上个星期天的下午进行过深入有趣的探讨。有些话题适合在星期天讨论，这就是其中的一个。我最大的恶习就是太过沉湎于想象，而忘记了自己的责任。我现在正在努力克服这个毛病，我都十三岁了，也许能够进步得更快点儿。"

"嗯，四年后，我们就能把头发盘起来了。"戴安娜说，"爱丽丝·贝尔才满十六岁，就将头发盘起来了，真是好笑。不论怎样，我都要等到十七岁之后才盘发。"

"哈哈，爱丽丝·贝尔长着一个鹰钩鼻，也不想自己盘头发会不会适合。"安妮坚决地摇摇头，"我才不……啊，停！我怎么又说这些刻薄的话了呢。另外，这好像是我在拿自己的鼻子同她比较，是虚荣心的一种表现。从那次听到有人赞美我的鼻子，我就太过于关注自己的相貌了。虽然那句话对我来说是一种莫大的安慰。戴安娜，你看，那里有一只野兔。应该在心里记住它的样子，好把它写到关于树林的那篇作文中去。啊，看起来冬天的树林跟夏天的同样美丽，还是那么洁白、安静，就像是处于酣睡中，正做着香甜的梦。"

"我一点儿都不担心那篇作文，"戴安娜叹一口气，"树林对我来说再熟悉不过了，不管怎样都能完成。可是星期一要交的那篇作文我想起来就觉得头疼。斯蒂希小姐怎么会有这样的念头，让我们自己编一个故事出来！"

"哎呀，这多容易啊，就跟眨眨眼睛一样嘛。"安妮说。

"对你来说当然容易了，你的想象力那么丰富。"戴安娜忧伤地摇摇头，"要是你天生就缺乏想象力，那该怎么办？我在想，你不会已经把那篇作文写好了吧？"

安妮点点头，她本来努力克制自己，不让自己表现出太得意的样子，可还是失败了。

"我上星期一晚上写的，标题叫《嫉妒的敌手》，后来我又换了个标题，叫《永不分离》。我把它念给玛丽拉听，她说那是胡言乱语，毫无意义。后来我又念给马修听，他说我写得太好了。我就喜欢马修那种评论家。那篇故事非常感伤动人，我一边写，一边哭，哭得稀里哗啦，跟小孩子一样。故事讲了两个小姑娘，一个名叫考狄利娅·蒙特莫伦西，一个名叫杰拉尔丁·西摩，两人美丽非凡，她俩住在一个小村子里，关系十分要好。考狄利娅的肤色较深，长相端庄，头发乌黑油亮，有一双亮晶晶的大眼睛。杰拉尔丁是金发女子，皮肤白皙，眼睛是天鹅绒一样的紫色，她具有女王一般高贵的气质。"

"我还从来没见过这样的眼睛。"戴安娜半信半疑地说。

"我也没见过，但是它在我的想象中存在，我希望自己写的东西与众不同。杰拉尔丁的额头就跟雪花石膏一样，这种额头到底是什么样子，我大概已经弄得很清楚了。这就是十三岁的一个优点，我们会比十二岁的时候懂得更多。"

"你还是赶紧告诉我，考狄利娅和杰拉尔丁后来怎么了？"戴安娜急切地问，她开始对故事中的主人公们产生了兴趣。

"哦，她俩越长越漂亮。到她们十六岁的时候，伯特伦·德维尔来到她们的村庄，对美丽的杰拉尔丁一见钟情。有一天，杰拉尔丁驾着马车外出，马儿受惊狂奔，是伯特伦·德维尔勇敢地冲上前去，将这姑娘救了回来。杰拉尔丁昏过去了，伯特伦将她紧紧地抱在自己臂弯里，走了三英里路才回到家。那个马车整个儿被撞坏了。我觉得求婚的过程难以想象，对我来说，没有任何可以参考的经验。我问过鲁比·吉里斯，问她是否知道一些有关男人求婚的事。我觉得她有那么多结过婚的姐姐，对这个问题

肯定比较了解。鲁比告诉我，马尔科姆·安德鲁斯跟她姐姐苏珊求婚的时候，她就躲在客厅的食品柜后头。她说马尔科姆告诉苏珊，他爸爸已经将农场赠予他了，接着他又说："亲爱的，宝贝，你觉得我们今年秋天结婚好不好？"苏珊说："好……不……我不知道，我先想想吧。"就那样，他们不久之后就订婚了。我听说这番场景之后极度失望，觉得那样的求婚实在太不浪漫了。最后我自己努力想象了一下，将它写得十分优美，充满了浪漫气息，还让伯特伦跪了下来，虽然鲁比·吉里斯说现在人们早就不兴那一套了。在伯特伦发表了长达一页纸的演讲之后，杰拉尔丁终于接受了他的求婚。跟你说，为了那篇演讲，我可花了大工夫了。我前后写了五次，将它当杰作一样完成。富有迷人的伯特伦送给心爱的人一枚钻石戒指和一串红宝石项链，还对她说，他们将到欧洲去度蜜月。但是事情并没有就此圆满结束，有一团黑影正向他们笼罩过来。考狄利娅也偷偷地爱上了伯特伦，当杰拉尔丁告诉她自己订婚的事情时，她嫉恨不已，当她看到钻石戒指和红宝石项链后，更是怒火冲天。她让嫉妒和盲目的爱情冲昏了头脑，对杰拉尔丁的爱立刻化作刻骨的仇恨，她发誓，绝不能让杰拉尔丁和伯特伦结婚。她假装和从前一样，同杰拉尔丁相依相偎，形影不离。有一天晚上，她俩走到一座桥上，桥下的水流很急很深，发出哗哗的响声。考狄利娅四下看看，好像没有什么人，于是一把将杰拉尔丁推下了桥，然后发出一阵狂野的大笑："哈哈哈——"但是这一切都让伯特伦看见了，他立刻跳进湍急的水流，大喊："我举世无双的杰拉尔丁，我救你来了。"唉，他早忘了自己根本就不会游泳。他紧紧抱住自己的心上人，两人一起沉到水里了。不久后，他们的尸体被水冲到了岸上，人们将他俩合葬在一起。那个葬礼既庄严又肃穆，戴安娜。用葬礼来结束一个故事绝对比婚礼浪漫许多。而考狄利娅痛悔万分，最终神志错乱，被关进了一家疯人院。

我自己对这个结局非常满意，这样的结局是对她的罪行的一种充满诗意的惩罚。"

　　"实在是太感人了！"良久戴安娜才抚一抚自己的胸口说，她说这话的口气跟马修有点儿像，"这么动人心弦的故事，真不知道你是怎么想出来的，安妮。有丰富的想象力可太好了，我真希望能够跟你一样。"

　　"这其实没什么，想象力也是能够培养的，只要愿意，你的想象也会随之变得丰富的。"安妮鼓励她说，"经你一提醒，我忽然萌发了一个念头，戴安娜。我俩创办一个属于我们自己的故事社，练习如何写故事吧，怎么样？不要怕困难，我会帮助你的，直到你能写出动人的故事为止。你知道，培养自己的想象力是极为重要的事情，斯蒂希小姐也这样说。不过我们得找对方向。我跟她讲起过我们的'闹鬼的森林'，她说想象本身没有错，只是我们在这件事情的想象上偏离了正确的轨道而已。"

　　故事社就这样成立了。一开始，只有戴安娜和安妮两个成员，没过多久，规模就逐渐扩大了，简·安德鲁斯、鲁比·吉里斯还有另外几个觉得自己需要培养想象力的人也参加了。但是不允许男生参加，虽然鲁比·吉里斯总觉得要是让男生参加，编出来的故事会更加扣人心弦。大家规定，每一名成员每周必须创作一篇故事。

　　"故事社别提多有趣了。"安妮向玛丽拉介绍说，"每个人先朗诵自己的作品，然后大家进行讨论、点评。大家都说要将自己写的故事珍藏起来，将来念给自己的孩子们听。每个人都给自己取了笔名，用笔名进行创作。我的笔名叫作罗译门德·孟莫伦希。大家都非常努力，只是鲁比变得有点儿太多愁善感了，不论什么样的作品她都喜欢加入一些恋爱情节，多到了令人难以接受的程度。而简呢，则恰恰相反，故事中没有任何恋爱情节，朗诵的时候还羞羞答答，一脸难为情的样子，她的故事全都非常

古板。戴安娜写的作品大多是凶杀，因为她不知道该怎么描写出场的人物，总觉得太麻烦了，最后只好将所有要出场的人物都杀掉了。而且，要是我不告诉她怎么写，她就什么都写不出来。我的灵感实在太多了，编故事对我来说是小菜一碟。"

"你写的作品水平还太差了。"玛丽拉非常不屑一顾，"成天只是寻思那些愚蠢无聊的东西，把学习都给荒废了。你老是捧着小说看我就够不赞成的了，现在居然还写小说，那我就更反对了。"

"可我是为了吸取教训才写的，玛丽拉，我是想说，得特别注意这一点，好人有好报，恶人有恶报。我就是想培养这种健康向上的精神，最关键是要吸取教训，牧师就是这么说的。我把自己写的故事念给牧师和阿伦夫人听，两个人都给我提出了宝贵的意见，只是念到我写得糟糕的部分，两个人都大笑起来。我最喜欢那种催人泪下的情节，只要我的故事中出现那种情节，简和鲁比十有八九会伤心掉泪。戴安娜在给约瑟芬姑奶奶写信的时候也提到了故事社。约瑟芬姑奶奶回信时说，希望能给她寄一些写好的故事。于是我们挑选了四篇最好的，又认认真真地誊写了一遍，将干干净净的纸稿寄给了她。约瑟芬姑奶奶来信说她还从来没读过这么精彩的作品。我们都觉得有些难以置信，因为我们的故事实在太悲伤了，出场的人物几乎都死光了。不过，能博得约瑟芬姑奶奶的赞赏实在太不容易了。故事社也能给社会做一些有益的事了。实际上，不管做什么都应该以有益于社会为目的，阿伦夫人经常这样教育我们。我虽然想尽力为社会做些有益的事，但是一玩起来就将所有的事情都忘得一干二净。长大以后，我也要成为阿伦夫人那样的人，您觉得我能做到吗？"

"我觉得很困难。"玛丽拉答道，她认为只有这样回答才能让安妮得到警醒与激励，"阿伦夫人哪会跟你一样随便将要做的事情都忘光了？你真是个无聊的女孩子。"

"阿伦夫人以前可不是这样。"安妮认真地说，"这可是她自己告诉我的。她说她小时候曾经是个调皮捣蛋的孩子，总捅娄子，听了这些，我心里好受多了。玛丽拉，是不是一听说别人小时候也很调皮，自己就开始心安理得是错的？蕾切尔夫人说这样不好，她说如果她听说谁小时候曾经是个坏孩子，她会感到很难过。以前，有个牧师曾经跟蕾切尔夫人说起自己小时候从伯母家的储藏室里偷木莓果酱馅饼的事，打那以后，蕾切尔夫人说她再也没法儿尊敬那位牧师了。但是我却觉得，如果一个人连自己做的那样的错事都能对别人坦承，真是挺了不起的。要是现在那些做了错事又无比痛悔的男孩子听说这种事，会觉得自己长大了也有可能成为牧师，这样一来，这件事不就变成对他们的勉励和鼓舞了吗？我就是这么想的，玛丽拉。"

第二十七章
虚荣心的报应

　　四月的一个傍晚，玛丽拉参加完救助小组的会议，便大步走回家。冬天早就结束了，春天已经悄悄来临，不管男女老少，不管欢乐还是愁苦，春天都将喜悦悄悄地塞进每个人的心里。玛丽拉好像从来没有主观分析自己的思想和情感的习惯，也许她心中现在涌动的就是这种春天的喜悦：救助小组与教会的募捐箱，还有教堂储藏室里新铺的地毯……不过她还是非常自然地接受了大自然的种种变化：在斜阳的余晖中，红色的土地正缓缓升腾起阵阵淡紫色的轻雾；小溪旁的草地上，冷杉又长又尖的阴影罩下来；树林中的池塘跟镜子一样，枫树悄悄地抽出了深红色的嫩芽。她还能感受到，大地已经苏醒了，灰色的草皮下隐藏着的生命脉

搏，已经剧烈地跳动起来。是的，春天的气息已经注满大地的每一个角落，到处都洋溢着这个季节所带来的欢乐。玛丽拉虽然已经中年，但是沉稳的步伐也因为这活泼的春天而变得轻盈、矫捷起来。

她深深地吸一口气，抬起头来，目光穿透浓密的树林，深情地凝视着绿山墙。那里的窗户反射着夕阳的余晖，她的眼中也因此闪烁出几缕快乐的光芒。玛丽拉小心翼翼地走在湿漉漉的小路上，心里想着，一进门就能看到炉子里升起的熊熊火焰，茶点都整整齐齐地摆在桌子上，再也不会跟安妮来绿山墙之前那样，每次回家都不得不面对冰冷的一切。想到这里，好像有股暖意在心中涌动。

可是当玛丽拉走进厨房时，眼前的景象大不相同，炉火早就熄灭了，到处都不见安妮的踪影。这让玛丽拉觉得失望与气愤，明明走之前她告诉安妮，一定要在五点之前将茶点准备好，可是现在，她还必须赶紧脱下身上那件出门才穿的衣服，亲自动手准备晚饭，否则马修耕地回来之后就吃不上饭了。

"等安妮回来后，我一定要好好教训教训她。"玛丽拉在心里暗暗念叨着，拿起柴刀使劲儿地削着引火柴。马修已经耕地回来了，坐在角落里耐心地等待茶点上桌。

"安妮这孩子，不知道又跟戴安娜跑到哪里瞎逛去了？从早到晚不是写故事就是练习对话，反正净干些毫无意义的蠢事，从来不考虑怎样有效利用时间，也不考虑先做该完成的任务。这样的事情以后再也不许发生了。什么最聪明最可爱的孩子，谁知道阿伦夫人是不是真的这样夸奖过她？这我可不在乎。她也许的确够聪明、够可爱，但是她的小脑瓜里塞满了乱七八糟的东西，谁都不知道下次会冒出什么念头来。'一个怪异的念头刚冒出来，她随即又想出另一个。'唉，我说的这话就是今

天蕾切尔夫人在救助会上对安妮的评价。这叫我脸都没地儿搁了。不过我很高兴，阿伦夫人居然能帮安妮说话。要是她不那样做的话，也许我就会当场对蕾切尔夫人说出一些不客气的话来。安妮身上的确存在着很多缺点，这点我绝不否认。不过，是我在养育她，而不是蕾切尔，要是加百利大天使就住在埃文利，她也能挑出蕾切尔夫人的毛病的。不过，这并不等于说，安妮今天就该这样离开家不管不顾的，我明明叮嘱她下午必须在家做家务的。我得承认，虽然她身上有那么多缺点，但是还从来没有不听话或者不值得信赖，但是现在，我不得不遗憾地发现，她就是这样子。"

"呃，这一切我全都不知道。"马修说，他一直非常耐心地听着，这是他一贯的态度，最重要的是，他现在饿极了，再说，等玛丽拉痛痛快快地发泄完自己的怨气是十分必要的。以往的经验告诉他，现在绝对不能同她争论，那她就会气愤地停下手中的活儿来辩论，这样会耽误许多时间。"也许你说的跟事实有出入，玛丽拉。现在你还什么都不知道，先别妄下论断，更别说什么她不值得信赖的话。也许到时候安妮会给我们解释清楚，她很善于解释问题。"他说。

"我明明叫她待在家里的，可是这会儿她人跑哪里去了？"玛丽拉反驳说，"这个问题显而易见，我看她到时候怎么说。没错，我就知道你会为她辩护，马修，但是，是我培养她，而不是你。"

晚饭已经做好了，天也完全黑了，正常情况下，在合适的时机，她总该气喘吁吁地从小木桥或者"恋人的小径"上飞快地跑回来，为自己玩忽职守而忏悔。玛丽拉阴沉着脸将碟子都洗好，放进柜子里，接下来她打算到地窖去。下地窖得要一支蜡烛照明，于是她便走上楼，到东山墙去拿那根通常摆在安妮桌上的蜡烛。她点亮蜡烛，转身的时候发现安妮正静静地伏在床上，脸孔朝下，埋在一堆枕头中间。

"天哪！"玛丽拉大惊失色，"你一直在这里睡着吗，安妮？"

"没有。"安妮瓮声瓮气地回答。

"你是病了吗？"玛丽拉焦急地问道，赶紧朝床边走去。

安妮又向枕头里钻了一点儿，好像要永远避开别人的目光。

"我没病。玛丽拉，求求你，你走吧，别看我，我正处在绝望的深渊，我再也不管班上谁得了第一名，谁的作文比我写得好，谁在主日学校的唱诗班唱歌了。这样的小事现在对我来说根本就无足轻重，我恐怕再也不能去任何地方。我这一生全完了。求求你，玛丽拉，你走吧，千万别看我。"

"谁听说过这么荒唐的话？"玛丽拉十分疑惑，想弄清楚到底出了什么事，"安妮·雪莉，你到底怎么了？你做了什么？赶紧爬起来告诉我，说啊，到底怎么了？"

安妮听从命令爬起来，但她是那么绝望，一下子就滑倒在地板上。

"看看我的头发吧，玛丽拉。"安妮带着颤抖的声音低低地说。

玛丽拉举起蜡烛，对着披散在她脑后的那堆厚厚头发仔细端详起来，那样子实在太奇怪了。

"安妮·雪莉，你的头发到底怎么了？你做了什么事？啊，头发怎么全都变成绿色的了？"

实际上，玛丽拉说得也不够准确，安妮的头发不是一种颜色，起码不是纯正的绿色，而是一种奇怪的、暗淡无光的、泛着青铜色的绿，中间又夹杂着几绺原来的红色头发，这样子看起来就更恐怖了。这么奇怪的颜色，玛丽拉连见都没见过。

"可不是，它变成绿色的了。"安妮呜咽着说，"我原先以为没有

什么比红头发更糟的了。现在我才知道，长绿头发要比红头发糟糕十倍。啊，玛丽拉，你一点儿都体会不到我现在有多么不幸。"

"是的，我是完全无法体会，不过你现在已经沦落成这副德行了，我非常想弄清楚到底发生了什么。"玛丽拉说，"你马上给我下楼，到厨房去，这里实在太冷了。到厨房你再告诉我都出了什么事。我早就有预感了，肯定会发生什么怪事，你都隔了两个多月没闯祸了。好了，现在告诉我，你头发怎么会变成这个样子？"

"我……我把它染了。"

"啊？你把它染了？这是你染的头发？安妮·雪莉，你知不知道，你这样的举动多么惹人生厌！"

"我知道。"安妮老实承认，"不过我是多么希望摆脱红头发啊，那样哪怕有点儿惹人讨厌也值得了。我考虑到了一切后果，玛丽拉。我还打算好了，我会用其他方面的优异表现来弥补这个过错。"

"哼，"玛丽拉讥笑她说，"要是染头发，怎么样也要把它染成一种更好的颜色吧，怎么能弄成这个样子？"

"我也没想要把头发染成绿色啊，玛丽拉。"安妮垂头丧气地说，"哪怕是恶作剧，是不是也应该做得更好一些？他还说我的头发会变成美丽的乌黑色，他说得斩钉截铁的，还跟我信誓旦旦地做了保证呢，我怎么会怀疑他的话呢，玛丽拉？要是说的话被别人质疑，那种感觉太叫人难过了，我了解那种感觉。阿伦夫人说，我们不应该怀疑别人对我们说谎，除非我们有确凿的证据。现在我有证据了，这绿头发就是显而易见的明证。可是，当时我却毫无保留地相信了他的话。"

"他？他是谁？他在说些什么？"

"今天下午到这里来的小贩，我从他手上买来的染料。"

"安妮·雪莉，我叮嘱过你多少回了，千万别让那些意大利人进屋！我从来不相信邀请他们进屋会带来任何好处。"

"我没让他进屋，你说的话我都牢牢记着呢。我出去了，小心地把门带上，站在台阶上看他的东西。他也不是意大利人，而是德国籍的犹太人。他带着一个超级大的箱子，里头装着各种各样好玩的小东西。他告诉我，他正在努力工作，好攒钱把妻子和孩子都从德国接来。他说得那么深情，我被深深地感动了。我决定在他那里买点儿什么东西，好为他那个了不起的目标助一臂之力。突然间我看到了一瓶染发剂。小贩说，不论什么样的头发，都会被它染成美丽的乌黑色，并且永不褪色，他保证。啊，乌黑油亮的头发，那是我日思夜念的，我立即沉浸在美妙的幻想中，这种诱惑太强烈了，我实在无法抵挡。那瓶染发剂本来卖七角五分的，但是我只有五角钱。他看到我这么渴望得到它，只收我五角好了，就当是送给我。我觉得那个小贩人很好，心肠一软，于是就买了。等小贩一走，我就上楼去，按照说明书上说的，用一把旧梳子来往头上刷染发剂。我将整瓶染发剂都用掉了，然后，唉，玛丽拉，当我看到我的头发变成这样时，我就后悔了，一直……一直到现在都无比后悔。"

"好啦，这个教训可够深刻的，我希望你能够牢牢记住。"玛丽拉严肃地说，"你最好认真反省一下，看看你的虚荣心已将你带向何方。安妮，你现在这个样子，谁知道接下来还会发生什么。我想，你应该先去将头发好好洗洗，也许能洗掉一些。"

安妮只好乖乖地去洗头，她往头上打了许多肥皂，拼命地搓啊搓，结果证明小贩有的话还是真实的，这颜色没法儿被洗掉。

"啊，玛丽拉，你说我该怎么办啊？"安妮眼泪汪汪地说，"我没法

绿山墙的安妮
Anne of Green Gables

儿活下去了。我犯过那么多错误，譬如做蛋糕时放了止痛药，把戴安娜给灌醉，冲蕾切尔夫人大发脾气……这些事情人们也许能够忘掉，可是谁都不会忘记染头发的事情。他们会认为我不是个正经人。玛丽拉，'当我们第一次行骗时，就编出了一张乱网。'这句话说得太对了。再说了，还不知道乔茜·派伊会怎么嘲讽我呢。玛丽拉，我没法儿面对乔茜·派伊了，我是整个爱德华王子岛上最最不幸的女孩儿。"

看来，这个不幸只能任由它持续下去了，时间就这样滑过了一周。这段时间里，安妮老老实实地待在家里，哪里都没去，天天在家洗头发。外头的人只有戴安娜知道这个不幸的秘密，她保证绝不告诉任何人，这点当然毋庸置疑。到了周末那天，玛丽拉斩钉截铁地说：

"这都没用，安妮。那种染发剂是前所未有的，还固定发色，你除了剪掉头发，没有其他的法子。否则，你现在的样子根本出不了门。"

安妮听了这话，伤心得嘴唇都颤抖起来，她心里明白，玛丽拉说的是事实。于是，犹豫了半天，她还是一路唉声叹气地去拿来了剪刀。

"请你赶紧剪吧，玛丽拉，长痛不如短痛。唉，我觉得我的心都碎了。这可真是一场彻彻底底的折磨，从头到尾就没有一丁点儿浪漫。故事书里会提到许多女孩儿头发的事，有的是发高烧头发脱落了，有的为了做善事而卖掉头发，要是我失去头发也是上面的情况，我一定不会太计较。可是情况刚好完全相反，我只是因为将头发染成了可怕的颜色，才不得不将它剪掉的，这件事从头到尾找不到任何可以安慰的地方，是不是？当你下手的时候，要是你不介意，我想从头哭到尾。这太让人难堪了！"

安妮就那样哭了起来，也许是因为哭累了，或者已经太绝望了，等回到楼上照镜子的时候，她反倒平静下来。玛丽拉将安妮的头发剪得短短的，这是没办法的事情。这结果实在是太糟糕了，安妮立刻将镜面翻过去对着墙。

"头发长好之前，我再也……再也不看自己一眼了。"她激动地大声叫起来。

顿了一下，她突然又将镜面翻转回来：

"不，我必须得看，这个后果是我贪慕虚荣造成的，我必须为这个行为负责。每次回到房间都要看一次，看看我到底有多丑陋，不必自欺欺人。我以前从来不喜欢自己的头发，现在我才知道，不错，它是红色的，可是它长得浓密油亮，我应该为它感到自豪。我倒是希望下一次连鼻子都会出事，这样我就连任何值得骄傲的地方都没有了。"

到星期一的时候，安妮上学去了，剪成这样的短发立刻引起了全校的轰动，可是谁都不知道她为什么要把头发剪成这样，哪怕乔茜·派伊也是，不过她还是凑到安妮跟前说："啊，你看上去真像个稻草人啊。"

"虽然乔茜一直在瞎猜我剪掉头发的原因，可我就是忍住，一句话都没说。"这天晚上，安妮对玛丽拉说着心里话。玛丽拉刚刚被头痛折磨了一番，这时正躺在沙发上休息。"这是对我的惩罚，我必须得忍受。乔茜讽刺我，我也宽恕她。宽恕别人，我也会得到精神上的愉悦。从今往后，我要全力以赴，争取做个好孩子，再不成天胡思乱想了。我长大后，也要成为玛丽拉、阿伦夫人和斯蒂希老师一样善良的人。戴安娜说，等到我头发稍稍长长一点儿的时候，就可以用黑色的天鹅绒丝带把头发扎住，在两边打上蝴蝶结。她说得非常对，那样很好看。玛丽拉，我又在喋喋不休地乱说一气了，我是不是说得太多了？你的头还疼吗？"

"基本上不怎么疼了。不过，今天头痛得非常厉害，我觉得比以前

越发严重了，看来必须找个医生好好治一治了。你刚才说的那些话，对我来说也没有什么特别的感觉，我已经习惯了。"如果说情况有什么好转的话，那就是玛丽拉逐渐喜欢上了安妮的喋喋不休。

第二十八章
不幸的百合少女

"还是换你来演伊莱恩（注：这是丁尼生的诗歌*The Lady of shalott*里的人物）吧，安妮。"戴安娜说，"我实在不敢接着往下漂流了。"

"我也不敢。"鲁比·吉里斯也跟着说，还打了个寒战，"要是两三个人一起坐在平底船上，那我倒不怎么在乎，还会觉得挺好玩儿。可是要让我一个人躺在上面，还要假装自己死了，我也不敢，我肯定会被吓死的。"

"是的，顺着河道往下漂流也许很浪漫，"简·安德鲁斯说，"但是我无法做到一动不动，我时不时都想站起来，看看自己漂到哪里去了，或者是不是已经漂得太远了。你看，安妮，那样是不是太破坏效果了？"

"可是，伊莱恩怎么会有红头发呢，那多

绿山墙的安妮
Anne of Green Gables

荒唐啊。"安妮很不甘心，"我不怕漂流，我也喜欢演伊莱恩。但是我觉得应该尽力避免荒唐的事情发生。我觉得鲁比演伊莱恩就不错，她的皮肤雪白，还有一头闪亮的金色长发，伊莱恩让'她的美丽长发在身后飘扬'，是不是这样？况且，伊莱恩是一位纯洁的百合少女，红头发的人是没法儿演百合少女的。"

"你的皮肤跟鲁比一样白，"戴安娜认真地说，"况且你的发色也比剪短之前深多了。"

"啊，你真的这么觉得吗？"安妮立刻高兴起来，兴奋地大叫，"有时候我也会这么想，可是从来不敢向任何人打听，怕对方告诉我这不是真的。那么，现在它能被称为栗色吗，戴安娜？"

"可以，我觉得它真的非常美丽。"戴安娜说着，羡慕地望着安妮头上浓密、柔软、打着小卷儿的短发，它们被一根很时髦的黑天鹅绒发带扎起来，上面还打了个蝴蝶结。

这时，她们站在果园坡下面的池塘边儿上，这里向下延伸出一块空地，两边有排成行的白桦树。空地的顶端还搭建了一个木头小平台，一直伸到水面中，给渔夫和捕野鸭的猎手们提供了方便。鲁比、简还有戴安娜正在这里打发无聊的仲夏下午，安妮也跑来跟她们一起玩儿。

那年夏天，安妮和戴安娜的大部分休闲时光都是在池塘附近度过的。悠闲的旷野已经不复存在，早在春季，贝尔先生就把屋后牧场上的那一小圈树全都砍掉了。安妮还曾经对着那堆树桩伤心落泪，那些温馨的过往至今仍历历在目。不过她很快就找到了安慰，就像她对戴安娜说的，她现在已经是十三四岁的大姑娘了，这些过家家的游戏和她的年龄已经不相称了，再说，到池塘周围还能找到更有趣的消遣。在桥上钓鲑鱼就怪好玩儿的。她俩还学会了划船，驾着巴里先生的平底小船在水面上逛来逛去。那船本来是巴里先生用来捕野鸭的。

用戏剧的方式来演绎伊莱恩，是安妮提出的建议。上一年的冬天，教育部负责人已经将丁尼生的这首诗歌正式列入了爱德华王子岛的英语课本。她们仔细分析诗的内容和语法，将整首诗划分成若干片段，然后逐一研究。在她们看来，美丽的百合少女、兰斯洛特、格温娜维尔还有亚瑟国王都是活生生的存在。安妮还因为自己未能出生在卡米罗而暗自感伤。她认为，从前那些岁月有许多浪漫的事情，比现在动人多了。

安妮的建议一提出就得到大家的热烈响应。大家发现，要是将平底船从岸边推下水，它就会顺着水流从桥下漂过，一直漂到池塘的拐弯处停下来，因为那里有一块空地。她们常常这样玩儿，如果想演伊莱恩的故事，这样是最方便的做法。

"好吧，那就由我来演伊莱恩。"安妮勉勉强强地同意了这个做法。虽然她非常乐意当主角，但是考虑到自身条件不足，总是觉得有些缺憾。

"鲁比，那你就演亚瑟国王吧，简演格温娜维尔，戴安娜演兰斯洛特。不过，你们得先扮成父亲与兄弟的样子。要是有一个人躺在船上，船上就没法儿再容纳第二个人了，我们只好删掉那个哑巴侍从的角色。我们必须用漆黑的锦缎将船罩起来。戴安娜，你妈妈那条黑色的旧围巾正好合适。"

戴安娜飞奔回去取来了黑围巾，安妮把它铺到船上，接着平躺在上面。她闭上双眼，两手交叉放在胸前。

"啊，她看上去真的跟死了一样。"鲁比·吉里斯紧张地望着，发出轻声的低语，摇曳的白桦树影正好罩在安妮脸上，遮住了那张苍白、僵硬的小脸儿，"这实在太叫人害怕了，姑娘们。你们真的觉得这样演合适吗？蕾切尔夫人说，凡是演戏都是罪恶的。"

"鲁比，你不该在这时候提蕾切尔夫人。"安妮虽然闭着眼睛，但还

是忍不住出声了，"你看，这实在太破坏气氛了。你不知道吗，这事儿发生在蕾切尔夫人降生的好几百年前呢。简，你来安排这些事吧。伊莱恩死了还在说话，这太荒唐了。"

简闻声起身开始布置，没有金色床罩，不得已用一件已经旧得发黄的日本绉绸钢琴罩子代替；没有百合，只好用一枝长茎的蓝色鸢尾花代替，乍一看效果还挺不错。"准备好了！"简说，"大家退一下，我们该吻吻安静的伊莱恩的额头。戴安娜这时就该说'妹妹，永别了'，鲁比，你说，'永别了，我可怜的妹妹'，你们两人都要尽量表现出悲伤。安妮，唉，你稍稍露出一点儿微笑吧。你知道的，伊莱恩'躺着，仿佛在微笑'。对，这样就行啦。现在我们把小船推出去吧。"

于是船就这样被推了出去，就在这时，船底重重地擦过一段被土埋住的旧木桩子。戴安娜、简、鲁比三人看见小船向桥那边漂去，于是飞奔着穿过树林和小路，往下游的那块儿空地赶过去。戏中的兰斯洛特、格温娜维尔和亚瑟国王应该到那里准备妥当去迎接百合少女。

小船慢慢朝下游漂去，起初几分钟，安妮又沉浸到了浪漫的遐想之中。然而接下来发生的事情一点儿都不浪漫，小船里突然开始渗水，安妮一下子被吓得不知所措。于是美丽的、已死去的伊莱恩不得不爬起来，拾起她的金床罩和漆黑的棺衣，茫然地盯着已经裂开的船底，水正在咕噜咕噜地往里冒。当小船漂到停船场时，又被尖尖的木桩给卡住了，钉在船底的毛毡条也被扯掉了。安妮还不知道这些，可是没多久她便意识到自己身处险境中。照这样下去，还没漂到下游的空地，船肯定早就沉下去了。这时安妮才发现船里没有桨，也许是刚刚被忘在了岸上。

安妮大惊失色，她倒吸一口冷气，发出一声尖叫，可是周围没有人，哭也没有用。她吓得嘴唇发白，不过还没有失去自制力，她振作起来，努力寻找获救的机会。

"当时我真的吓坏了,"第二天她跟阿伦夫人描述这事的时候说,"船往小桥慢慢地漂流过去,那段时间并不长,可是我觉得好像过了很多年一样。里面的水不停地往上冒。我连忙向上帝祈祷,阿伦夫人,我当时非常诚恳,但是我没有闭上眼睛,因为我知道,上帝救我的唯一办法就是让船漂到桥桩附近,漂到那边,我才能爬上去得救。那些桥桩其实是一些老树桩。祈祷非常正确,但是我也知道我得密切注意眼前的一切。我一遍又一遍地对上帝说:'亲爱的上帝,请将船拉到树桩附近,剩下的事情我自己能解决。'那种情况下,你是不会再斟酌什么华丽的祈祷词的。上帝给了我回应,很快船就撞上了一根大树桩。我赶紧将钢琴罩和围巾甩到肩上,用尽全力爬上了上帝赐给我的这根大树桩。就这样,阿伦夫人,我紧紧地抱住那根滑溜溜圆的老树桩,既上不去,也下不来。那个位置根本就不浪漫,不过我哪有工夫理会这些啊。一个刚刚从漏底的船上逃生的人,是绝对不会过多考虑浪漫的。我抱紧那个老树桩,说了一段感激的祈祷词,然后全神贯注地继续紧紧抱着。我知道,只有在别人的帮助下,我才能重新回到干爽的陆地上。"

小船抛下了安妮,独自往前漂流,漂过了桥下,很快就在中游沉没了。早已在下游空地上等候的鲁比、简与戴安娜,看到船就在她们面前消失,于是毫不怀疑安妮也跟着一起沉了下去。她们被这场突如其来的悲剧惊呆了,一动不动地站在那里,脸色苍白如纸。接着,她们放声尖叫,发疯一般地跑过森林、穿过大路,到桥那边查看是否有安妮的身影。安妮紧紧地抱着树桩,有些绝望了,伙伴们的身影越来越远,尖叫声听起来越来越微弱。她知道她们很快就会折返来救她,可是她现在的姿势难受极了,她不知道自己还能撑多久。

绿山墙的安妮
Anne of Green Gables

　　时间一点点滑过去，对于不幸的百合少女来说，一分一秒都无比煎熬。为什么还没有人过来？伙伴们都到哪里去了？要是她们吓得全都晕过去了怎么办？要是一直没有人过来怎么办？要是自己筋疲力尽，再也无法抓住树干该怎么办？身下是绿色的深渊，有细长、平滑的树影不停在水面晃动，实在是太恐怖了，她吓得浑身发抖。她的想象力带给她各种各样可怕的暗示。

　　正当她觉得再也无法承受臂膀和手腕的酸痛时，吉尔伯特·布莱斯划着哈蒙·安德鲁斯的平底小渔船从桥下来了。

　　吉尔伯特抬起头，惊讶地发现有一张惨白的小脸儿正朝下望着自己，灰色的大眼睛尽管流露出明显的恐惧，但也带着几丝轻蔑。

　　"安妮·雪莉！你怎么到那里去了？"他惊讶地大叫起来。

　　还没等到安妮的回答，他就把小船向树桩靠过去，伸出自己的手。实在没有别的办法可想，安妮只好紧紧地抓住吉尔伯特·布莱斯的手，爬下来进到船里。她浑身是泥，脏兮兮湿漉漉的，怒气冲冲地坐在船尾，怀里还抱着湿淋淋的围巾和钢琴罩。虽然她极力保持镇定，但是在这种情况下，想要保持尊严显然是一件太困难的事情。

　　"发生了什么事，安妮？"吉尔伯特拿起了桨，问道。

　　"我们正在演伊莱恩。"安妮连瞧都没瞧她的救命恩人一眼，只是冷冷地解释，"我得躺在游艇里，嗯，就是平底船，顺水朝卡米罗漂去。不过平底船突然漏水了，我爬上了树桩。她们现在肯定找人去了，请你划船将我送到岸上，可以吗？"

　　吉尔伯特非常热心地朝岸边划去，想要停船将安妮搀上岸，但是安妮并不屑于他的帮助，自己敏捷地跳上了岸。

　　"非常感谢你的帮助。"安妮转身的时候傲慢地说。但是，吉尔伯特也很快跳到了岸上，伸手一把抓住安妮的胳膊。

"安妮，"他急急地说，"啊，难道我们就不能成为好朋友吗？因为上次取笑过你的头发，我觉得非常后悔。我并不是想要惹恼你，我只是要跟你开个小玩笑罢了。事情都已经过去那么久了。我觉得你现在的头发非常漂亮，真的，我真这么觉得。请让我们成为好朋友吧。"

安妮犹豫了一会儿。她留意到对方眼中流露出的羞涩与渴望的神情，似乎有些心动，心头猛然跳了一下，但是自尊心让她记起过去痛苦的回忆，那痛苦像洪水一般席卷而来。

"不。"她冷冷地说道，"我永远都不会同你成为朋友，吉尔伯特·布莱斯。"

"好吧。"吉尔伯特跳进小船，一脸受伤的表情，"我也不会再讨好你了，安妮·雪莉。并且我一点儿都不在乎。"

吉尔伯特划着船气冲冲地离开了，安妮朝着满是枫树和蕨草的陡峭小路上走过去。她把头昂得高高的，心里却不由自主地升起一种莫名的后悔，隐隐约约感到自己刚才要是以另一种方式回答可能会更好。当然，他曾经……唉。总之，安妮非常希望自己能够坐下来，痛痛快快地哭一场，这样心里可能会更好受一些。她的确觉得神经紧张，当然也有一部分是因为她刚刚遭受的惊吓和疲惫。

安妮在半路上遇到了简和戴安娜，她们正焦急地往池塘飞奔，那紧张惶恐的神色就跟疯子差不多。她们到果园坡找了一圈，巴里先生和夫人都出门了。鲁比·吉里斯彻底崩溃了，她情绪异常激动，没法儿控制自己，她俩只好让她一个人在那里慢慢恢复。简和戴安娜飞奔过"闹鬼的森林"和小溪，朝绿山墙跑去。绿山墙也没人，玛丽拉到卡莫迪去了，马修正在后面的地里头晒干草。

　　"啊，安妮，"戴安娜紧紧地抱住她的脖子，喘着粗气叫起来，因为宽慰和兴奋，泪水哗哗地涌出来，"啊，安妮……我们以为……我都以为你……淹死了……我们觉得自己是杀人犯，是我们害……害死了你。鲁比的癔症发作了……啊，安妮，你是怎么活下来的？"

　　"我爬到一根树桩上，"安妮疲惫不堪地解释说，"刚好吉尔伯特·布莱斯划着安德鲁斯先生的渔船过来了，于是就把我载到了岸边。"

　　"啊，安妮，他太伟大了。啊，这真浪漫！"简终于能说出话了，"从今往后，你要跟他和好了。"

　　"不，我才不会。"安妮立马回答，重又恢复了精神，"而且，我再也不想听到'浪漫'这个词了，简·安德鲁斯。我非常抱歉，让你们遭受这么大的惊吓。这都是我的错。我相信我这人天生就没有好运气。我做的每件事都会让人陷入困境，不是我自己就是我身边的朋友。我们把你父亲的平底船给毁了，戴安娜，我预感到，大人们再也不会允许咱们到池塘里划船了。"

　　事实证明，安妮的这次预感比其他人的要准确得多。当天下午的事情传开之后，巴里和卡斯伯特两家人无比惊恐。

　　"你这孩子，什么时候才能真正懂事呀！"玛丽拉又是担心又是嗔怪。

　　"没关系，玛丽拉。"安妮开心地说。当事情过去后，安妮一个人在东山墙的屋子里痛哭了一场，现在已经完全平静下来，"我觉得我会逐渐变成一个通情达理又志向坚定的人，这种可能性越来越大。"

　　"为什么？"

　　"这么说吧，"安妮解释道，"今天发生的事情，对我来说是个极大的教训。自从我到绿山墙之后，就不停地闯祸、惹麻烦，可是也因为这些麻烦事才把我的毛病一一改正了过来。那次的'胸针事件'使我明白不能乱动别人的东西；'闹鬼的森林'那件事也让我知道，不能过分地胡乱想象；将止痛药放到蛋糕里，这件事叫我懂得了烹调是一件需要十分小心、集中注意力的活儿；染绿头发的蠢事则让我明白，虚荣心是要不得的。现在我不那么在乎外表了，不管是头发、鼻子，都不过分关注了，当然，有时也确实想过一点儿。今天的事，全是我咎由自取，整天想着什么浪漫。现在我终于明白了，在埃文利寻找那些浪漫全都是不可能的，到几百年前高耸的卡米罗找些浪漫还可以，所以我现在再也不想什么浪漫了，我敢肯定我能做到，玛丽拉。"

"这样就好。"说到底，玛丽拉对安妮存有几分怀疑。

玛丽拉从椅子上站起身出去了，一直在老地方坐着的马修，把手搭在安妮的肩上。

"一点儿浪漫都没有也不行呀，安妮。"马修不好意思地低声说，"稍微有点儿浪漫也是好事，只要别太过分就行了，只要在心里有一点点……"

第二十九章
安妮生活中难忘的一件事

安妮赶着母牛，沿着"恋人的小径"从牧场往家里走。这是九月的傍晚，林中的空地和枝叶缝隙间全都被红色的斜阳余晖洒遍。小径上面也铺着一些斑驳的光影，可是枫树的暗影已经越来越深。淡紫色的暮光就像是从冷杉上面蔓延开来，洒落在地面上，就像葡萄酒一般。晚风吹过冷杉枝头，发出甜美的声音，世界上最迷人的音乐也不过如此。

牛们悠闲地顺着小径往前走，不时甩一甩尾巴，在后面跟着的安妮正边走边大声朗诵着《马米恩》中战争的篇章。这首诗是去年冬天列入他们的英语课本的，斯蒂希小姐要求学生将它背熟。那些诗句慷慨激昂，优美的旋律中透出铿锵的金戈铁马之声，安妮背诵得

激情澎湃：

> 顽强的士兵依旧持戈坚守
>
> 面对坚不可摧的茂密森林

安妮闭上双眼，如痴如醉地幻想着自己就是那英雄队伍中的一员。当她重新睁开眼的时候，正好看到戴安娜穿过通向巴里家田园的那扇门，朝自己走过来，神情非常激动。安妮想，她一定是有什么好消息等不及要告诉自己了。

"这傍晚的景色像不像紫色的梦幻，戴安娜？它们让人感觉活着真是美好。每当太阳初升、照耀到窗子上时，我总觉得清晨才是最美好的。可是暮色降临的时候，我又总是觉得夜晚才更加可爱。"安妮捺着性子，藏起了自己的好奇心。

"今天晚上实在非常美。"戴安娜抬头望了望天，"啊，我有个重要的消息要告诉你，安妮，你先猜猜。你有三次机会。"

"夏洛特·吉里斯终于要在教堂结婚了，阿伦夫人请我去布置教堂。"

"不对。还没有谁在教堂结婚呢，夏洛特的男朋友肯定不会同意的，他多半会觉得那跟葬礼差不多。可其实在教堂结婚多有趣啊，他这人可真没情调。你再猜。"

"那就是简的母亲答应她给她举办生日晚会？"

戴安娜还是摇头，她的黑眼睛中闪烁着快乐的光芒。

"我实在猜不到，"安妮有些绝望了，"那么就是昨天晚上祷告会结束后，穆迪·斯伯吉文·麦克弗森送你回家了。是不是？"

"这种事，亏你想得出来。"戴安娜气愤地叫起来，"哪怕他真的做

出这种事来，我也不可能拿出来炫耀啊。算了，我看你是真的猜不出来，还是直接告诉你吧。我妈妈今天收到约瑟芬姑奶奶寄来的信，她叫你和我下星期二到镇上去，然后留下跟她一起参加展览会。好不好？"

"啊，戴安娜，"安妮捂着胸口，她觉得要是不靠在枫树上就没法儿站稳了，"真的是这样吗？不过，我担心玛丽拉不会答应让我去，她肯定会说女孩子不应该到处乱逛。上个星期，简邀请我跟他们到白沙饭店去参加美国人的音乐会，她们还坐着双排座马车呢，玛丽拉就是不许，她说我最好还是待在家里学习，到处乱逛会乱了心神，就连简也应该待在家里学习。我失望透顶，心都要碎了，戴安娜。上床的时候我甚至都不愿意做祷告。不过后来我又后悔了，半夜爬起来念祷告。"

"我告诉你怎么办，"戴安娜说，"我们叫我妈妈去跟玛丽拉说，那样的话，她就不得不答应了。要是她答应，我们就能有一段自由自在的时光了，安妮。我还从来没参加过展览会呢，每次听别的女孩儿谈论起时，我就觉得很郁闷。简和鲁比都去过两次了，今年这次她们还会去。"

"我不打算过多考虑这事，直到它已经被确定。"安妮说，"要是我一直渴盼着，最后却希望落空，我肯定没法儿接受。要是我真的能去就太好了，那时候我的新外套肯定也做出来了，那我才会感到真正的高兴。玛丽拉总觉得我不需要新外套。她说我那件旧的还能再穿一个冬天，她觉得我已经有了一条新裙子了，应该满足。那条新裙子可漂亮了，戴安娜，是藏青色的，非常时髦。现在玛丽拉会把我的衣服做得很时髦，她说她可不想马修再偷偷去请蕾切尔夫人做衣服了，这让我太高兴了。我想，要是穿上时髦的衣服，也许做个好人就会更加容易，但是这对那些天生善良的人不会有太大影响的。马修说我得有件新外套，玛丽拉于是去买了漂亮的蓝色绒面呢子，还请了卡莫迪一位专业的裁缝做呢。星期六晚上这件新外套就能做出来了，星期天的时候我就会穿着新外套、戴着新帽子走在教堂走廊里，可是我会尽量将这种画面从脑海中抹去，因为那也许是不对的。不过它还是会悄悄溜进我的脑海。我的帽子非常漂亮，是我们去卡莫迪的时候马修为我买的，蓝色天鹅绒，现在最流行的那种，上面还装饰了金丝带和流苏。你的新帽子非常精致，戴安娜，跟你正相配。上个星期天我看见你走进教堂，心想，这是我最亲密的朋友，别提有多自豪了。不过我们对服饰考虑这么多，是不是有些不对，你说呢？玛丽拉说这是非常可耻的。不过，这个话题还是很有趣，不是吗？"

　　玛丽拉同意让安妮去镇上，下星期二的时候，巴里先生将会把这两个姑娘送过去。夏洛特敦离这里有三十英里的路程，巴里先生希望当天能够返回家里，于是他们不得不一大早就出发了。这一切对安妮来说都是前所未有的新奇事。星期二一大早，天还没亮，她就爬起来了。她看了一眼窗外，"闹鬼的森林"还笼罩在晨曦微光中，冷杉东边那片天空一片银白，晴朗无云，得知今天会是个大晴天，她就放心了。透过树丛中的缝隙，能够看到果园坡西面山墙也亮起了灯，这说明戴安娜也起床了。

　　等到安妮穿好衣服下楼后，马修已经生火了，玛丽拉也将早饭端上了桌。安妮兴奋过度，所以没什么胃口。早饭后，她戴着时髦的蓝帽子，穿上新外套，跑过小溪和冷杉树林，一路跑到果园坡。巴里先生和戴安娜正在门口等她。没多久，他们就到了大路上。

　　旅途虽然很长，但是安妮和戴安娜兴致勃勃，每分每秒都觉得非常快乐。红色的霞光从收割过的稻田里慢慢爬过，清晨雾气还未散尽，驾着马车在潮湿的道路上疾驰而过，真叫人心旷神怡。空气清新又凉爽，淡青色的薄雾在山谷周围缭绕，逐渐朝远方飘散。马车顺着大道往前奔跑，偶尔穿过一片枫树林，或者一座小桥，或是一条河流，这样的景象不禁让安

妮想起旧日的时光，有些恐惧又回到她心头。马车已经行驶到港口的岸边了，正经过一片渔家村落，这个村落的屋子在日晒风吹中已经变得斑驳。然后又爬上了山坡，从那里能够看见远方连绵起伏的山冈，还有弥漫在朦胧雾气中的蓝色天空……不管走到什么地方，他们都有美丽的景致和趣事可以聊。马车抵达镇上，向山毛榉庄园一路行驶过去时，已经快到中午了。那座老宅子相当精致，坐落在一片绿色的榆树和枝叶繁茂的山毛榉中间，远离街道，显得幽静安闲。老巴里小姐正站在门口迎接他们，黑色的眼睛中闪烁出喜悦的光芒。

"啊，你终于来看我了，安妮姑娘。"她高兴地说，"哎呀，孩子，你长得太快了！我敢说，你肯定比我还高了，嗯，比从前漂亮了许多。我敢肯定，你自己心里一定清楚，哪怕是我不说。"

"我还真不知道。"安妮也笑容满面，"我只知道自己脸上没那么多雀斑了，对此我已经觉得很幸运了，我不敢奢望还有什么其他的进步。我很高兴听到您这样夸我，巴里小姐。"

巴里小姐的房子"金碧辉煌"，这是后来安妮对玛丽拉形容时用的词语。巴里小姐去查看午饭准备得怎么样了，让她俩在客厅等着。客厅实在太华丽了，这两个乡下小姑娘觉得手脚都没地方搁了。

"这跟宫殿一样，是不是啊？"戴安娜悄声说道，"我以前还从来没来过约瑟芬姑奶奶家呢，从来不知道有这么豪华。我真希望茱莉亚·贝尔能看到眼前的一切，她总是在吹嘘她妈妈的客厅，说那有多么多么了不起。"

"啊，天鹅绒地毯，"安妮深深地吸一口气，"还有真丝窗帘！我在梦里见过它们，戴安娜。不过你知道吗，我并没有感到欢呼雀跃。这个屋子里的东西太多太华贵了，所以也就少了很多想象的空间。生活贫穷其实也有一个让人宽慰的地方，那就是，你可以想象的东西远远超过现在。"

在镇上做客的那段日子一直在戴安娜和安妮的心中留驻，很多年后她们都会记起那段时光，那让她们充满快乐。

星期三，巴里小姐把她们带到展览会的现场，在那里待了一整天。

"展览会上的东西太多了，琳琅满目，让人眼花缭乱、目不暇接。"安妮后来对玛丽拉叙述说，"我从来没想过会见到这么有趣的事情。我真不知道什么是最好玩的。我觉得马、花和刺绣我都非常喜欢。乔茜·派伊编织的花边儿还得了一等奖，我由衷地为她感到高兴。同时我也为自己能够产生这样的想法而高兴，这说明我进步了。你是不是也这样觉得，玛丽拉？我能够为乔茜的成功感到高兴。哈蒙·安德鲁斯先生培育的格雷温斯坦苹果获得二等奖，贝尔校长的猪获得了一等奖。戴安娜说，一个主日学校的校长却因为养猪而得奖，这事情实在太荒唐了。不过我可不这样认为，您呢？戴安娜说，以后只要再看到贝尔校长严肃地祈祷，她都会想起这件事。克拉拉·路易斯·麦克弗森的绘画夺得头奖，蕾切尔夫人自制的黄油和奶酪夺得了一等奖。埃文利表现得非常出色，是不是？蕾切尔夫人那天也去了，在那么多陌生的面孔里看到她那张熟悉的脸，我才意识到，其实我是非常喜欢她的。那里足足有好几千人，玛丽拉，这让我觉得自己微不足道。后来巴里小姐带我们到大看台上去看赛马。蕾切尔夫人不想去，她说赛马不是一项虔诚的活动，作为教会的成员，她觉得自己有责任避开，为大家树立良好的榜样。不过，那里有那么多人，我觉得没有谁会注意到她离开了。我觉得不该经常去看赛马，那实在太刺激了。戴安娜激动坏了，非要拿出一毛钱跟我赌那匹红马会赢。我不觉得红马会赢，但是我没跟她赌。我本来想告诉阿伦夫人所有的事情，不过如果连打赌的事情都说出来就不太好了。有一个牧师夫人做自己的朋友，就好比我多了一份

良心。不过我幸好没赌，最后红马居然真的赢了，要不然我就会输掉一毛钱了。您看，还是善有善报。我们还看到一个人乘坐大气球飞到天上去了。我真想坐着气球上天啊，玛丽拉，那肯定是激动人心的事情。我们还看到有个人在算命。给他一毛钱，就会有一只小鸟给你捡出一张命运纸牌。巴里小姐分别给我和戴安娜一毛钱，叫我俩去算命。我算出来的命是以后会嫁给一个极其有钱的黑皮肤的男人，然后漂洋过海跟他一起到国外生活。从那之后，我就开始留意所有看见的黑皮肤男人，不过我全都不喜欢。不管怎么说，现在就考虑那种事情实在太早了一些。啊，那天实在叫我一生难忘，玛丽拉。夜里，我累到极点，但是又无法入睡。巴里小姐真的就像她说的那样，将我们安置在客房里。那间屋子布置得非常雅致，玛丽拉。不过不知道怎么回事，真正到了客房睡觉，好像感觉又跟过去想的完全不一样了。也许这就是成长带来的最坏的东西，我已经意识到这一点了。你在幼年时代极其向往的东西，当你有一天真正得到时，好像已经不像想象中那般美好了。"

　　星期四，安妮和戴安娜驾车在公园里玩了一整天。晚上巴里小姐带着她俩参加音乐学院的音乐会，有一位著名的歌剧女演员将会在那里演出。在安妮的印象中，那天晚上是一个辉煌夺目的极乐仙境。

　　"啊，玛丽拉，我都不知道该怎么形容了。我兴奋得话都说不出来了，那是什么样的一种情形，您应该能了解吧。我神魂颠倒，只是静静地坐在那里。塞利斯基夫人实在太美了，她穿着白色绸缎衣裙，戴着钻石。当她开始唱歌时，我脑子一片空白，什么都不想了。啊，我实在没法儿描绘我当时的感受。我好像觉得做一个好人也不是那么困难的事情，就跟抬头仰望星空一样，泪水夺眶而出。不过，那是幸福的泪水。演出结束的时候，我非常难过，我告诉巴里小姐，不知道怎么才能让自己回到平凡的日常生活中去。她说要是我们到街对面的餐馆里吃上一杯冰淇淋，也许能对我有所帮助。那个建议听上去很没新意，但是，叫我惊讶的是，它真的很管用。冰淇淋非常好吃，玛丽拉，夜里十一点坐在那里吃冰淇淋，实在是很奢侈、很愉快的事情。戴安娜说，她觉得自己天生就该过城市生活。巴里小姐问我的看法，我告诉她，我得仔细想一想，才能明确自己的真实想法。等到上床后我认真思考了一番，那个时候是我思考问题的最佳时刻，我得出结论，玛丽拉，我天生就不适应城市的生活，我对此感到欣慰。夜里十一点坐在灯火通明的餐馆里吃冰淇淋，偶尔为之还行。但是通常说来，我更喜欢夜里十一点的时候已经躺在东山墙的小屋里呼呼大睡了。我在梦里还能知道星星在窗外闪耀，晚风在小溪对面的冷杉树林里呼啸。所以第二天早饭的时候，我就老老实实把我的想法告诉巴里小姐了，她却哈哈大笑起来。不知道怎么回事，无论我说什么，哪怕我说的是最严肃的事，巴里小姐都会笑起来。我觉得我对这一点不太喜欢，玛丽拉，因为我没想要把自己变成那么可笑的人。不过，她非常热情好客，而且一直盛情款待我们。"

星期五是回家的时间，巴里先生驾着车过来接她们。

"呃，我希望你们过得非常快乐。"临别的时候巴里小姐这样对她们说。

"是的，我们过得非常快乐。"戴安娜说。

"那么你呢，安妮姑娘？"

"我分分秒秒都过得非常快乐。"安妮说完，突然冲上前去，搂住老太太的脖子，亲吻她满是皱纹的面颊。戴安娜连想都没想过要做这样的事，她被安妮的放肆举动吓坏了，站在那里目瞪口呆。不过巴里小姐倒是很高兴，她站在阳台上，一直看着马车消失在视线中，然后慢慢叹口气，

回到那栋大房子里。没有了那些生机勃勃的年轻生命，日子好像越发孤单寂寞起来。如果一定要实话实说，巴里小姐其实是一位极度自私的老小姐，这一生，除了自己，她没有关心过其他人。只有当他们对她有用或者能让她高兴时，她才会看重他们。安妮给她带来了快乐，很讨这位老小姐的欢心。巴里小姐发现自己非常喜欢安妮奔放的热情、率真的性子、讨人喜欢的脾气还有嘴角眼梢流露出的甜蜜，而她那古怪、不合逻辑的谈话被自动忽略了。

"哈，当玛丽拉·卡斯伯特从孤儿院收养了一个女孩子的时候，我也听说了，我当时真觉得她是傻人做傻事，"她颤巍巍地嘀咕道，"现在我发现我很羡慕她。要是有安妮这样的孩子在身边陪伴，我也会变得更快乐、更幸福的。"

安妮和戴安娜回家的心情也跟进城一样愉快。想到前面就是等候她们的温暖的家，两个人激动万分，心都快从嗓子眼里跳出来了。三人穿过白沙镇，抵达海滨大道时，太阳已经落到山的另一边了。天空呈现出赤红色，远处埃文利的山丘都连在一起，黑乎乎一片。三人的背后，有一轮明月从海上升起，月光下的海面又变成了另一个模样。海湾弯弯曲曲地依傍着海滨大道，波光荡漾，波涛击打着脚下的岩石，嘭嘭的声音不绝于耳，海风混杂着独特的腥咸味从远方吹过来。

终于到家了。安妮穿过小溪上的独木桥，能看到绿山墙农舍厨房的灯光在闪动，就好像在召唤着从远方归来的自己。从敞开的门口能够望见熊熊燃烧的暖炉，好像正在驱散这深秋夜晚的阵阵寒意。安妮兴奋地跑上山冈，直冲进厨房，餐桌上热乎乎的晚饭正等着她的归来呢。

"回来了？"看到安妮跑进来，玛丽拉赶紧放下了手中的针线活儿。

"我回来了！啊，还是回家好啊。"安妮兴奋地说，"看到什么都觉得亲切，我真恨不得亲吻挂钟一下。玛丽拉，你是做烤鸡了吗，是特意给我做的吧？"

"是啊！我想你长途跋涉，肚子早就空空的了，肯定想吃些好吃的东西。赶紧把大衣脱了，等马修回来，我们就开饭。我得老实告诉你，你回来我实在太高兴了。这几天你不在家，我觉得非常孤独，没想到四天的时间居然这么漫长。"

吃过晚饭，安妮便坐在马修和玛丽拉中间，一边烤着暖炉，一边给他们讲这四天来的所见所闻，一点儿都没遗漏。

"一切都太美好了。"安妮愉快地说道，"我想它会成为我一生中最值得回忆的事。不过，最让我高兴的是，我终于回家了。"

第三十章
奎恩班的成立

　　玛丽拉直起腰，将手里的编织活儿放到膝盖上，然后让身体靠向椅背。她觉得眼睛有些酸痛，在心里对自己说，等到下次进城，应该换一副眼镜了，最近总觉得眼睛疼得厉害。

　　现在已经是十一月了，夜幕在悄悄地降临，晚霞已经褪去，朦胧的夜色将绿山墙密密地罩在里头。厨房中的红光一闪一闪的，那是火炉里不断跳动的红色火焰。

　　安妮蜷缩在暖炉前面的小坐垫上，出神地凝视着暖炉中不断跳跃的火光。炉内的柴火是枫树枝，火烧得极旺，就好像上百个夏天所累积的阳光在暖炉中闪烁跳跃一样。安妮刚刚还在聚精会神地看书，但是现在书已经不知不觉滑落到地上了。安妮的嘴角微微张开，脸上泛

出一丝笑意，她又沉浸到浪漫的幻想中了。眼前好像现出了一道彩虹，西班牙城堡就耸立在彩虹中间。安妮全副身心都投入到这个浪漫、惊险又别具魅力的幻想世界中。虽然在现实生活中，她屡屡遭受挫折，但是在幻想出来的世界里，她每一次冒险经历都表现得极为出色。

玛丽拉慈祥地看着安妮的表情。只有在光线昏暗的厨房里，借助火苗的微光，玛丽拉才会显露出自己对安妮的脉脉温情。本来语言和表情是最能够传递爱意的，但是玛丽拉却学不会这样的表达方式。玛丽拉对眼前这个灰色眼睛、身量高挑儿、苗条挺拔的少女，表面上好像从来没表现出特殊的关爱，但是内心深处，她无比疼爱这个孩子。只是她害怕自己过度的爱会宠坏安妮，把她惯出一身坏毛病，那可不是她爱的初衷，所以，玛丽拉平日里总对安妮持严厉的批评态度。

安妮并不知道玛丽拉心底隐藏着对自己这么深的爱。从玛丽拉的所有举动都看不出她对安妮的爱怜和满意。安妮经常会为玛丽拉对自己缺乏关心和理解而感到苦恼。不过，偶尔这些念头在脑中一闪而过，她会立刻想起玛丽拉的好处，于是在心里责备自己不该有这种念头。

"安妮，"玛丽拉突然开口打破了沉寂，"今天下午你同戴安娜出去后，斯蒂希老师来过了。"

安妮看着跳动的火光似乎想起了什么。

"斯蒂希老师？啊，天哪，我居然不在家。你应该去叫我的，玛丽拉。我那时候跟戴安娜在'闹鬼的森林'里待着呢。森林里秋天的景色美极了！羊齿草遍地都是，时常会有成熟的果实从枝头落下来。这些成熟的果实落在软缎一般的草丛里，都像陷入了沉睡一样。落叶、枯草就好比是覆盖在大地上的毛毯，每个月明星稀的晚上，围着彩虹围巾的小精灵们就会悄悄地走出来，盖上这些毛毯。不过，戴安娜几乎没说什么话，她忘

不了因为幻想'闹鬼的森林'里的妖魔鬼怪而遭受的严厉批评。就因为这个，戴安娜的想象力被严重伤害了。蕾切尔夫人说她已经不再对马特尔·贝尔抱有任何幻想了。我向鲁比打听里头的缘由，鲁比猜想大概是因为他出卖了自己的恋人吧。像鲁比这样的人，满脑子整天只想着情情爱爱，随着年龄的增长她的这种花痴病会变得更严重的。有恋人当然是好事，但这种事情不用成天去考虑啊。

"我和戴安娜约好了，我们这一辈子都不结婚，独身一辈子。我们两个人都要成为可爱的老姑娘，还要认真地考虑将来一起生活的事情。不过，戴安娜说她还没想好，也许她会跟长得好看、但是鲁莽冲动的坏青年结婚，然后花力气改造他，让他洗心革面、昂首挺胸地重新做人。戴安娜最近跟我探讨了很多严肃的话题。和从前相比，我们的确长大了。我觉得我已经没法儿再说那些孩子气十足的话了，马上就要十四岁，应该对任何事情都严肃认真，对吧，玛丽拉？最近的一个星期三，斯蒂希老师带着我们这些十多岁的女孩子到小河边，给我们讲了各种各样的道理，比如十多岁的时候我们应该养成什么样的习惯，树立什么样的理想等，她对我们十分关心。她说到了二十岁左右，已经确立了人生的基础，因为这时性格的塑造已经大体完成。要是基础没打牢，前边说的那些理性之类的东西，就建立不起来了，老师就是这么说的。那天从学校回来的路上，我和戴安娜探讨了很多问题。当时我们的态度非常严肃、认真，玛丽拉。我们两个都下定决心，一定要小心注意，培养各种良好习惯，好好学习各种知识，培养自己的思考能力，我们要努力奋斗，一定要到二十岁时成长为优秀的人。二十岁一转眼就会来到我们面前的。玛丽拉，到那时，我真的会变成一个高尚的人吧！今天斯蒂希老师过来，她说是为了什么吗？"

"要是你能给我个机会让我插一句，我正要告诉你，老师提到你的事了。"

"我的事？"安妮的脸唰地就红了，她立马抢着说，"我知道她说的是什么了，我本来早想跟你说了，玛丽拉，真的，我没骗你。不过回来后我就忘记这事儿了。昨天下午，本来是学习加拿大史的课，我却在看《本·哈》，叫老师发现了。那本书是从简·安德鲁斯那里借来的。中午休息时我就一直在看，刚巧看到战车赛跑时开始上课了，我心里无比惦记赛跑的结局，我真希望本·哈能够获胜，因为要是他失败了，故事就失去了趣味，也不再公平了。于是我把历史教科书在桌子上面摊开，而把《本·哈》放到膝盖与书桌之间，我沉迷在书中，但不注意看的话，别人会以为我是在学习加拿大史。我正看得入了迷，根本就没注意到这时老师从过道那边走了过来。我突然抬头一看，只见老师脸上显现出责备的神情，虽然她当时没有看着我，但我羞愧异常！乔茜·派伊咻咻地笑着，我越发觉得无地自容。虽然老师拿走了那本《本·哈》，但她当时一句都没斥责我。到休息的时候，我被老师留了下来，她严厉地教训了我一顿。

"她说我犯了两条大错误：第一，白白浪费掉学习的大好时光；第二，实际上在看小说，还要装出看历史书的样子欺骗老师。我之前没有想过要欺骗老师，直到她说出这些，我才意识到我的行为是在骗人。想到这些，我的心受到了打击，呜呜地哭起来。我请老师给予我宽恕，我发誓以后再也不犯这样的错误了。为了弥补我的罪过，我决定整整一个星期再也不去碰《本·哈》，就连战车赛跑的结果也不去看。不过老师并没做出那种事，她彻底原谅了我。今天老师来咱家，就是为了说这件事吗？"

"斯蒂希老师倒没跟我提到这件事，安妮。你自己觉得内疚了，就以为老师是来这里告状的。你可不应该把小说带到学校里去，你看书看得太过分了。当我是孩子的时候，家里人连一本小说都不许我碰。"

　　"可是，《本·哈》是宗教性质的书，怎么能够说是小说呢？"安妮反驳道，"当然，肯定不能在星期日读它，会过度兴奋的，我只在平日读。而且，斯蒂希老师也同阿伦夫人说过，十三岁零九个月的女孩子只能读跟她的年龄相符的书。我读过一本书，名叫《被诅咒公馆的恐怖之谜》，是我朝鲁比·吉里斯借来的。玛丽拉，这本书实在太恐怖了，但是也很有趣，读了它你感觉浑身的血液一下子都凝固了，可是老师说这本书无聊透顶，不是健康的书，不让我们再看了。我已经第二次说再也不碰这种书了，可还是想看，心痒痒的。我太想知道书里后来又发生了什么，就这么半途搁下实在叫人痛苦。不过一想到斯蒂希老师，我还是下定决心，以后再也不读那书了。玛丽拉，要是真的能让某个人高兴我什么都可以做，这是多了不起的事情呀！"

　　"嗯，那样的话，我想点上一盏灯，我打算开始工作了。因为你好像对老师的拜访并不好奇，你最感兴趣的好像就是你自己说的话。"

　　"可是，玛丽拉，我真的想知道。现在我什么都不说了，一句话都不说。我知道了应该怎么说话，可是，我还是要注意讲话的方式。虽然我说话说得太多了，但实际上，我连想说的一半儿还没说出来呢，要是你知道我肚子里还憋着多少话要说，我想你肯定会表扬我的。求求你，老师都说了些什么，请你快告诉我。"

　　"她跟我谈了许多关于你的事情。"

　　"谈我？"安妮觉得非常好奇。

　　"嗯，斯蒂希老师小姐想在她的高年级学生中组建一个特殊班级，专门给那些打算参加奎恩学院入学考试的学生做辅导。她打算给他们额外补课，这都利用放学后的一小时来进行。她过来是想征求我跟马修的意见，问我们是不是愿意让你参加补习班。你自己怎么打算的呢，安妮？上奎恩学院是为了将来能当一名老师，你愿意吗？"

"啊，玛丽拉！"安妮一翻身就跪了下来，两手紧紧地握在一起，"这可是我一直以来的人生理想。自打鲁比和简开始探讨关于入学考试的准备，这六个月我就一直在梦想这事儿。不过我什么都没说，我总觉得那种梦想距离我太遥远了，根本不可能实现。我真的喜欢当一名老师。可是当老师需要的学费是不是太高了？安德鲁斯先生说，供普里茜读完大学要花掉他一百五十元，更何况普里茜在几何方面还算好呢。"

"我想你不用为学费的事情担忧。当初，我和马修收养你的时候，就已经决定要竭尽所能给你提供好的教育。我觉得一个女孩儿应该提前做好准备，以便将来能够自食其力，不管眼下看来是否有这个必要。只要有我和马修在，绿山墙就是你永远的家。不过这个世界瞬息万变，谁知道将来会怎样呢。人活在世界上就是要未雨绸缪。你明白我的意思吗？要是你愿意，就去参加奎恩学校补习班，安妮。"

"啊，玛丽拉，谢谢您。"安妮伸出双臂紧紧搂住玛丽拉的腰，抬起头热切地望着她的脸说，"我实在太感激您和马修了。我一定会拼命学习，给你们争气。我只是想提醒您，别对我的几何抱太大希望。不过，要是我始终努力，那我就能在其他科目上保持领先地位。"

"我相信你会做得很好的。斯蒂希小姐说你非常聪明，也很勤奋。"不管怎样，玛丽拉才不会将斯蒂希小姐对安妮的评价一一告诉她呢，那样她肯定会高兴得飘上天的，"你别着急将全副精力都扑在功课上，别太性急，还有一年半的时间才到入学考试呢。不过你还是尽早开始，为将来打下全面的基础，斯蒂希小姐是这样说的。"

"今后我学习起来会更有动力了，"安妮激动万分地说，"因为现在我的奋斗目标非常明确。阿伦先生说每个人都应该树立自己的奋斗目

标，并为此终生努力，坚持不懈。他还说，我们首先得确定那是有价值的目标。成为一名像斯蒂希小姐那样的老师，我愿意将它当成我有价值的目标，您觉得如何，玛丽拉？我觉得这是一项极其崇高的职业。"

奎恩班如期成立，有很多学生参加了这个补习班，譬如吉尔伯特·布莱斯、安妮·雪莉、鲁比·吉里斯、简·安德鲁斯、乔茜·派伊、查理·斯隆、穆迪·斯伯吉文·麦克弗森等。不过戴安娜·巴里却没有参加，因为她父母并没打算将她送进奎恩学院学习。这对安妮来说不啻于晴天霹雳。打明妮·梅患上喉炎的那晚开始，安妮跟戴安娜一直形影不离，不论做任何事情都没有分开过。

留下来接受额外补习的第一个晚上，安妮看到戴安娜跟其他同学慢慢腾腾地走出教室，好朋友即将孤零零一个人穿过"白桦道"和紫罗兰山谷，而自己却只能呆坐在座位上一动不动，还要拼命控制住自己想冲出去追赶她的冲动。安妮非常伤心，泪水都快掉下来了，她于是赶紧举起拉丁语法课本，将自己的脸埋在课本后面。不管怎样，安妮也不想让吉尔伯特或者乔茜·派伊看到自己的泪水的。

"啊，玛丽拉，当我看到戴安娜一个人走出去的时候，我真的觉得自己仿佛在经历生离死别。就好像阿伦先生在上星期的布道中说的那样。"那天夜里安妮向玛丽拉悲伤地倾诉，"当时我想，要是戴安娜也去参加入学考试补习班，那情况就会变得非常完美了。就像蕾切尔夫人说的，这个世界并不是完美的，我们不能要求事事都完美。虽然蕾切尔夫人有时候不太会安慰人，但是她会说出许多带有哲学意味的话来。我觉得补习班将会出现很多有趣的事。鲁比说她打算毕业后教两年书，然后就嫁人。而简则说她会把自己的一生都奉献给教学事业，一辈子都不结婚。教书还有工资可以拿，而伺候丈夫就什么都得不到。要是结婚了，你要求分得一份卖鸡蛋的钱或者卖黄油的钱，都会招致对方的愤恨，进而引发一场家庭战争。我相信简的想法源于她悲伤的经历。蕾切尔夫人说，简的父亲是个老怪物，刻薄的老吝啬鬼。乔茜·派伊说，孤儿们都是靠救济生存的，他们必须为了生计四处奔走，幸亏自己的命运不是这样，那就用不着去谋生路，只要进入大学接受教育就行了。穆迪·斯伯吉文也想当老师，不过蕾切尔夫人说，他有一个那样的名字，当牧师最合适了。我希望我没有恶意，玛丽拉，但是只要想到穆迪·斯伯吉文要变成牧师，我就会止不住地笑。他长得实在太可笑了，大肥脸、小小的蓝眼睛、一双大大的招风耳，不过，也许他长大后长相会变好一点儿。查理·斯隆宣称要进入政界，成为议会的议员。不过蕾切尔夫人毫不留情地给他兜头一瓢冷水，说他绝对不会成功的，现在只有流氓恶棍才能在政界飞黄腾达，而斯隆一家全都是老实人。”

“那吉尔伯特·布莱斯将来打算做什么？”玛丽拉发现安妮正翻开她那本有关恺撒的书，于是赶紧问道。

“吉尔伯特·布莱斯？他能有什么远大的抱负？非常不巧，我刚好不知道。”安妮说这话的时候一副轻蔑的语气。

现在，吉尔伯特和安妮之间正在进行如火如荼的公平较量。之前的竞争只是安妮单方面的，不过现在，吉尔伯特也跟安妮有了同样的想法，下定决心要夺得第一名。两人的实力相差不多，是真正的对手。而班上的其他同学都清楚他俩的实力，没有谁想跟他们竞争。

那天池塘边上，安妮拒绝了吉尔伯特的请求，这让他非常愤怒，也同时激发了他强烈的竞争意识，此外，他还流露出一副完全无视安妮·雪莉存在的样子。他跟其他的女生都有说有笑的，同她们交换书籍与智力玩具，跟她们讨论功课、制订计划，有时候还会护送祷告会或者辩论俱乐部

的某位女生回家。他完全把安妮当成空气，而安妮也发现了被人漠视的滋味并不好受。虽然她潇洒地甩一甩头，告诉自己完全不在乎，可是这根本没用。她倔强的内心深处知道自己其实非常在乎，她知道，要是"闪光的小湖"上的一切从头来过的话，自己的回答肯定会完全不同。突然间，她惊讶地发现自己原来对他的憎恨和怨愤早就烟消云散了。实在奇怪，居然就在自己最需要这种情绪的支撑时，它竟然消失得无影无踪了。安妮回想起被吉尔伯特嘲笑"红毛"的那个时刻所有的细节，试图重温那种怒火燃烧的愤恨情绪，但是一点儿效果都没有。池塘边的那一天，就是安妮对他的最后一次发作。安妮终于意识到自己已经在不知不觉中原谅了他，忘记了那段久远的积怨，但是最好的和好机会已经错过，现在后悔也来不及了。

　　不过这是一个深埋在心底的秘密，不论吉尔伯特还是其他什么人，包括安妮的知心朋友戴安娜，也没有察觉到安妮的悔意。安妮认为自己当时要不是那么骄傲，那么叫人讨厌的话，也就不会把事情弄得一团糟，今天也就不会这样追悔莫及了。于是她决定将自己的感情深深地隐藏起来，并逐渐将它忘却。实际上，她做得非常成功，对吉尔伯特来说，他表面上装作对安妮毫不在意的样子，实际上却在注意安妮的一举一动，他不知道安妮感受到了自己报复性的蔑视。在他看来，安妮依旧那么冷酷。只有看到安妮冷淡地对待大献殷勤的查理·斯隆时，他才能得到些许的安慰。

　　除去这点不快，一切都在紧张而且愉快地进行着，第一轮的学习任务伴随着那个冬天终于结束了。对安妮来说，日子就像戴在脖子上的金色珠链一样，不知不觉地就溜走了。安妮觉得每天都很充实、开心、兴致盎然，有许多课程等着去学，有许多荣誉要拼命争取，还有许多有趣的书要看，主日学校唱诗班里会有新的曲目要练习，要跟阿伦夫人一起在她家度过愉快的星期六下午。在安妮似乎还未觉察到的时候，春天再一次光临了绿山墙，整个世界再一次花团锦簇。

　　这个时节，对于补习班的学生来说，学习不像原先那么有吸引力了。他们渴盼的目光热切地注视着窗外，其他的学生正在绿色的小径、林木繁茂的林间小道和僻静的青草地上四处玩耍、打闹。冬日里他们对拉丁动词和法语练习怀抱着极大的兴趣和热情，现在却被春光冲淡了不少。就连安妮和吉尔伯特现在也变得有点儿懒散。当学期结束，快乐的长假要如期而至，在老师和学生面前展开令人神往的画卷时，大家都兴高采烈。

　　"这一年过去了，大家都学得不错，"学期结束前的最后一个晚上，斯蒂希老师对补习班的学生说，"你们应当享有一个快乐的假期。尽情享受你们的户外时光，好好运动，积蓄力量与雄心壮志，以便能够完成明年的计划。明年就是迎接考试的最后一年了，这是战争一般的较量。"

　　"明年您还会回来吗，斯蒂希小姐？"

　　乔茜·派伊直截了当地问出了这句话，本来她说话就不经大脑，但这一次大家倒是很感激她。这是所有人都想问却又不敢问的问题。整个学校早就传遍了这样的流言，说斯蒂希小姐下个学年就不会再来了，她所在学区的一所小学已经给她提供了一个职位，她打算接受聘任。奎恩补习班的学生们个个都伸长脖子、屏住呼吸，焦急地等待着她的回复。

　　"会的，我想我已经决定了。"斯蒂希小姐说，"我曾经考虑接受另一所学校的聘任，但是我现在决定还是留在埃文利。说实在的，我对这里的学生有极大的兴趣，我发现自己已经没法儿就这样走开了，我要留下来，看着你们毕业升学。"

　　"太好啦！"穆迪·斯伯吉文忍不住高呼起来。他是一个比较内敛的学生，从来没像现在这样激动过。事后整整一个星期，每当回想起这个场

景，他仍旧会羞臊得面红耳赤。

"啊，这实在太叫人兴奋了。"安妮忽闪着大眼睛说道，"亲爱的斯蒂希老师，要是您不打算留下来，我们新学年再也看不到您，那将是多么可怕的事情啊。如果换成另一位老师来这里讲课，我深信我不会再有学习的心思了。"

晚上刚到家，安妮便把教科书装进阁楼上的旧皮箱里，上了锁，再把钥匙扔进装毛毡的杂物箱里。

"暑假里我不打算看课本了。"安妮告诉玛丽拉，"这学期学习得够拼命了，我努力学习几何，背下来一整本书的定理，弄懂了几何符号，所以我已经没有任何要担心的事情了。现在我对一切现实都无比厌倦。这个暑假我要彻底投入到幻想世界，深深地沉湎于此。玛丽拉，你别担心，我的幻想不会没有节制的，我会控制自己的。我实在太期待一个愉快的暑假了，也许因为这是我小女孩时期的最后一个暑假吧。要是明年还跟今年一样，我的个子还会继续长高，就得做更长的裙子了。蕾切尔夫人说，我的腿一直在长，眼睛也越变越大。要是我穿上了长裙子，我一定要表现得大方得体。我觉得，我现在必须得做出大人的样子来。可是这样的话，我还相信精灵之类的东西好像就不太合适了。所以今年夏天，我要沉浸在想象世界，尽情想个够。这个暑假肯定会高兴充实的。鲁比的生日晚会快到了，下个月学校还会举办郊游活动，还有传教音乐会。戴安娜的父亲还告诉我们，要把我们带去白沙镇的大酒店吃饭，那里晚上才是正餐。去年夏天，简到那里去过一次。那里处处是电灯、鲜花、衣着华丽的漂亮女人，强烈的灯光照得人都睁不开眼。简说那是她第一次进入上流社会，直到死都不会忘记那辉煌的场面。"

星期四的妇女会玛丽拉没有到场，不知道是什么原因。第二天午后，蕾切尔夫人上门拜访了，她知道，要是玛丽拉不出席妇女会，一定是家里有事发生。

"马修星期四心脏病发作了。"玛丽拉解释道，"唉，感谢上帝，他现在恢复正常了。不过跟以前相比，他的心脏病发作得还是太频繁了。这真叫人担心。医生说他不能受刺激，兴奋也不行。不过马修应该会跟兴奋的事情绝缘的。医生还说他不能再干剧烈的体力活儿了，他现在只要干重活儿就会喘个不停。蕾切尔夫人，你放下帽子，我们一起坐下来喝杯茶吧。"

"既然你这么热情，那我就不客气了。"

蕾切尔夫人嘴上这样说着，其实刚一进门，她就想坐下来喝茶了。蕾切尔夫人和玛丽拉坐在客厅里闲聊，安妮过来给客人倒茶，还端上刚烤好的精致小巧、热乎乎的面包。面包烤得松松软软的，里头雪白雪白，就连蕾切尔夫人这么挑剔的人都找不出毛病来。

傍晚时分，蕾切尔夫人起身告别，玛丽拉一直把她送到小径那里。临走的时候，蕾切尔夫人说："安妮真的长成大姑娘了，这下你还有个帮手。"

"是啊，她现在稳重多了，做事情也能做得很好。以前我总担心，她这毛手毛脚的习惯会一辈子都无法改掉呢，现在看起来全都好了，她做什么我都很放心。"

"三年前，第一次看到这个孩子的时候，我还总觉得她没法儿成为一个好孩子呢。不过，安妮那时候的脾气的确太暴躁了点儿。那天晚上回到家，我还忧心忡忡地告诉托马斯：'他们家收养这个孩子肯定会后悔的，他们犯了一个巨大的错误。'不过现在看来是我错了，看到安妮长成这样真是太叫人欣慰了。她现在很好，我原来以为的都没有发生，以前我还总

认为这孩子古怪的性格没法儿让她幸福呢。不过也奇怪，以前那个古怪、独特的孩子好像不见了，我总想会不会是弄错了，不能以普通孩子的标准来衡量她。这三年里，不只是性格方面出现了奇迹，连安妮的容貌都发生了很大变化，越来越漂亮了。说实在的，我本来不喜欢安妮这样小脸儿雪白、眼睛太大的孩子，我还是觉得戴安娜、鲁比那种活泼开朗、气色好的孩子更讨人喜欢。鲁比这样的孩子还是挺出众、挺招人爱的。不过当这些孩子跟安妮在一起时，差距就出来了，她们看起来有些太普通又太妖娆了，而安妮的美立刻凸显出来，就像是把水仙跟大红的牡丹放到了一起。对，就是这样。"

第三十一章
海纳百川

　　这个暑假是安妮翘首企盼的，对她来说这是一段美好而甜蜜的时光。这个夏天，她自由自在，想怎么玩儿就怎么玩儿。她跟戴安娜几乎每天都待在外面，当然，她们最常去的还是"恋人的小径""树神水泡""闪光的小湖"和维多利亚岛，她们在那里尽情地享受着夏天的美好。玛丽拉觉得，安妮每天早出晚归在外面游荡，就像流浪的吉卜赛人一样，但是她也没反对。暑假刚开始的一个下午，当初明妮·梅患上喉炎时从斯潘塞·贝尔赶来的那位医生，在一位患者家中碰见了安妮，他仔仔细细将这女孩儿打量了一番，摇摇头，发出一声低沉的叹息。后来他写了封信，托人捎给玛丽拉·卡斯伯特。信上是这样写的：

你们的那个红头发姑娘应该整个夏天都在户外待着，最好别让她学习功课了，直到她的步伐变得矫捷轻快为止。

　　玛丽拉被这封信吓坏了。她觉得这好像就是安妮患上肺结核的死亡宣判书，要是这孩子能够严格按照医生的嘱咐去做，也许事情还有转机。就这样，安妮尽情地享受了她生命中最美好的郁郁葱葱的暑假。每天她都外出散步、划船、采摘野果，兴高采烈地沉湎于自己的幻想世界。随着九月的到来，安妮已经变得双目炯炯有神、矫健活泼，迈出的步伐也坚实有力，肯定能叫那医生满意了。她的胸中再次涌起壮志与激情。

　　"我感觉非常好，浑身都有使不完的劲儿，我要努力学习。"从阁楼上把教科书拿出来的时候，安妮激动地宣布，"啊，这一本又一本书，我亲爱的老朋友们，久违了，真高兴再见到你们。啊，是啊，几何书，连你也不例外。玛丽拉，我这个夏天过得非常快乐、非常幸福。就像上个星期天阿伦先生说的那样，我现在兴致勃勃、精神饱满，就像一个等待赛跑的壮汉。阿伦先生的布道越发精彩了，是不是？蕾切尔夫人说阿伦先生的进步有目共睹，这样，我们所知道的第一件事就是，某个城市的教堂会给他提供教职，那我们便不得不再去求助某个缺乏经验的牧师，然后再慢慢适应。不过我倒觉得这样的担忧太没必要了，您怎么看呢，玛丽拉？我觉得咱们正好趁阿伦先生还在这里的时候好好享受他带给我们的教益。我要是个男孩子，将来就当牧师。他们有正确可靠的宗教信仰，这样必定会给人带来积极向上的影响。他们发表精彩的布道演说，激发教徒的热情，使人积极奋进。为什么女人就不能做牧师呢，玛丽拉？这话我也问过蕾切尔夫人，她听后大为震动，说这话实在是荒谬至极。蕾切尔夫人说，虽然好像听说美国有女牧师，但是感谢上帝，加拿大还没有，还说希望事情永远别发展到那一步。不过我看不出女牧师有什么不好的。我觉得女性也能成为出色的牧师。当教堂举办亲睦会、教友茶会或者其他募捐活动时,不都是女性在积极张罗吗?我确信蕾切尔夫人的祷告比起贝尔校长来毫不逊色。我相信,只要练习几次她就能上台布道了。"

"可不是这样?"玛丽拉一板一眼地说,"她的确做过许多非正式的布道活动。在埃文利,有了蕾切尔的监督管理,大家才没有机会胡作非为。"

"啊,玛丽拉,"安妮突然放低声音,神情严肃地说,"有件事情我想跟您说说,听听您的意见。每个星期天的下午,嗯,我都反复思考着一些特别的问题,我都快想出心病了。我真心实意地想做个好人。而且,当我跟您、阿伦夫人还有斯蒂希小姐在一起的时候,这种愿望就越发强烈。我特别想做些能让你们高兴、博得你们赞许的事情。可是跟蕾切尔夫人在一起的时候,我就觉得自己无比恶劣,似乎我随时都有可能做出那些她叮嘱过不该去做的事,这都快变成一种无法抗拒的诱惑了。您说说,为什么我会有那样的感觉啊?是因为我的确是坏孩子,生来就罪孽深重吗?"

玛丽拉有一瞬间呆呆地不知所措,接着便大笑起来:

"哦,换成谁都会这样吧,安妮,只要有蕾切尔在,我也会产生类似的感觉。有时候我还会认为,要是她不总是唠唠叨叨地强调人们要正直、走正道,也许反而会好些。真应该颁布一条戒律来限制人们喋喋不休。不过,蕾切尔这个人的确是个优秀的女基督徒,她心中并无恶意,像那样好心肠的人,在埃文利再也找不出第二个来了。不论干什么工作,她从不逃避责任。"

"听到您也有类似的想法,我就放心了。"安妮开心地说,"我今后再也不用为此困惑了。我现在要思考的问题实在太多了。它们总是以新

的方式接连不断地冒出来，让人疲于应付。很多时候，你刚解决了一个问题，另一个又冒了出来。在成长的道路上，有许许多多事情需要认真考虑、下定决心。我成天忙着判断是非。成长这件事儿真累人啊，容不得半点儿敷衍，是不是，玛丽拉？不过我身边有这么多良师益友，好比您、马修、阿伦夫人还有斯蒂希小姐，我一定会顺顺利利地长大成人的。我相信，要是最后出了什么意外，那一定是我自己的过错。我觉得机会只有一次，责任重大，成长的过程不管好坏，永远无法重来。这个夏天我又长高了两英寸，玛丽拉。鲁比的父亲在她的生日晚宴上给我量的。您把新裙子做长一些太好了。那条深绿色的裙子太漂亮了，您还缝上了荷叶边儿，实在太感谢了。当然，我知道荷叶边儿没必要加上，但是今年秋天特别流行这个。乔茜·派伊所有的裙子都带着荷叶边儿。我想到这个荷叶边儿，学习就更有劲儿了，有一股兴奋劲儿会从心底涌出来。"

"哦，这么说缝上荷叶边儿还有点儿价值。"玛丽拉笑着说。

新的学期又开始了，斯蒂希小姐没有食言，按时回到了学校。她发现所有的学生都精力旺盛求知若渴。奎恩补习班的学生更是如此，每个人都积极努力，准备参加一场学习的战役。学年末的入学考试正在一步步逼近，这件可怕的事情成为他们心头笼罩的阴影。只要想到这事，大家就无比紧张。万一考不上怎么办？整个冬天，安妮都无法踏实入眠，这个问题始终萦绕在她心头，挥之不去，甚至就连每个星期天下午本来应该思考道德问题和神学问题的时候也不能幸免。每次她做噩梦，几乎都是自己可怜兮兮地盯着入学考试的发榜单，吉尔伯特·布莱斯的名字醒目地排在榜首，而自己的名字到处都找不着。

尽管这样，这个冬天还是在快乐、幸福与忙碌中转瞬即逝。学校的生活跟以前一样有趣，班上的竞争还是大家的焦点。很多迷人又新奇的事物向着安妮迎面扑来，新的思想、情感、雄心壮志还有尚待挖掘的新知识领域，这些都在安妮充满渴望的眼前铺展开来。

"层峦叠嶂，阿尔卑斯山拔地而起。"

斯蒂希小姐知识渊博、机智、耐心、孜孜不倦，她的努力得到了很好的回报，学生的成绩都有了飞速提升。她指导学生进行独立思考、探索、发现和解决问题，鼓励大家打破既定常规。这让林德和学校理事会的成员都大吃一惊，他们对所有革新都持怀疑态度。

安妮一边投身紧张的学业，一边还拓宽了自己的社交圈子。因为斯潘塞·贝尔医生的告诫，玛丽拉不再反对安妮的外出了。这段时间，辩论俱乐部的活动非常活跃，光音乐会就办了好几场，有一次的晚会几乎接近成年人的规模。另外，他们还举行了不少雪橇比赛和溜冰比赛。

安妮的个子蹿得飞快，就跟雨后春笋一般，身材极其挺拔。有一天，玛丽拉跟她并肩站着时，惊讶地发现她已经比自己高了一大截。

"嚯，安妮，你都长这么高了！"玛丽拉有些难以置信，接着又深深叹口气。玛丽拉对安妮的长高产生了一种奇怪的感受，她喜欢的那个爱说爱问活泼好动的小孩子不知不觉消失了，取而代之的是眼前这个神情严肃、个子修长的十五岁少女，她的眉宇间经常流露出若有所思的神情，小脑袋保持着骄傲的姿态。玛丽拉仍然像爱童年安妮那样爱着眼前的这个姑娘，可是心里总有一种无法言表的孤独与失落。那天夜里，安妮和戴安娜去参加祷告会了，玛丽拉独自一人坐在阴暗的暮色中，泪水簌簌地流下来。马修正好提着灯走进来，看到这副情景，惊慌不已地盯着她瞧了半天，终于让玛丽拉破涕为笑。

"唉，我在想安妮的事呢，"她解释说，"这孩子都长成大姑娘了，也许明年冬天她就得离开我们，想想就觉得舍不得，我还不知道会怎样想

念她呢。"

"她会经常回来的。"马修安慰她。在他眼里，安妮永远都是四年前的六月他从车站带回家的那个天真活泼、满怀渴望的小姑娘。"那时，通往卡莫迪的铁路肯定就修好了。"他说。

"那也跟她一直待在我们身边不一样啊。"玛丽拉叹口气，闷闷不乐地说，她决定尽情让自己排遣一下这种忧伤，"算了，不说了，你们男人是无法理解这些的。"

安妮除了外表发生变化外，还有一些实实在在的变化发生了。她比以前成熟、稳重了，虽然还是经常爱幻想，但是安安静静思考的时候越来越多，说话就越来越少了。玛丽拉注意到了这个变化，忍不住问道：

"安妮，跟以前相比，你的话可少了一半，现在也不说长句子了，到底是怎么回事？"

安妮脸一红，合上正在读的书本，轻轻地笑一笑。她出神地望着窗外，外面春光明媚，常春藤上纷纷绽放出红色的新芽。

"我也说不好，也许就是不太想说话了。"安妮说着，若有所思地用食指顶着下巴，"用心思考，然后将美好的念头像珍宝一样藏在心里，这样很好。我不希望有人来嘲讽或者质疑我的这些美好念头。不知道怎么回事，小时候总盼着长大了能说长句子，但是现在好像又说不出来了。是不是很遗憾？不过要是真想说的话也能说，因为我毕竟长大了。从某些方面来说，长大成人还是挺有趣的，跟我所期待的并不一样，玛丽拉。我有很多事情需要学习、去踏实做、去努力思考，实在没有工夫再跟玩游戏一样说话。斯蒂希小姐说短小精悍的句子更加强劲精彩，她要求我们写作文时尽量简洁精辟。最开始真的挺难，我总是会想出很多华丽的辞藻，将这些语言都堆砌到文章里。现在我已经习惯了简洁的文风，我觉得现在的文章比以前写得好多了。"

"那你们的故事社呢？还在继续吗？我好像很久没听你提起过了。"

"早就不复存在了。我们现在根本就没那个工夫，而且也对它感到厌倦了。成天恋爱、凶杀、私奔、秘闻，这些实在是无聊又愚蠢的做法。斯蒂希小姐有时候也会让我们写一篇故事来训练作文，但是只许描写发生在我们身边的事情。她经常严厉地批评我们的作文，还让我们自我批评。直到我仔细阅读自己的作文，才发现它们原来存在那么多缺点。我觉得无比羞愧，甚至想放弃写作，可是斯蒂希小姐说，只要我能对自己的文章做严格的自我批评，我就能写出好文章来。我现在正在努力尝试。"

"还有两个月就要参加入学考试了，"玛丽拉提醒她，"你感觉怎么样，能通过吗？"

听到这话，安妮的整个身子好像抖了一下。

"我也不敢肯定。有时候我觉得没问题，但是也经常会担心。我们拼命学习。在斯蒂希小姐的指导下，我们都进行了彻底的训练。可是单靠这一点未必行。每个人都有自己头痛的科目，我的是几何，简是拉丁文，鲁比和查理是代数，乔茜的是算术，穆迪·斯伯吉文说他预感自己的英国史可能没法儿及格。六月的时候，斯蒂希小姐会给我们进行模拟考试，据说难度跟入学考试差不多，她也会严格打分。我想这样一来，我们心中就能对自己有一个比较准确的评判了吧。真希望这场考试能够赶紧结束，这是我目前最大的心愿，玛丽拉。它让我心神不宁，经常会半夜醒来，醒来的第一个问题就是，要是我没考上该怎么办？"

"那也没什么大不了的，再回学校重读一次，第二年再考就行了。"玛丽拉说得一脸轻松。

"唉，我不觉得自己还能有那样的勇气。考试失败太叫人羞耻了，尤

其是如果吉……其他同学都考取了的话。而且我一到考试就非常紧张，这太糟糕了，到时候肯定会弄得一塌糊涂。简对什么都毫不在乎，一脸的沉着，我真希望自己能跟她一样。"

安妮突然顿住不说了，叹一口气。窗外微风轻拂，天空湛蓝，花园中新芽吐绿，一派融融春光，她既没有心思也没有时间留恋这些了。她收回了目光，聚精会神地看起书来。春天明年还会再来的，可要是她无法通过入学考试，她确信自己再也无法恢复到从前的状态，再难欣赏春天的美景了。

第三十二章
发榜之日

　　六月底终于来临了，学期结束，斯蒂希小姐在埃文利学校的工作已经完成，正式跟同学们告别了。晚上，安妮和戴安娜肩并肩走在回家的路上，步履沉重，心情低落，红肿的双眼和湿润的手绢说明，跟三年前菲利普斯先生临别时一样，斯蒂希小姐也做了一个告别演讲，那情形一定更加感人。她俩走到云杉覆盖的小山山脚时，戴安娜回头望着学校，长长地叹口气。

　　"看起来，好像一切都已经结束了，是这样吗？"戴安娜十分沮丧。

　　"我的情绪已经够糟的了，你不该也这副样子。"安妮说着，打开手绢，想找一块略微干一点儿的地方，结果还是失望了，"第二年冬天你还能回到学校，要是我运气够好，就要

永远离开了。"

"可是明年再去学校，所有的一切就全变样了。斯蒂希不在了，也许你、简和鲁比也都不在了。就我一个人，孤零零地坐在那里，我不敢想象我跟别人坐在一起的样子。啊，我们一起度过了那么多欢乐的时光，是不是，安妮？这一切全都要结束了，只要想起来我就觉得伤心。"

有两颗硕大的泪珠从戴安娜的鼻子边滑落下来。

"你赶紧擦一擦眼泪吧，要不然我也会忍不住一直哭下去了。"安妮恳求她，"我本来刚把手绢收起来。蕾切尔夫人说过：'要是你无法快乐，那就尽量强作笑颜吧。'我觉得来年我还会回来的。我经常会感觉自己考不上，现在这种感觉越发明显，实在让我非常担心。"

"你不用太担心了，上次斯蒂希小姐的测验中，你不是做得非常好吗？"

"这是不假，我在看到那些测验的时候一点儿都不紧张，可是只要想到面临真正的入学考试，我心里就开始慌乱。你没法儿想象我心头涌起的那种焦虑不安的感觉是多么可怕。我的准考证号码是十三，乔茜·派伊说这是个不吉利的数字。我不迷信，知道这个数字不会对我造成多大的影响，可是我还是希望它不是十三。"

"唉，要是我能跟你一起参加考试就好了，"戴安娜说，"我们肯定会过得很开心很放松，是不是？我能猜到，你是不是每天晚上都在拼命背那些功课？"

"你猜错了，斯蒂希小姐不许我们打开课本。她说那样除了加重我们的心理负担，使我们心神不宁、过分疲倦，对我们的考试没有半点儿好处。她建议我们多到户外走走，尽量不去想考试的事情，每天晚上早早上床睡觉。虽然这个建议非常科学，但是我觉得太难做到了，也许科学的建议都是如此吧。普里茜·安德鲁斯告诉我，参加入学考试的那个星期中，每天夜里她都有一半的时间坐在那里不停复习。我也打算跟她一样，每天晚上拿出一半的时间来看书学习。你的约瑟芬姑奶奶叫我到镇上考试的时候住到她家去，实在太让我感动了。"

"等你到了那里就给我写信，好吗？"

"行，星期二的晚上我就给你写信，告诉你第一天发生的事情。"安妮向她保证。

"那我星期三一早就到邮局等你的来信。"戴安娜也信誓旦旦地说。

星期一早晨安妮到镇上去了，星期三早晨戴安娜很早就跑到邮局，收到了安妮的来信。

> 我最亲爱的戴安娜：
>
> 现在我正在姑奶奶的书房里给你写信呢，这会儿是星期二的晚上。昨天晚上我一个人待在房间里，觉得无比孤独和寂寞，我真希望你就在我身边。我无法做到挑灯夜战，既然我答应了斯蒂希小姐，我就不该那么做。不过，我很难控制自己。打开历史课本温习功课，学习结束前不能看一篇小说，这些原有的习惯都被打乱了，实在让我非常难受。
>
> 今天一早儿斯蒂希小姐就来接我一同去奎恩学院，路上还叫上了简、鲁比和乔茜。鲁比让我摸摸她的手，她双手冰凉。乔茜说我似乎整夜都没合眼，她还说哪怕我考上了，我的体力也无法支撑单调枯燥的师范课程。虽然我努力想喜欢上乔茜，可是至今仍没取得什么进展。
>
> 等我们到达学院的时候，那里已经聚集了从岛上赶来的几十个学生。我们最先遇到了穆迪·斯伯吉文，他正独自坐在台阶上，嘴里嘟

嘟嘟囔囔着什么。简上前跟他说话，他说自己在反复背诵乘法表，这样能让他紧张的神经安定下来。他叫我们千万不要打断他，要是停下一会儿，他就会心慌意乱，大脑混沌一片，原先记住的东西全都会被忘干净，背乘法表能让他的知识体系归于原处。不过说到背乘法表，这个我还是挺有把握的。

等我们到各自指定的教室后，斯蒂希小姐就离开了。简跟我坐在一个教室里，她十分镇定，这让我无比美慕。简这么沉着冷静、理智能干，她根本就不需要什么乘法表来帮助稳定心神。我不知道我当时的表情是什么样，是不是暴露了我慌乱的内心，不知道教室里的其他人有没有听见我的心在怦怦乱跳。接着进来了一个男人，开始分发英语试卷。当我拿起试卷时，我觉得双手冰凉，头开始发昏。就在那可怕的瞬间，戴安娜，我想起了四年前的一幕，那是同样的感觉，当时我紧张地询问玛丽拉我是否能够留在绿山墙。当我想起这个时，我的头立刻就清爽了，心脏又恢复了跳动。我刚忘记说了，有一度我的心脏完全停止了跳动。我知道那张考卷的内容不管怎样我都能应付。

中午我们回家吃了顿饭，下午又到考场继续考历史。历史考卷非常难，我把几个年号给弄混了。总的说来，我觉得今天考得还算不错。可是，唉，戴安娜，一想到明天要考几何，只要想到这个，唉，我就只好硬着头皮打开几何书看。要是背乘法表能够管用，我就从现在起，一直背到明天早上。

今天傍晚我还去看了其他的朋友，半路上碰见了穆迪·斯伯吉文，他心慌意乱地向我走过来说，今天的历史考砸了。他还说自己从生下来就一直在辜负父母的期望，他打算明天一早儿就乘火车回家，还说做木匠要比做牧师简单多了。我拼命给他鼓劲儿，劝他留下来考

完所有的科目，我跟他说，就这样半途而废，实在对不起斯蒂希小
姐。我经常会希望自己是个男孩子，可是看到穆迪·斯伯吉文这个样
子的时候，我又开始庆幸自己是个女孩儿了，并且也不是他的姐妹。

　　我到同学们住的地方去。鲁比的癔症又发作了，她刚发现自己在
英语考试中犯了一个大错。等她恢复正常后，我们一起到外面吃了冰
淇淋。我真希望你能跟我们在一起啊。

　　啊，戴安娜，只要把几何考过了就好了。不过，要是蕾切尔夫
人知道这事儿肯定会说，不管我的几何能不能通过，太阳依然会升起
再落下。事实就是这样，不过这丝毫起不到安慰的作用。要是我失败
了，我宁愿太阳不再升起！

你忠诚的

安妮

　　考试终于结束了，安妮在星期五的晚上回到家。她的确觉得非常累，
但是浑身上下又透露出一种经历磨炼的喜悦。戴安娜早早就到绿山墙来等
候了，两人就像分别了很多年一样，见面时激动不已。

　　"啊，看到你回来真是太高兴了。真奇怪，我觉得很久都没有看到你
了。啊，安妮，你怎么样？"

　　"还好，我觉得。嗯，除了几何，其他都还不错。就是不知道几何能
不能通过，这种感觉快把我折磨疯了。啊，回家的感觉真是太好了！世界
上最温馨、最可爱的地方就是绿山墙了。"

　　"其他人都考得怎么样？"

　　"女孩子们都说自己考得不太好，没法儿通过，可我觉得她们应该都
考得不错。乔茜说几何实在太容易了，连十岁的孩子都能做。穆迪·斯伯

吉文还是在说他的历史肯定不能及格，查理说他的代数没考好。实际上我们谁都不知道真实情况，录取名单两个星期后才会出来。想一想，我们得这样煎熬两个星期。我真希望自己能一直熟睡，睡到发榜那天再醒来。"

至于吉尔伯特·布莱斯的情况，问了安妮也等于白问，这一点戴安娜很清楚，所以她只好说：

"嗯，别担心，你肯定能通过的。"

"哼，除非在录取名单最前面，否则我宁愿考不上。"安妮突然这样来了一句，那话里的意思再明显不过了：要是没法儿超过吉尔伯特·布莱斯，即便成功了，她也不会满意。戴安娜非常清楚这一点。

为了实现这个目标，考试中安妮竭尽全力，可是吉尔伯特又何尝不是如此呢？他俩在街上碰见了十几次，都是擦肩而过，相互不理睬，好像陌生人一样。每一次，安妮都高高地昂起自己的头，不过，她心里还是热切地希望自己能够跟他成为朋友，并且更加坚定自己的意志，一定要在考试中超过他。她知道埃文利所有的学生都在关注谁将成为第一，她还知道吉米·格洛夫和内德·赖特还为此下了赌注。乔茜·派伊说，这是明摆着的结果，吉尔伯特肯定是第一。安妮觉得，要是失败了，自己肯定没法儿承受这个耻辱的。

安妮无比渴望胜出，还有一个较为崇高的动机，那就是，为了马修和玛丽拉，尤其是马修。马修曾经说过，他坚信安妮会打败这个岛上所有的考生。虽然安妮觉得那是不切实际的幻想，哪怕在最荒唐的梦中也不应有那样的奢望，但是她心底又无比强烈地渴望自己起码能够进入前十名，这样的话，她就能看到马修那双慈祥的棕色眼睛里流露出自豪的神采了。她觉得，那是对她最好的奖励，那会让她觉得埋头于枯燥乏味的方程式和动词变位也是值得的。

在那两个星期的最后几天里，安妮也常常到邮局去了，同她一起的，还有忐忑不安的简、鲁比和乔茜。她们用颤抖的双手打开《夏洛特敦日报》，那沉重、胆怯的心情跟任何一个经历过入学考试周的人没什么分别。查理和吉尔伯特不知什么时候也赶来了，只有穆迪·斯伯吉文一个人还躲得远远的。

"我没胆量到邮局去，那对我来说太残忍了。"他告诉安妮，"我就在这里等着，等着有人过来告诉我有没有通过。"

可是第三个星期也过去了，录取名单还是没有下发。安妮觉得自己实在无法承受了，她的食欲迅速消退，也不想去参加埃文利的任何社交活动，对任何新鲜事都漠不关心。蕾切尔夫人大发雷霆，她说一个保守党校长的教育不会给学生们带来什么好结果。看着安妮苍白的脸色、冷淡的表情，还有每天拖着沉重的脚步、心灰意冷地从邮局回来的样子，马修心里别提多难受了，他开始认真考虑，到下届选举的时候，自己是不是应该投自由党一票。

终于，有天晚上，消息传来了。那时安妮正在敞开的窗户边坐着，夏日黄昏的美景让人陶醉。花园中馥郁的花香一阵阵传过来，白杨树随风轻轻摆动，发出沙沙的响声。冷杉上面的东边天空在斜阳的映照下现出淡淡的粉色。安妮沉浸在幻想世界中，不知道小精灵是不是这样的粉色。这时，她突然看见戴安娜正飞奔过冷杉树林朝这边跑来，她快速地越过小桥，翻过斜坡，手里有一份报纸，随着她的脚步不住地晃动。

安妮立刻意识到那报纸上刊登着什么消息。录取名单发放了！她立刻站起来，但是脑子晕眩，心怦怦乱跳，跳得她觉得痛，连一步都没法儿挪动。只见戴安娜激动地跑过大门，冲进客厅，兴奋得连门都没敲就旋风一般进了房间。可是，安妮觉得这段时间好像足足有一个钟头。

"安妮，你考上了！"戴安娜高兴地叫起来，"第一名！你跟吉尔伯特并列第一，不过你的名字在他的上头。啊，我太为你骄傲了！"

戴安娜一把将报纸扔到桌上，自己一下子跳到安妮的床上，喘得上气不接下气，连一句话都说不出来。安妮想去点灯，却把火柴盒打翻了。她用颤抖的手去划火柴，一连划断了六七根才哆哆嗦嗦地将灯点亮了。然后，她一把抓起报纸。是的，她考上了！她的名字排在两百多名录取学生的最上面！这一刻她已期待了太久！

"你考得太好了，安妮。"戴安娜刚刚能够坐起来，气喘吁吁地说。而安妮完全沉浸在喜悦中，她闪动着亮晶晶的大眼睛，一句话都说不出来。"报纸是我爸爸从布莱特河带来的，他回家还不到十分钟。大批的报纸得由下午的那班火车运出，明天邮局才能把它们送出来。我看到录取名单，激动得都要疯掉了。你们几个全都考上了，包括穆迪·斯伯吉文在内，不过他的历史还需要补考。简和鲁比都考得很好，她们进入了前一百名，查理也一样。乔茜·派伊也考上了，虽然她只比分数线高出三分。但是你看着吧，她肯定会跟得了第一一样趾高气扬。斯蒂希小姐一定会高兴极了，是不是？啊，安妮，看到自己名字在录取名单的榜首，你有什么感想？换成是我，一定会高兴得发狂的。我现在就快神经错乱了，而你居然还沉静得跟春天的夜晚一样。"

"我脑子里乱糟糟的。"安妮说，"我有一肚子的话要说，但是不知道该怎么说才好。我做梦都没想到能取得这么好的结果……不，我想过，可是就一次。我有一次想：'也许能考个岛内的第一名。'当时我就浑身发抖，你知道的，幻想考岛内第一名，实在有些自高自大、脸皮太厚了。哎呀，对不起，戴安娜，我得赶紧到地里把这个好消息告诉马修，然后我们再上街去把这些好消息告诉大家。"

两个人急急地往牲口棚左边的干草地跑过去，马修正在那里烧干草，正巧蕾切尔夫人也站在小路的栅栏边跟玛丽拉在说话。

"啊，马修！"安妮高兴地嚷道，"我考上了！得了第一……嗯，是跟别人并列的。我没有骄傲，可是我太高兴了！"

"嗯，怎么样，我以前就经常这样说吧。"马修笑呵呵地盯着录取名单，"我知道你肯定能轻而易举地超过他们的。"

"你考得很好，安妮，我很高兴。"玛丽拉虽然非常高兴，但她还是极力隐藏起自己的激动和骄傲，以免这些落到挑剔的蕾切尔夫人眼里。

而蕾切尔夫人则发自内心地说：

"我就猜你能考好的，我这么说不算晚。你做什么事都做得很好，你是大家的骄傲。安妮，你也是我的骄傲，我们大家都为你感到自豪。"

那天晚上，安妮到牧师家去拜访，跟阿伦夫人进行了一场简短正式的对话。回家后，她终于从极度兴奋中稍稍平静下来。半夜，安妮将窗子全都打开，她跪在那里，幸福地祈祷起来。皎洁的月光流泻到她身上，流进屋子里，好像是来倾听她心底深藏的话语。这些话语里头有对过去真诚的感恩，也有对未来美好的祈愿。当她躺在白色的枕头上进入梦乡时，那梦就跟她期盼的一样美好，明亮而且美丽。

第三十三章
饭店音乐会

"无论如何，你该穿上那件带白色薄纱的衣服，安妮。"戴安娜郑重地建议。

窗外，暗淡的天空中看不见一丝云彩。一轮明月高挂在"闹鬼的森林"上方，青白的月光与银色的星光照着昏暗的大地，林中的鸟儿都已经安眠，偶尔发出梦呓一般的啼叫。不知道从什么地方吹来的风，还有隐隐约约从远处传来的话语和喧闹声，时时叫人感受到夏天的气息。在东山墙的小屋里，百叶窗早就放下来了，桌上点着灯，安妮和戴安娜两人正忙着梳妆打扮。她们今晚要去参加在白沙饭店举行的音乐会。

四年前安妮刚刚来到绿山墙的那个晚上，整个屋子里几乎没有任何装饰，看起来空荡荡

的，一丝活力都没有。那时安妮睡在这间屋子里，觉得寒气侵入骨髓。可是现在，这个屋子却发生了翻天覆地的变化。这些年来，玛丽拉一直在努力，这个屋子现在终于变成一个生机勃勃的、可爱的、富有女孩子气息的房间了，虽然它并不像安妮所幻想的，铺着天鹅绒地毯，上面满是粉色的玫瑰图案，墙上挂着粉色的丝绸面料的窗帘。不过，随着年龄的增长和阅历的增加，安妮越来越觉得这些东西没有存在的必要了。安妮的床上铺着一张干净的席子，墙上挂着淡绿色的薄纱窗帘，窗帘很长，一直垂到地上，在微风的吹拂下轻轻摇摆着。虽然房间没有金银织锦，墙上也只有最普通的浅色壁纸，但是在安妮的摆弄下，还是透出一丝高雅的艺术气息。安妮把阿伦夫人送给她的三张趣味画镶上画框挂到墙上，将斯蒂希小姐的照片摆在屋子最醒目的位置。书架上，经常有一束修剪过的鲜花。今天晚上花瓶里插的是百合，它馥郁的香气在屋子里氤氲地浮动着。虽然房间里没有一件红木家具，但是白色的书箱里却装满各种各样的书。柳条编的摇椅上放着软靠垫，上面还用薄纱考究地包上了一圈褶边儿，点缀着粉色的丘比特与紫色的葡萄串儿。椅子上方的墙上，挂着一面古色古香的拱形的镀金镜子。另一个角落里安放着一张低矮的白色床铺。

这场音乐会是住在饭店里的客人为支援沙·劳特达瓦医院的建造而举办的。附近演艺界的名流都受邀前来参加演出。音乐会上的节目非常精彩，其中包括白沙镇教会合唱团的巴萨·萨姆松和巴尔·库勒的二重唱、纽布里奇的密鲁顿·克拉克演出的小提琴独奏、卡莫迪的温尼·阿狄拉·布莱亚演唱的苏格兰民谣，还有斯潘塞·贝尔的罗拉·斯潘塞和来自埃文利的安妮·雪莉表演的朗诵。

安妮感到无比兴奋，激动的心情久久难以平复。要是换在几年前，安妮肯定会说这是一件"永远无法忘却的划时代的事件"。

而马修呢，因为这是可爱的安妮凭借自己的努力获得的荣誉，所以他极为得意，甚至有些飘飘然了。玛丽拉的心情其实也同马修一样，但是她把骄傲和自豪深深地埋在自己心里，不愿说出口。不过，放任安妮到那种年轻人聚集的喧闹连天的社交场合，玛丽拉还是有些担心。于是，在安妮和戴安娜在楼上精心打扮的时候，她将自己的看法说给了马修听。

所有的一切都收拾停当后，安妮和戴安娜要去约简·安德鲁斯，连同她的哥哥比利·安德鲁斯一起乘坐马车到白沙大饭店去。除了他们，埃文利要去的人还真不少，城里也有许多人来参加。音乐会之后，全体演员还会被邀请共进晚餐。

"戴安娜，你真的觉得白纱比较好吗？"安妮还是有些举棋不定，"我觉得那件带蓝色薄纱的要适合一些，那件款式不是也很流行吗？"

"我推荐的这一件你穿起来更好看。白色蝉翼纱又轻又软，穿起来随风飘动，皮肤会觉得更舒适。那件面料太硬了，看起来也太隆重，而蝉翼纱看起米就像是你身体的一部分。"

安妮叹一口气，听从戴安娜的建议，她穿上了那件衣服。戴安娜对时装具有惊人的鉴赏力。最近这段时间以来，很多人都请她为自己的穿着提建议呢。戴安娜今晚不能跟安妮打扮得太像，她穿着一件粉红色的礼服，像盛放的野蔷薇，非常漂亮。因为不是表演者，所以戴安娜觉得自己穿什么不太重要。她把全副心思都花在了安妮身上，坚持安妮应该穿什么样的衣服，梳什么样的发型。安妮的打扮关乎埃文利的名誉，最好能把安妮打扮到连女王也满意的地步。

"哎呀，这里的褶边儿稍微有点儿大——啊，算了，把腰带系上吧，穿上鞋。头发分成两部分，粗的编成三股，在中间位置系上宽宽的白色丝带——嗯，前额的刘海儿还是那样卷着吧，这样看上去很飘逸，这个发型对你来说再合适不过了，你梳这个发型看起来就像圣母，阿伦夫人也说过类似的话吧。把这朵好看的白玫瑰插在你的耳后，我家才开了这么一朵，为了你今晚的演出，我就把它摘下来了。"

"要不要戴上一条珍珠项链？这是上个星期马修从街上给我买回来的，看见我戴上，他肯定会高兴的。"

戴安娜嘬起嘴巴，将头朝一旁歪了歪，好像在选择角度，她仔细看了又看，得出结论，还是要戴上首饰，于是这条珍珠项链就戴在了安妮纤细的脖子上。

"你看上去时髦动人，安妮，"戴安娜发出由衷的赞叹，"你高高昂起头的姿态尤其美丽，我觉得这是因为你的身材实在太好了。我现在都快变成一个胖子了，虽然还没严重到那个程度，但是我很快就会发胖了。"

"可是那样不就有可爱的酒窝了吗？"安妮说着，看着美丽活泼的戴安娜，开心地笑着说，"有酒窝多好啊，我这辈子都没法儿长出酒窝的。不过我的梦想已经有好多都实现了，所以我不该再抱怨。我看上去还好吗？"

"已经很好了。"玛丽拉出现在门口。玛丽拉的白头发又添了许多，身材依旧干瘦，脸庞修长，但是轮廓比以前柔和了许多。

"玛丽拉，您看看，我们的朗诵家很漂亮吧？"

玛丽拉说话的声音让安妮觉得很奇怪：

"女孩子就应该打扮得大方端庄，这个发型我很喜欢。不过，要是就这样到满是尘土和夜露的大路上，衣服肯定会弄脏的。你就打算穿这身衣服出去吗，夜里穿太薄了一点儿吧？蝉翼纱实际上是一种没实际用途的东西，马修自己买回来的时候也说过这样的话。不过，最近不管对马修说什

么他都听不进去。就连卡莫迪的店员也认为马修是个冤大头，只要她们说这东西很漂亮，是流行款式，马修立刻就掏钱了。安妮，千万小心，别让车轮把裙子的下摆给刮坏了。嗯，等等，再带上一件厚一点儿的外套。"玛丽拉说着就急急忙忙地下楼去了。玛丽拉看到安妮的头发那样梳着，心想，这孩子真可爱啊，真叫人自豪，可是自己没法儿去音乐会，听不到她的朗诵，真是遗憾。

"外边很湿，穿这件礼服会不会冷？"安妮有些担心。

"没事的。"戴安娜一边说一边推开百叶窗，"你看，这夜晚多美啊，不会有露水的，月亮还高高地挂在天上呢。"

安妮也站在戴安娜身边。"因为这窗子是向东开的，所以我能看见太阳是如何升起的，这非常令人高兴。早晨看见太阳从对面的山丘缓缓升起，那是多么奇妙的感觉啊。透过枫树的缝隙，能够看到清晨太阳闪耀的光芒，每天早晨有新变化。我沐浴在清晨的第一缕阳光中，感觉身心都被净化了。戴安娜，我很喜欢我的房间，可是下个月，要是我进城念书去了，不是就要跟它分别了吗？这可怎么办啊？"

"哎，你今晚可别提进城的话了，我求求你，那样我们都会非常伤心的。千万别再想了，今晚我们都痛痛快快地玩儿一场。你不是就要登台朗诵了吗？你不是紧张得心怦怦直跳吗？"

"可是我真的一点儿都不紧张啊。我已经在众人面前朗诵过太多次了。我已经朗诵过《少女的誓言》，这首诗太感伤了，容易让人落泪。罗拉·斯潘塞说她喜欢表演喜剧。不过，比起令人发笑的东西，我更喜欢悲戚一点儿的。"

"要是观众鼓掌，请你再来一个，你会朗诵什么呢？"

"什么再来一个，肯定不会有这样的事。"安妮笑嘻嘻地说。她心底也确实想过，她的朗诵可能会获得喝彩。然后，明天吃早饭的时候，她会把这盛况讲给马修听。这么想着，明天早晨的情景已经浮现在安妮的眼前。

"啊，我听到马车声了，比利和简到了，我们快走吧。"

因为比利·安德鲁斯不管怎样都要坐在副手座上，安妮只好坐在他身边。对于安妮来说，最好的做法就是跟简、戴安娜坐到后边去，那样大家就可以尽情说笑了。而跟比利坐在一起，好像没有什么令人期待的事情发生。

比利是个慢性子的青年，刚二十岁，身材高大，长着一张圆圆的脸，性格木讷。因为比利实在太崇拜安妮了，能够坐在安妮身边，跟她一起去白沙镇，他无比激动，一脸的得意之色。安妮侧着身子跟戴安娜她们说话，偶尔也同比利说上几句。不管安妮说什么，比利都只是笑眯眯地听着，其实他很想答话的，不过等他想好要说的话时，安妮早就转换话题了。

今晚的音乐会规模盛大，人们都焦急、兴奋地期待着它的来临。通往大饭店的路上，人流和马车挤挤挨挨，笑声和喧闹声在四周回荡。马车在大饭店门口停住，安妮她们从车上下来。抬起头，只见大饭店在昏暗的夜色中显得辉煌夺目、极其耀眼。音乐会组委会的女士们在门口接待了她们。其中一位女士带着安妮进入演员化妆间，那里已经被夏洛特敦交响乐团的演员们占据了。看到眼前的一切，安妮居然紧张起来。她觉得有些胆怯，自己是一个土得掉渣儿的乡下人，刚才在家里还觉得华丽得过分的礼服，在周围环境的映衬下瞬间黯然失色。周围的贵妇人个个衣着华贵，身上都是绫罗绸缎，安妮觉得自己穿得太寒酸了；要是跟身边那个身材高挑儿、举止优雅的女士佩戴的钻石相比，自己的那串珍珠项链实在太微不足

道了；跟其他人身上佩戴的温室里培育的艳丽鲜花相比，自己耳后插的那朵白玫瑰也太不足挂齿了。安妮摘下帽子、脱掉外套，感觉自己成了角落里一个没人注意的小不点儿，她真想立刻跑回家，在绿山墙农舍待着。这时，大饭店音乐礼堂的舞台已经灯火通明，安妮越发觉得不自在。刺眼的光线让她头晕目眩，浓重的香水味和叽叽喳喳的说笑声更使她手足无措。从舞台大幕的缝隙朝外瞧，能看见戴安娜和简坐在后面的观众席上，一副高兴的神色。

安妮的旁边坐着一位身穿粉色丝绸礼服的胖女人，另一边坐着一位身穿白色蕾丝礼服、个子高挑儿、神色倨傲的女孩子，安妮被她们夹在中间，不知如何是好。胖女人时常突然转个身，横过身子，隔着眼镜直愣愣地打量安妮。安妮非常不习惯被人这么近距离地打量，她真想大声呵斥她一顿。而旁边穿白色蕾丝礼服的女孩，正用懒洋洋的口吻跟她邻座的人说着什么乡巴佬、农夫的女儿之类的话，让安妮心生愤恨。她气愤地想，即便是到死，自己也会一直恼恨这个穿白色蕾丝礼服的女孩子。

也是活该安妮倒霉，这天晚上，刚好有一位专业的朗诵家就住在大饭店里，她也会在音乐会上献艺。她是一位高雅美丽的女士，形体优美，有一双黑宝石一样的眼睛，身穿闪闪发亮的鳞片状银灰色长礼服。她的嗓音优雅性感，那瀑布般的黑发以及佩戴的宝石首饰都完美无缺。表演时，她用几种不同的声音交替变换，展现了无与伦比的感染力，观众们都被她的表演打动了。

这时安妮早把自己的使命和自己担心的事抛到一边儿了，她的双眼炯炯有神，听得如痴如醉。朗诵结束的时候，安妮激动得一把捂住自己的脸。后来她又想到，听过这位朗诵家的表演，其他人根本就不能再朗诵了，绝对不能了。安妮原以为自己朗诵得挺不错，这下可如何是好？

啊，她恨不得能长出一双翅膀立刻飞回绿山墙农舍。

就在她心慌意乱、无所适从的时候，忽然听见台上有人在叫自己的名字。安妮用尽全身力气站起来，微微趔趄着走到舞台上。那个穿白色蕾丝礼服的女孩子好像有些心虚地说了句什么话，但是安妮根本没有心情去理会。

看见安妮面色惨白地站到舞台上，戴安娜和简在观众席上暗暗地替她捏了一把汗，两人担心地将手紧紧握住。安妮十分紧张。虽说她已经在众人面前表演过无数次，但是像今天这样的场合，在这么富丽堂皇的音乐礼堂里，在这么多观众的注视下，在这么多明星会聚的音乐会上朗诵，还是生平第一次。安妮完全被吓坏了，身体僵直得无法动弹，她感觉四处是耀眼的灯光，四处是异样的感觉，自己已经完全被打败了。安妮觉得那些穿晚礼服的女人都用批评的眼光看着她，交头接耳地议论，她们举手投足间透露着独特的优雅气质和华贵雍容。安妮的脑子乱成一团糨糊，台下的这些观众，跟她平时在辩论俱乐部的长椅上看到的那些熟悉的、满布微笑的脸有多大差别啊。坐在这里的人听到安妮的朗诵肯定会毫不留情地纷纷批判、大加斥责。她们肯定会跟那个穿白色蕾丝礼服的女孩子说出同样的话，这个小姑娘朗诵的是什么东西啊，一个乡下姑娘懂什么朗诵啊……安妮觉得自己被凄惨和绝望包围了。

她心情无比沉重，两腿直打战，都快站不住了，一颗心扑通扑通跳得厉害，一句话都说不出来。要是她就这样逃走，那么她这一生都会活在屈辱与失败的阴影中。可是即便如此，接下来的一瞬间，安妮脑子里叫嚣的依然是"逃走""逃走"。安妮睁大眼睛往台下扫视一圈，吃惊地盯住了观众席上的一个人。吉尔伯特这会儿正坐在后排的座位上，他身体前倾，脸上挂着一丝微笑。安妮觉得吉尔伯特好像是在看自己的笑话，这个微笑

就是他的得意和对自己的嘲讽。

实际上，这不过是安妮的想象罢了。吉尔伯特脸上的那种表情只是应景，乔茜·派伊坐在他身边，她的脸上流露出真正的得意和嘲讽。不过安妮根本就没在意乔茜，哪怕是看见了，她也不会让乔茜成为她的障碍。

安妮深深地吸一口气，骄傲地昂起头，勇气和决心立刻电流般击中了她。绝不能在吉尔伯特面前失败，不能成为他嘲讽的对象。胆怯和紧张突然消失了，安妮开始朗诵。她清脆甜美的声音传遍了大厅的各个角落，没有丝毫的颤抖和停顿。安妮完全恢复了原有的沉着与自信，刚才严重的紧张感没有对她造成任何影响，她现在轻松自如，朗诵得比以往任何时候都好。朗诵一结束，观众席上立刻爆发出暴风雨一般的掌声。安妮又兴奋又害羞，激动得满脸绯红。她扭头向自己的座位走去，突然感觉有人一把拉住了她。她回头一看，那个穿粉色礼服的胖女人正拉着她的手使劲儿摇着。

"啊，亲爱的，你朗诵得太好了。"她气喘吁吁地说，"我刚才就跟个孩子一样，哇哇地哭了起来。真的。你看，大家都要你再来一个，他们会再次喝彩的，他们坚持要你再回台上去。"

"啊，我不能去，"安妮慌乱得不知如何是好，"不过……我要去，否则马修会伤心的，马修一直认为观众会叫再来一个。"

"那你就别让马修伤心了啊。"胖女人笑着说。

安妮双眸清澈，面颊绯红，又轻松地微笑着回到台上。这次她朗诵了一段古怪、独特又饶有趣味的小文章，这下她的观众更着迷了。那一夜接下来的时间对她来说是大获全胜。

那位穿粉色礼服的胖女士原来是个美国百万富翁的妻子，她俨然成了安妮的保护人。音乐会一结束，她就牵着安妮，把她介绍给每一个人，大家都对她的朗诵感觉好极了。那位专业的朗诵家埃文斯夫人也走到安妮的身边，夸她的声音非常迷人，说她对那段诗歌的诠释非常透彻。就连那个穿白色蕾丝礼服的高个儿女孩儿也有气无力地赞扬了她一番。随后，他们到装饰得富丽堂皇的餐厅去用餐，和安妮一起来的戴安娜与简也被邀请了。但是比利这会儿却不见了，怎么都找不着，他对这类邀请十分害怕，早就躲了起来。等到晚餐结束，大家才发现比利正在马车里等着呢。三个女孩子快活地走出餐厅，沐浴在安静皎洁的白色月光下。安妮深深地吸一口气，凝望着漆黑的冷杉树枝上面澄澈的天空。

啊，又回到这恬静美妙的世界了，置身于这寂静、纯洁的夜色中真令人心情愉悦啊。一切都是那么美好、安宁、神奇。远远地传来大海的低吟，被黑暗笼罩的悬崖，就像是童话世界中守护海岸的巨人。

"今天晚上实在是太美妙了，是不是？"马车刚刚启动，简叹了一口气说道，"我真希望自己是个有钱的美国人啊。能够在大饭店里度假，珠宝满身，穿着低胸礼服，每天吃冰淇淋和鸡肉沙拉。我相信这一定比当学校里的教师有趣多了。安妮，你今天的朗诵实在太精彩了，虽然刚开头我还很担心，我怕你开不了口。我觉得你朗诵得比埃文斯夫人还好。"

"啊，千万别那么说，简，"安妮赶紧说，"那样说实在太离谱儿了。我怎么能跟埃文斯夫人相比呢。你知道，她可是专业的朗诵家，我只不过是个略通朗诵技巧的女学生。只要大家都喜欢我的朗诵，我就觉得满足了。"

"我得告诉你一句赞美的话，安妮，"戴安娜说，"根据他说话的口气，我觉得那是在赞美你。不管怎么说，起码有一部分的赞美在内。简

和我的后面一排坐着一位美国人，黑头发黑眼睛，我觉得他长得非常有气质。乔茜·派伊说他是位著名的艺术家，她母亲的表妹就住在波士顿，嫁的男人曾经是这位艺术家的校友。嘿，简，你是不是听见他说：'舞台上那个长着漂亮的提香色头发的女孩子是谁？她的脸蛋儿……嗯，我应该把她的脸蛋儿画下来。'他是这么说的吧，简？可是，安妮，提香色的头发是什么意思？"

"嗯，我想，大概指明显的红色。"安妮笑着说，"提香是意大利有名的画家，最喜欢画红头发的女人。"

"你们看到那些女士佩戴的钻石了吗？"简叹息道，"啊，实在叫人眼花缭乱。姑娘们，做有钱人真好啊！"

"我们也很富有啊。"安妮信心满满地说，"你看，我们已经度过了属于自己的十六年。这十六年里，我跟大家一样，每天都像女王一样快乐地生活，有自己的想象力。啊，你们看，那大海，那一片银白，没有一点儿阴影。哪怕是让我们拥有几百万金钱，有几千箱的珠宝钻石，也没法儿跟这样精彩绝伦的大自然相比。要是有人说愿意拿钱和钻石珠宝来交换我丰富多彩又自由自在的生活，我肯定不会同意。就算你愿意，恐怕你也不会变成她们当中的一个。你愿意变成那个穿白色蕾丝礼服的高个子女孩儿吗？一副尖酸刻薄的样子，从落地那天就不把任何人、任何事放在眼里。还是你想成为穿粉色衣服的那位胖女士？她虽然很和蔼可亲，但是看上去一点儿曲线都没有。或者是你想变成埃文斯太太，眼里总带着愁苦悲伤的表情？只有一个经历过很多悲伤的人才会拥有那样的眼神。简·安德鲁斯，你好好想想，难道你愿意成为那种人吗？"

"我……我实在说不清楚。"简好像没能理解安妮的话，有些迷糊地说，"我觉得钻石也许能给人带来安慰和满足。"

　　"啊，除了我自己，我可不想成为其他任何人，哪怕一辈子都没有钻石也无所谓，"安妮宣誓一般说，"我戴着那串珍珠项链，做绿山墙的安妮，对我来说就已经是最大的满足。那串项链是马修为我买的，那上面凝聚的爱，比最贵重的钻石还值钱。"

第三十四章
奎恩学院的普通女生

　　还有三个星期安妮就要到奎恩学院去上学了，整个绿山墙都为安妮入学的事情忙碌起来。好像总有做不完的针线活儿，叮嘱不完的事儿和无法决定的安排。马修负责去采购全套用品，买的东西自然都非常好，光是安妮穿的漂亮衣服，马修就准备了好几件。这一次，不管马修说要买什么，玛丽拉都没有反对，还答应得特别痛快，这可是破天荒的第一回。有一天晚上，玛丽拉自己还抱着一块绿色面料到东山墙的屋子来了，那布料非常精致。

　　"安妮，你看看这块布料，挺漂亮吧，给你做一件晚礼服怎么样？虽然你可能觉得衣服已经不少了，但我觉得，你到城里去了，万一被人邀请到什么地方，或者是出席个晚会什么

的，肯定需要穿得讲究一些。听说简、鲁比和乔茜都有晚礼服，就你还没有，我可不想你落在后头。上个星期，我请阿伦夫人陪我进城，专门挑了这块布料。我打算请艾米莉·吉里斯给你做一件，她心灵手巧，品位高雅，做出来的衣服都特别合体，这方面没谁能比得上她。"

"啊，玛丽拉，这实在太好了。"安妮说，"我要谢谢您替我想得这么周到。您可不该对我这么好，这样我就更舍不得离开绿山墙了。"

没几天，艾米莉就把衣服做好了，她还根据自己的独特眼光，在上面恰到好处地加了些褶子、花边儿和其他装饰。这天晚上，安妮特意穿上新衣服，在厨房里为玛丽拉和马修朗诵《少女的誓言》。看着她活泼、欢快、生机勃勃的样子，玛丽拉不由得想起她刚来绿山墙的情形。那时站在她面前的，是一个惊恐万分、胆怯古怪的孩子，那件黄棕色的绒衫紧紧地绑在身上，看起来那么滑稽，那孩子双眼蓄满泪水，一副悲痛欲绝的样子。所有的这一切至今仍历历在目，这让玛丽拉不禁流下了眼泪。

"啊，玛丽拉，是不是我朗诵的诗让你感动得哭了？"安妮高兴地问，跑到玛丽拉跟前，弯下腰，在她脸上吻了一下，"这就是我朗诵成功的见证。"

"不，不是这样，跟诗歌和朗诵都没关系。"玛丽拉说，她觉得被诗这样的东西感动得落泪是很愚蠢的举动，"看到你这样，我又想起了你小时候的事情，想起你刚来的时候。你要还是个小姑娘多好啊，哪怕举止古怪点儿也不要紧。可是现在你居然长这么大了，就要离开这里了。安妮，你看，你现在个子这么高，人也变漂亮了，再穿上这件礼服，整个儿像变了一个人一样。只要一想到你就要离开，我的心就空落落的。"

"玛丽拉！"安妮叫着，一下子扑到她怀里，用双手捧起那张满是

皱纹的脸，仔细地端详着，眼睛里充满了感激与柔情，"我一点儿都没变啊，还是跟以前一样。我是在这里剪掉了枯枝，又长出了新芽。我永远不会忘记的，不管我什么时候回来，我跟你们还是一样亲近。将来不管我到了哪里，长相发生了多大的变化，都没差别，我依旧是你们的小安妮。我爱你们，我爱绿山墙。我知道，这种爱会天长地久，永远存在下去。"

安妮说着，将自己那张娇嫩年轻的脸凑过去，紧紧贴在玛丽拉饱经风霜的面颊上，同时伸出一只手搭在马修的肩上。玛丽拉的心里无比宽慰，安妮就跟她亲生的女儿一样，不过她没有用语言表达，而是伸出双臂，紧紧地抱住了这个孩子，将她的脸紧紧贴在自己胸前。玛丽拉心想，要是能够永远这样亲热地搂着她该有多好啊。

马修的眼里也蓄满了泪水，他悄悄地站起身来，来到屋外。在夏夜的星光下，他激动地穿过院子，在白杨树下的栅栏前顿住了。"嗯，安妮真是个好孩子，"他骄傲地对自己说，"我这么宠爱她，她却一点儿都没变坏，看来我们的教导也很成功。她是个聪明孩子，越变越漂亮，又满怀爱心，这一点是最重要的品质，比别的什么都强。她是上帝对我们的恩赐，现在看来，斯潘塞夫人的那个错误的确太美好了。就是那个美丽的错误才让我们有了这样的运气。唉，我本来不承认运气的存在，但是这是天意，我们需要这个孩子，上帝一早就知道这一点。"

安妮进城的日子终于到了。这是一个九月的清晨，天气晴朗。安妮含着泪同玛丽拉道别，玛丽拉克制着自己，尽量显得很镇定。戴安娜也来了，两人依依不舍地挥手作别，然后安妮便跟着马修坐到马车上出发了。

安妮走后，戴安娜好久才止住泪水，她没法儿一个人待着，于是去找卡莫迪的那几个表兄妹，一起到白沙镇的海边野餐去了。自从安妮走后，玛丽拉觉得头痛难忍，她坐卧不宁，整整一天都不停地掉泪，于是她拼命地干活儿，一刻都不敢停下来。夜里躺到床上去，玛丽拉心头的疼痛越发剧烈，她清楚地知道，可爱的安妮已经不在东山墙的小屋里，那孩子轻轻的呼吸声再也听不见了。她把脸埋进枕头，流下思念和牵挂的泪水。她哭得越来越大声，直到把自己都吓住了，后来才安静下来。她想到，既然自己也是一个充满原罪的生命，为什么会这么激动，为什么会无法忍受痛苦呢？这样一想，她又开始感到羞愧。

埃文利的其他学生都是准时到了城里，然后又匆匆地往奎恩学院奔去。第一天是新生见面会，然后又根据学生们各自的志愿把他们编入不同班级，大家在兴奋中度过了这忙碌的第一天。安妮和吉尔伯特都听从斯蒂希老师的建议，选修了二年级的课程。这样的话，要是他们能够顺利完成学业，就能够在一年内获得一级教师资格证。但这注定不是一条坦途，要求极为严格，他们需要付出艰辛的努力。简、鲁比、乔茜、查理和穆迪·斯伯吉文没这份雄心壮志，都按部就班地选了一年级课程。

安妮和五十多名新生坐在教室里，她唯一认识的就是教室那一头高个儿、棕发的吉尔伯特，一种孤独感猛地向她袭来。她觉得，跟吉尔伯特那种人认识对自己来说根本毫无意义。不过，两个人能在一个班级，她还是觉得非常高兴，这意味着，过去的竞争会一直延续下去，否则，她还真的有些无所适从了。

"最让我觉得不习惯的，就是没有竞争。"她想，"吉尔伯特神情果敢坚毅，看上去他已下定决心要赢得奖牌。我也需要这种坚定的信念。嗯，吉尔伯特的下巴长得真漂亮。我以前怎么从来没留意过。要是简和鲁比也在同一个班级就好了。不过也没什么，只要时间久了，我习惯了，大家都熟悉之后，我就不会有这种心慌胆怯的感觉了。不知道班上哪个女孩

子能够成为我的好朋友。这样一想还挺有趣。嗯，不过我同戴安娜发过誓，不管我跟哪个同学志同道合，都不会超过与她的关系，我待她们永远不会像待戴安娜一样。那个穿深红色上衣、长着褐色眼睛的女孩儿看上去挺好的，活力十足，像一朵盛放的红玫瑰，真讨人喜欢。啊，还有那个肤色雪白的女孩儿，她的一头金发真漂亮，她正出神地凝视着窗外，看起来也是一个富有想象力的女孩儿。嗯，要是能跟她们认识，成为可以挽着胳膊走路、互相用昵称的好朋友就好了。不过，也许她们并不愿意同我交往。唉，好孤单啊。"

那天的黄昏时分，安妮一个人待在宿舍里，觉得十分孤独。简她们几个在城里都有亲戚，唯独她没有。虽然约瑟芬·巴里小姐盛情邀请她到她家去住，可是那地方离学校实在太远了，所以巴里小姐帮她找了一个公寓。这个住处还能提供膳食，巴里小姐跟马修和玛丽拉保证，它对安妮来说非常合适。

"这个公寓的主人是一个没落家庭的贵妇人，"巴里小姐解释道，"她的丈夫是一位英国军官，她一向要求严格，对入住的客人十分挑剔。安妮住在这里，不会遇到什么麻烦。这里伙食好，离学校又近，各方面条件都不错。"

事实的确跟巴里小姐说的一样，可是，安妮还是不由自主地想家了。这间屋子非常狭小，安妮仔细打量着屋内的陈设。墙壁上贴的墙纸已经晦暗老旧了，见不到一张画，屋子里除了一张小小的铁架床和一个空空的书架之外，就没有其他东西了。绿山墙的房间多么明亮啊，安妮不禁哽咽起来。绿山墙那里，夜晚是一片静谧美好的墨绿色世界。屋外满眼的绿色，花园里香豌豆花迎风吐蕊，果园沐浴在明媚的月光里，山坡下有潺潺的溪流，冷杉树枝在夜风中轻轻摇曳，浩渺的夜空中群星闪耀，树丛里还能隐隐透出戴安娜窗口的灯光……那里有数不尽的美好事物。而这里呢，什么美好的事物都找不到，窗外只有一条僵硬的大马路，空中到处都是网状电线杆，路上来往往的面孔全都是陌生的，就连那一大片街灯看起来也那么陌生。她越看越伤心，泪水滴了下来，一滴，两滴！她拼命忍住。

"不能流泪！不能这样脆弱和愚蠢……唉，第三滴泪水从我的眼睛里滑落出来了，后面还跟着好多眼泪。我应该赶紧想点儿什么有趣的事情。可是我记得所有有趣的事情都是跟埃文利相关的。啊，这会儿怎么比刚才还糟糕……第四滴……第五滴流下来了。星期五就能回家看看了，这时距离星期五好像还有几百年的时间。啊，马修这会儿应该已经到家了吧，玛丽拉就站在门口，不停地朝小路那里张望，看着他驾着马车往回走……第六滴……第七滴……第八滴……啊，数不下去了，泪水全都涌出来了。高兴的事情我怎么都想不起来，还是不想了，就任由泪水这样流吧。"

当泪水正化作小河哗哗流淌的时候，乔茜·派伊来了。能看到一张熟悉的面孔，安妮高兴极了，她已经全然忘了两人之间根本没有多少友爱的事实。埃文利是亲切又熟悉的，派伊的到来好像就带给她这种气息，她很高兴。

"看到你我太高兴了。"安妮发自内心地说。

"你哭了吧？"乔茜的语气中充满了居高临下的怜悯，"想家了是不是？这看来是确定无疑的事，在这方面有自制力的人实在太少了。告诉你，我才不会想家呢。埃文利死气沉沉的，又偏僻、又落后，有什么值得留恋的？城里多好玩儿啊，就跟天堂一样。我居然会在埃文利生活那么久，现在回头想想都觉得不可思议。安妮，你不该哭，哭了会变难看的。你的鼻子、眼睛都哭红了，再加上一头红发，整个儿都是红的了。新学校

太好了，我一天都情绪高涨。我们的法语老师非常英俊，胡子特别有趣，看一眼就会叫人兴奋得心扑通扑通直跳。我饿死了，你有吃的吗，安妮？我猜玛丽拉一定会给你准备不少好吃的，我就知道，所以才来找你的。要不然我早跟弗兰克·斯托克里到公园去看乐队表演了。他跟我住同一个公寓。是个很友好的人。他在教室里还注意过你呢，跟我打听那个红头发的女孩儿是谁。我告诉他，你是卡斯伯特家收养的孤儿。大家好像都还不太清楚你以前的情况。"

安妮听她絮叨，心想，有她在这里，还不如自己一个人哭呢。正在这时，简和鲁比也推门进来了，她俩都把奎恩学院一寸长的彩色丝带得意地别在胸前，上面的紫色和红色尤其醒目。看到简进来，乔茜的神色立刻收敛许多，她俩有好一阵子没说话了。

"唉，"简叹了口气说，"今天太忙乱了，从早上到现在，我觉得好像已经过了几个月。我本来应该在家预习一下维吉尔的诗歌的。那个可怕的老教授，给我们布置了二十行的内容，明天就开讲。可是，我怎么都无法静下心来……安妮，你脸上的印记是泪痕吧？你哭过了？哭了就干脆点儿承认呗，这样我也能稍微恢复一下自尊心。鲁比去我那儿之前，我也在掉泪。发现有人跟我一样，我就不觉得自己是个傻瓜了。啊，有蛋糕。递给我一小块吧？谢谢。嗯，埃文利独特的味道可真亲切啊。"

这时鲁比注意到了桌上摆放的奎恩学院的校历，便问安妮是不是打算赢得金奖。

安妮的脸腾地红了起来，她不好意思地说正在考虑这事情。

"啊，你一说我就想起来了，"乔茜说，"听说学院将得到一份艾弗里奖学金，今天来的通知，这是弗兰克·斯托克里告诉我的，他舅舅是校董事会的成员，这个消息将会在明天公布。"

　　艾弗里奖学金！安妮立马激动起来，心头充满了雄心壮志。在这之前，她本来下定决心要在一年学习结束后拿到一级地方教师资格证，要是成绩够好，也许能拿到一枚奖章，这就是她的至高目标。现在完全变了，要争取艾弗里奖学金，然后升入雷德蒙大学学习文科教程。乔茜·派伊的话刚结束，安妮就好像看见自己头戴学士帽，身穿学士长袍参加毕业典礼的景象。

　　艾弗里奖学金是专为攻读英国文学的学生设立的，而英国文学正是安妮最拿手的科目。艾弗里奖学金是新布伦瑞克省一位有钱的工厂主临死前捐赠的，将根据不同的情况分配给沿海各省的有关高中和中专学校。能否获得这项奖学金，得看这些高中及中专学校的排名情况。有关奎恩学院能否入选，一直众说纷纭，现在答案终于确定了。在奎恩学院英语和英国文学课上获得最高分的毕业生能够获得这项奖学金，他将在进入雷德蒙大学的四年学习生活中，每年获得二百五十元资助。

　　那天晚上，安妮激动得几乎睡不着了。"要是通过努力学习就能获得那份奖学金的话，这实在太好了，我一定得争取。"她兴致勃勃地盘算着，"要是我能拿到文学学士的学位，马修该有多自豪啊。嗯，树立雄心壮志和远大的抱负能够让人感觉生活充实。我很高兴自己能够这样做。奋斗，永无止境的奋斗，这太好了。一个目标刚刚实现，我又看到另一个更新更高的目标在向我招手，这种生活让我充满期待。"

第三十五章
奎恩学院的冬天

时光流逝，安妮的多愁善感也逐渐变淡了，这也因为她每个周末都回家去。趁着天气好，埃文利来的学生每个星期五的傍晚都会乘坐新的铁路干线到卡莫迪。戴安娜就带着一帮埃文利的年轻人到那里迎接他们，然后大家就跟吉卜赛人一样，翻过秋日的山冈，呼吸着新鲜空气，高高兴兴结伴走回埃文利。在斜阳的映照下，望着埃文利的灯火在远方闪烁，安妮觉得一切都是那么熟悉和美好。这是她一个星期中最快活的时光了。

吉尔伯特·布莱斯几乎每次都跟鲁比·吉里斯结伴而行，还帮她拿书包。鲁比长得很漂亮，俨然一个体面的贵妇人，她一直幻想着长大，实际上，她已经出落成一个窈窕的大姑娘

了。在母亲允许的范围内，她会尽量把裙子放长一些，在学校里一直盘着头发，只有回家的时候才放下来。鲁比长着一双亮晶晶的蓝色大眼睛，皮肤白皙光洁，身材丰腴，十分引人注目。

"我总觉得吉尔伯特喜欢的不是她这类女孩子。"简小声地对安妮说。安妮心里也是同样想法，不过她的全副精力都放到艾弗里奖学金上了。偶尔，她也会想一下，吉尔伯特是一个有远大志向和抱负的人，要是能跟这样的朋友一起聊天，谈论一下学习，规划一下将来的事，那该多好啊。她觉得要是他跟鲁比谈论这些事，总觉得不太合适。安妮现在对吉尔伯特已经没有了半分怨恨，哪怕有一天跟吉尔伯特和好了，吉尔伯特有多少个朋友，跟谁在一起，这些她都不会在意。

安妮在学校里逐渐吸引到一帮朋友，他们跟安妮一样，都是爱思考、想象力丰富、志向远大的女孩子。当然，其中也包括红玫瑰姑娘斯特拉·梅纳德和梦幻姑娘普里西拉·格兰特。普里西拉虽然肤色雪白、面容纯洁高贵，但是却十分调皮，喜欢捉弄人。斯特拉的黑眼睛灵动异常，跟安妮一样喜好幻想。

圣诞节之后，埃文利的学生都不再回家，将全副精力投入到学习中。奎恩学院的学生们成绩之间的差距逐渐拉开，各个班级也显现出独特的个性和特色。虽然学生们都不愿意承认，但是事实就摆在眼前：金牌奖章的候选人基本上已经框定在吉尔伯特·布莱恩、安妮·雪莉和路易丝·威尔逊三个人中了。但是艾弗里奖学金的竞争者就多达六个人，大家实力相当，到底谁负谁胜还不得而知。

学院里公认的第一美女是鲁比·吉里斯，二年级几个班中最美的女生则是斯特拉·梅纳德，只有一些独具眼光的学生才更喜欢安妮·雪莉。大家一致公认：艾塞尔·玛尔的发型是最时尚的；简·安德鲁斯勤劳简朴、

小心谨慎，夺得家政课的所有奖项。就连乔茜·派伊在学生中也有一定名气，因为她的尖酸刻薄而广为人知。总体说来，斯蒂希小姐的学生不管到什么地方，都算得上是个人物。

安妮依旧刻苦踏实地学习着，她与吉尔伯特之间激烈的竞争跟以前没有什么两样，不过班上很少有人知道，两人之间的报复和怨恨心理已经不复存在了。安妮的目标已经改变，战胜与自己一样强大的对手她才会觉得自豪。要是战胜了吉尔伯特，她会有一种满足感，要是吉尔伯特战胜了她，她也会觉得对方了不起。以前那种只要被超过就觉得天塌下来的狭隘心理早就荡然无存了。

学业虽然繁重，但是在课余时间，学生们也能给自己找到一些玩耍的机会。安妮的课外时间大都是在山毛榉宅院度过的，星期天的时候到那里吃午饭，然后跟巴里小姐一起去教堂。巴里小姐虽然年岁已高，但是黑眼睛依旧炯炯有神，还跟以前一样健谈。她以前本来刻薄挑剔，现在却对安妮非常慈爱。

"安妮一直在进步。"她说，"别的姑娘们总是一成不变，没什么新鲜感。你看安妮，她就跟彩虹一样，不停地变换色彩，总是活泼美丽。小的时候她行为古怪、惹人发笑，现在不太好说，但是我却不由自主地喜欢她。这实在是令人高兴的事，我很少主动喜欢上谁，那是个麻烦事儿。"

不知不觉，春天又悄悄地到来了。虽然埃文利的灌木丛上仍然有积雪，但是五月花却吐露出粉红色的花苞，林间山谷中已经蒙上了绿色的薄雾。可是在夏洛特敦，没有谁注意到季节的变化，奎恩学院的学生们日常谈论的、脑子里想的全都是考试。

"没想到学期这么快就结束了。"安妮说，"唉，去年秋天还觉得一年的时间很漫长呢。经历忙碌的冬天，一直上课、学习，努力到现在。考试已经临近了，就是下个星期。姑娘们，考试真的就是一切吗？看到栗子树鼓起的大嫩芽，看到街道尽头弥漫的蓝色雾气，我又觉得一切都没什么大不了的，考试算不上多重要。"安妮对到自己公寓的简、鲁比和乔茜说。

不过她们三个听了这话直摇头，对她们来说，考试就等于一切，是重中之重，那些栗子嫩芽或者蓝色烟雾算得了什么呢？安妮是绝对能够通过考试的，她自然会从战略上轻视它。但是简、鲁比和乔茜就觉得不一样了，她们认为所有的前程都系在这场考试上，所以她们当然无法做到泰然自若了。

"才两个星期，我一下就瘦了七磅。"简叹了口气说，"不管我怎么对自己说不用担心，始终还是白费力气。不过担心也有一定的好处，起码人在担心的时候，肯定会更努力。我在奎恩学校苦熬了一个冬天，还花掉那么多钱，要是拿不到证书那就太可怕了。"

"这点我倒不在乎。"乔茜插嘴说，"今年考不过，大不了明年再来呗，反正我家经济条件允许。安妮，我听弗兰克说，特里梅教授认为奖章肯定是吉尔伯特的了，而艾弗里奖学金好像非艾米莉·克莱莫属。"

"听你这么一说，我的心好沉重，乔茜。"安妮笑着说，"不过我现在却一点儿都不在意，只要想到绿山墙下面那片山谷里，紫罗兰依然盛开，'恋人的小径'上，三叶草照样探出绿茸茸的小脑袋，我就觉得，能不能赢得艾弗里奖学金已经无关紧要了。我已经尽力了，奋斗过程就给我带来了快乐。除了收获胜利，遭遇失败也是一种幸事。姑娘们，别再谈论考试了。看看屋顶上方的天空，是不是浅绿色的？再想想埃文利，黑紫色的枞树林上方的天空又是什么样子呢？"

"简，毕业典礼的时候你打算穿什么？"鲁比很快又回到当下的现

实了。

　　听到这个，简和乔茜立刻精神起来，三人围绕时装展开了激烈的讨论。安妮一个人靠在窗台上，手托着腮，神情迷蒙，目光穿过城市的屋顶与尖塔，一直望向霞光四射的天空，那里似乎有她用乐观情绪编织的金色的梦。在未来的岁月里，一样有光辉的前程，跟往年一样，一顶不朽的花冠里又将织进一朵希望的玫瑰。

第三十六章
光荣与梦想

　　折腾了一早晨，奎恩学院的公告栏上，所有科目的考试成绩都将公布出来。简和安妮在路上结伴走着。简非常高兴，考试已经结束了，她肯定能够及格。她没什么雄心壮志，所以也就少了很多不安与担忧。想要获得什么，就必须付出相应的代价。胸怀大志是好事情，但是理想之路却遍布崎岖，这种期望会与不安和失望相伴而行。安妮脸色苍白，一句话都没说。再过十分钟，就会知道谁获得奖章，谁获得艾弗里奖学金了。时间好像有意放慢了步伐，好叫人们从分分秒秒的煎熬里明白什么叫等待。

　　"我相信，肯定有一项是属于你的。"简说，她相信一切都会是公平的。

绿山墙的安妮
Anne of Green Gables

　　"艾弗里奖学金早就没指望了。"安妮说，"大家都说那是铁板钉钉的事，属于艾米莉·克莱。我不打算去公告栏了，当着大家的面去看名单，我怎么都鼓不起勇气来。我直接到女生更衣室了，简。看在我们这么深厚的友谊上，我请你帮我看一眼，请快一点儿。哪怕我失败了，也要直截了当地告诉我，别心存怜悯。答应我好吗？"

　　简郑重地点了点头，其实这项保证立刻就显得毫无意义了。她们踏上学院大门的台阶时，看见大厅里挤满了男生，吉尔伯特·布莱斯被大家抬了起来，所有人都在喊："布莱斯万岁！吉尔伯特·布莱斯！"

　　失败与沮丧感向安妮迎面扑来，她眼前霎时一片漆黑。这表明，吉尔伯特胜利了，而自己彻底失败了。唉，马修该有多么失望啊，他始终坚信他的安妮会夺取奖章的。

　　可是，紧接着，不知道是谁高呼了一声："为艾弗里奖学金得主安妮小姐，三呼万岁！"在四周一片欢呼声中，安妮和简跑进了女子休息室。

　　"啊，安妮！"简呼吸急促起来，"啊，安妮，你是我的骄傲！你太了不起了！太棒了！"

　　还没等站稳，就有一群女学生们拥上来把安妮一下子围了起来，她们一边欢笑着，一边齐声向安妮祝贺，大家都为安妮考得如此出色而高兴。她们亲密地拍着安妮的后背，争着和她握手。安妮被簇拥着，大家推来挤去，根本无法脱身。趁着一个空当安妮悄声对简说："啊，马修和玛丽拉该有多高兴啊！我得赶紧给家里写信，赶快告诉他们这个好消息。"

　　接下来的重大事件是毕业典礼。典礼在学院的大礼堂举行。致祝辞，宣读论文，唱歌，授予毕业证书、奖状和奖牌等，一切都在井然有序地进行着。马修和玛丽拉都出席了毕业典礼，他们俩只关心一个人——台上那个身穿淡绿色裙子、脸颊微红、眼睛炯炯有神的高个儿姑娘。哪怕是眼睛和耳朵都黏在她身上，似乎还嫌不够。当她高声朗读论文时，马修听见大家都在低声议论着，那个安妮就是艾弗里奖学金得主。

等安妮朗读完论文，进入礼堂后，马修小声说道："幸亏当初把这孩子收养在咱家，你为此感到高兴吧，玛丽拉？"这是他进入大厅以来说的第一句话。

"我又不是第一次这么高兴。"玛丽拉有点儿生气，反驳道，"马修，你真是爱唠叨，总叫人扫兴。"

坐在两人身后的巴里小姐往前探了探身子，用阳伞轻轻地捅了捅玛丽拉的后背说："你为安妮姑娘感到骄傲吧？我可真为她感到骄傲。"

这天晚上，安妮和马修、玛丽拉一起回家了。从四月开始，她就一直没有回过家，她简直连一天都等不下去了。苹果花大朵大朵地绽放在枝头，四周的气氛也变得轻松、愉快起来，一切都是那么清新美好。戴安娜正在绿山墙农舍迎接他们的归来。自己的白色小屋里，窗台上摆着一盆盛开的玫瑰，那是玛丽拉一早准备的。看到这一切，安妮幸福地深深吸了一口气。

"噢，戴安娜，回到家里的感觉实在太好了。看，粉色的天空，那一片枞树林，一片雪白世界的果树园，昔日的'白雪皇后'，这一切都让我心情振奋。还有那一丝沁人心脾的薄荷清香！那株香水月季，简直就是一首歌、一个希望和一句祈盼。能跟戴安娜再次相会，我实在太高兴了。太好了！"

"那个叫斯特拉·梅纳德的女孩子，你忘记了吗？我还以为你最喜欢的是她呢。听乔茜·派伊说，你已经跟她形影不离了。"戴安娜以责备的口气问道。

安妮听后爽朗地笑了起来，抽出花束中有些晒蔫了的六月百合，朝戴安娜扔过去。

"最喜欢的人啊？除了一个人之外，她就是我最好的朋友了，这个人就是你呀。在我心中，排第一位的永远是你，她只能排第二。"安妮说，"我真想你啊，戴安娜。和从前相比，你对我来说越发重要了。我有千言万语想对你说，不过现在就这样能看上你一眼，我就觉得很满足了。那些勤奋学习的日子和雄心壮志好像已经让我厌倦了。我都打算好了，明天至少要在果树园的草地上舒舒服服地躺上两小时，什么也不想，好好休息休息。"

"你考得太好了，安妮。已经取得了艾弗里奖学金，那你就不用在学校教书了吧？"

"是呀，不教书了。我九月要到雷德蒙深造。这真是太好了，是不是？从现在起还有整整三个月的时间，可以尽情地玩乐了。等到九月，我会重新变得斗志昂扬、精神饱满，这样我又可以继续实现各种各样的新目标了。简和鲁比会去教书，我们全都通过了。穆迪·斯伯吉文和乔茜·派伊也都通过考试毕业了，这真叫人开心啊。"

"你听说简的事儿了吗？纽布里奇学校的理事会很早就跟简打招呼让她去呢。吉尔伯特·布莱斯也接到通知了。他倒是想去上大学，可是为了不给父母增加负担，他只有当教师来挣学费了。不过他能来这里教书得有一个前提，那就是埃姆斯小姐真的打算离开。"

听到这句话，安妮一时间无比错愕，她原以为吉尔伯特也会去雷德蒙大学呢。要是没有了竞争对手，学习起来可就没那么起劲儿了，生活也会变得平淡无奇。该怎么办呢？

第二天早餐时，安妮突然察觉到马修看上去不太精神，他的脸色比以前难看了许多。马修刚离开椅子，安妮便不安地问："玛丽拉，马修的身体还好吗？"

"不太好，他的身体好像出了一些问题。"玛丽拉非常担心，"春天时，他心脏病就开始频繁发作，有好几次都非常严重。虽然这样，他就是不愿意闲下来，真叫人担心呀！不过最近好像稍微好了一些，因为我们雇了一个好帮手。要是他好好休息一番，也许身体能够慢慢恢复。你一回来，他就又有了精神，只要安妮在，马修总是非常高兴的。"

安妮隔着桌子探出身体，双手捧起玛丽拉的脸颊："玛丽拉，看看你，你好像也不如从前那么有精神了，是不是太劳累了？你太操劳了吧？现在我回来了，你该歇歇了。我只在今天到那些最喜爱的地方转一转，重温一下旧日的梦境，然后就轮到你好好休息了，活儿都交给我来干吧！"

玛丽拉深情地笑了一下，眼里亮晶晶的。她说："跟干活儿没多大关系，是头痛得厉害。最近眼睛经常痛，斯潘塞医生给我调过好多次眼镜了，可是好像没什么效果。据说六月底有位眼科医生要到爱德华王子岛上来，斯潘塞医生建议我一定要找他看看，我想到时候得去一趟。真没办法，现在看书、做针线活儿对我来说都很费劲儿，真难受！嗯，咱们安妮有出息了，一年的时间就拿到了一级教员的资格证书，还获得了艾弗里奖学金，了不起！蕾切尔说胜必骄，骄必败，女孩子最容易忘乎所以了。她一直认为女人没必要受高等教育，说这跟女人的天职不相符。我才不那么认为呢。说起蕾切尔，啊，安妮，关于亚比银行的事你最近听说了什么吗？"

"听说情况很糟，已经快要倒闭了。怎么了？"安妮说，"为什么问起这个？"

绿山墙的安妮
Anne of Green Gables

"蕾切尔也是这么说的。她上星期来过咱家，说起了这件事。马修听了非常担心，我们家里的钱一分不剩地全都存在那里了。本来我早就觉得存到储蓄银行保险，但是亚比先生是爸爸的老朋友，爸爸一直都在他那儿存钱。马修说，只要是亚比先生任银行总裁，肯定会没问题的……"

"亚比先生早就是名誉总裁了，他年纪太大，实际执掌银行大权的早就是他侄子了。"

"这些我都是听蕾切尔说了才知道的，所以我对马修说，还是赶紧把存款取出来吧，他说要考虑考虑。昨天，我又碰到了赛尔先生，他说这家银行声誉很好，不会有问题的。"

这天阳光明媚，山花烂漫，安妮在外面待了一整天，玩儿得非常尽兴。她先是在果树园转了两三个小时，然后又去看了"树神水泡"、维多利亚池塘、紫罗兰溪谷，还去了一趟牧师家，跟阿伦夫人畅谈了一阵。傍晚时分，安妮和马修赶着母牛，一起穿过"恋人的小径"，走向后边的牧场。夕阳的余晖还是暖洋洋的，从西边的山口处倾泻下来，树林也被照耀得一片辉煌。马修垂着头，慢慢地往前走着，安妮也跟着放慢了脚步，挽扶着马修往前走。

"马修，我看你刚才干得太卖力了，"安妮埋怨地说，"你往后最好能少干一些，轻松一点儿。"

"嗯，可我好像做不到那样。"说着已经来到院门前，马修打开院门，把牛赶进去，"我也年纪一大把了，安妮，可是总不知不觉地忘记这一点。我干活儿干了一辈子，哪怕在干活儿的时候倒下也没什么的。"

"要是当时你们没要我，而是收养了一个男孩子就好了……"安妮痛苦地说，"那样他肯定能帮你们干不少活儿，也能让你轻松一下。为这个，让我变成男孩子我也心甘情愿。"

　　"不，不行，有你就够了，十个男孩子也抵不上你一个。"马修一边拍拍安妮的手一边说道，"我这话说得很有道理的。你看，获得艾弗里奖学金的不是男孩子吧？是个女孩子，就是我们家安妮，我真为你感到骄傲啊！"进到院子里之后，马修又冲着安妮腼腆地一笑。

　　天黑下来，安妮回到自己的房间里，那腼腆的笑容依旧浮现在她眼前。她在窗前坐了好长时间，脑子里一会儿想起过去的事，一会儿又幻想着美好的未来。窗外，皎洁的月光照在"白雪皇后"上，看起来一片朦胧。从果园坡那边的沼泽地里，传来了青蛙的鸣唱声。这个夜晚是那么宁静，充满了朦胧的美丽，芳香的清凉气息在空气中弥漫。安妮今后永远不会忘记这一晚，因为这是悲哀到来之前的最后一个夜晚。不幸正冷酷地守在那里，一旦被它缠上，生活将会发生巨大的转变。

第三十七章
死神的到来

　　"马修，马修，啊，你怎么了？是哪里不舒服吗？"玛丽拉的声音传过来，是那么惊恐而急促。这时，安妮正穿过客厅走进屋来，手里捧着一束雪白的水仙花。后来，安妮曾经一度无法接受水仙花和它的香味。安妮听到喊声，扭过头去，看见马修正在走廊口站着，手里拿着报纸，那张报纸在他的手中使劲儿抓着，他的脸色灰白，面孔扭曲。安妮猛地扔掉了花束，几步穿过厨房，跟玛丽拉同时奔向马修，可是两人都迟了一步，等她们赶到时，马修已经瘫倒在门槛上。

　　"啊！他没气儿了！"玛丽拉悲苦地叫了一声，"安妮，快去叫马丁！快！快！他就在牲口棚里。"雇工马丁刚刚从邮局回来，听

到这消息赶紧驾上马车去请医生，路过果园坡的时候向巴里夫妇通了信儿。碰巧蕾切尔夫人也在那里办事儿，于是三个人急急忙忙地跑到了绿山墙农舍，进门一看，安妮和玛丽拉两人正发疯一般呼唤马修，又想方设法要抢救他。

蕾切尔夫人轻轻地将两人推开，上前摸了摸马修的脉搏，又用耳朵贴在他心口听了听，然后伤心地抬起头，望着安妮和玛丽拉两人焦急不安的脸，泪水夺眶而出。

"玛丽拉，"蕾切尔夫人呜咽着说，"他……他已经没救了。"

"蕾切尔夫人，您不会觉得……不！这绝不可能！这怎么可能呢？马修他……"安妮无论如何也说不出那个可怕的字眼儿，她的脸色苍白如纸，看不见一丝血色。

"可怜的孩子！恐怕事实就是这样。安妮，看看马修的脸色。要是你跟我一样见过这样的面孔，你就会知道这意味着什么。"

安妮望过去，马修的面孔已经僵硬，面色如同死灰。

后来听医生讲，马修是受到了什么突然的刺激而死去的。他没有感到痛苦就咽气了。马修手中的报纸说明了一切，这张报纸是早晨马丁刚从邮局取回来的，上面报道了亚比银行破产的消息。

马修去世的噩耗很快就在埃文利传开了。绿山墙聚集了很多来慰问的好友和邻居，屋子里一整天都挤满了人。为了照料玛丽拉和安妮，以及安排马修的后事，人们跑前跑后，进进出出忙个不停。忠厚老实、内向腼腆的马修·卡斯伯特，有生以来第一次成了人们瞩目的对象。他身穿白衣，头戴白帽，一个人去了另外一个世界。

夜幕悄悄地降临了，绿山墙农舍这栋老房子也安静了下来。马修·卡斯伯特就躺在客厅的灵柩中，温和的脸上流露出一丝慈祥的微笑，花白的

头发垂落到脸上，看上去他好像正做着美梦。灵柩的边上摆放着一簇簇鲜花。这些花还是马修的母亲刚结婚那会儿栽种的。马修以前最喜欢它们，常常对着它们回忆起美好的往事。因为马修从心底里深爱着这些花，所以安妮亲去采了它们来，郑重地放到马修的身边，这也是安妮能给马修做的最后一件事了。

那天晚上，巴里夫妇和蕾切尔夫人都留了下来。戴安娜到东山墙的屋子看了一眼，只见安妮正在窗前呆呆地站着呢。

"安妮亲爱的，今天晚上我陪你一起睡吧？"戴安娜轻声地问道。

"谢谢你，戴安娜。"安妮回过头来认真地看着戴安娜，"我只想一个人静一静，希望你能明白我的感受。我一点儿都不害怕。只是想理一理头绪。从不幸发生的那时起，我都没一个人静静地待过一会儿呢。我真想一动不动地感受他的感受，但是我没办法。一会儿我觉得无法相信马修去世了，过一会儿我又觉得马修好像在很久以前就离开了人世一样——从那时起，我就一直被一种无法承受的痛苦煎熬、折磨着。"

戴安娜只有茫然地看着她，她觉得安妮的性情有些让人捉摸不透。而生来就有极强自制力、平时少言寡语的玛丽拉，这时却一下子崩溃了，伤心欲绝。这跟见不到一滴眼泪的安妮相比，戴安娜觉得还是玛丽拉这种情感能够让人理解。无论如何，戴安娜还是留下安妮一个人独自在房间里，惴惴不安地走了。

安妮本以为只剩下她一个人时，眼泪也许就会再涌出来。可是眼泪早就哭干了，安妮觉得这件事太可怕了。她是那么尊敬和爱戴马修，他俩昨天傍晚还一起散步，现在却只剩下自己一动不动地待在这屋子里，而他却安详地躺在楼下昏暗的房间里，永远地睡着了。夜很深了，她依旧跪在昏暗的窗边，遥望着山丘那边的星空祈祷。但是没有泪水涌出，只有那由于深深的悲哀而带来的阵阵可怕的心痛不住地向她袭来。最后安妮终于不堪忍受地昏睡过去。

半夜时分，安妮又无端从梦中醒来，周围漆黑一片，寂静无声。白天的一幕幕就像潮水一般朝她迎面扑来。马修临终前的那个晚上在门口与她分别时的笑脸又清晰地浮现在了安妮的眼前。那个声音回荡在她耳边：“是个女孩子，就是我们家安妮。我真为你感到骄傲啊！”安妮的泪水不由得夺眶而出，她悲痛欲绝，忍不住放声大哭起来。玛丽拉听到哭声，悄悄地走了进来，安慰安妮：“好了，安妮，好了，你是个好孩子，快别哭了，亲爱的。你就是再哭，马修也回不来了。别，别这样了，我虽然心里很明白，可怎么也控制不住。马修那么亲切、慈祥，他是我的好兄长。唉，只有上帝才了解这一切。”

“玛丽拉，你就让我这样痛痛快快哭一场吧。”安妮抽泣道，“哭出来我就好受多了，否则心中的剧痛我无法承受。陪我待一会儿，你就这样搂着我，我会感到好一些。我不能让戴安娜留下来陪我，她是那么温柔、善良，我不能让她跟我一起悲伤。玛丽拉，马修走了，没了他，我们怎么办啊？”

“唉，安妮，只剩我们两个，更要相依为命了。多亏你在家，要是这一段时间你不回来，我真不知该怎么办才好呢。安妮，也许你会认为我平时总是很严厉，好像我没有像马修那样爱着你，但是事实并不是这样的。现在我就告诉你吧，安妮，我是深爱你的，我一直把你当成自己的亲骨肉，从你来到绿山墙的那天起，你就成了我的欢乐和慰藉。”

两天后是出殡的日子。马修·卡斯伯特的灵柩从家里抬了出来，和马修生前种过的田地、果树园和树木一一进行了告别。

安葬了马修，埃文利又恢复了平静。绿山墙农舍也安静了下来，就

绿山墙的安妮
Anne of Green Gables

跟往常一样，一切还是有序地运转着。只有安妮不管看到什么都会想起马修，常常一个人躲在一旁发呆，暗自落泪。过了很长一段时间，安妮才从这种打击中恢复过来。不过马修不在了，她还是常常会觉得孤单。可是朝阳还是会升到枞树的树梢，花园里的花朵还是那样芬芳馥郁，戴安娜跟她说起有趣的事儿，她还是会忍不住笑出声来。这个世界依旧芬芳美好，依旧生机勃勃，爱与友情仍然感动着安妮的心。但是因为这些而感到的快乐又让安妮觉得羞耻和内疚，她很是不安，觉得自己不该开心起来。

一天傍晚，安妮来到牧师住处拜访，跟阿伦夫人一起走到院子里，忽然间又有些闷闷不乐了。

"马修不在了，可我还是能从一些事物中找到乐趣，不知为什么，我总觉得这是对马修的不忠。只要想起马修，我就觉得无比孤独，我无时无刻不在想念他，阿伦夫人。可是，今天，戴安娜和我说了件有趣的事儿，我居然忍不住笑了起来。当时我就想，再也不能笑了，我那么怀念马修，怎么还能笑呢？我觉得笑是不应该的……"

"马修活着的时候，最欣慰的事情不就是看到安妮的笑脸，听到安妮的笑声吗？他最大的希望就是你能从周围的世界中找到快乐。"阿伦夫人恳切地劝慰安妮说，"一个真正爱你的人，不管他是否健在，他永久的期盼就是你每天都快快乐乐的。你不应该把自己封闭起来，你该敞开心扉去接受大自然的帮助。我理解你的心情，任何人都会有这种经历的。自己所爱的人走了，能够分享快乐的人不在了，我们对某些事情还会产生快乐的情绪，这让我们感到内疚，好像背叛了他们。"

"今天，我到墓地去了。在马修的墓前种上了一株白玫瑰。"安妮好像在梦幻中自言自语，"很久以前，马修的母亲从苏格兰带来的就是这种白色的玫瑰，马修最喜欢这种带刺的可爱的鲜花了。真高兴能够在墓前为他栽上一株玫瑰，让马修喜欢的玫瑰在墓前陪伴着他，他一定会感到很高兴的。要是他能把这玫瑰带到天国就好了……每当夏季来临，马修喜爱的小白玫瑰就会对我们绽开笑脸。时间不早了，我该回家了。我如果不回去，玛丽拉一个在家，到了黄昏时分，会感到孤独的。”

　　“是啊，她以后会更加孤独。你如果上大学去了，不知道她一个人该怎么过。”阿伦太太说道。

　　安妮没有再说别的，只是道了声晚安，便慢慢地走回了绿山墙农舍。这时，玛丽拉正一个人在门前的石级上坐着呢。安妮也轻轻地坐到了她的身边。大门敞着，一个大大的粉色海螺垫在门轴处。海螺表面光滑，螺旋形的外壳上能够看到海边晚霞留下的一丝丝痕迹。安妮往头上插了一朵小小的浅黄色金银花，头一晃动，就会带起一股迷人的芳香。

　　“刚才你不在家的时候，斯潘塞医生来了，他说眼科大夫明天要到城里去，建议我去找他看看。要是他能给我配一副适合的眼镜，我就谢天谢地了。我进城的时候，你一个人能守得住家吧？我已经请马丁陪我一起去了……你得熨衣服，还要烤面包。”

　　“没关系，我都这么大了。要是不放心，我让戴安娜过来陪我就是。家里的活儿你就交给我吧，尽管放心地去看病。熨衣服、烤面包我都会做好的，不用担心，手帕不会上浆，面包里也不会加进止痛药水。”

　　玛丽拉哑然失笑：“那时候你真能折腾的，总是惹麻烦，说心里话，安妮，那时我一度担心你什么都做不好呢。还记得染头发的事儿吗？”

　　“当然记得了，哪里能忘啊！”安妮的脸上又浮现出了笑容，顺手摸了摸两条粗辫子，“我也会经常回想起过去的事情，想起头发的烦恼我就禁不住想笑。那时候，我总觉得红头发可是个大麻烦。当初红头发和雀斑给我带来极大的痛苦，现在雀斑真的消失了，而且头发也奇迹般地变成

了茶褐色，只有乔茜·派伊还不这么认为。昨天我遇到了乔茜，她还说我的头发看上去更红了，也许因为我刚好穿着黑衣服，所以头发才会显得发红。玛丽拉，我还曾经努力去喜欢她呢，现在已经死了心了，乔茜这个人你就是和她再好，也是白费劲儿。"

"他们是派伊家的人呀，"玛丽拉说，"所以给人感觉总是很坏，否则就不正常了。这些人除了说话招人烦之外，不知道还能做什么。乔茜打算去教书吗？"

"明年她还去奎恩学院，穆迪·斯伯吉文和查理·斯隆也去。是简和鲁比告诉我的，她们俩都定下来在学校里教书了。简到纽布里奇去，鲁比好像是在西边的什么学校。"

"吉尔伯特也接到通知了？"

"是的。"安妮轻轻地回答。

玛丽拉听了怔怔地呆在那里。

"吉尔伯特真是个英俊的小伙子。上个星期天，我在教堂遇见他了，他个子高高的，很有男人气。相貌、身材都跟他父亲年轻的时候一个样。约翰·布莱斯当年也很帅，他和我曾经很要好，大家都认定我们是一对。"

安妮的兴趣立刻就来了，她抬起头来问道："是真的吗？玛丽拉，后来呢？后来怎么样了？"

"后来我和他吵架了，当他跑来承认错误时，我没有原谅他。我本来打算原谅他来着，可是很生气，想先惩罚惩罚他，所以就没答应。可是约翰气得跑了，从那以后就再也没来找过我。据说布莱斯家的人自尊心都极强，对此我一直觉得很内疚。"

"没想到，玛丽拉也有过一段罗曼史呀。"安妮轻轻地说道。

　　"是呀，没看出来吧。不过，我和约翰以前的事儿，大家都不记得了，连我自己都忘得差不多了，只是上个星期偶然碰到吉尔伯特，才触景生情，勾起了我对往事的回忆。"

第三十八章
峰回路转

第二天一早，玛丽拉就进城了。安妮做完那些家务，跟戴安娜去了果园坡，晚上才回家。刚一进门，就看见玛丽拉用手撑着头，坐在厨房的桌子旁边，非常沮丧。这让安妮不禁打了个寒战，她还从来没见玛丽拉这样无精打采过。

"很累吧，玛丽拉？"

"啊，是，嗯，我想我可能累了。"玛丽拉费力地摇摇头，"不过我没注意这一点，我在想别的事儿。"

"那个眼科医生怎么说的？快告诉我结果。"安妮非常不安。

"他的确是个专家，这我相信。他给我彻底检查了一遍，要我完全停止看书，也不能做

针线活儿，凡是累眼睛的事情都不能干。还要注意不要掉眼泪，戴上他给我配的眼镜，小心保护眼睛。这样病情才不会恶化下去，头痛病也会渐渐好起来。要是我不按照他说的做，六个月以后眼睛就什么也看不见了。安妮，你说该怎么办才好呢？"

安妮惊讶地叫了一声，半天都没说出话来。沉默了好一阵，她才恢复了勇气，断断续续地说："玛丽拉，别这样想，事情会好转的，医生已经给了你希望。如果你多注意一些，你的眼睛就能保住。而且，如果戴上眼镜，头痛病也会好起来的，这不是一件好事吗？"

"我还是没法儿高兴起来。"玛丽拉难受地说，"看书、针线活儿这样的事情都做不了，那活着还有什么乐趣呢？我宁愿眼睛瞎掉——还不如死了呢，而且医生还说不能掉眼泪，要是我心情不好，肯定会忍不住落泪的。算了，谈这些都没用了，你帮我倒点儿茶来吧，我总觉得自己已经筋疲力尽了……我眼睛的毛病，暂时先不要让外人知道，假如大家都知道了，肯定会到这里来嘘寒问暖，那样我会受不了的。"

吃完晚饭，安妮就劝玛丽拉早些去休息。然后，她回到东山墙自己的屋子，静静地坐在黑暗的窗边，心情无比沉重，掉下了眼泪。毕业典礼结束后回到家里，她也是一个人静静地坐在这里，才不过短短数日，情形就发生了这样重大的变化。那时候，安妮的心里满怀希望和喜悦，仿佛看到了玫瑰色的未来在眼前铺开。现在，安妮觉得好像当时的一切已经距离自己无比遥远了。上床休息的时候，安妮的心情稍微平静了一些。她下定决心要鼓起勇气，正视现实，坦然接受自己的义务和责任。

日子缓缓流走。一个下午，玛丽拉在院子里接待一位客人，之后便缓缓地回到了屋内。安妮知道这位客人是卡莫迪的约翰·桑德拉。玛丽拉的脸色很难看，不知道她同桑德拉谈了什么事儿。

"那个人是桑德拉吧？他来有什么事儿吗？玛丽拉。"

玛丽拉在窗边缓缓坐下，两眼望着安妮，好像故意要违抗医生的禁令，泪水从眼睛里簌簌地流了出来，她沙哑着嗓音说："他是听说我要卖掉绿山墙农舍，所以过来看看的。看样子他好像要买。"

"什么？要卖掉绿山墙农舍？"安妮怀疑是不是自己听错了，"啊，玛丽拉，这是真的？你真的打算卖掉绿山墙农舍吗？"

"安妮，实在没有别的办法了，这件事我都考虑很久了。卖掉自己的家，这事儿我以前从未想过。要是我的眼睛还好，我还能一直住在这里，雇个老实人帮着干活儿。可是现在，不知道什么时候我的眼睛就会完全失明，也没法儿料理田地，若等到农田荒芜，最后谁都不想买了。家里所有的钱都存到银行了，还有马修秋天签的单据也得偿还。蕾切尔建议我还是卖掉房屋，再另找个住处，我打算就在附近找房子。绿山墙的房子不算大，也很破旧了，值不了多少钱，但是也能维持我一个人的生活。好在你给自己争取到了奖学金，安妮，这样我就没了后顾之忧。只是有一点儿对不住你，放假的时候你就回不了绿山墙了。只要想到这个我就难过。事情就这样定下了，一切都会过去的。安妮，你今后怎么打算呢？"玛丽拉说到这里又忍不住哭了起来。

"绝不能卖掉绿山墙农舍。"安妮斩钉截铁地说。

"唉，安妮，我也不想卖掉它呀。可是你看看，我一个人是没办法住在这里了。操心、孤独，一直这样下去，我肯定会发疯的，眼睛也会瞎掉。就因为这个，我才做出这样的决定。"

"谁说让你一个人了，玛丽拉？你还有我呢，我也留下来，不到雷德蒙去了。"

"不去雷德蒙了？"玛丽拉用两手捂着憔悴的脸，抬起头来盯着安妮，"为什么？"

"我不去雷德蒙了，不要那份奖学金了。你从城里回来的那天夜里我就决定了。你抚养了我这么多年，玛丽拉，现在你有了困难，难道我能丢下你一个人不管吗？我想了许多，全都计划好了。玛丽拉，你听我说，我都跟巴里先生商量过了，他明年要租种咱家的农场，农场这边就没有问题了。另外，我决定去当教师。埃文利这边的学校应该不行了，因为吉尔伯特·布莱斯先提交的申请，据说理事会已经决定聘用他了。不过，我还可以到卡莫迪那里的学校去任教，除了远一点儿，其他都没问题，我能驾车往返。冬天的时候，每个周末我也会回来的。玛丽拉，你看，我都安排好了。没事儿的时候，我就读书给你听，你肯定会快乐的，我绝不会让你感到无聊和孤独。我们俩要在这里一起幸福愉快地生活下去。"

玛丽拉静静地听着，好像做了一场梦："安妮呀，你在我身边我会觉得活着有意义。我很明白，你这都是为了我，可是，你为我做出的牺牲太大了，这不值得，我不同意这么做。"

安妮笑了笑："不许说这样的话，谈不上什么牺牲不牺牲的。对我来说，没有什么比放弃绿山墙更糟糕的了。这是我们的家，必须得保住。玛丽拉，我已经下定决心了，你不用为我担心。"

"可是，你的理想，你的……"

"我不会放弃自己的理想的。现在的我干劲儿十足，只不过是暂时的目标发生了一点儿变化。我要做一名优秀的教师，还要保住你的视力。我想在家里自学大学的课程，那样也可以继续学习深造。哦，我已经计划满满了，玛丽拉。这个星期，我一直在反复推敲这个计划，这是我认为最周全的计划了。这样我也能替你做点儿事了。当我从奎恩学院毕业的时候，我的未来好像一条笔直宽广、不断延伸的道路，我能够展望前

方。而现在，前进的道路变得曲折，等这段曲折过去了，我不知道前面还会有什么，但是我相信前方一定会有更好的机会。道路曲折，这让我更有斗志了。前方的道路会是什么样的呢？是山丘、峡谷，还是平原、森林……"

"你就这么放弃了深造的机会，实在是太可惜了。"这奖学金来之不易，玛丽拉还是割舍不下。

"玛丽拉，你再阻拦也是没用的，我已经十六岁半了。以前蕾切尔夫人就说我'固执得跟头骡子一样'。"安妮说着，自己也笑了起来，"玛丽拉，我不是在施舍同情，我讨厌施舍同情，我觉得这是没有必要的。留在绿山墙是我最高兴的事，只有绿山墙农舍才能让我们快乐。绿山墙农舍对我们来说是最最重要的东西，所以，我们必须共同努力来保住它。"

"安妮，你真是个了不起的孩子。"玛丽拉终于被说服了，"不知为什么，被你这样一说，我好像又获得了新生。本来我应该送你上大学的，可是对我来说这又实在很难做到，那就算了吧。我们另想办法补偿。"

安妮的事情很快就在埃文利传开了，人们都知道她放弃上大学的机会，自愿留在家乡任教。对此，大家有不同的看法。因为不清楚其中错综复杂的原因，大多数人都认为安妮实实在在是做了件蠢事。只有阿伦夫人理解安妮的选择。安妮跟阿伦夫人谈了很久，说了自己的打算，也受到了她的大力赞扬，安妮高兴得流下了热泪。当然了，蕾切尔夫人也很理解安妮，不像其他人那样看。一天晚上，安妮和玛丽拉正坐在大门口，享受着夏日黄昏的芬芳，蕾切尔夫人来了。没等她们招呼，她自己就一屁股坐到了门旁的石头长椅上，她身后的花坛里长满了粉色和黄色的羊齿草。

　　"唉，总算能坐下歇歇了，站着说话一整天了。这身体有二百多磅重，腿怎么都撑不住啊。我是真心祈求上帝千万别让我再胖下去了，玛丽拉，你可从来不会有这样的担心吧？听说安妮不打算去念大学了，这可太好了。一个女孩子，受了这么多的教育早就足够了。女孩子跟男孩子一起上大学，学习拉丁语、希腊语这些没用的东西，把脑袋填得满满的，真是毫无意义，唉！"

　　"可是无论如何我也要学习拉丁语和希腊语，去不了大学，我就在绿山墙农舍学习。"安妮笑着说道。

　　蕾切尔夫人听到这话，好像打了个寒战，投降似的把两手举了起来："你要是这么学习，早晚会累出毛病来的。"

　　"不会的。我想白天上课，晚上回到家后，我的精力还是足够的。当然了，绝对不能过度劳累，我正着手安排学习计划呢。冬天的夜晚有很多时间，何况我对刺绣又不感兴趣。你知道了吧，我要到卡莫迪的学校去教书了！"

　　"我不知道这事啊，你不是在埃文利当老师了吗？理事会好像批准了你的申请。"

　　"蕾切尔夫人，理事会不是定下来聘用吉尔伯特·布莱斯了吗？"安妮吃惊地站了起来。

　　"对，本来是这样。可是，当你申请之后，吉尔伯特便立刻到理事会去了一趟，撤回了自己的申请，他说愿意把机会让给你，他本人可以去白沙镇教书。他已经知道你要留下来教书的原因了，这孩子的确非常善良，能体谅关心他人，还富有牺牲精神。到白沙镇去教书对他来说可真够苛刻的，因为他领不到食宿费，还要辛苦积攒上大学的学费……托马斯一回家就激动地跟我说了这些事，我听了非常高兴，也很受感动。"

"我不能让吉尔伯特为我做出那么大的牺牲，我不能接受他的好意。"

"现在怎么说都来不及了，吉尔伯特已经和白沙镇学校的理事会签合同了，哪怕你现在拒绝也没有意义了，安妮，你肯定会留下来的。另外，从今往后，派伊家的孩子们都不会出现在埃文利的学校了，一切都会顺顺利利，因为乔茜就是派伊家最小的孩子了。唉，这二十年来，每年都会有一两个派伊家的孩子在埃文利的学校捣乱。好像派伊家这些孩子的使命就是让这所学校的教师不得安宁似的。咦，巴里先生家那边直闪光，出了什么事？"

安妮笑了："是戴安娜在给我发信号，她有事找我。我俩小时候就经常通过这种信号来互通消息。我要去看看，失陪了。"

安妮说完，便沿着长满三叶草的斜坡，蹦蹦跳跳地跑了下去，如同山羊一般，很快便消失在"闹鬼的森林"的枫树丛中了。蕾切尔夫人眯起眼睛，一直盯着安妮的背影。

"这姑娘，还是一身的孩子气。"

"不过，她身上也多了很多女人味儿。"玛丽拉一时又恢复了以前说话的流畅劲儿。

当天晚上，蕾切尔夫人和她的丈夫托马斯闲聊时感叹道："现在玛丽拉最大的变化就是说话又跟以前一样流畅了，人也变得圆滑起来。"

第二天下午，安妮又来到了埃文利那片小小的墓地上。她将采摘的鲜花放到马修的墓前，又给墓前的苏格兰白玫瑰浇了水，周围一片静谧，安妮就在墓前静静地坐着，一直待到了傍晚。等到安妮起身的时候，太阳已经落入西边山坡了。她从"闪光的小湖"登上山坡，放眼望去，埃文利的一切都被太阳的余晖渲染成金黄色，辉煌灿烂如同仙境。微风拂过三叶草地，清爽宜人，空气中充满了带有甜味的芳香气息。远方的大海雾气迷蒙，笼罩着一层淡淡的紫色，海潮有节奏的轰鸣声无休无止。"闪光的小湖"倒映着天空中色彩斑斓的云霞，显现出令人心醉的图景。安妮深深地被这大自然的美景感动了。

"亲爱的埃文利，"她把声音尽量放低，"我喜欢你，我感到无比幸福，因为我生活在你的怀抱中。"

走到半山腰时，见到一个高个儿小伙儿吹着口哨，正从布莱斯农场门口迎面走来。他猛地认出了安妮，立刻闭上嘴，彬彬有礼地抬一下帽子，没想到安妮居然顿住了脚步，友好地向他伸出手来。他本想一声不吭地走过去的，这时候也好奇地停了下来。

"吉尔伯特，谢谢你。我知道你做出这么大的牺牲，都是为了我。你这么好……我想让你知道我心中对你充满感激之情。"安妮的面颊一片通红。

吉尔伯特高兴地一把握住了安妮的手，握得那么紧、那么用力。

"安妮，这事儿说不上有多高尚，也谈不上牺牲。我很高兴能给你一些小小的帮助。我过去犯的那个错误，你真的能原谅吗？那我们今后就成为好朋友吧。"

安妮嫣然一笑，想把手抽回来，可吉尔伯特握得那么紧，一点儿都没有松开的意思。

"以前的那件事我早就不在乎了。上次在池塘边，其实我已经原谅你了，我实在太固执、太糊涂了，一直不好意思承认。我……我坦白地说吧，自从那次你在停船场救了我之后，我一直在为自己的举动感到内疚和后悔。"

吉尔伯特听了顿觉心花怒放。

"那今后我们就好好相处吧，对这个我坚信不疑。安妮，其实我们生来就注定要成为好朋友的。我知道你一直在抗拒着命运的安排，其实我俩在许多方面都能互相帮助。你打算继续学习深造吧，我也是这么打算。啊，天色不早了，来，让我送你回家吧。"

安妮刚回到家，玛丽拉便好奇地看着她，问道："刚刚陪你走到门口的是谁呀，安妮？"

"吉尔伯特·布莱斯。"安妮回答，不由得脸红了，"我们是在巴里家的山丘那儿碰上的。"

"这可让我有些意外。你们站在门口聊了半个多钟头，原来吉尔伯特已经跟你成了那么知心的朋友？"玛丽拉说着，脸上又浮现出了嘲讽似的微笑。

"以前是……我们一直是死对头，不过，他说从今以后我们还是忘记过去、面向未来，我们打算做最要好的朋友。玛丽拉，我们真的聊了半个多钟头吗？我怎么觉得只有两三分钟呢。不过，你也应该理解，这就当是我和他五年没有说话的补偿吧。"

这天晚上，安妮久久地坐在窗前，想了许多事情。风儿在樱花树梢轻轻地吹拂着，空气中弥漫着薄荷的清凉味道。抬头望向山谷，尖尖的冷杉枝头，星星正在眨眼睛，穿过树林的间隙，跟往常一样，能够望见戴安娜房间的灯光。

从奎恩学院回来的那天晚上，她也是这样坐在这里。现在，每天晚上她都这样坐在窗前沉思。今晚的心情与往日相比似乎格外兴奋和激动。安妮觉得，虽然自己面前的路充满了曲折，道路也越来越窄，但是鲜花依旧铺满路面，生活依旧充满了乐趣和感动。属于她的，将会是艰苦而又值得依靠的工作、崇高的理想和志趣相投的友谊。不管什么时候，她那天生的幻想权利或者幻想世界无法被任何人夺走。只要拼命往前走，人生的道路总会越来越顺，越走越宽阔。

"上帝保佑，但愿世间一切美好平安。"安妮轻轻地祈祷。

图书在版编目（CIP）数据

绿山墙的安妮 /（加）蒙哥马利（Montgomery，L.M.）
著；方聿译. —长沙：湖南文艺出版社，2013.1
书名原文：Anne of Green Gables
ISBN 978-7-5404-5835-5

Ⅰ. ①绿… Ⅱ. ①蒙… ②方… Ⅲ. ①儿童文学-长
篇小说-加拿大-现代 Ⅳ. ①I711.84

中国版本图书馆CIP数据核字（2012）第282610号

上架建议：青少年阅读·经典名著

绿山墙的安妮

作　　者：（加）露西·莫德·蒙哥马利
译　　者：方　聿
出 版 人：刘清华
责任编辑：丁丽丹　刘诗哲
监　　制：张应娜
策划编辑：耿金丽
版式设计：风　筝
封面设计：张丽娜
出版发行：湖南文艺出版社
　　　　　（长沙市雨花区东二环一段508号　邮编：410014）
网　　址：www.hnwy.net
印　　刷：三河市百盛印装有限公司
经　　销：新华书店
开　　本：880mm×1230mm　1/32
字　　数：270千字
印　　张：11
版　　次：2013年1月第1版
印　　次：2019年1月第7次印刷
书　　号：ISBN 978-7-5404-5835-5
定　　价：28.00元

若有质量问题，请致电质量监督电话：010-59096394
团购电话：010-59320018

"博集典藏馆" 书目

001《爱的教育》

002《飞鸟集·新月集》

003《假如给我三天光明》

004《再别康桥·人间四月天》

005《朝花夕拾》

006《落花生》

007《背影》

008《伊索寓言》

009《呼兰河传》

010《雾都孤儿》

011《春风沉醉的晚上》

012《春醪集》

013《城南旧事》

014《少年维特的烦恼》

015《绿野仙踪》

016《名人传》

017《猎人笔记》

018《格列佛游记》

019《鲁滨孙漂流记》

020《哈姆雷特》

021《十四行诗》

022《最后一课》

023《缀网劳蛛》

024《子夜》

025《汤姆·索亚历险记》

026《格兰特船长的儿女》

027《海底两万里》

028《神秘岛》

029《羊脂球》

030《小王子》

031《古希腊罗马神话》

032《一千零一夜》

033《瓦尔登湖》

034《钢铁是怎样炼成的》

035《巴黎圣母院》

036《红与黑》

037《八十天环游地球》

038《呐喊》

039《野草》

040《茶花女》

041《林家铺子》

042《复活》

043《基督山伯爵》（全2册）

044《童年·在人间·我的大学》

045《安妮日记》

046《培根人生论》

047《机器岛》

048《格林童话》

049《安徒生童话》

050《麦琪的礼物》

051《木偶奇遇记》

052《圣经故事》

053《堂吉诃德》（全2册）

054《简·爱》

055《呼啸山庄》

056《安娜·卡列尼娜》

057《包法利夫人》

058《哈克贝利·费恩历险记》

059《淘气包日记》

060《从地球到月球》

061《环月飞行》

062《气球上的五星期》

063《地心游记》

064《傲慢与偏见》

065《变色龙》

066《吉檀迦利》

067《寄小读者》

068《秘密花园》

069《老人与海》

070《先知·沙与沫》

071《繁星·春水》

072《园丁集》

073《小桔灯》

074《森林报》（全2册）

075《热爱生命·野性的呼唤》

076《绿山墙的安妮》

077《局外人》

……